洪炎秋著

日本語法精解

三民書局印行

©日本語法精解

著　者　洪炎秋
發行人　劉振强
著作財產權人　三民書局股份有限公司
印刷所　三民書局股份有限公司
地址／臺北市重慶南路一段六十一號
郵撥／〇〇〇九九九八－五號
增訂初版　中華民國五十八年十二月
增訂四版　中華民國八十二年三月
編　號　S 80032
基本定價　柒元伍角陸分
行政院新聞局登記證局版臺業字第〇二〇〇號

ISBN 957-14-1151-5 (平裝)

增訂本自序

四十多年前，北平燕京大學有一個在那裏執教的傳道師，曾經向學校當局建議，廢止第二外國語的德、法兩種語文，而以日、俄兩種語文來做代替。他的理由是：德、法兩國遠在歐洲，對中國的影響不大，而日、俄兩國則是中國的比鄰，利害關係很深，中國人應該精通這兩個國家的語文，以便對他們有個深切的研究，這樣纔能够收到「知彼知己，百戰百勝」的效果。這個傳道師的建議，雖然沒有被學校當局所採納，但是他的這個意見，却一直深深印在我的腦海中。我們過去對這兩個鄰人，都不求甚解，所以吃過了他們的大虧。俄國累次蠶食我們的北疆，那些土地是數以百萬方里計算的；日本對我們甲午一戰，七七再戰，都使我們元氣大傷。就是他們兩國發動的日俄戰爭，既不在日本，也不在俄國，而是拿我們的海陸領土做爲戰場，也使我們蒙受過莫大的災害。

俄國這個國家，據日本名外交家河崎一郎研究所得的結論，說它是個「性惡的國家」，先天性是個無惡不作的匪類；可是他們日本呢？我認爲他們一般的國民，都是性善的，只是執權的軍閥，自從明朝末葉的豐臣秀吉以來，一直到東條英機，却是性惡的；所以日本是個可善可惡的國家，它可以有利於我們，也可以有害於我們，要看我們應付是否得宜罷了。要懂得怎樣應付他們，就得對他們痛下一番深刻的研究；要研究他們，就非精通他們的語文不可。我在光復當初回臺，就參加撲滅日本語文的運動，以消除日本奴化教育的影響，好來恢復祖國固有的文化，這個運動相當成功，現在一般的學生，已經很少能說日本話，能看日本書的了。不幸的是矯枉未免於過正，現在爲國家、爲民族的利益着想，培養一批精通日本語文，以便研究日本的時代已經到來了，因爲日本在戰敗以後，經過了二十多年的生聚教訓，已經從一堆瓦礫中，崛起而爲世界上一個有力的强國了，他們造船的能力，在世界上佔了第一位；汽車生產量，佔了第二位，整個國家的生產力，佔了第三位。他們從沒有軍備進而組織自衞隊，現在又醞釀重新建軍了。因爲這樣，我們必須未雨綢繆，及早研究怎樣去應付他們；我重新編印這部戰爭前細心編寫的「日本語法精解」，動機就在於此。

自從第二次世界大戰結束之後，我們國人有一個誤解，以爲戰爭以後的日本語文，和戰前大不相同，研究的人，非另起爐灶不可，其實不然。戰前、戰後的日本語文，根本沒有什麼不同，所改變的，只是一些枝葉末節而已；戰後的日本，只是限制漢字的數目，簡化拼音，儘量使它接近口語，屏棄咬文嚼字的作風，所改變的，不過如此罷了。這在日本人看來，實在是走上簡化的途徑，而我們中國人則因爲它減少漢字和漢語，無從憑漢字、漢語去推測，因而覺得變成艱深了。這次改刷，加了一篇增補篇，把戰後改變的地方，詳細介紹，足足費了一百多頁的紙面，讀完了後，就可以對於戰前和戰後不同的地方，一目了然了。現在乘着這一個改版的機會，把動機和原委，敍明一下，以供讀者參考。

卷頭言

我國學日文的人，十人之中，至少有九個是受過中等教育的，而我國的中等學校所教的外國文，百校之中，至少有九十九校用的是英文，所以拿英文法來和日本文法比較研究，對於初學日文的人，不但可以引起興味，而且在理解和記憶方面，也有極大的幫助。還有一層，日本文法的基礎的構成，也和我國一樣，完全是受了英文法的洗禮後，纔成爲系統的。

我國自古沒有文法之學，到了清代小學盛興，校訂古書時，爲必要所廹，纔有文法觀念之發生，如王氏引之念孫父子在讀書雜誌和經義述聞中，段氏玉裁在說文注中，對於古書中的文法，多有實質的闡明，但均知其然而不知所以然，致未能創造術語，爲系統的述作。後來朱氏駿聲訓說文時，雖能創立『動字』『靜字』之名，但也流於分析不精，不能居創造文法的地位。到了光緒年間馬氏建忠歸自歐西，利用英文『葛郎瑪』(馬氏用以音譯英文 Grammar 者) 的系統法則，整理中國文法，中國文法由此纔成立起來。

日本文法成立的歷史，也和中國一樣，是利用英文法已有的系統法則，整理出來的。日本古來，也沒有文法之學，在江戶時代，文學極其發達，對於助詞的『てにをは』的用法，因歌詠上很有關係，所以逐漸有人研究，如富士谷成章的『脚結抄』和本居宣長的『玉の緒』，都是代表的著作。自是而後，研究的範圍日比一日推廣下來，遂及於動詞和形容詞的活用法，如宣長的兒子本居春庭所著的『詞の八衢』『詞の通路』和鈴木朗所著的『言語四種論』等，都能爲後來的文法學立一基礎。不過這些著作雖有相當的價値，但是無論由理論上或由系統上看來，總脫不了幼稚之域，不足以開闢文法上應有的規模。能立一日本文法的體系，還在明治維新後，運用英文法的系統法則以駕馭所有的材料時，纔顯現出來。

在明治以前天保年間（約在一八三五年左右），有研究荷蘭學問的學者鶴峯戊申，運用荷蘭文法的知識，著出『語學新書』，爲日本文法學界創一新機軸；只可惜他對於日本文和荷蘭文的造詣，都嫌太淺，以致對比時發生許多誤謬，又不能應用到文章論去，所以還不能稱爲成功之作。

自是以後，至明治維新以前，雖沒有日本人再企圖應用外國文法的法則以編纂日本文法；但前此西洋人之做此工作者，自文祿年間（約在一五九五年左右）的 Alvares 氏至寬永年間（約在一六四〇年左右）的 Hoffman 氏等人所作的日本文典，前後不下十種，其中尤以 Hoffman 氏的著作，最爲可觀。

明治初年，頒布學制，列文法爲小學必修科目，即有日人自編的文法應運而生，唯多流於粗雜，不成系統，到了明治七年，田中壽廉根據英文法的法則，編出小學日本文典三卷，風行一時，雖未算精作然所翻譯應用的品詞等名稱，至今尚沿襲通用；到了明治二十年，日本最高教育行政機關的文部省，且採用英人 Chamberlain 氏所著的日本文典作爲教科書，刊布通行。自是而後，日本文法可以說是奠定在英文法的基礎上了。近二十年來有權威的日本文法學者，雖力避英文法直譯式的研究方法，提倡根據日本語文本身的性質，另爲科學的闡明，以避免削足適履的弊端，但日本文法和英文法兩者之間，實有許多內在的互相一致之點，所以在研究上，仍然保持着極密切的關聯。如果我們能利用已有的英文法的知識去研究日本文法，實在可收事半功倍之効，本書的目的，即在於此。

唯本書注重之點，在於日本文法的研究，而不在乎英文法的闡明，爲避免喧賓奪主起見，特將日本文法中重要的材料，盡量搜羅；至於英文法方面，只將其可以幫助我們記憶及理解日本文法的東西，摘要採錄；其可資以比較者，乃行取入，否則盡量放棄，以省篇幅，而免累贅。

至於日本的文字，也和我國一樣，有文語文和口語文之分，因此在研究文法時，也須把文語文法和口語文法分別研究。日本在明治維新以前，所用的自然是文語文，但在明治維新後，提倡言文一致，不遺餘力，因此在這五六十年來所出的書報。千種之中。差不多有九百九十餘種是用口語文寫的。所以我們如果要研究明治以前的日本文學或思想，自非於口語文法外，兼學文語文法不可；不然的話，則只須懂得口語文法，對於研究維新後近代化的日本，也就十分够用了。

還有一層，文語是已死去的文字，所以牠的法則比較地固定而簡單，口語則是正活着的語言，所以牠的法則自然要稍爲流動而複雜；且日本文語文，受漢文的影響頗多，而口語文則是較爲地道的日本貨，所以由我國人的立場看來，日本文語文法反比口語文法較易了解。如果對於口語文法研究好了，再去研究文語文法，便可如庖丁之屠牛，迎刃而解了。

根據了上述的各種理由，本書只闡述日本的口語文法而已，文語文法，除却與口語文法有密切關係者之外，概不提及；所選材料，特別以本國人初學自修者的需要和程度爲根據，所以讀者對於本書所搜羅的資料，如果能够咀嚼消化，則閱讀日本書報時，作者敢保證其可以得一很好的根基了。

本書編纂時，以作者個人的見解爲中心，而以左列各書爲主要的參考資料，均有所取益；其中日語文法之說明資料，採取丸山氏的書最多；日語和英語的對比研究，由作者自己搜羅的雖多，得諸大槻・山田・大野和桝田諸氏的暗示，亦復不少；對比實例，則大都由作者向下列幾種英文法中隨時選取；書中材料，因來源複雜，未能一一註明出處，誌此聲明，並表謝意。

主要的參考資料

大槻文彥著：廣日本文典及別記

福井久藏著：日本文法史

山田孝雄著：日本文法論

仝　人著：日本口語法講義

保科孝一著：日本口語法

吉岡鄉甫著：日本口語法

木枝增一著：高等口語法講義

松下大三郎著：標準日本口語法

丸山林平著：現代語法概論

小林好日著：新體國語法精說

佐久間鼎著：現代日本語の表現と文法

大野芳太郎
桝田秀郎　共著：日英文法綱要

Nesfield: English Grammar Series.

Lattimore: A Complete English Grammar.

Leiper: A New English Grammar.

林語堂著：開明英文文法

齋藤秀三郎著：標準英文典

凡例

一、本書爲供我國有中等學力之人士，欲研修日本語法者之用。

一、本書講解，力求詳明，所有日文語句，均旁註讀音，下附漢譯，故不但可作敎本，且可用以自修。

一、本書各章雖附有英文法之比較研究，但未學習英文之人，可將此部分省畧不看，亦無妨礙。

一、本書對於學習上最感困難之用言活用及助詞之用法諸點，特別注力，故其所占之篇幅亦特多。

一、本書所有英文句例，均由著者加註日譯及漢譯，故皆易了解。

英文法比較研究日本語法精解(目次)

(由頁起)

第二編　品詞論

第四編　補充篇……五八五

英文法比較研究 日本語法精解

洪炎秋著

第一編 總論

第一章 概言

由人類肺臟所發出的氣息，再經過發聲器官的調節，叫作『聲音』；用聲音以發表思想或感情，叫作『言語』；用一定的符號以表示言語，叫作『文字』；用文字以表示一個完全的思想，叫作『文』或『文章』；一國國民的最多數所通用的言語和文章，叫作『國語』或『國文』。

現在日本所通用的國文有兩種，一為『文語文』，一為『口語文』。譬如『我是中華民國人』這一個思想，在日本文章中，可有文語文章和口語文章兩種表示方法：

（口語）私（ワタクシ）ハ中華民國人（チユウクワミンコクジン）デアル。

（文語）我（ワレ）ハ中華民國人ナリ。

口語和文語，都有一定的法則，研究這些法則的學問，叫作『文法』。日本的文語法則和口語法則，差異頗多，所以須分別研究；研究前者的叫作『文語文法』，而研究後者的叫作『口語文法』。本書所研究的係口語文法。

有好些人以為文體有文語和口語之分，為中文和日文所特有的特色，其實不然，英文中也有文語（Literary language）和口語（Colloquial language）之分，茲舉出兩例如下：

例一：他對於那椿事，拒絕任何說明。

（口語）He refused | **to say anything on** | it.

（文語）He refused | **to comment on** | it.

例二：他不置可否。

（口語）He | **didn't say yes or no to** | it.

（文語）He | **neither affirmed nor denied** | it.

由上列兩例，我們可以看出英文中也有口語和文語之分，不過英文口語和文語之分，只在於所用的語詞而已，至於支配語詞的種種法則，兩者全無二致，所以沒有把口語文法和文語文法分開的必要。但在日本文中，則情形完全不同，日本的口語文章和文語文章，不但所用的語詞多所差異，而且那些支配語詞的法則，也大有出入，所以兩者非分開研究不可。

表示一個概念的最小單位的語言，叫作『單語』，單語是文法研究的基礎，英文法中把牠叫作 Word。將單語依照意義和形式而加以分類，叫作『品詞』。品詞即英文法中的 Part of Speech 的譯語。日本語的品詞，雖因學者見解之不同，未全臻一致，但通常認爲下記『十品詞』的分法，最爲適用。即

名詞(メイシ)　代名詞(ダイメイシ)　數詞(スウシ)　形容詞(ケイヨウシ)　動詞(ドウシ)

助動詞(ジョドウシ)　副詞(フクシ)　接續詞(セツゾクシ)　感動詞(カンドウシ)　助詞(ジョシ)

英文法的品詞，通常分爲八種，即 Noun，等於這裏的名詞；Pronoun，等於這裏的代名詞；Adjective，等於這裏的形容詞；Verb，等於這裏的動詞；Adverb，等於這裏的副詞；Conjunction，等於這裏的接續詞；Interjection，等於這裏的感動詞；還有一個 Preposition（前置詞），爲日本文所沒有，唯日本文法中所有而英文法所沒有的助詞，有一部分用處和牠相似。至於數詞，即英文法的 Numeral，英文法歸在形容詞中，而日本文法則因其性質和形式，與形容詞完全不同，所以另行提出，獨立爲一品詞。還有助動詞，即英文法的 Auxiliary Verb，唯英文法是把牠附隸於動詞中，而日本文法則單獨成一品詞，這是根據文法大家大槻文彥的見解，後來的人都視爲適當。據大槻氏說：『助動詞在洋文典中，多附說於動詞中。但國語(係指日語)的助動詞具有活用和法(即英文 Mood)，其數既多，規定也很繁雜，所以有另立一門的價值。且別立一門以解說，也較便於學者。』(譯自氏所著廣日本文典別記

一八八節）

上述十品詞，依據山田孝雄氏的研究，還要以把牠歸納爲四類，這個分類法，在研究上也極方便。他的分類手續如下：

一體言（名詞，代名詞，數詞）……概念語 ┐
二用言（形容詞，動詞，助動詞）……陳述語 ┘自用語 ┐
三副詞（副詞，接續詞，感動詞）……副用語 ┘觀念語 ┐
四助詞（助詞）……關係語 ┘單語

日本的單語，由文法上的職能和牠是否含有觀念這兩點看來，可大別爲兩種：一爲觀念語，一爲關係語，前者能明確地表示一種觀念，後者則只能附屬於觀念語，表示彼此間的關係而已。十品詞中只有助詞一種屬於關係語，其他九種均屬於觀念語。

觀念語中，又可分爲自用語和副用語。自用語本身可以獨立運用，爲構造文章的骨子，陳述的基礎；所謂名詞，代名詞，形容詞，動詞便是。副用語在能够表示觀念這一點上，雖和自用語一樣，但不能直接爲文的骨子，必定附麗於他語，纔能運用，乃是文的次要成分；副詞，接續詞，感動詞便是。

在文的構成中，有兩個必要條件：一爲概念，一爲陳述的力。表示概念的語，叫作概念語，而表示陳述的語叫作陳述語。在自用語中的名詞，代名詞，數詞屬於前者；形容詞和動詞屬於後者。概念語又名體言，因爲牠是陳述的主體；陳述語又名用言，因爲牠是用以陳述。這兩者不但意義不同，而且在外形上也大有差別，蓋用言有語尾活用的變化，而體言則沒有。用言可分兩部分看待，一部分爲『語幹』不變化；一部分爲『語尾』，有變化。用言的語尾變化，可以分爲『否定形、』『連用形、』『終止形、』『連體形、』『條件形、』『命令形』六種形。

第二章　文字和發音

一、文字和五十音圖

日本所用的文字，計有三種：一爲漢字，二爲和字，三爲假名。此外還有人提倡採用羅馬字以寫日本文，但尙未普及。茲分別說明如下：

一、漢字：

漢字有兩種用法，一爲依照漢字本來的用法用的，意味完全和中國一樣，這可暫名爲『純粹漢字』；另一種用法則是借漢字以作讀音的表示，意思和本來的漢字字義，毫不相干，這種字日本人叫作『宛字（アテジ）』；『宛』又寫爲『充』，即姑且充用之意。

漢字的讀法，無論是純粹漢字或充字，都有兩種讀法：一爲『音讀』，係以漢字本來的音去讀的，如純粹漢字的『山川』讀爲『サンセン』，充字的『愚圖愚圖』（意爲姑息敷衍）讀爲『グズグズ』，都是音讀；另一種讀法爲『訓讀』，係用日本固有的語言，去訓讀漢字，如純粹漢字的『山川』讀爲『ヤマガハ』，充字的『草臥』（意爲疲乏）讀爲『クタビレ』，都是訓讀。

二、和字：

和字（ワジ）或作『倭字（ワジ）』，在日本人的著作中，則多稱為『國字（コクジ）』，意為日本本國所造的字。這種『和字』係倣照漢字六書中『會意』的方法創造出來的，用意在於補充漢字之不足。例如：

『働』（讀ハタラク）　取『人動之意』，作『勞動』『工作』解。

『凪』（讀ナグ）　取『風止』之意，作『風停』解。

『辻』（讀ツジ）　取『走道如十字』之意，作『十字街』解。

『込』（讀コム）　取『走入』之意，作『進入』『放入』解。

『辷』（讀スベル）　取『一直走』之意，作『溜滑』解。

這一種倭字，現在所通行的，止有二十左右字，其中且有幾個字在我們新出的字典中，占有位置了。

三、假名：

世界上所通用的文字，可大別為兩種：一種是用以表示一個觀念——即表示事物的意義的文字，叫作『標意文字』(Ideographical alphabet)；另一種則字的本身並沒有意義，只是用以表示發音的文字，叫作『標音文字』(Phonetic alphabet)。中國的漢字屬於前者，而日本的『假名（カナ）』則屬於後者。

『假名』初係由漢字假借過去的，所以叫作『假名』。假名有兩種：一種是由楷書漢字的偏傍假借過去的，如『アイウエオ』是，這種假名叫作『片假名（カタカナ）』，我國人常稱牠為『楷體字母』；另一種則係由草書漢字假借過去，再加以簡單化的，如『いろはにほへと』是，這種假名叫作『平(ヒラ)假名』，我國人常稱牠爲『草體字母』。

四、羅馬字：

爲避免漢字的麻煩，和迎合世界潮流起見，有些人提倡採用羅馬字拼音法（日本人叫作『羅馬字綴(ローマジツヅリ)』），以作日本文字，如用『a』以代『ア』，『ka』以代『カ』，這個辦法，雖有熱心的學者極力提倡，如上田萬年著有『羅馬字引國語辭典』，島崎藤村有用羅馬字寫的『藤村詩集』，是其一例。但是文字是有歷史的背景，非幾個人一朝一夕的提倡所可改造的，所以這種運動，只可以聊備一格而已。

五、五十音圖：

把日本所有的『假名』，依照音韻的次序，排列出來，如下面的安排，叫作五十音圖。茲特將『片假名』，『平假名』，和『羅馬字』，全部分別排入，以資對照。

段／行	ア段			イ段			ウ段			エ段			オ段		
	片假名	平假名	羅馬字	片假名	平假名	羅馬字	片假名	平假名	羅馬字	片假名	平假名	羅馬字	片假名	平假名	羅馬字
ア行	ア	あ	a	イ	い	i	ウ	う	u	エ	え	e	オ	お	o
カ行	カ	か	ka	キ	き	ki	ク	く	ku	ケ	け	ke	コ	こ	ko

サ行	タ行	ナ行	ハ行	マ行	ヤ行	ラ行	ワ行
サ	タ	ナ	ハ	マ	ヤ	ラ	ワ
さ	た	な	は	ま	や	ら	わ
sa	ta	na	ha	ma	ya	ra	wa
シ	チ	ニ	ヒ	ミ	イ	リ	ヰ
し	ち	に	ひ	み	い	り	ゐ
shi	chi	ni	hi	mi	i	ri	i
ス	ツ	ヌ	フ	ム	ユ	ル	ウ
す	つ	ぬ	ふ	む	ゆ	る	う
su	tsu	nu	fu	mu	yu	ru	u
セ	テ	ネ	ヘ	メ	エ	レ	ヱ
せ	て	ね	へ	め	え	れ	ゑ
se	te	ne	he	me	e	re	e
ソ	ト	ノ	ホ	モ	ヨ	ロ	ヲ
そ	と	の	ほ	も	よ	ろ	を
so	to	no	ho	mo	yo	ro	o

這五十音圖中，有三個字是重複的：即ア行的『イ』『エ』和ヤ行的『イ』『エ』，以及ア行的『ウ』和ワ行的『ウ』是。此外還有一個撥音的『ン』(平假名爲『ん』，羅馬字爲『n』)，不在表內，所以日本的假名，全部爲四十八個字。至於實際的音，還沒有這麼多，因爲ア行的『イ』『エ』『オ』和ワ行的『ヰ』『ヱ』『ヲ』字雖不同，而音則完全相同，所以實際上只有四十五個音。

這五十音圖中的字，由上往下讀，叫作『行』，如『アイウエオ』是『ア行』，『カキクケコ』是『カ行』；由右向左讀，叫作『段』，如『アカサタナハマヤラワ』是『ア段』，『イキシチニヒミイリヰ』是『イ段』。研究文法時，非把這個圖牢牢背熟不可，至於『行』和『段』，在研究動詞的語尾活用時，絕對有用，尤須注意。

二、音韻

日本的音韻，可以分成『清音』，『濁音』，『半濁音』，『拗音』，『長音』，『促音』，和『撥音』七種。茲分列如下：

一、清音：

五十音圖中的音，均屬於清音，故不再贅。

一、濁音：

段／行	ア段			イ段			ウ段			エ段			オ段		
	片假名	平假名	羅馬字	片假名	平假名	羅馬字	片假名	平假名	羅馬字	片假名	平假名	羅馬字	片假名	平假名	羅馬字
ガ行	ガ	が	ga	ギ	ぎ	gi	グ	ぐ	gu	ゲ	げ	ge	ゴ	ご	go

ザ行	ダ行	バ行
ザ ざ za	ダ だ da	バ ば ba
ジ じ ji	ヂ ぢ ji	ビ び bi
ズ ず zu	ヅ づ zu	ブ ぶ bu
ゼ ぜ ze	デ で de	ベ べ be
ゾ ぞ zo	ド ど do	ボ ぼ bo

濁音係對淸音而言，前者音重鈍而後者音輕銳，故有此名。濁音計只有右列二十字。

又濁音之中，有『ザ行』的『ジズ』和『ダ行』的『ヂヅ』，現時除却四國和九州兩地方之外，已完全讀成同音了。

三、半濁音：

ぱ行
パ ぱ pa
ピ ぴ pi
プ ぷ pu
ペ ぺ pe
ポ ぽ po

半濁音又名『次淸音（ジセイオン）』，因爲此音原來應該歸入淸音，但爲要使牠和ハ行及バ行區別起見，所以古來即另爲立此名目。

四、拗音：

クヮ kwa	リャ rya	ミャ mya		ヒャ hya	ニャ nya	チャ cha	シャ sha	キャ kya
	リュ ryu	ミュ myu		ヒュ hyu	ニュ nyu	チュ chu	シュ shu	キュ kyu
	リョ ryo	ミョ myo		ヒョ hyo	ニョ nyo	チョ cho	ショ sho	キョ kyo
グヮ gwa	○	○	ピャ pya	ビャ bya	○	ヂャ ja	ジャ ja	ギャ gya
	○	○	ピュ pyu	ビュ byu	○	ヂュ ju	ジュ ju	ギュ gyu
	○	○	ピョ pyo	ビョ byo	○	ヂョ jo	ジョ jo	ギョ gyo

前面所述的清音・濁音・半濁音，都是按字讀音，一字一音，所以有人把牠名爲『直音（チョクオン）』。拗音則是把兩個直音同時混合念出，如上列三十八音是。拗音之中，除却『クヮ』和『グヮ』兩個例外，都是『イ段』的字，再配上『ヤ』『ュ』『ョ』三音做成的；而『ャ』『ュ』『ョ』等字，通常都小寫，并偏在右邊，以表小其爲補助音的意思。

『クヮ』和『グヮ』也常念成『カ』和『ガ』，例如『關係(クワンケイ)』常讀為『カンケイ』，『頑固(グワンコ)』常讀為『ガンコ』。

五、長音：

ア行	アア ā	イイ ī	ウウ ū	エイ ē	オウ ō
カ行	カア kā	キイ kī	クウ kū	ケイ ke	コウ kō
サ行	サア sā	シイ shī	スウ sū	セイ sē	ソウ sō
タ行	タア tā	チイ chi	ツウ tsū	テイ te	トウ tō
ナ行	ナア nā	ニイ nī	ヌウ nū	ネイ ne	ノウ nō

（ハ行以下，可以此類推，故畧之。）

把一個字，加倍地讀長，叫作『長音』。通常是用『ア』字加在『ア段』的字的底下，『イ』字加在『イ段』和『エ段』的字的底下，『ウ』字加在『ウ段』和『オ段』的字的底下，以表示各該字的長音。

上述的原則，係適用於日本固有的語言的；如係外來語，則無論那一『段』的字，都用『ー』符號，以表示長音。例如：

カード (Card)　シーソー (Seesaw)　ルール (Rule)

テーブル（Table）　ノートブック（Note-book）

六、促音：

キッテ（切手＝郵票）　ザッシ（雜誌）　ニッポン（日本）

ヒッキ（筆記）　マッセ（末世）　ラッパ（喇叭）

在兩音之間，不一直連讀，而急促地將前音稍爲停頓一下，然後讀下去的，叫作『促音』，前列各字均是。促音通常是用一個『ッ』字，小寫在右邊，以作符號。茲再舉出幾個日本通行的含有促音的外來語，以備領會。例如日語把 Match 叫作『マッチ』，把 Cup 叫作『コップ』，把 Epock 叫作『エポック』，把 Yacht 叫作『ヨット』。

七、撥音：

エンヒツ（鉛筆）　コンニチ（今日）　センセイ（先生）

テンポ（電報）　ハンゲン（版權）　マンゾク（滿足）

撥音又名『鼻音（ビオン）』，因爲他是通過鼻孔而反撥發出的音，所以有此名稱。撥音的假名是『ン』，平假名爲『ん』，羅馬字爲『n』。牠的音和英語的『n』相似，例如英語的 Pen 日語叫作『ペン』，英語的 Ink 日語叫作『インキ』，英語的 Rain-coat 日語叫作『レインコート』。

在上述七種音韻之外，還有所謂『重音』(ヂユウオン)一種，如『ココロ』(心)，『ナナツ』(七)，『トキドキ』(時時)，『タビタビ』是其例。重音寫出時，通常下一音不用假名，而用『重音符』標示。重音符有兩種：一種爲『丶』(平假名用『ゝ』)，一爲『〱』(平假名同)。『丶』用以表示一字假名的重音，如把『ココロ』寫爲『コ丶ロ』，『ナナツ』寫爲『ナ丶ツ』；『〱』則用以表示兩字假名的重音，如把『トキドキ』寫爲『トキ〲』，『タビタビ』寫爲『タビ〱』。至於漢字的『重音符』，則用『々』，如把『人人』寫爲『人々』，把『時時』寫爲『時々』。

三、韻音的變化

兩個以上的假名，結合而構成一熟語的時候，常常發生各種音韻上的變化，這就叫作『音韻ノ變化』(オンキン ヘンクワ)。音韻的變化計有『轉呼音』(テンコオン)，『連濁』(レンダク)，『通音』(ツウオン)，『畧音』(リヤクオン)，『約音』(ヤクオン)，『添音』(テンオン)，和『音便』(オンベン)七種。其中尤以『轉呼音』和『音便』最爲重要，應特別注意。茲分別說明如下：

一、轉呼音：

假名的發音，不依照本來的音讀，而轉變讀成他音的，叫作『轉呼音』。轉呼音可分爲下列三種：

(1)ハ行轉呼音：

『ハ行』的『ハヒフヘホ』五個字母，處在他音之下時，則轉呼爲『ワイウエオ』。例如：

『川』轉呼カワ　　『庭』轉呼ニワ

『言ヒテ』轉呼イイテ　　『添ヒテ』轉呼ソイテ

『言フ』轉呼イウ　　『添フ』轉呼ソウ

『家』轉呼イエ　　『前』轉呼マエ

『顏』轉呼カオ　　『鹽』轉呼シオ

（2）ア段轉呼音：

『ア段』的假名，底下附着『ウ』或『フ』時，則該假名須轉呼成本行『オ段』的音的長音。例如：

『扇』轉呼オウギ　　『蝙蝠』轉呼コウモリ

『障フ』轉呼ソウ　　『淘汰』轉呼トウタ

『萎フ』轉呼ノウ　　『帚』轉呼ホウキ

『舞フ』轉呼モウ　　『漸ク』轉呼ヨウヤク

『蠟燭』轉呼ロウソク　　『往復』轉呼オウフク

（3）エ段轉呼音：

『エ段』的假名，底下附着『ウ』或『フ』時，則該假名須轉呼成本行『イ段』和『ヨ』相切的『拗音』的長音。例如：

「葉(エフ)」轉呼イョウ　　「教育(ケウイク)」轉呼キョウイク

「捷徑(セフケイ)」轉呼ショウケイ　　「朝鮮(テウセン)」轉呼チョウセン

「饒舌(ネウゼツ)」轉呼ニョウゼツ　　「標準(ヘウジユン)」轉呼ヒョウジュン

「妙(メウ)」轉呼ミョウ　　「獵師(レフシ)」轉呼リョウシ

二、連濁：

所謂「連濁」者，係原來應該是淸音，因爲連在他語的後面，受了前面語音的影響，而變成濁音。例如：

「松葉(マツバ)」原是マツハ　　「草帚(クサボウキ)」原是クサホウキ

「日日(ヒビ)」原是ヒヒ　　「時時(トキドキ)」原是トキトキ

「倒木(サカギ)」原是サカキ　　「金箔(キンパク)」原是キンハク

「三分(サンブン)」原是サンフン　　「日本(ニッポン)」原是ニホン

三、通音：

兩個以上的單語，結連而構成一熟語時，原音的假名，或轉變而爲同「行」而異「段」的其他假名的音，或轉變而爲異『行』而同『段』的其他假名的音，就叫作『通音』。例如：

(1)同行而異段的通音：

『酒屋(サカヤ)』原是サケヤ　『雨傘(アマカサ)』原是アメカサ

『木ノ葉(コハ)』原是キノハ　『白雪(シラユキ)』原是シロユキ

『聲色(コワイロ)』原是コヱイロ　『荒波(アラナミ)』原是アレナミ

(2)異行而同段的通音：

『春雨(ハルサメ)』原是ハルアメ　『私(アタシ)』原是ワタシ

『彼(アレ)』原是カレ　『煙(ケムリ)』原是ケブリ

四、畧音：

在一個語中，常有把某個音畧去的，這就叫作『畧音』。例如：

『私(ワタシ)』爲ワタクシ略的。　『妹(イモト)』爲イモウト略的。

『河原(カハラ)』爲カハハラ略的。　『青柳(アヲヤギ)』爲アヲヤナギ略的。

五、約音：

在熟語中，有兩個假名的音，縮約爲一個假名的音，就叫作『約音』。例如：

『彼方』爲カノカタ約的。　『語フ』爲カタリアフ約的。

『然ラバ』爲シカラバ約的。　『言傳』爲コトツタヘ約的。

六、添音：

爲發音方便起見，在應有的音之外，再加他音，就叫作『添音』。例如：

『詩歌』爲シカ添的。　『四時』爲シジ添的。

『八日』爲ヤカ添的。　『眞中』爲マナカ添的。

七、音便：

爲發音的方便起見，將原音轉訛爲他音，就叫作『音便』。音韻變化之中，以音便一種最爲常用，故須特別注意。轉呼音的音雖變而假名不變，其他六種的音韻變化，則音變而假名隨之而變。音便變化，通常所用的，爲下列四種：

音便名稱	原音	音便
イ音便	キ　ギ	イ
ウ音便	ク　ヒ	ウ

促音便	チ　ヒ　リ	ツ
撥音便	ニ　ビ　ミ	ン

（1）イ音便的用例：

『幸(サイハイ)』爲サキハヒ的音便。『朔日(ツイタチ)』爲ツキタチ的音便。

『漕(コ)イデ』爲コギテ的音便。『繼(ツ)イデ』爲ツギテ的音便。

（2）ウ音便的用例：

『拍子(ヒヤウシ)』爲ヒヤクシ的音便。『有難(アリガタ)ウ』爲アリガタク的音便。

『買(カ)ウテ』爲カヒテ的音便。『向(ムカ)ウテ』爲ムカヒテ的音便。

（3）促音便的用例：

『勝(カ)ッテ』爲カチテ的音便。『打(ウ)ッテ』爲ウチテ的音便。

『買(カ)ッテ』爲カヒテ的音便。『向(ムカ)ッテ』爲ムカヒテ的音便。

『賣(ウ)ッテ』爲ウリテ的音便。『居(ヰ)ッタ』爲チリタ的音便。

（4）撥音便的用例：

『死ンデ』爲シニテ的音便。『遊ンデ』爲アソビテ的音便。
『學ンダ』爲マナビタ的音便。『濟ンダ』爲スミタ的音便。
（詳細可參照第二編第五章第八項動詞的音便）

第三章 詞品概說

一、十品詞

名詞：

名詞係用以直接代表有形無形的事物的體言。相當於英文法的 Noun 。例如：

日ガ出タ。　日出了。

汽車ガ停車場ヘ着イタ。　火車到了車站。

コロンバスハアメリカヲ發見シマシタ。　哥崙布發見亞美利加。

健康ハ富ニ勝ル。　健康勝於有錢。

二、代名詞：

代名詞係用以代替名詞的體言。相當於英文法的 Pronoum 。例如：

私ハ中華民國人デス。　我是中華民國人。

コレハ何デスカ。　這個是什麼？

ココニ本ガアリマス。　這邊有書。

貴君ハアチラへ行キマスカ。　　你到那邊去嗎？

三、數詞：

數詞係用以表示事物的數量或順序的體言。英文法叫作 Quantitative Adjective（數量形容詞），係附屬在形容詞中，但在日本文法中，則因其性質與形容詞完全不同，故另立一品詞。數詞常因事物種類之不同，添入種種的『接頭語』和『接尾語』。例如：

一　二　三　第四　五番目　第六號

四、形容詞：

形容詞係表示事物的性質・情態・分量的用言。相當於英文法的 Adjective。例如

風ガ涼シイ。　　風涼。

彼ハ貧シイ。　　他窮。

錢ガ少イ。　　錢少。

桐ノ木ハ柔クテ弱イ。　　桐樹柔而弱。

五、動詞

動詞係用以表示事物的動作・情態・或存在的用言。相當於英文法的 Verb 。由其性質上，可以分爲自動詞(即英文法的 Intransitive verb)和他動詞(即英文法的 Transitive verb)兩種。例如：

(1)自動詞：

梅ガ咲ク。　梅開。

夕日ガ沈ム。　夕陽落下。

枝ガ廣ガル。　枝展出來。

(2)他動詞：

私ハ顔ヲ洗フ、　我洗臉。

牛ガ水ヲ飲ム。　牛喝水。

樹ガ枝ヲ廣ゲル。　樹把枝展出來。

六、助動詞：

助動詞，大都是接續於動詞或別的助動詞之後，以補助其意義的用言。相當於英文法的 Auxiliary verb，唯英文法係附屬於動詞中，而日本文法則因其語數既多，變化又雜，故單獨成一品詞。例如：

汽車ガ着キマシタ。　火車到了。

人ニ褒メラレル。　被人誇獎。

私ハ知リマセン。　我不知道。

七、副詞：

副詞係添副於動詞・形容詞・或其他的副詞，施以種種修飾的副用語。相當於英文法的 Adverb

例如：

櫻ノ花ガ大層綺麗デス。　櫻花很好看。

彼ハ餘程良イ人デス。　他是很好的人。

トウトウ見エナクナリマシタ。　終於看不見了。

段々寒クナッタ。　漸漸冷了。

八、接續詞：

接續詞係用以接續語・句・或文章的副用語。相當於英文法的 Conjunction。例如：

松又ハ杉ガ柱ニスルコトガ出來マス。　松或杉可以作柱子。

アノ人ハ學問モ有リ、又道德モ良イ。　那個人學問既有，道德又好。

汽車ガ着イタ。ソシテ乗客モ皆降リタ。　火車到了。而乘客也都下來了。

九、感動詞：

感動詞是我人遇到喜・怒・哀・樂・或驚異而發出的感動的聲音，也是一種副用語。相當於英文的Interjection。例如：

サアサア御飯ヲ召上リナサイ。	來啊，來啊，請吃飯吧。
オヤ誰カ門前ニ來マシタ。	啊！誰到門口來。
オイ君ドウシタネ。	喂！你是怎樣一回事。

十、助詞：

助詞係添附於體言・用言・或其他的助詞，以表示上邊的語・句和下面的語・句的關係；有時則添附於語・句・或文章的末端，表示疑問・感嘆等意義。助詞爲日本文法中特有而最麻煩的品詞，古來叫作『テニヲハ』，有一部分相當於英文法的Preposition，有一部分又像我國的『之乎也者』，爲外國人最難學習的東西，應該特別研究。茲隨便舉出幾個例如下：

ココニ何ガ有リマスカ。	這裏有什麽？
本ト紙ガ有リマス。	有書和紙。

サヨウデスネエ。　　是啊。

二 熟語・疊語・連語・接頭語・接尾語

一、熟語：

兩個以上的單語，結合而構成另一個單語時，就叫作『熟語(ジュクゴ)』。一個熟語外表上雖似兩三個語，其實是一語而已，所以他有時雖是幾種品詞結成的，但仍須依其性質，當作一個品詞看待。例如：

朝起(アサオキ)＝朝＋起＝名＋動，結成名詞。

近寄(チカヨ)ル（靠近）＝近＋寄ル＝形＋動，結成動詞。

實(ジツ)ニ＝實＋ニ＝名＋助詞，結成副詞

熟語即英文法的 Compound-word，所以有人叫作『合成語(ガッセイゴ)』。兩者的構成和歸類的原則，也都一樣。例如：

Out-of-date（時代落伍）＝Out＋of＋date＝副＋前＋名，結成形容詞。

Pickpocket（扒手）＝pick＋pocket＝動＋名，結成名詞。

Offhand（爽直）＝off＋hand＝副＋名，結成副詞。

二、疊語：

『疊語』係熟語中之一種，牠的特色，只在於把同一個單語，重疊結成之一點而已。例如：

『人々』(ヒトビト)(人們)　『我々』(ワレワレ)(我們)

『時々』(トキドキ)(時時)　『樣々』(サマザマ)(樣樣)

三、連語（或名爲『句』）：

兩個以上的單語，集合起來，表示一個思想，叫作『連語』。連語卽英文法的 Phrase。連語和熟語不同的地方，有兩點可注意：一，由組織上看來，熟語是單語的合體，而連語只是單語的集合；二，由用法上看來，熟語在品詞上只能當作一語看待，而連語則須分成數語歸類。茲舉出幾個連語的例如下：

『梅ノ花』(ウメノハナ)(梅的花)(名＋助＋名)　『ズット早イ』(ズットハヤイ)(較快)(副十形)

『隣ニ住ンデ居ル人』(トナリニスンデヰルヒト)(住在隣居的人)(名＋助＋動＋助＋動＋名)

『運動ヲ好ム生徒』(ウンドウヲコノムセイト)(喜歡運動的學生)(名＋助＋動＋名)

四、接頭語：

『接頭語』相當於英文法的 Prefix，單獨不能自立，牠只能附麗在用言・體言・或副詞之上，以加強其語調，或添加其意義。例如：

『オ天氣』(オテンキ)　『マ晝』(マヒル)

六八

『ハツ雷（カミナリ）』　『ス顔（カホ）』

上面的『オ』表示敬意，『マ』表示眞正，『ハツ』表示初，『ス』表示淨，都是接頭語。

五、接尾語：

『接尾語（セツビゴ）』相當於英文法的 Saffix ，也是不能單獨自立，只能附麗在用言・體言・或副詞之後，以添加其意義，或賦與其資格。例如：

『私（ワタクシ）ドモ』　『一番（イチバン）』

『深（フカ）ミ』　『男（オトコ）ラシイ』

上面的『ドモ』表示多數，『番』表示次序，『ミ』賦予名詞資格，『ラシイ』賦予形容詞資格，都是接尾語。

接頭語和接尾語，跟英文法中的 Prefix 和 Saffix 一樣，雖也是一種語，但他不能直接構成文的要素，所以不能叫作單語，因此也就不能當作一種品詞看待。牠所添加而成的單語，一定可以歸入十品詞中的某一種品詞。

第四章　文章概說

一、文章的主要成分

單語結合而能表示一個完全的思想，就叫作『文』或『文章』。文或文章即英文法的 Sentence 。所謂完全的思想，是對於某一個『主題』，加以某種『敘述』。成爲主題的語，叫作『主語』，而用以敘述主語的語，叫作『說明語』。說明語又名爲『敘述語』，或畧稱『述語』。

一、主語和說明語：

梅ガ美シイ。	梅好看。
汽車ガモウ着イタ。	火車已到了。
夕日ハ西ヘ沈ンダ。	夕陽向西落了。
コレハ筆デス。	這是筆。

右例的『梅』、『汽車』、『夕日』『コレ』等，都是敘述的主題，也即是文的『主語』。主語即英文法的 Subject 。主語通常是用名詞或代名詞，處於文的首位，日語中主語之下，常添入ガ，ハ，モ，ノ等助詞，爲英文所沒有的。

再看例中的『美シイ』，『着イタ』『沈ンダ』，『デス』等，都是用來對主語加以叙述的，所以是『說明語』。說明語卽英文法的 Predicate。日語中的說明語，通常是用動詞・形容詞・或助動詞，這一點和英文法不同，英文法中的說明語，非有動詞不可，例如上列的『梅ハ美シイ』和『コレハ筆デス』譯爲英文時，一定要添入動詞 To be，而成爲『The plum-blossoms are pretty.』和『This is a pen.』，這是兩國語很差異的地方，須特別注意。

二、客語：

犬ガ魚ヲ銜ヘル。	狗銜魚。
人ガ笛ヲ吹ク。	人吹笛。
勉強ノ生徒ガ英語ノ本ヲ讀ム。	用功的學生讀英文的書。

右例中的『犬』、『人』、『生徒』是主語，『銜ヘル』、『吹ク』、『讀ム』是說明語，但是這些說明語都是他動詞，非再有表示叙述的目的之語，加以補充不可，這些表示叙述的目的語，如『魚』、『笛』、『本』等語，就叫作『客語』。客語卽英文法的 Object，唯英文法中的 Object 是直接接連動詞，不須他語作介的，如『The dog takes a fish in its mouth.』，而日本文法中的客語，則常用助詞『ヲ』添入於其下。不過在客語底下的這個『ヲ』字，如遇到前面或後面加有別的助詞時，則時常把牠略掉。例如下列兩例，都是略去

「ヲ」字的：

御飯(ヲ)ハ食ベナイ。　　飯是不吃的。

菓子カ果物カ(ヲ)買ッテ下サイ。　　請給買餅乾或水果。

日文中的客詞，也和英文一樣，通常是用名詞或代名詞充用的，這是兩者共通的地方。

三、補語：

(1)自動詞的補語：

彼ハ年寄ニナッタ。　　他變老了。

雪ガ雨ニ變ッタ。　　雪變成雨。

松ノ影ガ水ニ映ル。　　松影映在水裏。

(2)他動詞的補語：

僕ハ彼ニ時計ヲ與ヘタ。　　我給他時表。

私ハ彼女ヲ千代ト呼ブ。　　我叫他千代。

彼ハ友達カラ長イ手紙ヲ貰ッタ。　　他由朋友收到長信。

(3)形容詞的補語：

猿(サル)ハ人(ヒト)ニ近(チカ)イ。

太陽(タイヤウ)ハ月(ツキ)ヨリモ遙(ハル)カニ明(アカ)ルイ。

コノ角(カク)ハソノ角(カク)ト相等(アヒヒト)シイ。

　　猿近乎人。

　　太陽比月亮得多。

　　這角和那角相等。

由右各例看來，可見有些文章，只有主語和敘述語，意思還不完全。如(1)的文例中的『ナル』、『變ル』

『映ル』等，都是自動詞，這些自動詞如果不加上『年寄』、『雨』、『水』一類的語，意思就不完全。再如(2)

的文例中的『與ヘル』、『呼ブ』、『貰フ』等，都是他動詞，雖然也有客語，可是如果不加上『彼』、『千代』

『友達』一類的語，意思也不完全。至於以形容詞爲敘述語的文章，如(3)的文例中的各文，只有形容詞

『近イ』、『明ルイ』、『相等シイ』等，也不能表示完全的意思，非加上『人』、『月』、『角』一類的語不可。這

種把不完全的意思補充成爲完全的語，就叫作『補語』。

日文法中的補語，相當於英文法的 Complement，唯前者比後者範圍較廣，因爲英文法中的『間接客語』

(Indirect object)，在日本文法也把牠包括在補語中。如前例中的『僕ハ彼ニ時計ヲ與ヘタ』，譯成英

文爲『I gave him a watch.』，這裏的 him 英文法叫作『間接客語』，而日文法則仍叫作『補語』。

日文法中的補語，通常是用名詞或代名詞，但是英文法中的補語，則名詞和代名詞之外，形容詞也很常

用。如前例中的『彼ハ年寄ニナッタ』，譯成英文爲『He has grown old.』，這裏面的『年寄』和『old』，不

但所包括的概念完全一致，而且都是自動詞『ナル』即『Grow』的補語，可是英文用的是形容詞；而日文則用名詞。這也是兩國文法中似同而實異的一點。

還有一層，日文中形容詞可單獨作爲叙述語，而英文則叙述語非用動詞不可，因此日文中的形容詞也可以有補語，而英文中則沒有這種例。譬如前邊例文中的『猿ハ人ニ近イ』，譯成英文爲『Monkey is like man.』，日文中的『人』是形容詞『近イ』的補語，但英文中的『Man』則不是形容詞『Like』的補語，而是動詞『is』的補語。這一點也很値得特別注意。

二、修飾語

添附於文章的主要成分，以修飾或限定其意味的語，叫作『修飾語』。修飾語可分兩種：一種是修飾體言的成分的，叫作『形容詞性修飾語』；另一種是修飾用言的成分或副詞的成分的。叫作『副詞性修飾語』。修飾語即英文法的『Modifier』，而形容詞性修飾語和副詞性修飾語，則各等於英文法的『Adjective modifier』和『Adverbial modifier』。茲分別舉例如下：

(1)形容詞性修飾語：

美シイ夕燒ヲ御覧ナサイ。　　請看好看的晚霞。

四季折々ノ眺メガヨイ。　　四季各時的景緻很好。

太陽ハ旅人ニ暖カナ光ヲ送ッタ。	太陽送暖的光給旅人。
魚ヲ銜ヘタ犬ガ橋ニ立ッテ居ル。	銜魚的狗立在橋上。

(2)副詞性修飾語：

夕立ガスッカリ晴レタ。	驟雨全晴。
東京ハ實ニ廣イ。	東京實在大。
櫻ガポツ〳〵ト咲キ始メタ。	櫻花逐逐開始開了。
汽車ガダン〳〵早ク走リマス。	火車漸漸走快。

日本文法中的『形容詞性修飾語』和『副詞性修飾語』，也跟英文法的 Adjective modifier 和 Adverbial modifier 一樣，不但是用形容詞或副詞充當，還可以轉借別種品詞，以及連語(Phrase)・節(Clause)來充用。

三、主部・客部・補部・說明部

文的主要成分——即主語・客語・補語・說明語——加上修飾語，即叫作『部』，因此可以把部分成『主部』，『客部』，『補部』，和『說明部』四種。茲在本章中隨便拿出幾個例，表列如次：

主部		客部		補部		說明部	
修飾語	主語	修飾語	客語	修飾語	補語	修飾語	補語
	汽車ガ					モウ	着イタ
勉强ノ	生徒ガ	英語ノ	本ヲ				讀ム
	太陽ハ				月ヨリモ	遙ニ	明ルイ
コノ	角ハ			ソノ	角ト		相等シイ
	彼ハ	長イ	手紙ヲ		友達カラ		貰ッタ

在英文法中，常常是只分成主部和客部兩部而已，主部叫作 Complete subject，而客部則叫作 Complete predicate。上面所說的客部和補部，英文法是把牠歸在 Complete predicate 中的，這在理論上雖是對的，可是解剖時還是依這裏的說法，分成四部，較爲方便。

四、節

『節』即英語的 Clause，例如『西洋人ハ顏色ガ白イ』『雨ハ降ラナイガ風ガアル』諸文中的『顏色ガ白イ』『雨ハ降ラナイ』『風ガアル』等語，有主語，有說明語，如果把牠單獨挑出來，都可以表示完全的思想，可是在整個的文中，只能表示一個思想的一部分，這種構造就叫作『節』。

第二編　品詞論

第一章　名詞

一、名詞的種類：

日語中的名詞，在文法上，並沒有分類的必要。不過在習慣方面，也有人依照英文法，分成固有，通，集合，物質，抽象五種。比較通行的，是依照通用或專用，把牠分成左列兩種：

(1)固有名詞：

日本　ナポレオン　南京　齋藤實　源氏物語　上海事變　塘沽協定　水星
ニホン　　　　　　 ナンキン サイトウマコト ゲンシモノガタリ シャンハイジヘン タンクーケフテイ スキセイ

人人書店
ジンジンショテン

(2)普通名詞：

國語　書物　魚　鯉　ステッキ　色　冗談　金　文法　家庭　大人
コクゴ ショモツ ウヲ コヒ イロ ジョウダン カネ ブンポフ カテイ オトナ

大臣　官吏
ダイジン クワンリ

此外還有人依照形態之有無，分成左列四種：

(1)有形的名詞：

山　家屋　梅　雜誌　マッチ　雀　太陽　筆

(2)像想爲有形的名詞：

神　幽靈　天國　極樂　淨土　地獄　冥土

(3)無一定形的名詞：

水　酒　油　インク　水素　酸素　空氣

(4)無形的名詞：

光　東　春　夢　命　思想　勉强　病氣

以上的分類法，在研究語的成立上，或者有些意義，但在研究文法的功用上，則沒有必要，這不過是受英文法的名詞分類的影響而留下來的。其實英文名詞的分類，乃是因爲文法研究上的需要纔分的，牠所以把名詞分成 Proper Noun（固有名詞），Common Noun（普通名詞），Collective Noun（集合名詞），Material Noun（物質名詞），和 Abstract Noun（抽象名詞）五種者，因爲這是跟 Article（冠詞）和 Number（數）的用法，有很大的關係。例如：

(1)固有名詞通常不能有冠詞，不能有複數，須用大文字（Capital Letter）開始。例如：

Sanyo was a great historian.（山陽ハ大歷史家デアル＝山陽是大歷史家）。

This is the hat of John.（コレハジョンノ帽子デス＝這是約翰的帽子）。

（2）普通名詞和集合名詞有單數和複數，單數須帶冠詞，複數則有時帶冠詞，有時不帶。例如：

（A）單數：

A boy likes to play.（子供ハ遊ブ事ガ好キダ＝小孩子喜歡玩）。

This is a large class.（コレハ大キイ級ダ＝這是一班大班級）。

（B）複數：

The boys went into their classroom.（兒童ハ教室ニ入ッタ＝小孩進入教室）。

Boys like to play.（小供ハ遊ブ事ガ好キデス＝小孩喜歡玩）。

The families were all glad.（家族共ハ皆大イニ喜ブ＝家族皆大歡喜）。

They all have families.（彼等ハ皆家族ガアル＝他們都有家族）。

（3）集合名詞中，有所謂 Noun of Multitude（羣集的名詞），形雖單數，而義則複數，因此牠的說明語的動詞，須用複數。例如：

（A）單數：

My family are all well.（私ノ家族ハ皆達者ダ＝我的家族都好）。

(B)複數：

Our families are all well.（我等ノ家族ハ皆達者ダ＝我們的家族都好）。

(4)物質名詞不能有複數，通常不帶冠詞，唯對於某些特殊的物質，可用定冠詞。例如：

Water to drink must be quite pure.（飲用水ハ清イノヲ要ル＝飲用的水須很純潔）。

The water of this well is quite good to drink.（コノ井戸ノ水ハ飲ンデ宜シイ＝這井的水，在飲用上是很好的）。

Bread is made of flour.（パンハメリケン粉デ作ル＝麪包是麥粉做的）。

The bread we had at lunch was not good.（晝飯ニ食ッタパンハ良クナイ＝中飯所吃的麪包，不很好）。

(5)抽象名詞在形式上爲單數，通常不帶冠詞，唯有時和物質名詞一樣，在特殊情形之下，須帶定冠詞。例如：

Happiness cannot be bought with money.（幸福ハ金デハ買ヘヌ＝幸福不是錢可以買的）。

People envy the happiness of our family.（世ノ人ハ僕ノ家族ノ幸福ヲ羨ム＝世人羨慕我的家族的幸福）。

由上列各例看來，可見英語的名詞，種類不同，則用法也就隨而發生差異，所以非分類研究不可。若日語的名詞，無論怎樣分類，牠的用法，仍然完全一致，強加分類，反成蛇足了。

二、名詞的性別：

日語中的名詞，在文法上，並沒有分性的必要。所謂性，即英文法的Gender。日本的名詞，當然也能表示性的區別；他的表示方法，大都是在名詞之上，加上一個表示性的接頭語，構成熟語。例如：

雄牛(ヲウシ)　雌牛(メウシ)　牡雞(ヲンドリ)　牝雞(メンドリ)

此外還有一種名詞的本身，即含有性的區別的。例如：

父(チヽ)　母(ハヽ)　兄(アニ)　姉(アネ)　男(ヲトコ)　女(ヲンナ)　息子(ムスコ)　息女(ムスメ)

由上例看來，好像日語的名詞，也跟英語一樣，應該區分性別；其實不然，這些名詞，乃是『關於性的名詞』，而不是『名詞的性』。英文法所講的，則『關於性的名詞』之外，還講『名詞的性』。英文法通常把名詞的性分成左列四種：

（1）男性(Masculine Gender)。例如：

father, boy 之類。

（2）女性(Feminine Gender)。例如：

mother, girl 之類。

(3)通性(Common Gender)。例如：

parent, child 之類。

(4)無性(Neuter Gender)。例如：

desk, tree 之類。

日語的名詞，不管牠所表示的是那一種性，牠的用法，完全一樣；英語則不然，牠和人稱代名詞(Personal pronoun)的第三人稱(Third Person)的用法，有密切的關係，例如：代表男性名詞的代名詞，須用 he；代表女性名詞的代名詞，須用 she；代表無性名詞的代名詞，須用 it；代表中性名詞的代名詞，須用 it，或查其是男是女，而用 he 或 she。

還有一層，日語只有在代表有生物的名詞中，碰到必要，乃加以性的區別；而英語則不但對於代表有生物的名詞，一律加以性的區別，而且對於好些無生物和抽象名詞，也加以人格化(Personification)，賦以性的區別；這種區別，不但爲日語所沒有，而且很不合常識。例如：

(1)男性：

Sun (太陽)　Winter (冬)　War (戰爭)　Anger (怒)

(2)女性：

Moon（月） Spring（春） Peace（平和） Mercy（慈悲）

由上述各例看來，日語名詞中只有『自然的性』而已，而英語名詞中則於『自然的性』之外，還有『文法上的性』。這兩種性在英語名詞中，都和代名詞有關聯，如果不用男性代名詞代表男性名詞，女性代名詞代表女性名詞，中性代名詞代表中性名詞，則在文法上爲破格，因此對於名詞的性，非分別研究不可。日語中全沒有這些講究，所以沒有分性的必要。

三、名詞的數別：

日語中的名詞，在文法上，沒有分數的必要。所謂數，即英文法的 Number 。

日語名詞，在形式上和作用上，大都是單複不分的，有時雖也能表示複數，但牠在文法上，一點也不發生作用，所以在文法中，不必爲牠特留地位。牠表示複數的方法有左列三種：

(1)用疊語表示：

山山（ヤマヤマ） 國國（クニグニ） 人人（ヒトビト） 處處（トコロドコロ） 品品（シナジナ）

(2)用表示複數的接尾語加入表示：

人達（ヒトタチ） 先生（センセイ）ガタ 女（オンナ）ドモ 番頭（バントウ）ラ 書物（ショモツ）ナド

（3）用表示複數的接頭語加在漢語名詞上表示：

諸先生　數月　多年　来說

英語名詞除却少數的單複同形的字，如 deer（鹿），sheep（羊），corps（軍隊）等字不算，他的單數和複數，大都要在形式上表示出來。表示的方法有兩種：

（1）規則的變化——在單數名詞之後加上 s 或 es：

單數：dog　dish　leaf　lady

複數：dogs　dishes　leaves　ladies

（2）不規則的變化：

單數：mouse（鼠）　Tooth（齒）　ox（牛）　child（小孩）

複數：mice　teeth　oxen　children

英語名詞的單複數，跟動詞和代名詞有密切的關係。因爲單數名詞，須用單數代名詞來代表，以牠爲主語的述語，須用動詞的單數形；複數名詞，須用複數代名詞來代表，以牠爲主語的述語，須用動詞的複數形。例如：

（1）單數：

A boy is coming. He is John's son. (一人ノ子供ガ來ル。アレハジョンノ息子デス＝一個小孩來了。他是約翰的兒子)。

(2)複數：

Two boys are coming. They are John's sons. (二人ノ子供ガ來ル。アレハジョンノ息子デス＝兩個小孩來了。他們是約翰的兒子)。

上例的那些變化，在日語中是沒有的，由此可見數別在日語名詞中，沒有特別注意的價值。

四、名詞的人稱：

日語名詞的人稱，在形式上並沒有什麼區別。唯『敬語』則和人稱有關係。所謂人稱，即英文法的Person。

凡有語言，必有人稱，所以日語也和英語一樣，有第一人稱(First Person)，第二人稱(Second Person)，第三人稱(Third Person)的區別。唯英語名詞的人稱，須和牠所關聯的代名詞和動詞，在形式上要完全一致；日本則因動詞不以人稱的不同，而有什麼變化，所以他所關聯的名詞，也自沒有注意人稱的必要。名詞的人稱，通常所用的是第三人稱，第一和第二人稱都很少用。茲各舉一例如下：

(1)第一人稱：

We Chinese students should be ready to lay down our lives for our country.（我々中華學生ハ國家ノ爲ニ命ヲ捨テル覺悟ガナクテハナラン＝我們中國學生不可不有爲國捨命的覺悟）。

（2）第二人稱：

Do you go to school, Yamanaka?（山中君，アナタハ學校ヘ行キマスカ＝山中君，你到學校去嗎？）。

（3）第三人稱：

Does this book sell well? Yes, it sells well（此ノ本ハ好ク賣レルカ。サウデス，好ク賣レマス＝這書好賣嗎？是的，好賣）。

日語名詞和我國的名詞一樣，有所謂『敬語』，爲英語名詞所沒有的。敬語和人稱有密切的關係，同時又和所關聯的敬語的動詞要互相呼應。

名詞中的敬語可歸納爲兩種：一爲『謙稱』係指自己或附屬於自己者；一爲『敬稱』，係指對方或第三者，和與之有關聯者。謙稱名詞大都用一般的名詞便可，有一部分係摹倣我國，加入表示謙卑的接頭語。敬稱名詞的構成法，通常有兩種：一爲加入表示尊敬的接頭語，一爲加入表示尊敬的接尾語。茲分別舉例如下：

（1）謙稱：

拙荊(セツケイ)　家內(カナイ)　小店(セウテン)　敝社(ヘイシャ)

(2) 敬稱：

(A) 加上『オ』、『ゴ』、『オミ』等接頭語於一般的名詞之上：

オ花(ハナ)　オ酒(サケ)　ゴ先祖(センソ)　ゴ注意(チウイ)　オミ足(アシ)

『オ』字接於純粹日語上，而『ゴ』字則接於漢字上。『オ』和『ゴ』兩字，都可改用漢字『御』字。但在女子的固有名詞之上的『オ』——如『オ花』——則須用假名。『オ』和『ゴ』兩字的使用範圍很廣，『オミ』則極少用。

(B) 加上『閣下』、『殿』、『先生』、『樣』、『サン』、『君』、『子』、『チャン』、『ドン』等接尾語於表示人物的名詞之下：

大臣閣下(ダイジンカクカ)　聯隊長殿(レンタイチャウドノ)　青木先生(アヲギセンセイ)　田中樣(タナカサマ)　小林サン(コバヤシ)　山口君(ヤマグチキン)　花子(ハナコ)

敏夫チャン(サトヲ)　新ドン(シン)

『閣下』用於高位高官的人，『殿』用於高官，『先生』用於學者、教師、醫生、政治家、律師、藝術家等，『樣』用於長輩或一般之人，『サン』用於一般之人，『君』用於同輩或低輩，『子』用於女子，『チャン』用於小孩，『ドン』用於商店的學徒一類的人，唯現已不流行了。此外對於有學識的婦

人的敬稱，還有用『女史』、『子女史』、『子夫人』之類者。例如：『井口アグリ女史』、『三宅ヤス子女史』、『九條武子夫人』。

五、名詞的格別：

日語的名詞，除却帶有助詞以外，本身不能表示出格來。格即英文法的 Case，格是表示名詞和文章中的他語的關係。英語名詞的格，有下列三種：

(1)主格(Nominative Case)：

My father gave me a watch. (父ハ私ニ時計ヲ吳レタ＝父親給我表)。

(2)目的格(Objective Case)：

I gave my father a watch. (私ハ父ニ時計ヲ上ゲタ＝我給父親表)。

(3)所有格(Possessive Case)：

This is my father's watch. (コレハ父ノ時計デス＝這是家父的表)。

英語的名詞，主格和目的格，可以在牠所占的文的位置中，辨別而知；所有格則因其帶有 Apostrophe S『'S』，或只帶 Apostrophe『，』，所以可以在形式上表現出來。日語的名詞則無論那一種格，都很難由位置或形式判斷，非連同其所接連的助詞加以辨別不可。

六、轉來的名詞：

日語的名詞，可以分成『本來的名詞』和『轉來的名詞』兩種。本來的名詞是該語產生時，卽為名詞；而轉來的名詞則係由別的品詞轉用而來的名詞。這種轉來的名詞，不但日語中有，在英語中也很不少。我們研究英文法時常常看見所謂 Verbs used as nouns，或是所謂 Adjectives changed into nouns 一類的字句，這一類的名詞，即這裏所指的轉來的名詞。玆先將英語中的幾種轉來的名詞，舉例如下：

(1)由動詞轉來的名詞：

(A)由不定動詞 Infinitive 轉來者：

To read is a good pastime.『讀書ハ良イ娯樂デアル＝讀書是好的娯樂』。

(B)由體用動詞(Gerund)轉來者：

Teaching is learning.（敎ヘルハ 即チ學ブダ＝敎即是學）

(C)由動詞加以語尾的變化轉來者：

Preparation（準備）係 prepare 轉來者。

Examination（試驗）係 Examine 轉來者。

Development（發展）係 develop 轉來者。

Movement (運動)係 move 轉來者。

Trial (嘗試)係 try 轉來者。

Refusal (拒絕)係 refuse 轉來者。

Belief (信仰)係 believe 轉來者。

Receipt (領受)係 receive 轉來者。

Success (成功)係 succeed 轉來者。

Loss (損失)係 lose 轉來者。

(D)動詞不加變化徑行轉來者：

Use Abuse Close Excuse Produce Conduct Protest Import Export Rebel

(2)由形容詞轉來的名詞：

(A)由固有形容詞轉來者：

Chinese Japanese English French German

(B)由形容詞(包括作爲形容詞用的過去或現在的分詞『Participle』)冠上定冠詞轉來者：

The rich (=rich people) often envy the happiness of the poor (=poor people). (富者ガ貧者ヲ羨ム

事ガ屢アル＝富者常羡慕貧者）。

The learned (＝learned men) are apt to despise the ignorant (＝ignorant men)（學問ノアル人ハ兎角學問ノナイ人ヲ輕蔑シ勝ノモノダ＝有學問的人總愛渺視沒有學問的人）。

（C）由形容詞加上語尾轉來者：

Reality（實體）係 real＋ity 轉來者。

Bravery（勇敢）係 brave＋ry 轉來者。

Sweetness（甜蜜）係 sweet＋ness 轉來者。

（D）由形容詞改音或加語尾或不加語尾轉來者：

Strength（强度）係 strong 轉來者。

Breadth（寬度）係 broad 轉來者。

Diligence（勤勉）係 diligent 轉來者。

Ignorance（愚昧）係 ignorant 轉來者。

Privacy（隱遁）係 private 轉來者。

Secrecy（秘密）係 secrete 轉來者。

(E)形容詞不加變化徑行轉來者：

(1)有單數複數的變化者：

White（白人） Native（土人） Criminal（罪人）

(2)常用複數形者：

Ancients（古人） Eatables（食品） Valuables（貴重品）

(3)由副詞轉來的名詞：

Now (=this time) is the time.（サア此ノ時ダ＝此其時矣）。

It is but a mile or so from here (=this place) to there (=that place).（此處カラ彼處マデハ一哩ソコソコダ＝由這裏到那裏約一英里）。

由上列各例看來，可以知道英語中有好些名詞，是別的品詞轉來的。這一種轉來的名詞，在日語中也極普遍，茲也舉出些例，以資比較：

(1)由動詞轉來的名詞：

(A)由動詞的連用形轉來者：

太陽ノ光　春ノ霞　急ギノ用事　怨ヲ買フ　嬉イシ便リ（好消息）　別レガツライ

(恨別)

(B)由動詞的終止形轉來者：

向カフノ山(對面的山)　相撲ヲ取ル(摔跤)　星亨　伊藤茂　中村覺　前川勇

由動詞轉來的名詞，大都是用連用形，這一類的例子極多；至於由終止形轉來的，則爲數極少，普通名詞只有上擧的『向カフ』和『相撲』兩語，其他則爲人名。日語動詞的連用形作爲名詞用者，可以說等於英語的 Gerund。

(2)由形容詞轉來的名詞：

(A)由形容詞的連用形轉來者：

遠クノ國　近クノ山　多クノ人

(B)由形容詞的語根轉來者：

赤ガ勝ツタ　白ガ負ケタ　靑ノ服　黑ノ帽子　田中淸　木村高

由形容詞轉來的名詞，數目遠不如由動詞轉來的名詞之多。其中以用連用形的爲最少，而用語幹的也不多，且有許多是作爲人名用的。此外用形容詞作人名的，還有採用文語的終止形的，如『廣川淸』、『田中正』、『高山久』等是；唯口語的終止形，則無論固有或普通的名詞，都沒有用牠的。

七、熟語的名詞：

(1)由兩名詞合成者：

山櫻（ヤマザクラ）　朝日（アサヒ）　春雨（ハルサメ）　月夜（ツキヨ）　秋風（アキカゼ）　山里（ヤマサト）　谷川（タニガハ）

(2)由名詞和動詞合成者：

兎狩（ウサギガリ）　日暮（ヒグレ）　雨乞（アマゴヒ）　朝起（アサオキ）　草刈（クサガリ）　歌讀（ウタヨミ）　繩飛（ナハトビ）

(3)由動詞和名詞合成者：

釣橋（ツリバシ）　織物（オリモノ）　駈足（カケアシ）(競走)　狩人（カリウド）　挿繪（サシヱ）　入口（イリグチ）

(4)由兩動詞合成者：

受取（ウケトリ）　刈込（カリコミ）　往來（ユキキ）　上リ下リ（アガリサガリ）　勝負（カチマケ）　食ハズ嫌（クハズギラヒ）(僻見)

(5)由名詞和形容詞合成者：

手長（テナガ）　足長（アシナガ）　夜寒（ヨサム）　鹽辛（シホカラ）(魚醬)　氣輕（キガル）(瀟洒)

(6)由形容詞和名詞合成者：

淺瀬（アサセ）　嬉シ涙（ウレシナミダ）　近道（チカミチ）　赤子（アカゴ）　長話（ナガバナシ）　高山（タカヤマ）

(7)由動詞和形容詞合成者：

賣高(賣出錢額) 支拂高(支出額) 殘高(殘額)

(8)形容詞和動詞合成者：

苦笑 長生 遠乘 清流

(9)兩形容詞合成者：

高低 薄青 善惡 ヨシアシ(善惡) 新舊

上列的熟語名詞，在英語中也很多，而且也都是由各種品詞湊合而成的。隨便擧幾個例如下：

(1)由兩名詞合成者： Communion-cup(聖餐盃) Class-fellow (窗友)

(2)由名詞和動詞合成者： Godsend (天送來) Diamond-drill (金剛鑽)

(3)由動詞和名詞合成者： Cut-throat (凶漢) Pick-pocket (扒手)

(4)由兩動詞合成者： Make-believe (欺瞞) Give-and-take (妥協)

(5)由名詞和形容詞合成者： Eye-sore (眼中釘)

(6)由形容詞和名詞合成者： White-boy (白衣隊)

(7)由動詞和形容詞合成者： Die-hard (死守黨)

(8)由形容詞和動詞合成者： Red-start (上鶲)

(9)由動詞和副詞合成者：Wash-out（大敗）

(10)由兩副詞合成者：Where-about（大略的位置）

八、準熟語的名詞：

在日語中，除却兩個單語結合而成的熟語名詞之外，還有一種是用接頭語或接尾語和名詞、動詞、形容詞結合而成的名詞。因爲接頭語和接尾語不是單語，所以這一種名詞不能叫作熟語，但他的性質却和熟語很近，所以我們就把牠叫作『準熟語的名詞』。茲舉出幾個例如下：

(1)接頭語加上名詞構成的名詞：

生蕎麥（麪條）　眞心　素足（跣足）　無分別（粗暴）
キ ソ バ　　マ ゴ コロ　ス アシ　　ム フン ベツ

(2)動詞和接尾語構成的名詞：

讀ミ手（讀者）　書キ手　控ヘ目（節制）
ヨ ミ テ　　カ キ テ　ヒ カヘ メ

(3)形容詞和接尾語構成的名詞：

重ミ　深ミ　寒ケ　眠ケ　可愛ゲ　憎ゲ
ヨ デ　フカ ミ　サ ム ケ　ネ ム ケ　カ ハ ゲ　ニ ク ゲ

此外還有『悲シミ』、『樂シミ』、『惜シミ』、『苦シミ』這一類的字，外觀上好像是形容詞和接尾語構成的名詞；其實不然，這乃是形容詞『悲シイ』轉爲動詞『悲シム』，再由動詞的連用形『悲シミ』轉而爲名詞，其餘以此類推。

九　名詞的『送假名』法：

所謂『送假名』者，係文中有漢字時，將跟漢字有關係的假名寫在漢字之下的意思，如『含ム』、『良イ』的『ム』、『イ』即是『送假名』。日本的送假名，由書寫言語（written language）上看來，很是重要，茲在未述名詞的送假名法之前，先把所謂『送假名法之四綱領』叙述如下，以供參考：

(1)用以寫示活用語的語尾變化。

(2)用以寫示附屬於語末的助詞・助動詞。

(3)用以寫示接在語末的接尾語。

(4)漢字『音讀』時，用以寫示漢字以外的一切。

由上列的綱領看來，名詞是沒有語尾變化的語，似乎是沒有送假名的必要了。例如『山』、『川』等字，我們並沒有寫成『山マ』、『川ハ』的必要。不過在名詞之中，有好些漢字名詞可以有兩種讀法的，有好些是由動詞或形容詞一類的活用語轉來的，對於這一類的名詞，自有寫出送假名的必要。茲將幾種需用送假名的名詞的例，舉列如下：

(1)由一般說來・動詞轉成名詞時，如『光』、『霞』、『働』、『笑』等，沒有誤讀之虞，可以不用送假名，但碰到可以有兩種讀法的字，則須用送假名。例如：

『殘リ、殘シ』　『渡リ、渡シ』　『預ケ人、預リ人』　『上リ下リ』(上下)　『讀ミ書キ』(讀書)　『代リ』(代)　『變リ』(變)　『別レ』(別)

(2)形容詞轉爲動詞，再轉而爲名詞的，可用左列的送假名法。例如：

悲シミ　樂シミ　親シミ　苦シミ　惜シミ

(3)活用漢字音而成的動詞，轉爲名詞時，須用送假名。例如：

封ジ　通ジ　感ジ　察シ　達シ　書損ジ

(4)動詞·形容詞之下，接續『ミ』、『サ』、『ゲ』等接尾語的名詞，須用送假名如左：

可笑シミ　憎シミ　好シミ　樂シサ　悲シサ　苦シサ　物思ヒゲ　物思ハシゲ

心有リゲ

(5)下開各語，須用送假名如左：

思ハク　習ハシ　赤ラミ　定マリ　謂ハル　宿リ　聞キニ行ク　買ヒニ行ク

要之，在名詞中，如沒有發生誤解之虞的語，可以不用送假名；反之，則須用。至於外來語的名詞，則用片假名寫示。例如：『ラヂオ』、『マッチ』、『ビール』、『ペン』、『サイダー』等是。

第二章　代名詞

一、代名詞的種類：

日語中的代名詞，和名詞一樣，在文法上，並沒有分類的必要。不過在習慣方面，常依據其意義，把牠分爲：『人代名詞』和『指示代名詞』兩種。還有人再將指示代名詞，細分爲『場所代名詞』、『方向代名詞』、『事物代名詞』三種，合『人代名詞』計爲四種。茲分述如下：

(1)人代名詞：

人代名詞，係指示人所用的語。當着指示時，可因其指自己・指說話時的對方・指談話所關的第三者・或指不知道其爲誰何之人，而分爲『自稱』、『對稱』、『他稱』、和『不定稱』四種。在這四種稱呼中，又可因所指的人係屬於長輩・同輩・低輩・或學生親友間，而分爲『尊稱』、『等稱』、『卑稱』、和『畧稱』四種。在他稱中，又可因所稱的人距離之遠近，而分爲『近稱』、『中稱』、『遠稱』三種。茲表列如下：

自稱	對稱	他稱			不定稱
		近稱	中稱	遠稱	

尊稱	ワタクシ アタクシ(女)	アナタ様 アナタ	(コノオ方)(ソノオ方)(アノオ方) (コノ方)(ソノ方)(アノ方)	(ドノオ方) ドナタ様
等稱	ワタシ アタシ(女) 自分	アナタ アンタ	(コノ方)(ソノ方)(アノ方)	(ドノ方) ドナタ
卑稱	ワシ オレ	オ前 キサマ(男)	(コノ男)(ソノ男)(アノ男)	(ドノ男) ダレ ドイツ
畧稱	僕	君	コレ　ソレ　アレ	ダレ ドレ

日語的人代名詞，雖有點像英語的 Personal Pronoun ，其實差異很多。例如英語中指示人以外的

事物的 it（等於日語「ソレ」，複數爲 they），也歸入於 Personal Pronoun 中，但日語的人代名詞，只限定於代替人名之語，如「ソレ」一類的語，則歸入於事物代名詞。

在英語中的他稱（Third Person），對於男性，女性，和中性之區別，用語完全不同，日語則除却現代語中用『彼(カレ)』指男性，用『カノ女(ジョ)』指女性之外，大都沒有區別；如表中所列的『アノ方』『アレ』等，男女都可通用。

日語的人代名詞中的不定稱，在英文法中，一方面相當於 Interrogative Pronoun，一方面又相當於 Indefinite Pronoun。茲舉例如下：

（A）相當於 Interrogative Pronoun 者：

Who is <u>she</u>?（彼女(カノジョ)ハ誰(ダレ)カ＝她是誰）。

I don't know <u>who</u> she is.（誰(ダレ)ダカ知(シ)ラヌ＝不知道是誰）。

Tell him <u>whom</u> to visit first.（先(マ)ヅ誰(ダレ)チ訪(タヅ)ネルノカ彼(カレ)ニ話(ハナ)シテヤリナサイ＝請告訴他要先找誰）。

（B）相當於 Indefinite Pronoun 者：

Every <u>one</u> is against it.（誰(ダレ)モ皆ソレニハ反對(ハンタイ)デアル＝誰也反對這個）。

None of us is able to fly.（我々(ワレワレ)ノ中(ウチ)ニ誰(ダレ)モ跳(ト)ベラレナイ＝我們裏頭誰也不會跳）。

Any of us can solve such a problem.（サウイフ問題(モンダイ)ハ我々(ワレワレ)ノ誰(ダレ)ニデモ解(ト)ケル＝這樣的問題，我們裏頭不管誰也解答得來）。

Get somebody to help you.（誰(ダレ)カニ手傳(テツダ)ツテ貰(モラ)ヒナサイ＝請誰帮帮你忙吧）。

英語的 Personal Pronoun 有人稱（Person）、性（Gender）、數（Number）、格（Case）等區別，而日語的人代名詞則除却人稱以外，沒有這些區別。反之，日語的人代名詞，要因對方身分和行輩的高低，有各種亢卑不同的稱呼，如上表所列；英語則不管身分如何，均可以 I, you, he, she. 通用。因此原故，英語的人代名詞的數目很少，而日語的則極多。上表所列，不過是些最通行者。

（2）場所代名詞：

場所代名詞，係指示場所所用的語。當着指示時，可因所指的場所，和自己的距離是近・稍遠・遠・或不知道其的確的地點，而分爲『近稱』、『中稱』、『遠稱』和『不定稱』四種。玆表列如下：

近稱	中稱	遠稱	不定稱
ココ	ソコ	アスコ	ドコ

ココラ	ソコラ	アスコラ	ドコラ
（コノ邊）	（ソノ邊）	（アノ邊）	（ドノ邊）

右所列各語，是標準語的場所代名詞，內中遠稱的『アスコ』、『アスコラ』也可用『アソコ』、『アソコラ』。至於各語尾附『ラ』和不附『ラ』沒有什麼大差別，唯附『ラ』可以表示範圍稍廣一點，意義也稍爲茫漠一點，和熟語的『コノ邊』等語的概念差不多。

3）方向代名詞：

方向代名詞，係指示方向或方角的語，這也有『近稱』、『中稱』、『遠稱』、和『不定稱』四種差別。表列如下：

近稱	中稱	遠稱	不定稱
コッチ	ソッチ	アッチ	ドッチ
コチラ	ソチラ	アチラ	ドチラ

右表中，語尾帶有『ラ』字者，係多少稍爲帶一點客氣時所用的。例如：

サア、コッチヘ上(アガ)リタマヘ。——啊，上這兒來吧。

ドウゾ、コチラヘオ上(アガ)リナサイ。——請上這裏來吧。

(4)事物代名詞：

事物代名詞，係指示一切事物所用的語。這也是分爲『近稱』、『中稱』、『遠稱』、和『不定稱』四種。表列如下：

近稱	中稱	遠稱	不定稱
コレ	ソレ	アレ	ドレ
コノ	ソノ	アノ	ドノ

右表中的『コレ』、『ソレ』、『アレ』、『ドレ』雖不能指示場所和方向，但可以指示『人』和『事物』茲舉例如下：

(A)指示人者：

コレモ來年(ライネン)ハ卒業致(ソツゲフイタ)シマス。——這個也是來年畢業。

ソレガサッキ申(マウ)シ上(ア)ゲタ男(ヲトコ)デス。——這是剛纔說的那個人。

アレノ三ツノ時ニ、祖父ガナクナリマシタ。　在他三歲時，祖父就死了。

ドレガ尾上菊五郎ナンデスカ。　那個是尾上菊五郎？

(B)指示事物者：

コレガ有名ナ法隆寺デス。　這是有名的法隆寺。

ソレガ私ノ本デス。　那是我的書。

アレハ富士山デス。　那是富士山。

ドレチ差シ上ゲマセウ。　給你那個呢？

由上例看來，可以知道『コレ』、『ソレ』、『アレ』、和『ドレ』，可以兼指『人』和『事物』，所以我們把牠兼入於人代名詞中和事物代名詞中。

再者，前表中的『コノ』、『ソノ』、『アノ』、『ドノ』，雖歸在事物代名詞中，其實牠所指示的，在事物之外，還可以兼及於『人』、『場所』、『方向』等。例如：

(A)指示人者：

『コノ人』『ソノ子』『アノ女』『ドノ男』

(B)指示場所者：

『コノ座敷』(這個客室)『ソノ廊下』『アノ教室』『ドノグラウンド』(那一個操場)

(C)指示方向者

『コノ方面』『ソノ方角』『アノ方向』『ドノ方角』

(D)指示事物者：

『コノ山』『ソノ川』『アノ帽子』『ドノ雜誌』

上列的『コノ』、『ソノ』、『アノ』、和『ドノ』諸語的性質，和其他的代名詞，有很大的區別。別的代名詞，可以直接作爲文的主語，可是『コノ』這一類的字，底下非連接名詞，不能爲主語。例如：

[人代名詞]：私ハ讀書ヲ好ミマス。(我愛讀書)。

[場所代名詞]：ココハ大層ヨイ所デス。(這裏是很好的地方)。

[方向代名詞]：コッチハ北ニ當ッテヰマス。(這面正當北方)。

[コノ之類]：コノ(本)ハ私ノ本デス。(這本書是我的書)。

元來『コノ』、『ソノ』、『アノ』之類，在文語文法中，可以認爲是代名詞的『コ』、『ソ』『ア』和助詞『ノ』連合而成的，不是一個單語；但口語中的『コノ』一類的語，則爲不能分開的單語。這個語有點像英語的 this ，是用以形容下邊的名詞， 但和形容詞又不同，因爲日語的形容詞可以作文章的述語，對於主語有所叙述。例如：

花ハ美シイ。　　花美。

アノ人ハ派手ダ。　　那個人很漂亮。

可是『コノ』之類，不能有此作用，自然不能解爲形容詞，只因牠是指示事物之語，所以最好還是歸人代名詞，較爲恰當。

此外還有幾個字，可以歸人代名詞的『雜部』。例如遠稱的『カノ』，不定稱的『何』『或』是。『カノ』在現代語中，只用於『カノ女』一語而已，『何』和『或』則使用範圍很廣。『何』和『ドレ』相同，可以作文章的主語，而『或』則等於『ドノ』，底下非接連名詞，不能作主語。例如：

何ガカノ女ヲサウサセタカ。　　什麼使她這樣呢？

或(人)ハ山ガイイト申シマス。　　有人說山好。

右述四種代名詞中，除却『人代名詞』一種之外，通常是把牠合稱爲『指示代名詞』。這個『指示代名詞』名稱上雖相當於英文法的 Demonstrative Pronoun，但範圍大得多。因爲日語文法的指示代名詞中，只有事物代名詞相當於英文法的 Demonstrative Pronoun，其場所代名詞和方向代名詞，則爲英文法的代名詞所沒有，乃相當於英文法的副詞 here, there, where。至於日語指示代名詞中的不定稱，又相當於英語的 Interrogative Pronoun 。

日語的指示代名詞，都是以自己的位置爲中心，因距離之遠近，而有近・中・遠三稱，英文法則沒有這種區別。反之，英語的 Demonstrative Pronoun ，須因其爲單數或複數，爲語形上的區別，日語則不怎樣嚴重。例如：

This is a book.（コレハ本デス＝這是書）。

These are all my books.（コレハ皆私ノ本デス＝這都是我的書）。

日語雖也可加入接尾語『ラ』字於『コレ』一類的語下，成爲『コレラ』(這等)『ソレラ』『アレラ』等，以爲單複的區別，但通常並不這樣辦。

上面已說過，日語的代名詞，雖也分成上列各類，但這不過是依照意義而分的，在語法和語形上，並沒有什麼特別的約束。至於英語代名詞的分類，則不單是依據意義之不同，而且是按照語法和語形上的差異而分的。英語的代名詞，通常是分成 Personal Pronoun（人代名詞）， Interrogative Pronoun（疑問代名詞）， Demonstrative Pronoun（指示代名詞）， Ralative Pronoun（關係代名詞）， Possessive Pronoun（所有代名詞），和 Indefinite Pronoun（不定代名詞）六種。有人以 Demonstrative Pronoun 和 Indefinite Pronoun 兩種，都可以修飾名詞，作爲形容詞用，所以把牠合爲一種，叫作 Adjective Pronoun

(形容代名詞)，計爲五種代名詞。茲將英語這幾種代名詞的特色，分述於下：

(1)人代名詞的特色，在于牠對於人稱(Person)、性(Gender)、數(Number)、格(Case)，具備得最爲完全。例如：

I think you know him.(君ハ彼ヲ知ッテ居ルト私ハ思フ＝我以爲你認識他)。

She thinks it is your hat.(彼女ハアレヲアナタノ帽子ト思ッテ居ル＝她以爲那個是你的帽子。)

We study harder than they (study hard.)(我々ハ彼等ヨリモヨク勉强スル＝我們比他們用功)。

(2)疑問代名詞，語形雖然和關係代名詞(who, which, what)相同，但是牠的特徵在于通常是安在文章的最前頭，用以表示疑問。例如：

Who are they?(彼等ハ誰カ＝他們是誰?)。

What are you reading?(君ハ何ヲ讀ンデヰルカ＝你讀什麼?)。

Which is larger, the sun or the moon?(太陽ト月トハ何レガ大キイカ＝太陽和月那一個大?)。

(3)不定代名詞和指示代名詞，特色在于可以接上名詞，作爲形容詞用。例如：

(A)不定代名詞和形容詞的對照：

Any of these pens will do.(コレラノペンノ中ドレデモ宜シイ＝這些鋼筆中那一個都可以)(不定代

名詞)。

Any pen will do. (ドノペンデモ宜シイ=不管那個鋼筆都可以)(形容詞)。

(B)指示代名詞和形容詞的對照：

What is this? (コレハ何デスカ=這是什麼?)(指示代名詞)。

This book is mine. (コノ本ハ私ノデス=這本書是我的)(形容詞)。

(4)關係代名詞的特徵，在於牠一面代表其前面先行詞(Antecedent)的名詞或代名詞，執行代名詞的職責；一面又用以連結文章(Sentence)的兩部分，有接續詞的功用。牠和人代名詞一樣，有人稱、性、數、格的分別，這些分別要和牠的先行詞一致。牠有兩種用法：一為制限的用法(Restrictive use)，一為連續的用法(Continuative use)。舉例如下：

(A)限制的用法：

The man who is honest is strusted. (正直ナ人ハ信用サレル=老實人受信用)(主格)。

This is the man whose words we can trust. (ソノ言葉ヲ我々ガ信用シ得ルノハ此ノ人デス=他的話可讓我們相信的就是此人)(所有格)。

He is the gentleman whom we all respect. (彼ハ我々スベテガ尊敬スル紳士デス=他是我們大家所

尊敬的紳士)(目的格)。

(B)連續的用法：

I gave help to the boy, who thanked for my kindness. (私ハコノ少年ニ助チ與ヘタ、ソシテ彼ハ私ノ親切チ感謝シタ＝我幫助這少年，他感謝我)(主格)。

I met Mr. Yamada, whose son informed me of your return. (私ハ山田サンニ會ッテ、山田サンノ息子サンカラ君ノオ歸リノコトチ聞キマシタ＝我會到山田君，他的兒子告訴我你回來)(所有格)。

He has three sons, all of whom are here. (彼ハ三人ノ息子ガアッテ、皆コッチニ居ル＝他有三個兒子，都在這邊)(目的格)。

(5)所有代名詞的特徵，在于把兩語的『代名詞所有格＋名詞』，壓縮爲一語。例如：

This is your book; that is mine (=my book.)(コレハ君ノ本デ、アレハ私ノデス＝這是你的書，那是我的)。

Ours are the house on the hill =The house on the hill are our property. (丘ノ上ニ在ル家ハ我々ノモノダ＝小山上的房子，是我們的)。

由上列各例看來，英語代名詞的各類，在文法上都各有牠的特徵，所以有分類研究的必要；日語代名詞雖意義上有所差別，但文法上的功用則完全一樣，所以沒有分類的必要。

上面說過，英語的 Personal Pronoun 和日語的人代名詞．英語的 Demonstrative Pronoun 和日語的指示代名詞，兩者雖不盡同，名義上總算相當；又英語的 Interrogative Pronoun 和 Indefinite Pronoun，日語文法中雖沒有這種名目，但代名詞中的不定稱，却有許多用法和牠們有實質上相彷彿的地方。在英語的六種代名詞中，有上述四種，可以在日語的代名詞中找到對比，此外尙有兩種代名詞，爲日語文法所沒有：一爲關係代名詞，一爲所有代名詞。

英語的關係代名詞 (who, which, that, what等) ，是一語可以兼領接續詞和代名詞的兩重功用；既可以把形容句連結於名詞，又可以將兩文連接起來，作爲接續詞用，在日語中是找不出這種代名詞來的。這種關係代名詞的有無，據說是阿利安語族——如英語、法語、德語等——和烏拉爾阿爾泰語族——如蒙古語 日語、土耳其語等——最大的區別。

英語的所有代名詞，如 mine 和 yours ，是用一語來表示『私ノ物』和『君ノ物』的意味，在日語的代名詞中，也沒有這一類的語。例如『私ノ物』是一句連語，分拆起來，『私』是代名詞，『ノ』是助詞，『物』是名詞，乃是三語而非一語了。

二、代名詞的性別：

日語的代名詞，也和名詞一樣，沒有性的區別。英語的代名詞，第三人稱中關於性的變形很大，牠和其所代表的名詞，要互相照應，其區別比之名詞，還要緻密。在日語的代名詞中，除却現代語用『彼女(カノジョ)』以譯英語的 she，用『カレ』譯英語的 he 以外，都沒有性的區別。

三、代名詞的數別：

日語的代名詞，在文法上，沒有數的區別之必要。這個理由，和名詞的不分數別一樣。英語的代名詞的數，要和動詞的數一致，所以在文法上非特別注意不可，日語則因爲動詞沒有數的分別，因此代名詞的數別，也就成爲不重要了。日語的代名詞，雖也可以造成複數，但是單複的觀念極不分明。先說日語代名詞造成複數的方法，這有兩種，一種是加入『ガタ』、『タチ』、『ドモ』、『ラ』一類的接尾語，一種是用疊語。例如：

(一)用接尾語者：

〔ガタ〕　アナタガタ　オマヘガタ　コノ方(カタ)ガタ　ドナタガタ

〔タチ〕　ワタクシタチ　ボクタチ　オマヘタチ　コノ人(ヒト)タチ　ドノ人(ヒト)タチ

〔ドモ〕　ワタクシドモ　テマヘドモ

「ラ」　ワタクシラ　自分ラ　キミラ　コレラ

(2)用疊語者：

ワレワレ　ダレダレ　コレコレ　ナニナニ

此外還有現代語所用的『我等』、『吾人』、以及帶有一點驕傲氣的『吾輩』等，元來的意味，也是複數。唯日語代名詞，有好些用的雖是複數形，實際上並不一定是表示複數的意味，牠有時是指單數，有時是把語意泛泛說出而已。例如夏目漱石的著名小說『我輩ハ貓デアル』，這裏的『我輩』，須作單數看待。其他泛指的用法最多，下面所舉的，都是其例：

私ドモニハ、トテモサウイフコトハ出來マセン。　　我們是做不出這種事的。

君ラハ實ニ幸福ダヨ。　　你們實在是幸福啊。

我々ハサウハ思ハナイ。　　我們不這樣想。

吾人ハ斯ク斷定セザルヲ得ナイ。　　我們不得不這樣斷定。

アナタガタデモソンナコトヲオ思ヒニナルコトガアリマスカネ。　　你們也有時想到這樣的事吧？

在上面那些表示複數的接尾語中，『ガタ』一語，有時是含有多少尊敬的意味的。所以代名詞的複數，也和名詞一樣，極爲曖昧，這些地方，比之英語代名詞的數別的斤斤計較，大有雲泥之差。

四、代名詞的格別：

日語的代名詞，也和名詞一樣，除却連同其接連的助詞加以鑒別以外，本身表示不出格別來。英語的代名詞常因格之不同，而異其語形，日本的代名詞，則沒有這種形的變化，大都須在代名詞主格之下加入助詞『ハ』或『ガ』，目的格之下加入助詞『ヲ』或『ニ』，所有格之下加入助詞『ノ』，纔能表示出來。例如：

My (所有格) teacher gives me (目的格) a book, and I (主格) very like it. (目的格)。(私ノ先生ハ私ニ本ヲ呉レタ、ソシテ私ハ非常ニアレヲ好ンダ＝我的先生給我書，我很喜歡牠)。

五、代名詞的敬語：

在前面講述人代名詞項下，曾說及日語人代名詞因對方行輩之高低，而有敬語之分。這種敬語，通常是用以表示尊敬・親愛・懇切等意，大抵已包含於語的本身中，可因時制宜使用。例如用『ワタクシ』比用『ワタシ』懇切，用『ドナタ』比用『ダレ』懇切，用『アナタガタ』比用『オマヘタチ』懇切，諸如此類。此外還有用接頭語『オ』或接尾語『サマ』『サン』之類，以作表示。例如：

〔オ〕 コノオ方　ソノオ方　アノオ方　ドノオ方

〔サマ〕　アナタサマ　オマヘサマ　ドナタサマ

〔サン〕　オマヘサン

以外還有用『殿下』、『閣下』、『先生』或其他爵位・官職等，以作表示尊敬的代名詞於對稱和他稱者

例如：

殿下ノ御精勤ニハ一同驚イテヰマス。（對稱・他稱）　殿下的勤勉，大家都很驚異。

閣下ノオ車ガマヰリマシタ。（對稱・他稱）。　閣下的車已到了。

先生モ今晩イラツシヤイマスカ。（對稱）　先生今晚也來嗎？

伯爵モヤハリサウオ考ヘニナリマスカ。（對稱）　伯爵也是這樣想嗎？

此外還有用『大將』、『先生』作爲簡慢的代名詞，用於對稱和他稱者。例如：

大將モ近頃スッカリ弱ッテヰルラシイ。（他稱）　這傢伙近來似乎很沒有辦法。

オイ大將、メカシコンデドコヘ行クンダ。　喂先生，偷々到那裏去呢？

（對稱）

オイ先生、モウ起キテモイイゼ。（對稱）

喂先生，該起來了吧！

六、熟語代名詞：

代名詞也有兩語以上合成的熟語，唯其構成的成分，比之名詞，簡單得多；牠只有一個格式，就是用代名詞冠在名詞之上構成的。這可找出兩種：

（1）由文語人代名詞他稱的『コ』、『ソ』、『カ』、『ア』冠在名詞『奴』之上，訛轉出來的口語代名詞：

コイツ（這個傢伙）　ソイツ　キヤツ　アイツ

（2）用不定稱的『ナニ』冠於名詞上構成的。例如：

ナニモノ（何物）　ナニゴト（何事）　ナニビト（何人）

ナニヤツ（何奴＝那一個東西）

七、代名詞的送假名：

代名詞和名詞一樣，是沒有語尾變化的語；也沒有由有語尾變化的動詞和形容詞轉來的代名詞；縱有轉來的代名詞，也不過是那些由名詞轉來的，如『私』、『君』、『僕』之類，所以代名詞中，論理是不該有送假名的問題發生。

不過話雖如此，還不免有些問題發生。因爲口語文法是把『コノ』、『ソノ』、『アノ』、『カノ』、『ドノ』視爲一語的代名詞，再攙上從來文語文法代名詞的送假名，就不免有問題發生。例如『彼』一個字，無論讀爲『カレ』、『カノ』或『アノ』，都無不可。因此對於下記

彼ノ本

一語，在口語文雖只可讀成『カレノホン』，但對於有文語習慣的人，難免就要讀成『カノホン』或『アノホン』了。『カレノホン』意是『他的書』，而『カノホン』則爲『那本書』，意思相差很大，在這種情形之下，問題就要發生了。爲避免這類麻煩起見，就或立了下列兩原則：

(1)代名詞絕對不要用送假名。

(2)代名詞最好盡量用假名標示。

第一條是說：絕對不要寫『此(コ)レ』、『夫(ソ)レ』、『彼(ア)レ』、『何(ナ)ニ』、『或(ア)ル』等。第二條是說：絕對不至於錯讀的語，如：『自分(ジブン)』、『私(ワタクシ)』、『僕(ボク)』、『君(キミ)』等語，用漢字雖也無妨，其他如：『コノ』、『ソノ』、『アノ』、『ドノ』以及『コレ』、『ソレ』、『アレ』、『ドレ』等，則須用假名爲佳。

第三章 數詞

一、數詞的意義：

數詞是用以表示數量和順序的語，相當於英語的 Quantitative Adjective（數量形容詞），唯兩者在文法上的性質相差很大。英文法中的數量形容詞，和一般的形容詞一樣，可以修飾名詞，自然可以歸入於形容詞中；日語的數詞既沒有那種形容詞所特有的語形變化，又不能直接修飾名詞，當然不能作為形容詞看。例如：

He has three sons.（彼ハ三人ノ息子ガアル＝他有三個兒子）。

There are five dogs.（五匹ノ犬ガアル＝有五隻狗）。

由上例看來，英語的 three 和 five 可以直接修飾名詞 sons 和 dogs，而日語的『三人』和『五匹』則非再添上助詞『ノ』，不能修飾名詞『息子』和『犬』。仔細研究，我們可以看出日語的數詞，在形式上或用法上，全和形容詞不同，却和名詞差不多。例如：

銀行カラ金ヲ引出ス。　　由銀行取出錢。

十カラ三ツヲ引ク。　　由十減去三。

級長ハ木村君デス。　級長是木村君。

一等ハ木村君デス。　一等是木村君

在以上各例中，『十』・『三』和『銀行』・『金』，『級長』和『一等』，功用和形式，完全一樣，所以有些人，不爲數詞立一品詞，乾脆把牠歸在名詞中，當作名詞的一種類看待，並不是沒有道理。唯日語的數詞，也有些用例，爲名詞所沒有，所以還是獨立爲一品詞，較爲合理。例如：

兄弟ガ三人アル。　有弟兄三人。

相撲ヲ一番見テ來タ。　先看完摔跤來的。

桶ニ一杯水ヲ汲ンダ。　在桶裏滿滿地盛入水。

在上三例中的數詞，有點副詞的作用，如『三人』可以說是修飾『アル』，『一番』修飾『見テ來タ』，『一杯』修飾『汲ンダ』，這種用法，爲名詞所沒有。所以數詞也有牠的特色，自以獨立爲一品詞爲是。

在英語的用法上，也有很多把數詞當作名詞用的例，唯這是一種例外的用法，所以在英文法中沒有人把數詞當作名詞看待。茲舉出幾個英語數詞當名詞用的例如下：

Cut it into two. (二ツヲ切レ＝切成兩塊吧！)。

There are three twos in six. (六ノ中ニ二ガ三ツアル＝六裏頭有三個二)。

She went to America in her teens.（彼女ハ十臺デ渡米シタ＝她十歲左右就到美國去）。

在上列各例中的數詞的用法，完全和名詞一樣，唯這只是一種變格的用法，而非英語數詞固有的通例，自然不能和日語數詞之近於名詞，同日而語。再看一看日語表示數量時，常有加入接尾語以構成的，如：『三杯ノ水』、『三圓ノ金』、『三枚ノ紙』之類，這裏頭的『三』等語，是數詞，『杯』等接尾語叫作『助數詞』，兩者合在一塊算作一個熟語的數詞；但是把牠譯為英語時，就成為 three cups of water, three yen, three sheets of paper，這裏頭的 three 等字，雖是數詞，但 cups 等字，却是名詞，在這一點上，也可顯出兩者的不同。

二、數詞的種類：

數詞的基礎，是表示數的觀念的『ヒトツ』（一）、『フタツ』（二）、『一』、『二』這一類的語，這種語叫作『抽象數詞』。用抽象數詞為基礎而造成的表示數量的語，如：『ヒトリ』（一人）、『フタリ』（二人）、『一枚』（一張）、『二枚』（兩張）等語，叫作『數量數詞』。用同樣的方法而造成的表示順序的語，如『ヒトツメ』（第一）、『フタツメ』（第二）、『第一』、『第二』等語，叫作『順序數詞』。對於不明的數量或順序所用的『イクツ』（幾個）、『イクラ』（若干）、『何枚』（幾張）、『何番目』（第幾）等語，叫作『不定數詞』；表示概略的數量或順序所用的『ヒトリフタリ』（一兩人）、『五六本』（五六枝）、『第二三番』（第二三）等語，叫作『概數詞』。

唯茫漠表示事物的分量的語，如：『多イ』『少イ』『全部』『一部』『皆』一類的語，不算作數詞。茲將上述各種數詞，分述如下：

(1)抽象數詞：

抽象地表示數的觀念所用的語，叫作『抽象數詞』。抽象數詞，相當於英文法的 Cardinal Numeral (基本數詞)。抽象數詞有兩種，一爲日語本來的，一爲漢語借來的：

(A)日語本來的抽象數詞，爲下列幾個：

ヒトツ(一) フタツ(二) ミッツ(三) ヨッツ(四) イツツ(五) ムッツ(六) ナナツ(七) ヤッツ(八) ココノツ(九) トヲ(十)此外有『モモ』(百)、『チ』(千)、『ヨロヅ』(萬)等語，爲現代語所不用。還有『ハタチ』(二十歲)、『ミソカ』(三十日)等語，雖是日語本來的數詞，但非抽象數詞。

(B)漢語的抽象數詞，爲下列幾個：

一 二 三 四 五 六 七 八 九 十 百 千 萬 億

現代語所用的，可以說就是這幾個。『億』以上的『兆』、『京』，和『一』以下的『分』、『厘』、『毛』、『絲』等語，在現代語中通常是不用的。

漢語的抽象數詞，比之日語本來的抽象數詞，方便得多，所以用處也大，縱使十以下用本來的數詞，數到十以上時，一定要用漢語。唯『四』之音通乎『死』，爲一般所忌諱，所以多念『ヨ』或『ヨン』。又在談話中，常把『二』念爲『フタ』，『七』念爲『ナナ』，『九』念爲『キウ』，目的在於使發音格外明瞭，免致和他語混雜。

『無』這一個抽象數詞，日語沒有，通常是用漢語的『零』或英語的『ゼロ』(Zero)去表示。至於表示分數・比率・倍數之類的抽象數詞，通常是用『二分ノ一』。『一割二分五厘』(一成二分半)。『三倍』等語。

(2)數量數詞：

具體地表示事物的數量之語，叫作『數量數詞』。數量數詞在英語通常是用『基本數詞』直接去表示，如『two boys』『three sheets of paper』等，在日語則用抽象數詞接上種種的接尾語構成的。茲把接在日語本來的數詞和漢語數詞的接尾語，分別說明如下：

(A)接續於日語數詞的接尾語：

〔カ〕：用以計算日子。但沒有人用『ヒトカ』(一日)。又十以上的日子，除却帶『四』的『十四日』和『二十四日』以及『二十日』以外，都不用日語，而用漢語。

『フツカ』(二日)『ミツカ』(三日)『ヨツカ』(四日)『イツカ』(五日)『ムイカ』(六日)『ナノカ』(七日)『ヤウカ』(八日)『ココノカ』(九日)『トヲカ』(十日)『ハツカ』(二十日)

『ミソカ』(三十日)這一字，只能表示日曆，不能表示日數。譬如我們可以說：『ミソカニ出發(シユツパツ)シタイ』(打算在三十日出發)，却不能說：『ミソカ間滯在(カンタイザイ)シタ』(逗留了三十日間)，而須說：『三十日間滯在(サンジフニチカンタイザイ)シタ』。

「タリ」：用以表示人數。現代語所用的，只有『ヒトリ』(一人)『フタリ』『ヨツタリ』三語而已。『ミタリ』文言中雖用，口語中却不用。又『ヒトリ』『フタリ』中，是將『タリ』中的『タ』音省略去的。

「ハリ」：用以計算燈籠・帳幕之類。例如：『提燈(チヤウチン)フタ張(ハリ)』(燈籠兩個)『幕三張(マクサンバリ)』(帳幕三領)。

「ツキ」：用以計算月數。例如：『ヒト月(ツキ)』(一月)『フタ月(ツキ)』(二月)。

「サヲ」：計算長櫃等物所用。例如：『長持(ナガモチ)ヒト棹(サヲ)』(長櫃一個)。

「ムネ」：計算倉庫等所用。例如：『土藏(ドゾウ)フタ棟(ムネ)』(倉庫二間)。

「フリ」：計算刀類所用。例如：『ヒトフリノ刀(カタナ)』(一把刀)。

「ハシラ」：計算神佛所用。例如：『フタ柱(ハシラ)ノ神(カミ)』(兩尊菩薩)。

「カサネ」：計算衣服所用。例如：『男物(ヲトコモノ)ミカサネ』(男服三套)。

〔クミ〕：計算一定之數合成一堆時所用：例如：『杯フタ組』（杯三付）『ヒト組ノ夫婦』（一對夫妻）『生徒ヒト組』（學生一班）。

上面一類的接尾語，接在十以上的數詞時，大抵是用漢語的抽象數詞。例如：『帶十五筋』（帶子十五條）『團體客十二組』（團體客十二組）。

（B）接續於漢語數詞的接尾語：

〔日〕：用以計算日。例如：『一日』『十三日』『二十日』。

〔歲〕：用以計算歲。例如：『一歲』『十三歲』『二十歲』。但是『二十歲』亦有念『ハタチ』者。

〔人〕：用以計算人。例如：『一人』『十三人』『二十人』。

〔枚〕：用以計算像紙一類的有廣幅之物。例如：『紙三枚』（紙三張）『疊二枚』（床蓆二張）『畠五枚』（旱田五畦）。

〔本〕：用以計算細長的棒狀之物。例如：『ステッキ二本』（手杖兩枝）『松三本』（松樹三株）『筆一本』（筆一枝）。

〔通〕：用以計算信簡文書之類。例如：『手紙三通』（信三封）『一通ノ電報』（一封的電報）。

〔軒〕：用以計算房屋之類。例如：『家三軒』（房屋三座）。

〔脚〕：用以計算卓椅之類。例如『椅子三脚』（椅三隻）。

〔艘〕：用以計算船隻。例如：『船三艘』（船三隻）。

〔疋〕：用以計算人以外的動物。『牛五匹』（牛五隻）『魚三匹』『雞十匹』

〔頭〕：計算牛・馬等類。例如：『牛十頭』『馬五頭』。

〔尾〕：計算魚類所用。例如：『鯛二尾』。

〔挺〕：算計銃・墨・轎等類。例如：『鐵砲一挺』（銃一枝）『墨三挺』（墨三條）『山駕籠一挺』（山轎一頂）。

〔冊〕：計算書籍之類。『本三冊』（書三冊）『雜誌二冊』。

〔輛〕：計算車輛。例如：『車五輛』。

〔首〕：計算詩歌。例如：『和歌一首』。

〔帖〕：計算紙類。例如：『半紙一帖』（半紙一疊）。

〔足〕：計算靴襪之類。『靴下五足』（襪五雙）『下駄十足』（木屐十雙）『草履二足』。

〔膳〕：計算成對的筷子之類。例如：『箸一膳』（筷子一雙）。

〔雙〕：計算成對的屏風之類。例如：『屏風一雙』。

[ダース]：即英語的 dozen ，計算以十二爲單數之物。例如：『鉛筆一ダース』(鉛筆一打)。

[個]：計算數量時，適用『個』的範圍很廣。例如：『桃五十個』『卵百個』『行李一個』。

[箇年]：『箇』寫雖寫『ケ』，念時却須念『カ』，係用以計算年數。例如：『十五ケ年』(十五年)。

[箇月]：計算月數。『一ケ月』。

[箇所]：計算場所。例如：『三ケ所』(三個地方)。

[箇國]：計算國數。例如：『四十二ケ國』。

此外如計算金錢所用的『圓』『錢』『厘』，尺貫法所用的『里』(十町)、『町』(六十間)、『間』(六尺)『寸』『分』，『石』『斗』『升』『合』『勺』，米達法所用的メートル・リットル・グラム・トン之類，也都是添附於漢語的抽象數詞之下的表示數量的接尾語。

數量數詞的接尾語，特稱爲『助數詞』。有些數量數詞，不用助數詞，而直接以抽象數詞代用者。例如用『ヒトツ』以代『一歲』，用『フタツ』以代『二個』之類。

(3)順序數詞：

表示事物的順序和次第的語，叫作『順序數詞』。順序數詞即英文法的 Ordinal Numeral (順序數詞)。英語的順序數詞除却 first (第一) second (第二) third (第三) 以外，都是用基本數詞加上接尾語 th 構成的(雖然有些在拼音上發生一點小變更)。但日本語的抽象數詞，一面既可表示基數，一面又可表示序數；所以日語的順序數序，有的用抽象數詞直接表示，有的再加上接頭語或接尾語。玆舉例如下：

(A)用抽象數詞直接表示者：

一 二 三 四 五 六 七 八 九 十

例如本書中各章裏頭的小題目，均用『一』『二』『三』冠在上面，這就是表示『第一節』『第二節』『第三節』之意，即係順序數詞。

在英語中，也常有用基本數詞以代替順序數詞，唯其前面多附有名詞，不如日語之直捷了當。例如：

Number one = the first (第一)

Lesson two = the second lesson (第二課)

Chapter three = the third chapter (第三章)。

Page four = the fourth page (第四頁)

(B)加上接頭語以表示者：

第一　第二巻　第一篇　第二章　第三節

(C)加上接尾語以表示者：

ヒトツメ(第一)　フタ月メ(第二個月)　三杯目(第三杯)　四番目(第四)　一番(一號)

二號　三等　四級

(D)併用接頭語和接尾語以表示者：

第一番　第二號　第三番目　第四等

(4)不定數詞和概數詞：

(A)不定數詞：

不定數詞，係表示數量和順序不明時所用的語。日語的不定數詞，除却常用的『イクツ』(幾個)和『イクラ』(多少)之外，大都是在抽象數詞或助數詞之上，加上『幾』或『何』，以作表示。例如：

イクツ(幾個)　イクラ(多少)　幾萬　幾千　何百　何十　何度　幾回

イクニチ(幾日)　イクカ(幾日)　幾枚　何倍　何割　イクツメ(第幾)　何番目

イクタリ(幾人)

日語的不定數詞，和英語的 Infinite Numeral 名稱雖同，內容却不大相似。因爲有些英語的不定數詞，在日語須翻成形容詞或副詞，而日語的不定數詞，在英語則常須翻成『How＋不定數詞』或『How＋不定數詞＋名詞』。例如：

（A）英語翻成日語之例：

Many「不定數詞」men are poor.（貧乏ナ人ガ多イ「形容詞」＝窮人很多）。

Much「不定數詞」snow has fallen.（大變「副詞」雪ガ降ッタ＝下了好些雪）。

He cornered wheat, but made little「不定數詞」profit.（彼ハ小麥ノ買占チヤッタガ、儲ケハ少カッタ「形容詞」＝他攬買了小麥，可是賺得很少）。

There is a little「不定數詞」hope in the enterprise.（ソノ事業ハ少シ「副詞」ハ望ガアル＝那椿事業有點希望）。

（B）日語翻成英語之例：

イクラカカリマスカ＝How much does it cost?（要多少錢？）。

君何度日本ヘ行ッタカ＝How many times have you been to Japan?（你到過日本幾次？）。

失敗シタ人ハイクタリアルカ＝How many men have failed?（有多少人失敗？）。

（C）概數詞：

概數詞是表示數量和順序的概數之語。這有兩個方法：一個是用『數』『餘』餘』之語以表示，

個是將相近之數兩者並列。例如：

數百人（スウヒヤクニン）　五十餘歲（ゴジフヨサイ）　十年餘り（ジフネンアマ）　一二年（イツニネン）　兩三回（リヤウサンクワイ）　四五番（シゴバン）　十二三歲（ジフニトンサイ）　六七百（ロクシチヒヤ）

二三千（ニサンセン）　半バ（ナカ）

右中的『半バ』表示『二分ノ一』（ニブンイチ）或『半分』（ハンブン）的概數。此外還有在上面冠上『オヨソ』或『約』（セク），下面接

入『バカリ』或『ホド』以表示概數。例如：

オヨソ五六十人（ゴロクジフニン）バカリノ人（ヒト）ニツイテ實驗（ジツケン）シマ

シタ。

約就五六十人加以實驗。

約二三十回（ヤクニサンジフクワイ）ホド試（ココロ）ミマシタガ、ドウモ埒（ラチ）ガ

明キマセン。

約試了二三十回，終得不到結果。

三、數詞的敬語：

為要對說話的對方表示敬意起見，在數詞上可以加上『オ』『ゴ』『サマ』『サン』等接頭語和接尾語。

例如：

折角（セツカク）デゴザイマスカラ、オ一ツ（ヒト）頂戴（チヤウダイ）イタシ

特地相請，領上一塊吧。

マセウ。

坊(ボ)ッチヤンハオイクツデスカ。　哥兒有幾歲？

オイクラ差上(サシア)ゲタラ宜(ヨロ)シウゴザイマスカ。　給你多少好呢？

オ幾人(イクニン)サマデイラッシヤイマスカ。　有幾位呢？

ゴ三人(サンニン)サンデゴザイマスカ。　是三位吧？

四、數詞的送假名法：

數詞和名詞一樣，是沒有語尾變化的語，原則上用不着送假名；唯碰到用漢字寫日語本來的數詞時底下有『ッ』者送上『ッ』，有『ラ』者送上『ラ』，有『バ』者送上『バ』。例如：

一(ヒト)ッ　二(フタ)ッ　三(ミッ)ッ　四(ヨッ)ッ　五(イツ)ッ　六(ムッ)ッ　七(ナナ)ッ　八(ヤッ)ッ　九(ココノ)ッ　幾(イク)ッ　幾(イク)ラ

半(ナカ)バ

需要送假名的數詞，可以說只有前記幾個字。

第四章 形容詞

一、形容詞的意義：

形容詞是表示人或事物的性質・情態・分量的語。例如：

氷ハ冷タイ。　　氷是冷的。

アレハ惡イ犬デス。　　那是惡狗。

右例中的『冷タイ』和『惡イ』是表示「氷」和「犬」的性質。

彼ハ貧シイ。　　他很窮。

私ハ悲シイ。　　我很悲傷。

右例中的『貧シイ』和『悲シイ』是表示『彼』和『私』的狀態。

見物人ガ多イ。　　觀衆很多。

收入ガ少イ。　　收入很少。

右例中的『多イ』和『少イ』是表示『見物人』和『收入』的分量。

在前面所舉的各形容詞，有一個共通點，就是牠們分析起來，可得兩部分，一爲不變化的，叫作『語

幹』，一爲有變化的，叫作『語尾』，其變化叫作『活用』。至於牠們的語尾，都有一個『イ』字，而且這些語尾的變化，都取『ク・イ・ケレ』的一個形式。例如『冷タイ』和『惡イ』，可有『冷ク・冷タイ・冷タケレ』和『惡ク・惡イ・惡ケレ』的語尾變化，其他各語，莫不一樣。在日語中，有此形式的語尾變化之語，就算作形容詞，不然則否。例如『有ル』一語，係表示存在的動詞，可是牠的否定語的『無イ』，因爲有『ク・イ・ケレ』的語尾變化，所以就歸入於形容詞。又如『貧シイ』一語，所取的語尾變化是『ク・イ・ケレ』的形式，所以算是表示情態的形容詞，但牠的反對語的『富ム』，意味雖屬於一類，只因語尾變化的形式不同，所以就歸入於動詞。

再者，形容詞可以連接在體言之上，用以限定其底下的體言。例如：『新シイ本』『高イ山』『黑イ犬』等例中的『新シイ』『高イ』『黑イ』等語，都是限定了底下的體言的意味。例如『本』一語，本來是包括新舊以及其他一切的書，但是『新シイ本』，則把不是新的書除外，只限定於『新シイ』一個意味。

還有一層，形容詞可連接在體言之下，用以對其上面的體言，加以某種的敘述。例如：『コノ海ハ深イ』(這個海很深)、『インテリノルンペンガ多イ』(知識階級的流浪者很多)、『私ハ悲シイ』(我很悲傷)諸例中的『深イ』『多イ』『悲シイ』等言，接連在體言『海』『ルンペン』『私』等語之下，對於這些體言，爲某種的敘述。

綜合上述各節，我們可以曉得日語的形容詞，是包含着下列的三種意義：

(1)表示事物的性質・情態・分量。

(2)語尾有『ク・イ・ケレ』的一定的活用。

(3)一方可以接連在體言之上，限定其意味；一方可以接連在體言之下，爲某種的敘述。

日語的『形容詞』這一個語，乃是譯自英語的 Adjective ；唯兩者的範圍，幷不一致。在英語中，凡是表示體言的性質・情態・分量的語，都可以作爲形容詞，但日語則非具備上開的三條件，不作形容詞看。例如下列英語中的形容詞，譯成日語時，都不能歸入於形容詞：

I have no spare time.（私ハ閑ナ時ガナイ＝我沒有空閑的時間）。

He is an utter stranger to me.（彼ハ私ニ對シテハ赤ノ他人ダ＝他對於我完全是個沒有關係的人）。

He is quite well.（彼ハ至極壯健デス＝他極其壯健）。

The rabbit is alive.（兎ハ生キテ居ル＝兎還活着）。

由上列各例看來，可以看出英語的形容詞，是以性質之如何而定的，日語則還須以語尾變化的形式爲標準。例如：在『赤イ花』和『黃色ナ花』，『今夜ハ淋シイ』（今晚很寂寞）和『今夜ハ靜カダ』（今夜很淸靜）

這兩對例中，『赤イ』和『黄色ナ』，『淋シイ』和『靜カダ』的性質，可以說是完全一樣；但前者語尾是『イ』，有『ク・イ・ケレ』的變化，所以就算是地道的形容詞；後者則沒有這種語尾變化，就不能一概而論了。

二、形容詞的活用和種類：

形容詞的語尾，有下列表中的三段的活用：

語幹＼段	ウ段	イ段	エ段
赤（アカ）	ク	イ	ケレ
美シ（ウツク）	ク	イ	ケレ

形容詞的活用，和動詞不同，動詞語尾的活用，是在同一行中，例如『行ク』（ユ）的語尾活用是『行カ・行キ・行ク・行ケ』，都在『カ行』中；『移ス』（ウツ）的語尾活用是『移サ・移レ・移ス・移セ』，都在『サ行』中；但是形容詞的語尾活用的『イ』是屬於『ア行』，『ク』和『ケレ』是屬於『カ行』，計跨兩行。

至於形容詞的語幹，在前表中可以看出，計分兩種：一種是語幹之末不帶『シ』字，一種是帶有『シ』字

這兩種形容詞的語尾活用，在口語中，完全一樣，都是依照『ク・イ・ケレ』的形式；可是在文語文法中，則有分別，前者的活用是『赤ク・赤シ・赤キ・赤ケレ』，後者的活用是『美シク・美シ・美シキ・美シケレ』；前者因爲語尾是『ク』，所以叫作『久活用』，後者因爲語尾是『シク』，所以叫作『志久活用』。口語中的形容詞，不管其語幹帶有『シ』與否，都是依照『ク・イ・ケレ』而活用，按理說來，幷沒有加以區別的必要，唯因文字語言的約束習慣的關係，大家都不寫『高ク』『美ク』，而寫『高ク』『美シク』，因了此種慣例，雖在口語中，也還加以區別，較爲方便。日語的形容詞，在性質上，幷沒有分類的必要，唯依上述語尾活用的不同，可以分成兩種：

(1)久活用：

係語幹之末，不帶『シ』音的形容詞。

(2)志久活用：

係語幹之末，帶有『シ』音的形容詞（語幹之末帶有『ジ』音，如『凄ジイ』之類，亦屬於此活用）。

日語的形容詞，全部有上列的那種活用，而活用的功用很多，我們在後面另再說明。英語的形容詞，則一部分有活用，一部分沒有；有活用的如 wise. wiser. wisest之類，功用也很小，只限於比較（Comparison）而已。

在分類方面，則英語的形容詞，比日語的形容詞複雜得多，最簡單的分法，計分三種，連同冠詞，合爲四種。茲分述如下：

(1) Pronominal Adjective（代名形容詞）：

係用以指示事物的形容詞，所以又名 Demonstrative Adjective（指示形容詞）。這一種形容詞，因爲有代名詞的性質，所以有此名稱。例如：

Which book is interesting, this or that?（ドノ本ガ面白イカ、コレカ或ハアレカ＝那一本書有趣味？這本還是那本？）。

This book is more interesting than that one.（コノ本ガアノ本ヨリモ面白イ＝這本書比那本書有趣味）。

這一種代名形容詞，在日語中是沒有的，譬如上面的 which, this, that 翻成日語爲『ドノ』『コノ』『アノ』，這種語只能歸入於代名詞，和形容詞全不相干。

(2) Quantitative Adjective（數量形容詞）：

係用以表示 Number（數）、Quantity（量）、Degree（度）的形容詞。例如：

He stood six feet two inches.（彼ノ丈ハ六呎二吋デアル＝他身高六呎二吋）。

I have some novels.（僕ハ小說ヲ數冊持ッテ居ル＝我有幾本小說）。

這一種數量形容詞，在日語中因其性質完全和形容詞不同，所以獨立爲『數詞』，另占一品詞。

（3）Qualifying Adjective（性質形容詞）：

係用以表示性質・情態的形容詞。英語的三種形容詞中，只有這一種的性質，和日語的形容詞相當。例如：

His sister is a beautiful woman.（彼ノ妹ハ美シイ女デアル＝他的妹妹是個美人）。

I have a white horse.『私ハ白イ馬ガアル＝我有白馬）。

由上例看來，可以曉得英語的性質形容詞，和日語的形容詞，最爲相近。唯英語中的許多性質形容詞，是由名詞・動詞轉來的，所以常常有許多英語的性質形容詞，譯成日語時，就不是形容詞了。例如：

Silver watch（形容詞）＝銀ノ時計（名詞＋助詞）。

A charitable lady（形容詞）＝仁慈ナ婦人（形容動詞）。

fallen tree（形容詞）＝倒レタ木（動詞＋助動詞）。

（4）Article（冠詞）：

冠詞在英語中很重要，計分兩種：一為 Indefinite Article，一為 Definite Article（定冠詞），前者用『a』或『an』，後者用『the』，『a』有一點『one』（一個）的意味，而『the』則輕輕表示有『this (those)』或『that (those)』的意義。例如：

Is he a doctor?——No, he is a lawyer.（彼ハ醫者デスカ——イーエ、辯護士ダ＝他是醫師嗎？不，是律師）。

I have bought a watch and some pictures. The watch is for my brother, and the pictures are for my sister.（僕ハ時計ト繪ヲ買ッタ。時計ハ弟ニ，繪ハ妹ニヤルノダ＝我買表和畫。表給弟弟，畫給妹妹）。

冠詞也是日語中所沒有的東西，這是日語不如英語緻密的地方。譬如日語說：『犬ガ來タ』，到底是說『A dog came.』或是『The dog came.』呢？在文中是看不出的，這只有在文的前後的關係，加以判斷，以外就沒有別的方法了。

三、形容詞的活用形：

形容詞的活用各有各的一定的用法。例如某一種活用是接在某一種助動詞或助詞，某一種活用是接在用言，某一種活用是接在體言，都有一定的用法，這個用法就叫作『形容詞的活用形』。形容詞的活用形，計有五種，即：否定形・連用形・終止形・連體形・條件形便是。否定形和連用形兩者同形，都是用『ク』；終止形和連體形也是同形，都是用『イ』，條件形則用『ケレ』。茲各舉例如下：

否定形〔
アノ山ハ 高(タカ)クナイ。(那山不高)
コノ家ハ 新(アタラ)シクナイ。(這房子不新)

連用形〔
アノ山ハ 高(タカ)ク聳(ソビ)エテ居(キ)ル。(那山高高聳起)
コノ家ハ 新(アタラ)シク改造(カイゾウ)スル。(這房子從新改造出來)

終止形〔
アノ山ハ 高(タカ)イ。(這山高)
コノ家ハ 新(アタラ)シイ。(這房子很新)

連體形〔
アンナニ高(タカ)イ山ガアル。(有那樣的高山)
ココニ新(アタラ)シイ家ガアル。(這裏有新房子)

條件形〔
ソンナニ高(タカ)ケレバ登(ノボ)レマイ。(如果那麼高，就怕登不上)
家ガ新(アタラ)シケレバ氣持(キモチ)ガイイダラウ。(房子如新，心懷就好)

把上列各形，表示如下：

語幹＼活用形	否定形	連用形	終止形	連體形	條件形
高(タカ)	ク	ク	イ	イ	ケレ
新(アタラ)シ	ク	ク	イ	イ	ケレ

上列的五種活用形，都各有各的功用。茲把每一種形的各種功用，各分別說明并舉例如下：

(1)否定形：否定形通常是接連於否定助動詞『ナイ』之上，表示否定，故有此名。牠的用法有兩種：一爲下接助動詞『ナイ』，表示否定；一爲下接助詞『バ』，表示假設前提，唯後一種用法，乃由文言文法遺蛻下來的，現已不很有人用牠了。茲分別舉例如下：

(A)表示否定：

品(シナ)ガ良(ヨ)クナイ。　　品質不良。

電燈(デントウ)ガ少(スコ)シモ明(アカ)ルクナイ。　　電燈一點也不亮。

(B)表示假定前提：

忙(イソガ)シクバ後(アト)ニショウ。　　要是忙，就擱起再辦吧。

ソレデ好クバソレニシロ。　　如果這樣好，就這樣辦。

在否定形中，還有用『高クハナイ』『嬉シクハナイ』，加入『ハ』字，以表示否定。這『ク』和『ハ』兩音，又常約成一音，變爲『カ』音，而成爲『高カナイ』『嬉シカナイ』。

(2)連用形：連用形通常是連在用言之上，對下面之用言加以限定，故有此名；此種用法，帶有副詞性質，故又有人呌牠作『副詞形』、連用形的用法有三種：一爲連接於形容詞・動詞之上，當作副詞用；二爲在重句中，表示上句的中止；三爲當作名詞使用。玆分別舉例如下：

(A)當作副詞用：

昨夜ハ雨ガ激シク降リマシタ。　　昨夜雨下得很大。

今朝ハ何時モヨリ、電車ガ珍シク早ク出マシタ。　　今朝電車比那一天都出得格外地早。

(B)在重句中表示中止：

彼ハ學問モ良ク、人格モ高イ。　　他學問既好，人格又高。

砂糖ハ甘ク、唐辛ハ辛イ。　　砂糖是甜的，而胡椒是辣的。

(C)當作名詞用：

多クノ學者ハ彼ノ學說ニ反對シマス。　　許多學者，反對他的學說。

遠クノ親類ヨリモ近クノ他人。　　遠親不如近隣。

形容詞的連用形接在敬語『ゴサイマス』時，都是由音便把『ク』變成『ウ』的，如『有難ウゴザイマス』是。又在關東地方如東京等地，雖多用『ク』，但在關西方面如大阪等地，則多用『ウ』，例如：『寒ウモナク、暑ウモナク、誠ニヨイ時デス』（既不寒又不熱，實在好時候）。

形容詞的連用形，接連在『アラウ』『アッタ』的時候，連用形的『ク』和下面的『ア』常結合而約成『カ』音，如『安カラウ、惡カラウ』『高カッタガ品ガ良カッタ』。又連用形的『ク』接連於『アリ』時，有時也約成『カリ』，如『サウ言ッタラ良カリサウナモノダノニ』（要是那樣說就好了，可是）。

形容詞的連用形，在日常口語會話中，常有用以把陳述中止住，當作述語用者。例如：『新年オメデタウ』（新年恭喜），『皆樣ニヨロシク』（請向大家道好）。

（3）終止形：終止形通常是用以表示敘述的終止。例如：

風ガ寒イ。　　風很冷。

彼女ハ顏ガ美シイガ、學問ガ無イ。　　她臉雖漂亮，可是沒有學問。

終止形在原則上，雖是表示敘述的終止，但也有非終止而用到牠的時候，這可算是變則的用法。例如：

タトヒ、苦シイト言ツタトコロデ、目的地マデ辛棒シナケレバナラン。

縱說是辛苦，也須忍耐到目的地。

勇マシイニハ勇マシイガ餘リ亂暴ヂヤナイカ。

勇雖是勇，豈不過於粗暴？

（4）連體形：連體形通常是接連於體言——即名詞・代名詞・數詞——之上，加以限定，故有此名。牠的用法計有兩種：一爲接連於體言之上，加以限定的；一爲當作名詞使用。茲各舉例如左：

（A）限定名詞：

ココニ深イ川ガアリマス。

這裏有深川。

赤イ三羽ノ小鳥ガ鳴イテ居ル。

紅的三隻小鳥在叫喚。

優シイ彼女ハ何處ヘ行ッテモ人ニ歡迎サレマス。

優柔的她無論到那裏去都受人歡迎。

（B）當作名詞用：

有難イハ山山デスガ、辛イモ少クナイ。

難得的事情雖多，討厭的事情却也不少。

嬉シイチ通リ越シテ悲シイニ逢ッタ。　　樂極生悲。

連體形當作名詞使用時，在文法上嚴格說來，須作爲牠是把底下應有的體言畧去看待，較爲合式。譬如上例的『有難イ』和『辛イ』底下，原應有名詞『コト』(事)，『嬉シイ』和『悲シイ』底下，原應有作爲代名詞用的助詞『ノ』(等於國語的『的』字)，這些例是把牠略去的。

(5)條件形：條件形通常是用以表示條件或假定，所以又有人叫作『假定形』。牠的用法有兩種，都是接連於助詞『バ』之上，一爲用以表示條件或假定，一爲用以並列叙述。茲各擧例如下：

(A)用以表示條件或假定：

若シ、餘リ高ケレバ登ラレマイ。　　若是太高，就怕上不去。

ソンナニ苦シケレバヨシタ方ガイイヨ。　　要是這樣苦，還是作罷好。

餘リ高ケレバ買ハナイデオイデナサイ。　　如果太貴，就請不必買。

(B)用以並列叙述：

山モ高ケレバ道モ嶮シイ。　　山既高，道亦險。

色モ美シケレバ艶モヨイ。　　顏色既美，光澤又好。

形容詞的『條件形』雖也有人把牠接連在文言助詞『ド』之上，以表示逆態前提，如：『忙シケレド御世話ハシマス』(忙雖是忙，却還可幫忙)，這乃是文言的遣法，現在沒有什麼人用牠；在正則的口語中，應該是用形容詞的終止形再結連助詞『ケレド』或『ケレドモ』，所以上例應改爲『忙シイケレド御世話ハシマス。』

用言的六種活用形中，在上述的五種以外，還有『命令形』一種，爲形容詞所沒有。所以如果要用形容詞表示命令的意味，則須用『連用形』接連於『佐行變格的動詞』(即『スル』)的『命令形』(『セ』加助詞『ヨ』，或『シ』加助詞『ヨ』)，如下列之例：

モット明ルク{セヨ。／シロ。}　弄亮一點。

姿勢ヲ正シク{セヨ。／シロ。}　把姿勢矯正一下。

四、形容詞的音便：

在前節已說過，形容詞的連用形接連於用言時，『ク』音常轉而爲『ウ』音。這個轉音就叫作『形容詞的ウ音便』。茲將幾個最常用的字，開列如左：

[高ク]……………高ウスル。高ウゴザイマス。

[正シク(タダ)]……正シウスル。正シ|ウゴザイマス。

[辱(カタジケナ)ク]……御來臨(ゴライリン)ヲ辱|ウシテ。

[早(ハヤ)ク]……マダ早|ウゴザイマス。

[オ早(ハヤ)ク]……オ早|ウゴザイマス。

[ヨク]……ヨ|ウコソイラッシヤイマシダ。

[ヨロシク]……ヨロシ|ウゴザイマス。

[明(アカ)ルク]……モウ、外(ソト)ハ明ル|ウゴザイマス。

[新(アタラ)シク]……マダ、新シ|ウゴザイマス。

[苦(クル)シク]……少(スコ)シ苦シ|ウゴザイマス

[有難(アリガタ)ク]……有難|ウゾンジマス。

[オ目出度(メデタ)ク]……オ目出度|ウゾンジマス。

把這個『ウ』字誤寫爲『フ』字的日本人也很多，在書籍雜誌中時常可以碰到；如『御來臨ヲ辱|フスル』這一句，寫錯的人最多，應該留意。

口語形容詞的『終止形』和『連體形』的『イ』，如『赤イ』『青イ』『新シイ』等，嚴格說來，乃是文言形容詞

的『終止形』的『シ』和『連體形』的『キ』的音便，唯一般都以『イ』爲口語形容詞的活用，而不說牠是文言的音便。

五、形容動詞：

前面已經說過，像『黃色ナ』『靜カダ』『綺麗ダ』這一類的語，由性質說來，完全和形容詞一樣，可是由語的活用來看，則和形容詞大不相同，所以這一種語，在品詞上就成了問題。仔細研究，這一種語和『赤イ』『美シイ』『淋シイ』一樣，是表示事物的性質和情態，又可以有一定的活用，如『黃色ナ、黃色ニ、黃ダ』『靜カナ、靜カニ、靜カダ』。還有一層，牠一面可以加在體言之上，限定其意味，如『黃色ナ花』『綺麗ナ小鳥』『靜カナ夜』；一面又可以加在體言之下，爲某種敘述，如『アノ花ハ黃色ダ』『コノ小鳥ハ綺麗ダ』『今夜ハ靜カダ』。這裏頭的『ナ』是文言中所謂『形容動詞』的語尾『ナル』所轉變，而『ダ』也是和文言『形容動詞』的語尾『タリ』屬於同一系統的助動詞，又和『ナリ』（即口語デアル）是同義語。有了這些關係，我們就把這一種語尾帶有『ナ』字的形容詞，叫作『形容動詞』。

此外還有一種語，如『アラユル人々』（所有人們）『イハユル運命』（所謂運命）、『サル十月』（去十月）、『トンダ逃惑』（意外的麻煩）等語中的『アラユル』『イハユル』『サル』『トンダ』一類的語，雖可接在體言之上，限定其意味，但其他形容詞所具備的性質，則一點也沒有，既沒有語尾的變化，又不能加在體言之

下，有所叙述。這一種語自然不能作爲形容詞看待，但也很難歸入其他的品詞，按理說來，應該在品詞上另立一名目，叫作『連體詞』或『副體詞』之類，加以安插，唯因其語數不多，所以也就作罷了。

六、形容動詞的構成：

普通的形容詞，大都是生成便是形容詞，其中雖有幾個是由動詞轉來的，如『勇マシイ』『頼モシイ』『恨メシイ』『騒ガシイ』『願ハシイ』『煩ハシイ』，以及由副詞轉來的『甚ダシイ』之類，但爲數很少，差不多只有上列各語而已，可是講到『形容動詞』，就可以說差不多都是由其他的品詞轉來的了。茲將各種形容動詞的構成格式，開列如左：

(1)用『ナ』接在名詞或副詞之下構成的：

立派ナ　綺麗ナ　妙ナ　穩カナ　カナリナ(相當的)　懇意ナ　相當ナ

黄色ナ　盛ナ　粗末ナ

(2)用『ナ』接在形容詞語幹之下構成的：

大キナ　小サナ　可笑シナ　細カナ　暖カナ　重ナ

(3)用『ナ』接在指示代名詞系統之語底下構成的：

コンナ(這樣的)　ソンナ　アンナ　ドンナ

（4）用『的』或『式』接在名詞之下構成的：

客觀的　文學的　浪漫的　模範的　現代的　アメリカ式　ドイツ式

日本式　岡田式　軍隊式

名詞之下接連『的』·『式』，本來卽可作形容詞用，如『文學的勞作』『ドイツ式訓練』都是直接修飾名詞；但是也有在其底下再加『ナ』的，如『模範的ナ青年』『軍隊式ナヤリ方』（軍隊式的做法）等例是。

『的』和英語形容詞接尾語的『ic』是個同意義的接尾語，和國語的『的』有點不同。在明治初葉，把ローマンテック（Romantic）·リアリステック（Realistic）等語的『テック』，用『的』去充用，就演成了（4）這一個格式。正當地說來，『ic』用假名表示，本來應寫成『イック』，但是因了上述那些字的語尾都是『テック』，所以就訛成『テキ』，而漢寫爲『的』了。

好些單語接上『ナ』字，雖然可以構成形容動詞，但不要誤謂甚麼單語都可加『ナ』以構成形容動詞。例如『誠實ナ』·『忠良ナ』·『人間的ナ』等語，雖是很正式的形容動詞；但是『誠ナ』『忠ナ』『人間ナ』以及『一ツナ』『私ナ』『高ナ』『新シナ』等語，就不成語。這雖沒有什麼道理可說，但是語言習慣的約束是如此，只有遵從罷了。

七、形容動詞的活用和形：

在文語文法中的形容動詞，有兩個系統：一是語尾用『タリ』，一是語尾用『ナリ』。例如：

堂堂タリ　悠然タリ　颯爽タリ　漠然タリ　凛乎タリ

靜カナリ　ノドカナリ　遙カナリ　大ナリ　愉快ナリ

上列的『タリ』通常是接連漢語，這語原係『トアリ』縮約而來的；『ナリ』則漢語和日語均有連接牠的，這語原是由『ニアリ』縮約而來的。這兩系統的形容動詞，因爲是由『トアリ』和『ニアリ』轉約而來的，所以完全依照動詞『アリ』的文言文法特有的『良行變格活用』的活用形變化。例如：

語幹	未然形	連用形	終止形	連體形	已然形	命令形
靜カ	ナラ	ナリ	ナリ	ナル	ナレ	ナレ
堂堂	タラ	タリ	タリ	タル	タレ	タレ

文言的形容動詞的活用形，條理整然，但口語則甚爲混沌。口語的形容動詞，是把文言的兩個系統，混合而爲一，所以牠的活用，牽涉到『ダ行』和『ナ行』兩行，其形態大略如下：

靜カニ　靜カデ　靜カダ　靜カナ　靜カナラ

模範的ニ　模範的デ　模範的ダ　模範的ナ　模範的ナラ

軍隊式ニ　軍隊式デ　軍隊式ダ　軍隊式ナ　軍隊式ナラ

唯上列的形態，只是大致如此而已，一一細玩，還可以發見不盡如此的用例。譬如左列一例，『ナ』字是老連在一塊的：

コンナニ　コンナデ　コンナダ　コンナ　コンナ(コト)ナラ

由此看來，形容動詞的活用和形，並不十分固定，所以不好列成格式，只得具體地將其用例舉出，以作參考。

八、形容動詞的用例：

(1)推量形的用例：

綺麗ダラウ。綺麗デセウ(大約很漂亮吧)。結構ダラウ(大約很好吧)。

(2)連用形的用例：

靜カダッタ。靜カデシタ。丈夫デシタ(是很結實的)。

(3)副詞形的用例：

立派ニ出來タ(做得很好)。綺麗ニ咲イタ(開得很漂亮)。靜カニナッタ(沈靜下來)。

(4)中止形的用例：

トテモ靜カデ、ヨイ所デシタ(非常安靜，是個好地方)。

アノ男ハ現代的デ、ゴルフモ得意デアル(那個人很摩登，高而夫球也很得意)。

(5)終止形的用例：

アノ人トハ前カラ懇意デ、始終往來シテヰマス(和那個人以前即很好，始終往來)。

アノ人ハ派手ダ(那個人很漂亮)。　波モ穩カデ〻(波也平靜)。　アノ花ハ黃色ダ(那花是黃色)。

(6)連體形的用例：

丈夫ナ老人(結實的老人)。　フツツカナ娘(粗野的姑娘)。　模範的ナ青年。

(7)假定形的用例：

若シ家庭ガ穩カナラ、ヨインダガ(要是家庭平靜就很好，可是……)。

アソコガ靜カナラ、私モ君ノ下宿ニ移ラウ(那邊要是安靜，我也搬到你的公寓去吧)。

アンナノガ文學的ナラ文學的デナイモノハナイ(那様東西要是文學的，那就沒有不是文學的東西了)。

近來一般的用法，已把『黃色ナ』一類的語，按照普通形容詞的活用形。用『黃色イ』『黃色ク』『黃色ケレ』的形式變化了。

九、敬語的形詞容：

為對對方表示敬意起見，使用形容詞時，可加上接頭語『オ』『ゴ』等於其上；『オ』字大都是接於日語而『ゴ』字則大都是接於漢語。例如：

モウ、オ宜シイノデスカ。	已經好了嗎？
コレハ、オ早イコトデスネ。	這是很快的。
コレハ、オ珍シイ。	這個很奇異。
イツモ、ゴ丈夫ナコトデ、オメデダウゴザイマス。	老是結實，可賀得很。
ゴ親切ナオ手紙ハモウ拜見致シマシタ。	您懇切的信已看過了。

一、熟語的形容詞：

這一項目所包括的是：熟語‧疊語的形容詞，接上接頭語和接上接尾語的形容詞。茲分別舉例如下

(1)熟語的形容詞之例：

(A)名詞加形容詞構成者：

名高イ(有名的)　奥ユカシイ(高尚的，殷勤的)　心易イ(親密的)　口惜シイ(悲悔的)

緣遠イ(少緣分的)

(B)動詞加形容詞構成者：

有難イ(難得的)　見憎イ(難看的)　書キ易イ(易寫的)　讀ミ憎イ(難讀的)　恐レ多イ(誠惶誠恐的)

(C)形容詞的語幹加形容詞構成者：

細長イ　暑苦シイ　青白イ　薄暗イ　惡賢イ(狡猾的)

日語的熟語形容詞的構成，大都脫不了前述三種格式，這些格式的特點，在於最後一語一定是用形容詞。這點比英語熟語形容詞的構成成分，簡單得多。英語的熟語形容詞則成分很雜，例如Common-place (平凡的)的構成成分是『形＋名』，Out-of-date (不合時宜)是『副＋前＋名』，Tell-tale (face)(做賊心虛之貌)是『動＋名』，Hand-to-hand (fight)(肉搏)是『名＋前＋名』，Peace-at-any-price (policy)(不顧一切之主和政策)是『名＋前＋形＋名』，Every-man-for-himself (scuffle)(人自爲戰)是『形＋名＋前＋代』，其他諸如此類的複雜成分，不勝枚舉。

(2)疊語的形容詞

女々シイ　男々シイ　長々シイ　重々シイ　輕々シイ

ナレナレシイ(親密的)　花々シイ　美々シイ　苦々シイ

ウヤウヤシイ(恭敬的)　忌々シイ　馬鹿馬鹿シイ

(3)用接頭語的形容詞之例(敬語不在此例)：

タヤスイ(容易)　マッ白イ　マッ赤ナ　マッ黒ナ　マッ青ナ

(4)用接尾語的形容詞之例：

男ラシイ　嘘ラシイ　本當ラシイ(似乎實在的)　大人シイ

他人ガマシイ(好像外人的)　勝手ガマシイ(似乎隨便的)

『明日ハ天氣ラシイ』(明天天似要晴)這一類中的『ラシイ』乃是推量助動詞，不是接尾語，和『男ラシイ』等語的『ラシイ』，不可混爲一類。

『長ツタラシイ』『甘ツタルイ』『甘ツタラシイ』『憎ラシイ』『憎ッタラシイ』等語，可視爲接連接尾語的形容詞。

十一、形容詞的送假名法：

關于形容詞的送假名，在形容動詞方面，沒有什麽問題，所應該注意的，還在於普通形容詞。例如

(1)在『久活用』的形容詞，送假名通常是由『ク・イ・ケレ』送起：

赤ク　赤イ　赤ケレ。　深ク　深イ　深ケレ。　淺ク　淺イ　淺ケレ。

(2)在『志久活用』的形容詞，通常是由『シク・シイ・シケレ』送起：

新シク　新シイ　新シケレ。　珍シク　珍シイ　珍シケレ。

悲シク　悲シイ　悲シケレ。

(3)在『ウ音便』中，則由『ウ』這部分送起：

オ早ウゴザイマス。少シ寒ウゴザイマス。アリガタウ存ジマス。御來臨ヲ　辱ウイタシマシテ。

(4)在形容詞之中，含有動詞的活用形者，則附上動詞的送假名：

勇マシイ　恨メシイ　騷ガシイ　歎カハシイ

忌マハシイ　願ハシイ　疑ハシイ　喜バシイ

(5)由副詞轉來的形容詞，則附上副詞的送假名：

甚ダシイ

(6)易生誤讀的形容詞，則在通例外加送假名：

細カイ　大キイ　冷タイ

（7）用接尾語構成的形容詞，只在接尾語用假名：

男ラシイ　アツガマシイ（無恥的）　大人シイ

十二、日語形容詞和英語形容詞的幾種不同的用法：

日語的形容詞和英語的形容詞，在使用上有幾點很不同的地方，例如日語的形容詞修飾體言時，一定要在被修飾語之前面，而英語則有時可在其後面。例如：

There is nothing beautiful.（美シイ物ガナイ＝沒有美的東西）。

His temper is something awful.（彼ノ怒リッポイノハ恐シイ物ダ＝他的善怒是件可怕的事情）。

其次爲日語形容詞的連用形，常常執行副詞的功用，例如：

月ハ沙漠ヲ明ルク廣ク照ラシマス。　月亮很亮地很廣地照遍沙漠。

風ガ劇シク吹キ立テマシタ。　風劇烈地颳起來。

但在英語中，則常例上，形容詞很少直接當副詞使用，大抵是在形容詞之後，加上接尾語 ly，改爲副詞後乃再使用，例如將 slow 改爲 slowly，將 quick 改爲 quickly，將 awful 改爲 awfully，諸如此類。雖然英語有時也有將形容詞直接當副詞使用，例如：

The bird flew high.（鳥ガ高ク飛ンダ＝鳥高高飛起）。

The house stands nice and high. (コノ家ハ高クテ心地ヨク立テテ居ル＝這房子建得既高且妙)。

唯這類的用例很少，絕不像日語中之常常使用，所以以形容詞直接執行副詞的職務，仍可算是日語形容詞中的一種特有的用法。

還有一點，我們在本章第一節已說過，形容詞所包含的三種意義中，有一種是：『一方可以接連在體言之上，限定其意味；一方可以接連在體言之下，為某種的敘述』，這一種意義中所包含的兩種用法，在英文中也是一樣，英文法把前者叫作『屬性的用法』(Attributive Use)，把後者叫作『敘述的用法』(Predicative Use)。拿 intererting 一字來作例吧：

(1)屬性的用法：

This is an interesting book (コレハ面白イ本ダ＝這是有趣的書)。

(2)敘述的用法：

This book is intererting. (コノ本ハ面白イ＝這本書很有趣)。

在屬性的用法方面，日語和英語大體相同；唯在敘述的用法上，則兩者大不一樣。因為英語的形容詞，單獨沒有敘述的能力，非借重動詞 be，不能作敘述語用；但日語的形容詞，本身即具有敘述的能力，用不着再借重任何動詞的光。茲再舉出兩三個具體的例如下：

'This girl is pretty beautiful. (コノ少女ハ相當ニ美シイ＝這少女頗漂亮)。

Ito was wise. (伊藤ハ賢カッタ＝伊藤很賢)。

'That one is good. (アレハ宜シイ＝那個好)。

由上述各點看來，日語的形容詞，除却執行英語的形容的職務以外，還能具備着英語的副詞和動詞所具備的功用。這幾點是日語形容詞最顯着的特色，應該特別注意。

日語的形容詞和動詞的分別，除却語形大不相同之一點以外，在使用上可以說沒有什麼差異。因爲在日語中，動詞所能擔負的職能，形容詞都可擔負，而形容所能發揮的功用，動詞也差不多可以發揮，此點俟我們研究了動詞時，更可明瞭。此點對於受有英文法訓練之人，更須注意比較。

第五章　動詞

一、動詞的意義：

動詞係表示人或事物的動作・情態・或存在的語。例如：

汽車が停車場へ着く。	火車到站。
私は本を讀む。	我讀書。

右例中的『着く』和『讀む』是表示『汽車』和『私』的動作。

火が燃える。	火燃着
子が親に似る	子像父母。

右例中的『燃える』和『似る』是表示『火』和『子』的情態。

此處に樹がある。	這裏有樹。
先生が教室に居る。	先生在教室。

右例中的『ある』和『居る』是表示『樹』和『先生』的存在。

動詞也和形容詞一樣，可以分成兩部分，一部分是不變化的，叫作『語幹』，一部分是有變化的，叫作

『語尾』，其變化叫作『活用』。唯形容詞的活用形很簡單，只有『ク・イ・ケレ』一種，動詞的活用形則多的多吧了。

日語的動詞，係譯自英語的 Verb ，唯兩者實不盡一致。譬如英文法中對於動詞的定義常謂：『A verb is a word which says something to or about some person or thing.』(動詞是對於人或事物加以某種敍述的語)(Leiper: A New English Grammer)，這個定義對於日語動詞卽不能適用，因爲在日語中，不但動詞可用以敍述，就是形容詞也有敍述的能力，這一點前章已說過，不必多贅。由此看來，這個定義如果用到日語文法中來，則非把形容詞也歸入於動詞中不可了。

老實說來，日語的動詞和形容詞，乃是由形狀上加以決定的品詞，不能由意味上來分。拿一對同性質的語的肯定和否定來看，『生きる』和『死ぬ』，『勵む』和『惰ける』等，雖都是同屬於動詞，但是在『富む』和『貧しい』，『有る』和『無い』這兩對例中，則『富む』和『有る』屬於動詞，『貧しい』和『無い』屬於形容詞，可見這兩者之分，與其說是用意味作區別，不如說是以形狀爲根據。

二、動詞的活用：

動詞的活用，在初學的人看來，雖然很像複雜無比，其實在口語文法中歸納起來，也不過左列五種而已：

(1)四段活用。
(2)上一段活用。
(3)下一段活用。
} 正格活用。

(4)加行變格活用
(5)佐行變格活用
} 變格活用。

上列的五種活用中，『加行變格活用』和『佐行變格活用』，均各只有一語『來る』和『爲る』屬之而已；餘下的三種活用中，『上一段活用』和『下一段活用』，雖然是一個語尾屬於『イ段』，一個語尾屬於『エ段』，其實兩者活用的格式，完全一樣，可以歸納爲一類，叫作『一段活用』；除此以外，只剩下統攝語數最多的『四段活用』了。所以日語的動詞，除將兩個變格的字『來る』和『爲る』的活用，特別記住以外，只記住『一段活用』和『四段活用』便可。至於屬於『一段活用』的字，本來也不算多，如能再把牠記住，則可以說剩下的動詞全屬於『四段活用』了。茲將上述五種活用的規則，分別說明如下：

(1)四段活用：

凡是動詞的語尾，在五十音圖中的『ア・イ・ウ・エ』四段間生變化的，就叫作『四段活用的動詞』

例如『讀む』一字，可有下列四段的活用：

讀
- ま(ア段)……書物を讀まない(不讀書)。
- み(イ段)……書物を讀みたい(願讀書)。
- む(ウ段)……書物を讀む(讀書)。
- め(エ段)……書物を讀め(讀書吧)。

四段活用動詞的語尾，如係屬於『カ行』的字，就叫作『カ行四段活用』，屬於『サ行』的字，就叫作『サ行四段活用』，例如『行く』屬於『カ行四段活用』，『借す』屬於『サ行四段活用』，其他以此類推。日語的動詞，屬於四段活用者，爲數最多，牠的活用的行數，爲五十音圖中的『カ・ガ・サ・タ・ナ・ハ・バ・マ・ラ』九行。茲在每行中各擧一語，例示如左：

行	語幹＼語尾段	ア段	イ段	ウ段	エ段
カ行	書	か	き	く	け
ガ行	游	が	ぎ	ぐ	げ
サ行	推	さ	し	す	せ
タ行	打	た	ち	つ	て

ナ行	死	な	に	ぬ	ね
ハ行	言	は	ひ	ふ	へ
バ行	飛	ば	び	ぶ	べ
マ行	飲	ま	み	む	め
ラ行	當	ら	り	る	れ

在文言文法中，有『死ぬ』和『往ぬ』兩語，語尾活用爲『な・に・ぬ・ぬる・ぬれ・ね』，和四段活用不同，所以叫作『奈行變格活用』；又有『有り』、『居り』、和『侍り』三語，語尾活用雖也是『ら・り・る・れ』，但有一點和四段活用不同，因爲『良行四段活用』的終止形的語尾是『る』，而這三字的終止形的語尾則爲『り』，有這一點小異，所以把牠叫作『良行變格活用』。這兩種變格活用是口語文法所沒有的，因爲在口語中，『死ぬ』、『居り』、和『有り』三語，已完全變成四段活用，而『往ぬ』和『侍り』兩語，則廢棄不用了。

文言屬於下一段活用的『蹴る』，在口語中已變成四段活用了。唯構成熟語動詞時，如『蹴飛す』不讀『けりとばす』，而讀『けとばす』，還保存下一段活用的遺迹。又文言中屬於四段活用的動詞，在

口語中也不全是仍屬於四段活用。例如在文言中屬於四段活用的動詞如『飽く』『借る』『足る』諸語，在口語中已改屬於上一段活用了。

(2)上一段活用：

凡是動詞的語尾，只在五十音圖中的『イ段』活用，再附以『る・れ』以作帮助的，就叫作『上一段活用』。例如下列文例中的『起きる』一語，即屬於這種活用：

起 ｛ き(イ段)……………彼は毎朝早く起きない(他每朝不早起)」
　　きる(イ段附る)………彼は毎朝早く起きる(他每朝早起)。
　　きれ(イ段附れ)………朝早く起きれば身體によい(朝上早起對身體好)。

在上一段活用動詞中，有幾語除却添附的『る・れ』不算，語幹和語尾共只有一音的，如『見る』一語的活用形，可作代表：

見 ｛ (み)……………一寸も見ない(一點也不看)。
　　(み)る…………一寸見る(稍爲一看)。
　　(み)れ…………一寸見ればた易い樣だ(一見似易)。

在這一種語中，那是語幹，那是語尾，實在無從分別。我們可以解釋爲語幹『み』之中，有語尾的成分，參雜於中，合而爲一。

上一段活用的動詞，雖在五十音圖中的清音十行和濁音四行，各行皆有，但爲數却很少。玆在每行中各舉一字爲例如左：

行＼語幹＼語尾＼段		イ段	イ段（附る）	イ段（附れ）
ア行	（射）イ	（い）	（い）る	（い）れ
カ行	起オ	き	きる	きれ
ガ行	過ス	ぎ	ぎる	ぎれ
サ行	察サツ	し	しる	しれ
ザ行	判ハン	じ	じる	じれ
タ行	落オ	ち	ちる	ちれ
ダ行	恥ハ	ぢ	ぢる	ぢれ
ナ行	（似）ニ	（に）	（に）る	（に）れ
ハ行	强シ	ひ	ひる	ひれ

バ行	浴	び	びる	びれ
マ行	(見)	(み)	(み)る	(み)れ
ヤ行	報	い	いる	いれ
ラ行	借	り	りる	りれ
ワ行	居	(ゐ)	(ゐ)る	(ゐ)れ

右表中附有括弧—如(射)(似)(見)(居)等語，係表示語幹之中，參入語尾，合而爲一。

在文言文法中有所謂『上二段活用』的動詞，其活用係在『イ段』和『ウ段』兩段，再附以『る・れ』，如『起く』一語的語尾活用爲『き・く・くる・くれ』。這一種活用的動詞，現在口語中，大都歸入於上一段活用，而文語中的上二段活用這個格式，雖在九州方面方言中尙是存在，可是在標準口語中已廢而不用了。現在口語中的上一段活用的動詞，在文語中大多數是屬於上二段活用，很少數是屬於上一段活用。

『ヤ行』的上一段活用的動詞，只有『老いる』『悔いる』『報いる』三語而已。

『借りる』這一個字，雖在口語中，也還有人作爲『借る』，依照文言作四段活用使用。

『用ひる』也可作爲『用ゐる』，在『ハ行』和『ワ行』兩行均可以用。

(3)下一段活用：

凡是動詞的語尾，只在五十音圖中的『エ段』活用，再附以『る・れ』以作幫助的，就叫作『下一段活用』。例如下列文例中的『聞える』一語，即屬於這種活用：

聞
- え(エ段)……物音が聞えない(聽不到聲音)。
- える(エ段附る)……音樂が聞える(聽見音樂)。
- えれ(エ段附れ)……ドンが聞えれば十二時です(聽到午砲是十二時)。

在下一段活用動詞，也和上一段活用一樣，有好些語的語幹和語尾共只有一音的，這也是兩者參雜爲一的緣故，如『得る』一語的活用形，即可作爲代表：

得
- (え)……人の信用を得た(得了人的信用)。
- (え)る……正直な人は人の信用を得るでせう(正直的人當可得人的信用)。
- (え)れ……人の信用を得れば事が爲易うございます(如果得到人的信用，做事就容易)。

下一段活用的動詞，也是在五十音圖中清音十行和濁音四行，各行皆有。牠所包容的語數，雖比四段活用少，但比上一段活用却多得多。茲在每行中各舉一字爲例如左：

行＼段 語幹・語尾		エ段	エ段(附る)	エ段(附れ)
ア行	(得)(エ)	(え)	(え)る	(え)れ
カ行	明(ア)	け	ける	けれ
ガ行	逃(ニ)	げ	げる	げれ
サ行	痩(ヤ)	せ	せる	せれ
ザ行	混(マ)	ぜ	ぜる	ぜれ
タ行	育(ソダ)	て	てる	てれ
ダ行	出(デ)	(で)	(で)る	(で)れ
ナ行	尋(タヅ)	ね	ねる	ねれ
ハ行	(經)(ヘ)	(へ)	(へ)る	(へ)れ
バ行	述(ノ)	べ	べる	べれ
マ行	始(ハジ)	め	める	めれ
ヤ行	絶(タ)	え	える	えれ

ラ行	離	れ	れる	れれ
ワ行	植	ゑ	ゑる	ゑれ

在文言文法中，有所謂『下二段活用』的動詞，其活用係在『ウ段』和『エ段』兩段，再附以『る・れ』，如『忘る』一語的語尾活用爲『れ・る・るる・るれ』。至於文言中屬於下一段的動詞，只有『蹴る』一語而已。現在口語中屬於下一段活用的動詞，除『蹴る』一語不算外，可以說差不多都是文言中屬於下二段活用的字。下二段活用這個格式，也和上二段活用一樣，雖在九州方面方言中還是存在，可是在標準口語中已廢而不用了。

『ザ行』的下一段活用的動詞，只有『混せる』一語而已；而『ワ行』的也只有『植ゑる』『飢ゑる』『据ゑる』三語而已。

(4)加行變格活用：

加行變格活用只有『來る』一語而已，這語是語幹和語尾參雜爲一音，在五十音圖中的『お・いう』三段中活用，而『う段』則附以『る・れ』，所以有人叫作三段活用。例如：

こ（オ段）…………やがて春が來よう（春快來了）。

（來）
- き（イ段）……春が來た（春已來了）。
- くる（ウ段附る）……春が來る（春來了）。
- くれ（ウ段附れ）……春が來ればよい（春來了就好）。

茲把這一語的活用，表列如左：

行	語幹	オ段	イ段	ウ段（附る）	ウ段（附れ）
カ行	（來）	（こ）	（き）	（く）る	（く）れ

在文言中這個變格的終止形爲『來』，如『春來』，但口語則爲『來る』，如『春が來る』。

（5）佐行變格活用：

佐行變格活用的基本語只有『爲る』一語而已，這語也是語幹和語尾參雜爲一音的，牠在五十音圖中的『え・い・う』三段中活用，也是在『う段』附以『る・れ』，所以也有人同樣地叫作三段活用。例如：

（爲）
- せ（エ段）……惡い事はせぬ（不做壞事）。
- し（イ段）……惡い事をした（做了壞事）。
- する（ウ段附る）……惡い事をする（做壞事）。

すれ（ウ段附れ）……悪い事をすれば人に憎まれる（如果做壞事就要被人憎惡）。

茲把這一語的活用，表列如左：

行	語幹	エ段	イ段	ウ段（附る）	ウ段（附れ）
サ行	（為）	（せ）	（し）	（す）る	（す）れ

『する』這個動詞，可以接在漢語・擬漢語・洋語・或屬於其他品詞的日語之下，構成很多很多的熟語動詞。例如：

（A）接在漢語之下者：

入學する　服從する　運動する　旅行する

（B）接在擬漢語之下者：

稽古する（學習）　心配する（憂愁）　立腹する（憤怒）

（C）接在洋語之下者：

ダンスする（dance）　オミットする（omit）　スケッチする（sketch）

（D）接在名詞之下者：

噂する(流言)　枕する　物する

(E)接在由動詞或形容轉成的名詞之下者：

商ひする　飲食する　重んずる　輕んずる

(F)接在形容詞之下者：

好くする　黑くする　廣くする　深くする　高くする

白くする　赤くする

(G)接在副詞之下者：

新にする　專らにする　にこにこする(笑容滿面)

『する』附在漢字的撥音或長音之下的時候，有時要變成ザ行的濁音。例如：

變ずる　任ずる　投ずる　命ずる　映ずる

サ行變格活用這一個字，在文言中有『す』的活用形，但在口語中則廢而不用了。

在文語中凡在他種語底下加上『す』以造成的動詞，都是屬於『佐行變格活用』，可是在口語中則這一類的字在習慣上雖還是大多數屬於『佐行變格活用』，但却有些轉而為『四段活用』，另有些轉而為『サ行』或『ザ行』行的『上一段活用』。例如『噂する』『全うする』『旅行する』等，雖還屬於『佐行變

格活用』，但是『廢す』『略す』『熟す』則屬於『四段活用』，而『察しる』『熱しる』『感じる』『判じる』『通じる』等則屬於『上一段活用』了。

四、動詞的活用形：

動詞的活用形計有六種，即：否定形・連用形・終止形・連體形・條件形・命令形便是。這六種形中，前五種和形容詞的形一樣，唯最後一種的『命令形』是形容詞所沒有的：這一點是動詞和形容詞最大的差別。茲將前述各形舉例如下：

（1）否定形：

字を書かない（不寫字）（四段）。

未だ起きない（還沒有起來）（上一段）。

水が流れない（水不流）（下一段）。

先生は來ない（先生不來）（加變）。

惡い事は｛せぬ。／しない。｝（不做壞事）（佐變）。

（2）連用形：

字を書いた（寫了字）（四段）（い係き的音便，詳後）。
已に起きた（已經起來）（上一段）。
水が流れた（水流了）（下一段）。
先生は來た（先生來了）（加變）。
惡い事をした（做了壞事）（佐變）。

（3）終止形：

字を書く（寫字）（四段）。
朝早く起きる（起得早）（上一段）。
水が流れる（れ流）（下一段）。
先生は來る（先生來了）（加變）。
惡い事をする（做壞事）（佐變）。

（4）連體形：

字を書く生徒（寫字的學生）（四段）。
朝早く起きる人（起得早的人）（上一段）。

水の流れる地方（水流的地方）（下一段）。
先生の來る時（先生來的時候）（加變）。
惡い事をする小供（做壞事的小孩）（佐變）。

（5）條件形：

字を書けば手が痛い（一寫字就手痛）（四段）。
朝早く起きれば心持がよい（起得早心情就好）（上一段）。
水が流れれば魚が少い（水一流魚就少）（下一段）。
先生か來れば生徒が靜まる（先生一來學生就靜）（加變）。
惡い事をすれば先生が怒る（做壞事先生就生氣）（佐變）。

（6）命令形：

字を書け（寫字吧）（四段）。
早く起き よ。／ろ。（快起來吧）（上一段）。

水か流れ{よ｜ろ}。（水流吧）（下一段）。

早く來い（快點來）（加變）。

好い事を{せ{い。｜よ。}｜しろ。}（做好事吧）（佐變）。

上述的六種活用形中，前五種都是只用語尾表示，唯最後一種的『命令形』，除却四段活用還是只用語尾表示外，其餘四種活用，却須加上助詞『ろ』『よ』『い』於語尾，纔能完全表示。不過四段活用的命令形，也可以在語尾加『よ』，例如：『そのままにして置けよ』（就此擦下吧）『內へ上つて話して行けよ』（進來談談再走吧）。茲將上述的活用形，表列如下。

	語幹	否定形	連用形	終止形	連體形	條件形	命令形
四段	買	は	ひ	ふ	ふ	へ	へ
上一段	飽	き	き	きる	きる	きれ	き（よ・ろ）
下一段	敎	へ	へ	へる	へる	へれ	へ（よ・ろ）

加變（來）	こ	き	くる	くる	くれ	こ（い）
佐變（爲）	せ し	し	する	する	すれ	せ（よ・い） し（ろ）

上述的六種活用形，都各有各的功用，茲再把每一種形的各種功用，分別說明並舉例如下：

（1）否定形：否定形通常是接連於否定助動詞『ない』或『ぬ』，故有此名。此形在文言文法中，因其常用以表示未然，故又名爲『未然形』，口語文法家亦多沿用之。牠的用法，有下列五種：

（A）接連助動詞『ない』或『ぬ』，以表示否定：前已舉例，茲不再贅。所應注意者，爲『佐行變格活用』接『ない』時須用『し形』，而接『ぬ』時則用『せ形』，其他活用則沒有分別。

（B）接連助動詞『う』或『よう』，以表示未來等意：四般活用接連于『う』，他種活用則接連于『よう』。例如：

今晚酒を飲まう。　　今晚喝酒吧。

暑いから和服を着よう。　　天熱了，穿和服吧。

もう十二時だ、寢よう。　　已經十二點了，睡吧。

明日私の家へ來よう。　　明日到我家來吧。

これから勉强しよう。　　從此以後用功吧。

(C)接連助動詞『まい』，以表示推量的否定等意：(四段活用除外)

お祖さんはまだ起きまい。　祖父大約還沒有起來。

まだ使へるから、捨てまい。　因爲還可使用，大概不至擲掉吧。

あの人は多分來まい。　那個人大概不來。

餘り馬鹿らしいから、二度としまい。　因爲太上當，不再做了。

(D)接連助動詞『れる』或『られる』，以表示受身・可能・或敬讓等意：四段活用接連于『れる』，其他活用則接連于『られる』。例如：

彼は人に笑はれる。　他被人笑。

行末が案じられる。　前途可慮。

夜よく寢られるから、心持がよい。　晚上很能够睡，所以精神很好。

今日は校長も來られる筈です。　今天校長也當光臨。

君は必ず試験に及第せられる。　你試驗一定可以及第。

(E)接連助動詞『せる』『させる』或『しめる』，以表示使役等意：四段活用接連于『せる』，其他活用接連于『させる』；至於『しめる』則各種活用共通可用。例如：

左官に壁を塗らせる。　使泥瓦匠抹墻。

下女に卵を煑させる。　使女僕煎雞子。

大工に家を建てさせる。　使木匠蓋房。

生徒を自習に來させる。　使學生來自修。

弟に化學を勉强(せ)させる。　使弟弟研究化學。

國家は人民に各種の義務を負はしめる。　國家使人民負擔各種的義務。

(2)連用形：連用形通常是接連於用言，故有此名。牠的常用的用法有下列各種：

(A)接連『動詞』或『形容詞』，例如：

櫻の花は咲き始める。　櫻花開始開放。

この本は讀み難い。　這本書難讀。

寒いから、綿入を着換へる。　因爲天冷，換穿綿衣。

餘り狹いから、着憎い。　因爲太窄，不好穿。

この家は已に壞れ掛つた。　這房子快壞了。

安物は壞れ易い。　便宜東西容易壞，

（B）在並列句中，用以表示上句的中止。例如：

蝶が舞ひ、蜂が飛ぶ。	蝶飛蜂舞。
彼は朝は早く起き、夜は遲く寢る。	他早起晚眠。
私は船でも寢、汽車でも寢られる。	他在船在車都能夠睡。
先生も來、生徒も來る。	先生亦來，學生亦來。
中村は勉強もし、運動も爲る學生です。	中村是個既用功又運動的學生。

用連用形以表示中止，在書寫上雖然常用，但談話時則不常用。並列文中表示上句的中止，除上述的一法以外，還有四種方法，在談話時較爲常用：其一爲連用形之下加『て』，其二爲終止形之下加『し』，其三爲終止形之下加『が』，其四爲條件形之下加『ば』。譬如說：『我每天早上寫字讀書』，可有下列種五說法：

1. 私は每朝字を書き、本を讀む（連用形）。
2. 私は每朝字を書いて、本を讀む（連用形加『て』）。
3. 私は每朝字も書くし、本も讀む（終止形加『し』）。
4. 私は每朝字も書くが、本も讀む（終止形加『が』）。

5.私は毎朝字も書けば、本も讀む（條件形加『ば』）。

（C）接連助動詞『ます』，以表敬意。例如：

お茶を飲みます。　喝茶。

先生は乾度家に居ます。　先生一定在家。

今夜は早く寢ます。　今晚早點睡。

林さんは今直ぐ來ます。　林君馬上來。

弟と一緒に散歩します。　和弟弟一塊散步。

（D）接連助動詞『た』，以表示過去或完了。例如：

電燈を消した。　滅了電燈。

今朝は早く起きた。　今早很早起來。

子供はもう寢た。　小孩已睡了。

春が來た。　春天來了。

沈君は去年北京大學に入學した。　沈君去年入學北京大學。

（E）接連助動詞『たい』，表示願望。例如：

僕は文學を習ひたい。　我希望學文學。

毎日六時に起きたい。　希望每天六點起來。

日本料理が食べたい。　想吃日本菜。

來たい人が澤山ある。　想來的人很多。

私は世界を漫游したい。　我想漫游世界。

(F)接連助詞『て』，以表示並列句中上句的中止。例如：

昨日は風が吹いて、今日は雨が降る。　昨日颳風，今日下雨。

春が過ぎて、夏が來る。　春去秋來。

木も植ゑて、草も植ゑる。　也種樹，也種草。

晝も來て、夜も來る。　白天也來，晚上也來。

先月は化學を研究して今月は物理を習ふ。　前月研究化學，本月學習物理。

(G)接連助詞『て』以表示方法或因果。例如：

日本語を習つて、日本事情を研究する。　學日本語以研究日本事情。

早く起きて、勉强する。　早起用功。

月が出て、山が見える。
月出見山。

夏が來て、熱くなつた。
夏天來了就熱起來。

日本へ留學して、法律學を修める。
去日本留學，修習法律。

(H)接連助詞『ては』，以表示條件。例如：

度度學校を休んでは卒業の見込がないよ。
常常曠課，就沒有畢業的希望。

酒を强ひては醉拂ひます。
如果强灌酒就要醉。

後れては間に合はないでせう。
遲了恐怕就趕不上。

圖書館へ來ては勉强が出來る。
如果到圖書館來，就好用功。

そんなことをしては皆樣に申譯がない。
要是做了那種事情，就對不起大家。

(I)接連助詞『ても』，以示上下文意相反。例如：

幾ら法螺を吹いても人に信じられない。
怎麼吹牛，也不會被人所信。

六時に起きても駄目だ。
就是六點鐘起來，也沒有用。

尋ねても分らない。
雖然詢問，也是不懂。

人か來ても構はない。
人來了也沒有關係。

勉強しても進歩しない。　雖然用功，還是不進步。

(J)接連接尾語『さう』，以表示推量。例如：

今日は雨が降りさうです。　今天好像要下雨。

この橋は落ちさうだ。　這個橋像要掉下來。

日が出さうです。　太陽好像要出來。

あの人は來さうです。　他好像要來。

先生は直ぐ出發しさうだ。　先生似乎馬上要出發。

(K)用作名詞，或名準體言。例如：

行きも歸りも車に乘つた。　來回都坐車。

誰でも手落ちがあります。　誰也有疏忽。

この馬は綏遠の生れです。　這匹馬是綏遠產的。

僕はもう彼奴と行來はしない。　我不再跟那個東西來往。

この夏休は旅行しはしない。　這個暑假不去旅行。

(L)用作目的準體言，表示動作的目的：

魚を釣りに出かけた。	出去釣魚。
見送りに參りました。	來相送。
花を見に行く。	去看花。
知らせに來た。	來通知。
何しに來たか。	幹嗎來？

(M)用以造成熟語。例如：

これを取り替へて下さい。	這個請給換一下。
今日は山村の受持です。	今天歸山村擔任。
どうぞ明け放しに云ひなさい。	請開誠佈公說說。
し方がない。	沒有辦法。

(3)終止形：此形通常是用以終止敍述，故有此名。但也可用以連接助動詞・助詞・或接尾語等。牠的常用的用法有左列各種：

(A)終止敍述：在本章第四項(3)中，已舉有例文，茲不重贅。

(B)接連助動詞『まい』，以表示推量的否定等意：(只限四段活用)

とても間に合ふまい。　大概總趕不及。

事實それに相違はあるまい。　事實大約不至於不合。

授業はまだ始るまい。　大概還沒有上課吧。

近視眼では遠い所がはつきり分るまい。　要是近視眼，遠的地方就怕不能明白看清。

(C)接連助動詞『でせう』或『だらう』，以表示推量：

明日は多分雨が降るでせう。　明天大約要下雨。

この二三日中に梅も綻びるだらう。　這兩三天內梅花大約要含苞了。

今はもう寢るでせう。　現在已睡了吧。

林さんは直ぐ來るだらう。　林君大概馬上就來。

あの人も日本へ留學するでせう。　那個人大概也是到日本留學去的。

(D)接連助動詞『らしい』，以表示推量：

向ふも雨が降るらしい。　那邊似乎也下雨。

あの人は英語もよく出來るらしい。　那個人英語似乎也很可以。

皆あそこに捨てるらしい。　好像都丟在那邊。

大將は默つて來るらしい。　這個傢伙似是偸偸地來。

幣制も改革するらしい。　好像幣制也改革。

(E)接連文語助動詞『べき』，以表示應當：

僕も行くべきものだ。　我也是應該去的人。

今はもう起きるべき時です。　現在已是應該起來的時候。

これは捨てるべきもんだ。　這也是該擰掉的。

彼は來るべきです。　他是該來的。

春は勉强すべき時です。　春天是應當用功的時候。

佐行變格連接『べき』時，在習慣上要用文言的『す』，而不用口語的『する。』

(F)接連助詞『か』，以表示疑問：

貴君も行くか。　你也去嗎？

期限はもう過ぎるか。　期限已過了嗎？

第一課は皆覺えるか。　第一課都記得吧？

兄さんも來るか。　哥哥也來嗎？

あんな怠け者も勉强するか。

那樣的懶漢也用功嗎？

(G)接連助詞『な』，以表示禁止：

雨が降つて居るから、外へ行くな。

正在下雨，別到外頭去。

餘り華かな着物を着るな。

不要穿太華麗的衣服。

インチキな銀行に金を預けるな。

不要在騙人的銀行存錢。

授業の最中に來るな。

不要在上課當中來。

人の勉强を邪魔するな。

不要攪擾人家用功。

(H)接連助詞『と』，以表示條件，或共存的事實：

雨が降ると涼しくなる。

一下雨就涼快。

汽車から下りると雨が降つて來た。

一下火車雨就下來。

私は駈け附けると汽車は出發してしまつた。

我一跑到，火車已開了。

家へ來ると日が暮れた。

一來到家，天已晚了。

運動すると體が强くなる。

運動就可强健身體。

(I)接連助詞『から』或『ので』，表示原因理由：

毎日雨が降るので、困る。	每天下雨，眞沒辦法。
先生が居るから、尋ねに行かう。	先生在着，問一問去吧。
夜が更けるので、歸られない。	因爲夜深，所以不能回去。
直ぐ來るから一寸待つて下さい。	馬上就來，請等一下。
試驗に及第するので、大いに喜ぶ。	因爲考試及第，所以大喜。

(J)接連助詞『が』或『けれども』，表示前後文意不相應。

僕は酒を飲むが、煙草は吸はない。	我雖喝酒，可不抽煙。
今日は家に居るけれども、明日は居ない。	今天雖在家，明天可不在。
雪は解けるが、まだ暖かでない。	雪雖然化，天還不暖。
弟は來るけれども、邪魔にならない。	弟弟雖來，可是不攪擾。
隨分勉强するが、中々進歩せぬ。	雖很用功，但不進步。

(K)接連助詞『なら』，表示假定的條件：

行くなら、早く行け。	如要去就快去吧。

風景を見るなら、此處に越す處はない。
如要看風景，沒有比這裏好的。

尋ねるなら、今にお尋ねなさい。
如要問就現在問。

君が來るなら、大歡迎だ。
你如要來，是大歡迎的。

どうするなら、宜しいか。
怎麽樣做好呢？

(L)接連助詞『し』『か』『なり』『やら』『けれども』『が』等語，以表示並列：

雨も降るし、風も吹く。
既下雨又颳風。

酒を飲むか煙草を吸ふかすれば體に良くない。
喝酒抽煙都對身體不好。

人が滿ちるなり時間が遲れるなりすれば入場することが出來ない。
要是人滿或是過了時間就不能入場。

客が來るやら用事があるやらして遂に行かれなかつた。
不是客來就是有事，終於不能去。

毎日本も讀むけれども字も書く。
每天讀書寫字。

日本語も分るが英語も上手です。
日本話既懂，英語也好。

(M)接連接尾語『さう』，表示傳聞：

天津には雨が降るさうです，　聽說天津下雨。

山村君は敎室に居るさうだ。　聽說山村君在敎室。

林様はロンドン大學で政治學を修めるさうです。　聽說林君在倫敦大學修習政治學。

何さんは直ぐ來るさうです。　聽說何君馬上就來。

明日から山田先生が文法を講義するさうです。　聽說由明天起山田先生要講授文法。

(N)用作名詞，或稱爲準體言：

向ふ(對過)　相撲(摔跤)

用終止形作名詞，除却固有名詞如『山田徹』『武田照』之類不算外，日常所用者，上述兩語之外，差不多找不出了。

(O)重複以作副詞，唯只有少數之語可以如此。例如：

失敗して返す返す口惜しがつて居る。——因失敗而時時追悔。

交る交る看護する。　交替看護。

雲が見る見る消えた。　雲在轉眼間消失了。

(4)連體形：此形通常是用以接連體言，故有此名。牠的用法，有下列兩種：

(A)接連體言：在本章第四項(4)中，業已舉例，茲不重贅。

(B)作爲準體言用：

死ぬは易いが、死ぬべき時に死ぬが難かしい。　死雖容易，但是要在應死之時去死，就難了。

風呂に入る時に浴衣を着るを忘れてはならぬ。　進浴室之時，不要忘穿浴衣。

外國語を修めるには二年位は掛ります。　修習外國語，總需二年左右。

來るには來るが、まだ來ない。　來是來，只是還沒有來。

お互に競爭するも一つの樂みです。　互相競爭，也是一樂。

連體形作爲準體言用時，按理要在其底下加上賦予體言資格的『の』或『こと』等語，例如上文中原應爲『死ぬことは易い……』『浴衣を着るのを……』等，但是有時把牠略去，並無不可。

(5)條件形：此形通常是用以表示條件，故有此名。牠的用法，有下列兩種：

(A)接連助詞『ば』，以表示條件：這個用例，已在本章第四項(5)舉過，茲不重贅。

(B)接連助詞『ば』，以表示並列：

雨も降れば風も吹く。	既下雨又颳風。
兄も起きれば弟も起きる。	兄弟都起來。
酒も止めれば煙草も吸はぬ。	酒也禁了、煙也不抽。
父も來れば母も來た。	父也來，母也來。
歴史も研究すれば地理も研究する。	歴史也研究，地理也研究。

(6)命令形：此形係用以表示命令的意味，前面雖已舉出例句，唯這裏有一點需要重複注意的地方，就是四段活用雖只用語尾表示便可，但上一段・下一段・和佐行變格，在語尾之外，須再附助詞『ろ』或『よ』，加行變格須再附『い』。例如：

學校へ行け。	上學去吧。
もう起き{よ。/ろ。}	該起來了。

戸(と)を開(あ)け{よ。/ろ。}	開開門吧。
すぐ來(こ)い。	馬上來吧。
醫學(いがく)を研究(けんきう){せよ。/しろ。}	請研究醫學吧。

日語動詞的語尾活用，已備述如上。這種活用及其用法，均為日語所特有的，須特別研究記住。在英語的動詞中，雖也一樣能發生語形的變化，但用法完全不同，無從比較。我們研究英語動詞的語形變化，大畧可以把牠列成下刻五種，唯牠的性質，和日語動詞的語形變化的性質，完全不同，下面可以分別說明，玆先表列如下：

原　形	S　形	過去形	過去分詞形	現在分詞形
Root	Root＋S	Past	Past Participle	Present Participle
write	writes	wrote	written	writing
play	plays	played	played	playing
cry	cries	cried	cried	crying

日語動詞的語尾活用，大都是因其下面所接連的語的性質之不同，而發生的；英語則不然，牠是因着時(Tense)、人稱(Person)、數(Number)和其他種種的用法，而發生的變化。例如原形，是用以表示第一・二人稱，單複數，現在時；S形則用以表示第三人稱，單數，現在時。例如：

I (we) write.（私《共》は書く＝我《們》寫）。

You write.（貴君《方》は書く＝你《們》寫）。

He writes.（彼は書く＝他寫）。

They write.（彼等は書く＝他寫）。

過去形係用以表示過去時。牠的構成，可以分成兩種看待，一為在 Root 之後加上"-ed"，"-d"，"-t"作成的；一為在母音中加以變化而來的。例如：

The train travelled 1,000 miles a day.（列車は一日に千哩を走つた＝火車一天走一千英里）。

The scenes of the last few hours burnt into his soul.（最後二三時間の光景は彼の精神に不滅の印象を與へた＝最後幾點鐘的光景，在他的精神上烙上不滅的印象）。

I wrote him a letter.（私は彼に手紙を與へた＝我給他寫信）。

過去分詞形係用以表示完了時・受身・以及作為形容詞用；其作為形容詞用的時候，恰似日語動詞的連體形。例如：

I have written a letter.（私は手紙を書き了った＝我寫完了信）。（完了例）

It is written in English.（あれは英語で書かれてゐる＝那是用英語寫的）。（受身例）

A written examination.（筆答《の》試驗）。（形容詞例）

現在分詞係用以表示動作的進行，也可用以充當形容詞用；其充當形容詞用時，也像日語動詞的連體形。例如：

Father is reading a book.（父は讀書してゐる＝父親正在讀書）。（動作進行例）

This is an interesting book.（是は面白い本です＝這是有趣的書）。（形容詞例）

由上列各例看來，英語動詞本身的變化，和時的關係很大，日語則動詞本身不管此事，牠是用助動詞來表示的；日語動詞，除却敬語須注意人稱以外，普通是和人稱不生關係的，但英語則須注意此點；至於數在英語動詞很重要，而日語動詞則全沒有關係。可見英語的動詞和日語的動詞，雖然都有語形的變化，但因兩者所以發生變化的由因不同，以致不好比較。我們研究日語動詞的用法的時候，除却着重於日語的特性，深加體會以外，別無良法；英文法的知識，在這個地方，是幫不了甚麼忙的。

五、動詞活用種類鑒別法：

日語動詞的活用形，各有牠的用法，不得紊亂，所以我們對於此點，最須注意。要曉得牠的用法，須先曉得牠的活用的格式，前面所說的動詞的五種活用格式，應該深深記住；記住了格式，再研究某一個動詞，是屬於某一種活用，然後依式使用，自可操縱自如，所以對於動詞的活用種類的鑒別，是運用動詞的先決問題，我們可以把這問題分爲三種來解決：

(1)『加行變格』和『佐行變格』：這兩種動詞每種只有一個字而已，自然是把牠背熟，就算解決了。

(2)沒有用慣的動詞的鑒別法：對於沒有用慣的動詞，要知道牠的活用的種類，最簡便的方法，還是查字典。譬如我們對於『捨つ』和『死ぬ』兩語，要曉得牠是屬於那一種活用，我們在字典上一查，馬上可以解決。例如在新村出的『辭苑』註說：

す・つ｛て・て・つ・つる・つれ・てよ｝「捨つ・棄つ」(他動，タ下二)

し・ぬ｛な・に・ぬ・ぬる・ぬれ・ね｝「死ぬ」(自動，ナ變)

金澤庄三郎的『廣辭林』註說：

す・つ　て・て・つ・つる　つれ・てよ　「捨・棄」(他，た下二)

し・ぬ　な・に・ぬ・ぬる　ぬれ・ね　「死」(自，な變)

另賀矢一的『新式辭典』註說：

すつ〔捨つ〕〔棄つ〕 動他下二

しぬ〔死ぬ〕 動自奈變

上面『すつ』底下的『他動，タ下二』，『他，た下二』，『動他下二』，都是表示此語是『他動詞，屬於タ行下二段活用』；又『しぬ』底下的『自動，ナ變』，『自，な變』，『動自奈變』都是表示此語是『自動詞，屬於ナ行變格活用』。

唯這還有一個問題，就是日本人所用的字典，所揭載的活用，都是文言的，如在上列兩語下所表示的都是，而我們所要的，却是口語的，這就有點困難，其實也容易解決，因爲我們如果把文言動詞和口語動詞的活用種類相互的關係弄清楚，就可按圖索驥了。這兩者的關係，也很簡單，我們可以把牠表列如次：

文言	口語
四段活用	四段活用
奈(ナ)行變格	
良(ラ)行變格	

文言	口語
下一段活用	
上二段活用	上一段活用
上一段活用	
下二段活用	下一段活用
加行變格	加行變格
佐行變格	佐行變格

在上表可以看出，凡是文言的四段活用・ナ行變格（只有『死ぬ』一語）・ラ行變格（只有『有リ』一語）・和下一段活用（只有『蹴る』一語）的動詞，在口語都是屬於四段活用。凡是文言的上二段活用和上一段活用的動詞，在口語都是屬於上一段活用。其餘三種中的下二段活用，則爲下一段活用，カ行變格・和サ行變格，則文言和口語一致。

由上述的原則去査字典，我們可以知道『すつ』一語，文言屬於『下二段活用』，在口語自然是屬於『下一段活用』；『しぬ』一語，文言屬於『ナ行變格』，在口語自然屬於『四段活用』，其他以此類推。

(3)使用慣了的動詞的鑒別法：對於常常使用得很熟的動詞的活用種類的鑒別，可看看牠表示否定時所用的『ない』，是接在五十音圖中的那一段，便可知道。例如：

(A)四段活用：凡是『ない』接在『ア段』的語尾以表示否定的動詞，都是四段活用。例如『歩かない』『讀まない』，都是四段活用的動詞。這種動詞。雖也能用『エ段』去接連於『ない』，但這也沒有關係，只要能用『ア段』去接連『ない』的，便是四段活用，其他可以不管。還有一層，我們要注意的是接連於『否定形』這一點，但『歩けない』『讀めない』等，並不是普通的否定，而是『歩かれない』(不能走『讀まれない』(不能讀)的縮約而來的，內中參有助動詞的成分。

(B)上一段活用：凡是『ない』接在『イ段』的語尾以表示否定的動詞，都是上一段活用。例如『起きない』『足りない』等便是。

(C)下段活用：凡是『ない』接在『エ段』的語尾，以表示否定的動詞，都是下一段活用。例如『流れない』『教へない』等便是。

六、自動詞和他動詞：

動詞可以因其性質之不同而分為『自動詞』和『他動詞』兩種：

(1)自動詞：凡是表示主語自身的動作而不波及於主語以外的對手或事物的動詞，以及表示存在·現象・情態等性質的動詞，都屬於自動詞。例如下列各動詞都屬之：

(A)表示主語自身的動作者：

人が歩く(人走)。花が咲く(花開)。鳥が鳴く(鳥鳴)。

(B)表示存在者：

人が居る(人在)。本が有る(有書)。金が有る(有錢)。

(C)表示現象或狀態者：

子が親に似る(兒子像父母)。春に成る(到了春天)。人材に富ぬ(富於人材)。

(2)他動詞：凡是表示主語的動作同時要波及其他的對手或事物的動詞，都是他動詞。例如下列各動詞都屬之：

猫が鼠を捕る(猫捕鼠)。太郎が犬を追ふ(太郎追狗)。

畫家が畫を畫く(畫家畫畫)。學生が本を買ふ(學生買書)。農夫が田を耕す(農夫耕田)。

船頭が舟を漕ぐ(船夫划船)。

他動詞通常需要『何何を』這樣的一個『客語』(object)，而日本語中的客語，大抵是用『を』這一個助詞去表示，所以日語的他動詞和自動詞的分別；十之八九可以『を』的有無去鑒定；不過有些自動詞的補語，原應用別的助詞去表示，而習慣上却用『を』去代替；又有些他動詞的客語，原應用『を』來承接，而習慣上却有時也用別的助詞去表示，有時竟把牠略去，所以對於這種地方，應該由意義上去判斷，不可拘泥形式。茲將這種例外之例，分別舉出如左：

（1）自動詞的補語而附上『を』者：

私は公園を（可代以に）散步する（我在公園散步）。

人が路を（可代以に）步く（人走路）。

鳥が空を（可代以に）飛ぶ（鳥飛空中）。

客が門を（可代以から）出る（客自門出）。

（2）他動詞的客語而附上其他助詞以代替『を』者：

此處に字が（原應用を）書いてある（這裏寫着字）。

花子は菓子が食ひたいと云つた（花子說要吃點心）。

僕もラムネは飲みたい（我也想喝汽水）。

（3）他動詞的客語之下把應有的『を』略去者：

そこへ車（を）置いちや困るね（那邊擱車不成啊）。

今日は神田でこの本(を)買って來た(今天在神田買來這本書)。

在日語的動詞中，有只有自動詞而沒有和他同意的他動詞，有只有他動詞而沒有和他同意的自動詞；有同一活用而有自他兩用者，又有同一語幹因自他之不同，而異其活用者。茲分別舉例如左：

(1)只有自動詞而沒有同意的他動詞者：

有る。居る。死ぬ。來る。眠る。走る。咲く。等。

(2)只有他動詞而沒有同意的自動詞者：

打つ。殺す。投げる。送る。讀む。飲む。捕る。等。

(3)同一活用而有自他兩用者：

(A)同行同活用者：

潮が引く(潮退)——車を引く(拉車)。

風が吹く(風吹)——笛を吹く(吹笛)。

戸が閉ぢる(戸關着)——目を閉ぢる(閉目)。

夜が明ける(天亮)——戸を明ける(開門)。

(B)異行同活用者：

(a)自動ラ行四段活用，他動サ行四段活用者：

病が直る(病癒)———病を直す(治病)。

弟が歸る(弟弟回去)———弟を歸す(送弟弟回去)。

金が殘る(錢剩下)———金を殘す(留下錢)。

影が映る(影映出來)———影を映す(映出影來)。

(b)自動各行四段活用，他動サ行四段活用者：

湯が沸く(用開水)———湯を沸かす(做開水)。

鳥が飛ぶ(鳥飛)———鳥を飛ばす(放鳥飛)。

仕事が濟む(事完)———仕事を濟ます(完事)。

心が合ふ(心合)———心を合はす(合心)。

(C)自動ラ行四段活用，他動各行四段活用者：

道が塞がる(道路堵塞)———道を塞ぐ(塞堵道路)。

勢が增さる(勢力增加)———勢を增す(增加勢力)。

緣が結ばる(因緣結就)———緣を結ぶ(結就因緣)。

芥が積もる（塵芥堆積）——芥を積む（堆積塵芥）。

（4）同一語幹因自他之不同而異其活用者：

（A）自他同行異活用者：

（a）自動四段活用，他動下一段活用者：

小包が届く（包裹送出）——小包を届ける（送出包裹）。

家が建つ（家屋建築）——家を建てる（建築家屋）。

船が沈む（船沈）——船を沈める（沈船）。

數が違ふ（數目差異）——數を違へる（差錯數目）。

（b）自動下一段活用，他動四段活用者：

着物が裂ける（衣服破裂）——着物を裂く（裂破衣服）。

帶が解ける（帶子解開）——帶を解く（解開帶子）。

絲が切れる（線繩弄斷）——絲を切る（弄斷線繩）。

鍍金が剝げる（鍍金剝落）——鍍金を剝ぐ（剝落鍍金）。

（c）自動上一段活用，他動下一段活用者：

期限が延びる（期限延長）——期限を延べる（延長期限）。

花が生きる（花活）——花を生ける（養花）。

（B）自他異行異活用者：

（a）自動ラ行四段活用，他動各行下一段活用者：

値段が上がる（價錢漲高）——値段を上げる（提高價錢）。

色が交ざる（顏色交混）——色を交ぜる（交混顏色）。

足が暖まる（足暖）——足を暖める（暖足）。

人が助かる（人得助）——人を助ける（助人）。

（b）自動各行上一段活用，他動サ行下一段活用者：

潮が滿ちる（潮滿）……水を滿たす（弄滿水）。

失敗に懲りる（懲於失敗）——敵を懲らす（懲敵）。

力が盡きる（力盡）……力を盡くす（盡力）。

床から起きる（自床起來）——人を起こす（引起人）。

（c）自動ラ行下一段活用，他動サ行四段活用者：

月が隠れる（月亮隱起）——月を隠す（隱起月亮）。

水が翻れる（水翻出來）——水を翻す（翻出水來）。

着物が汚れる（衣服汚髒）——着物を汚す（汚髒衣服）。

手が放れる（手放着）——手を放す（放手）。

（d）自動各行下一段活用，他動サ行四段活用者：

鉛が溶ける（鉛溶化）——鉛を溶かす（溶化鉛）。

敵が逃げる（敵人逃走）——敵を逃がす（趕走敵人）。

肩が聳える（肩聳着）——肩を聳やかす（聳肩）。

顔が膨れる（臉膨着）——顔を膨らかす（膨起臉來）。

（e）自動下一段活用，他動上一段活用者：

山が見える（山現出）——山を見る　看見山）。

心が拗ける（心地乖僻）——栓を捩る（撬拔栓塞）。

日語文法中的『自動詞』和『他動詞』之語，原係譯自英文法的 Intransitive verb 和 Transitive verb，這兩者的性質，也還沒有差別，因爲英語也和日語一樣，是用自動詞以表示動作不及他物，而用他動詞以表示動作及於他物的。唯這兩者既有同點，也有異點，茲將這兩種文法關於「自動詞」和「他動詞」可以比較研究的幾點，分別說明如下：

(1)英語中有很多的動詞，也和日語一樣，可以充為自他兩用，例如：

Water boils. (自)(水が沸く＝水開)。

He boils the water. (他)(彼が水を沸かす＝他做開水)。

The knife cut well. (自)(此の小刀はよく切れる＝這把刀子好切)。

I cut my finger. (他)(私は指を切る＝我切着手)。

(2)日語的動詞，常因自他之不同，而異其活用；英語的動詞，則常因自他之不同，而異其意義。日語之例前已舉過，英語之例如下：

Please walk in. (自)(お這入り下さい＝請進裏來)。

The policeman walked the man off. (他)(巡査がその男を連れて行つた＝巡警把那個人帶走)

The clock has run down. (自)(時計が止まつた＝時鐘停了)。

He runs a hotel. (他)(彼は旅館を經營してゐる＝他經營旅館)。

(3)好些行為在慣例上，英語須用他動詞表示，而日語卻用自動詞叙述。例如：

What made him so angry?（他）（何故彼がそんなに怒つたか《自》＝他爲什麽生氣？）。

You reminded me of my brother.（他）（君を見ると僕は弟のことを思ひ出す《自》＝一看到你，就想起我的兄弟）。

4）以人類以外的東西爲主語時，英語常可以用他動詞去表示，而日語則以用自動詞來敍述爲原則。例如：

The wind blew down the tree.（他）（風で樹が倒れた《自》＝風吹倒樹）。

The earthquake destroyed many towns.（他）（地震で多くの町が潰れた《自》＝地震毀壞了好些街市）。

（5）英語的他動詞，全可以由能動態(Active voice)改爲受身態(Passive voice)，變客語(Object)爲主語(Subject)；而日語則客語是『人』或『可以擬人之物』時，方可改能動態爲受身態，不然則否。玆分別舉例如下：

（A）日英兩語均可由能動態改爲受身態者：

The hunter shot a wild animal.（獵夫が野獸を射た＝獵夫射野獸）。（能動態）
A wild animal was shot by the hunter.（野獸は獵夫に射られた＝野獸被獵夫所射）。（受身態）

The doctor treats the patient.（醫師は患者を療治する＝醫師治病人）。（能動態）
The patient si treated by the doctor.（患者は醫師に療治される＝病人受治於醫師）。（受身態）

（B）在英語中可由能動態改爲受身態，而在日語中則不能者：

The woodman cut down a tree.（樵夫が樹を伐り倒した＝樵夫斫倒樹木。）（能動態）
A tree was cut down by the woodman.（樹が樵夫に伐り倒された＝樹木爲樵夫所斫倒）。（受身態）

My friend built the bridge.（私の友達があの橋を造つた＝我的朋友建造那個橋）。（能動態）
The bridge was built by my friend.（あの橋は私の友達に造られた＝那個橋爲我的朋友所建造）。（受身態）

上列兩例的受身態的英語，是個極地道極自然的英語；雖也可勉强用受身態的日語去翻譯，但這種日語，乃是歐化的文字上的寫法，平常的口語是不大有人這樣說的。在日語中，用受身態的範圍比英語少得很多，這點也很值得注意。

（6）日語的自動詞，有的也可以構成受身態，而英語的自動詞，則絕對不能如此 例如下列各日語自動詞的受身態，在英語是沒有的：

早く親に死なれて孤兒となる。——父母早死，成爲孤兒。

客に來られて勉强することが出來ない。	客來了不能用功。
隣に騷がれて眠られない。	隣居鬧得不能睡。
背高い人に前に居られて見えない。	身長很高的人在前面，所以看不見。

（7）表示喜怒哀樂各種感情的動詞，在英語概屬於他動詞，所以多用受身態去叙述；而在日語中，則多屬於自動詞。例如：

I am much pleased to hear of your recovery.（御全快のことを承はり大に喜んでゐます＝聽到你的痊癒，我很喜歡）。

He was provoked at the insult.（彼はその侮辱に立腹した＝他對這個侮辱很生氣）。

He will be grieved to hear such bad news.（さう云ふ惡い知らせを聞いて彼は悲むでせう＝他聽到這個壞消息，怕要悲傷吧）。

He is contented with his lot.（彼は自分の運命に滿足してゐる＝他對自己的運命很滿足）。

七、自立動詞和補助動詞：

自立動詞是對補助動詞而言的。凡是動詞，都可以自立叙述，但在這裏頭，有一部分還可用以附在他的動詞・形容詞・助詞之下，執行助動詞的職務；同是一個動詞，用以自立叙述時，就叫作自立動詞；

用以附在他語，執行助動詞的職務時，就叫作補助動詞。例如：

（1）鳥が樹の上に居る＝鳥在樹上。
　　庭に松が有る＝庭裏有松樹。

（2）鳥が鳴いて居る＝鳥正在鳴。
　　庭に松が植ゑて有る＝庭裏種有松樹。

右列（1）中的『居る』和『有る』，是自立地用以敘述『鳥』和『松』的存在，所以是自立動詞。但是（2）中的『鳴いて居る』的『居る』，除却表示存在之意味以外，還有補助『鳴いて』以表示動作的繼續的職務；而『植ゑて有る』的『有る』也是除却表示存在之意味以外，還要補助『植ゑて』，以表示『植』後的狀態，所以這裏的『居る』和『有る』，都是『補助動詞』。

補助動詞和助動詞兩者的功用雖相彷彿，而性質却全不同，因爲補助動詞全可以作爲自立動詞用，而助動詞別沒有單獨叙述的能力。補助動詞的種類雖不算多，但是用處頗廣，茲將幾個常用的例舉示如下：

（1）ある（敬語でざる）（用以表示指定・狀態・存在等）：

日本の首府は東京である。　　日本的首都是東京。

これはあれよりも宜（よろ）しくあります。　　　　　這個比那個好。

デーブルの上に便箋（びんせん）が置（お）いてあります　　桌上置有便箋。

（2）居（ゐ）る（或居る）（用以表示繼續・存續等）……

生徒（せいと）は本（ほん）を讀（よ）んで居（ゐ）る。　　學生正在念書。

私（わたくし）は學校（がくかう）に寄宿（きしゆく）して居（ゐ）る。　　我寄宿存學校。

（3）來（く）る（敬語參（まゐ）る）（用以表示來到・現出等）……

家（うち）から金（かね）を送（おく）つて來（き）た。　　由家中寄到了錢。

綿（わた）の樣（やう）な雪（ゆき）がぼたぼたと降（ふ）つて來（き）た。　　如綿的雪，颯颯下來。

（4）行（ゆ）く（敬語參（まゐ）る）（用以表示轉進之意）……

夜（よ）がだんだん更（ふ）けて行（ゆ）く。　　夜漸深了。

日（ひ）が海（うみ）に沈（しづ）んで行（ゆ）きます。　　日沈到海裏去。

（5）遣（や）る（敬語上（あ）げる）（用以表示爲人做事）……

子供（こども）に習字（しふじ）を敎（をし）へて遣（や）る。　　敎給小孩練字。

彼（かれ）に手紙（てがみ）を書（か）いて遣（や）る。　　給他寫信。

(6)呉れる(敬語下さる)(用以表示他人爲已做事)：

兄さんは私に繪葉書を送つて呉れた。　哥哥送給我畫的明信片。

學校は授業料を免除して呉れた。　學校給免除了學費。

(7)貰ふ(敬語戴く)(用以表示求人做事)

私は校醫に病氣を直して貰ふ。　我請校醫給治病。

學生は先生に英語を敎へて貰ふ。　學生請先生敎英文。

(8)見る(敬語御覽)(用以表示嘗試之意)：

飛行機に乘つて見る。　坐飛機看看。

この機械はよいか、惡いか、運轉して見れば分る。　這部機械是好是壞，運轉看看就知道。

(9)置く(表示預備・擱置等意)：

日課を豫習して置く。　把日課豫習一下。

部屋を取散らして置く。　將屋子亂七八糟地擦下。

(10)仕舞ふ(表示完結・遂行等意)：

木の葉は皆落ちて仕舞ふ。　樹葉都落完。

仕懸けた仕事を爲て仕舞ふ。　做完了已經開始做的事。

前面說過，助動詞不能改作自立動詞以獨立敍述，而補助動詞則可以。例如右列十個補助動詞，全可以用爲自立動詞敍述，茲各舉一例如下：

此處にペンがある。　這裏有鋼筆。

部屋の中に人が居る。　屋裏有人。

春が來た。　春天來了。

私は驛へ行きます。　我到車站去。

車屋に車賃を遣る。　給車夫車錢。

兄さんは僕に小使を吳れます。　哥哥給我零用的錢。

毎月父から學費を貰ふ。　每月由父親領到學費。

上野公園へ行つて櫻の花を見る。　到上野公園看櫻花。

机の上に本を置いた。　把書擱在桌上。

着物を柳行李に仕舞ふ。　把衣服收拾在柳條包。

八、動詞的音便：

動詞的音便，只發生於四段活用的連用形接連於『て・た・たり』等語時，其他的用法決不發生。牠的種類計有四種，爲：(1)い音便，(2)う音便，(3)撥音便，(4)促音便，茲分別說明例示如下：

(1)い音便：カ行・ガ的四段活用的連用形接連『て・た・たり』時，則『き』『ぎ』轉而變爲『い』音，是謂『い音便』。但其中有『行く』一語，係隸屬於『促音便』，須除外。

動きて……動いて　動いた　動いたり止つたり
書きて……書いて　書いた　書いたり消したり
燒きて……燒いて　燒いた　燒いたり煮たり
急ぎて……急いで　急いだ　急いだり休んだり
騷ぎて……騷いで　騷いだ　騷いだり靜つたり
脫ぎて……脫いで　脫いだ　脫いだり着たり

ガ行的『ぎ』轉爲『い』時，則底下的『て・た・たり』須同時變成濁音而爲『で・だ・だり』，如上列例中，可以看出。

有些方言，在カ行音便底下的『て・た・たり』，也用濁音『で・だ・だり』，如將『誠意を缺いて』

寫爲『誠意を缺いで』，這種訛音，須避免爲要。

又有些方言，將サ行四段活用的連用形『し』，也音便而爲『い』，如將『押して』轉爲『押いて』，將『落して』轉爲『落いて』之類，這也是以避免爲好。

(2)う音便：ハ行四段活用的連用形的『ひ』接連於『て・た・たり』時，則轉而變爲『う』音，是謂『う音便』。例如：

逢ひて……逢うて　逢うた　逢うたり別れたり
買ひて……買うて　買うた　買うたり賣つたり
笑ひて……笑うて　笑うた　笑うたり哭いたり

ハ行四段活用的連用形接連『て・た・たり』時，關西地方雖多用『う音便』，但在東京方面則用『促音便』，上列各例的音便是『逢つて』『買つて』『笑つて』，但在寫文章時，則仍多寫爲『う音便』，而鮮用『促音便』。

上列一類的例，雖在堂堂的專門著作中，也常發見誤寫爲：『逢ふて』『買ふて』『笑ふて』，這是嚴重的錯誤，我們應該知道，終止形之下，決不能接連『て・た・たり』，所以我們可以製一標語說：

『て・た・たり之上，決不能用ふ』。

(3)撥音便：ナ行・バ行・マ行的四段活用的連用形接連『て・た・たり』時，則『に』『び』『み』音，轉而變爲『ん』音。例如：

死にて……死んで　死んだ　死んだり生きたり
飛びて……飛んで　飛んだ　飛んだり跳ねたり
讀みて……讀んで　讀んだ　讀んだり書いたり

『に』『び』『み』轉爲撥音時，則底下的『て・た・たり』也須同時變成濁音而爲『で・だ・だり』，如上列各例，都可看出。

(4)促音便：タ行・ハ行・ラ行的四段活用的連用形接連『て・た・たり』時，則『ち』『ひ』『り』音，轉而變爲『促音』(つ)；而カ行四段活用的『行きて』也同樣變爲促音。例如：

行きて……行つて　行つた　行つたり戻つたり
立ちて……立つて　立つた　立つたり坐つたり
買ひて……買つて　買つた　買つたり賣つたり
坐りて……坐つて　坐つた　坐つたり立つたり

按日本的標準語來說，ハ行四段活用的連用形接連『て・た・たり』時，與其使用『う音便』，毋寧以使用『促音便』爲是。

有些方言，把ラ行上一段活用的『借(か)りて』也音便爲『借って』，這是不該採用的；第一、這不過是一種方言，第二、這句話容易和『買って』相混，故以不用爲宜。我們須記住，口語動詞中的音便，除却四段活用的連用形以外，絕不發生。

在現代的日語中，無論是說話，無論是寫文，有音便的地方，都要使用音便，絕不要寫『書きて』『買ひて』『讀みて』『死にて』『坐りて』『有りて』一類的字，如果這樣寫出，雖在語法上說得過去，但不免被人指責爲違反習慣上的約束了。

九、敬語動詞：

在日語的動詞中，除却平常語以外，也和名詞及代名詞一樣地有敬語，這也是英語的動詞所沒有的。動詞的敬語，可分爲『鄭重稱』『敬稱』『謙稱』三種，茲分述如下：

(1)鄭重稱：爲對於對談者表示客氣起見，特用慇懃的言語以表示話中所說到的存在或動作者，叫作『鄭重稱』。例如：

(A)平常語：

私(わたくし)は行(ゆ)くよ。——我是去的。

此處に何があるか。——這裏有什麼？

(B)鄭重稱：

私は行きますよ。——我是去的。

此處に何がございますか。——這裏有什麼？

(2)敬稱：爲對於對談者或談話所關的第三者表示客氣起見，述說其存在或動作時，特用殷懃的言語以表示者，叫作『敬稱』。例如：

(A)平常語：

君は何をするか。——你做什麼？

李さんは直ぐ來るさうです。——李君聽說馬上就來。

(B)敬稱：

貴君は何をなさるか。——您做什麼？

校長樣も直ぐ來られるさうです。——校長聽說馬上也就來。

(3)謙稱：在談話時，述說到自已的存在或動作時，特用謙遜的言語以表示者，叫作『謙稱』。例如：

(A)平常語：

僕は悪い事はしない。　我不做壞事。

僕は直ぐ行く。　我馬上就去。

(B)謙稱：

私は悪い事は致しません。　我不做壞事。

私は直ぐ參ります。　我馬上就去。

動詞的敬語的種類，由人稱方面來看，可有上列三種，而由用語方面來看，也可分爲下列兩種：其一種係用敬語動詞以代替平常語動詞者；另一種係用接頭語・助動詞・敬語的補助動詞等，附加於平常語動詞之上下以構成者。茲分別詳述于下：

(1)用敬語動詞以代替平常語動詞者：

(A)鄭重稱：

(a)以『ござる』代替『ある』：(ござる結合於助動詞ます時，原應爲ござります，但都訛音而爲ございます)

此處に何がございますか。　這裏有什麼？

何もございません。　沒有什麼。

(b)以『致す』或『仕る』代替『爲る』。(但是『仕る』除寫信以外，通常不用)

こんな事は承諾{致し／仕り}兼ねます。　這樣的事，很難答應。

喜んで{致し／仕り}て上げませう。　喜歡替你做。

(c)以『申す』代替『云ふ』：

何さんは日本の景色が非常によいと申すのは本當でございますか。　何君說日本的風景非常地好，是眞的嗎？

(d)以『參る』代替『行く』或『來る』：

何時か御一緒に公園へ參りませう。　幾時跟你一塊到公園去吧。

國から手紙が參りました。　鄉裏來信了。

(e)以『食る』代替『食ふ』：

食べて見なければ味が解りません。　不吃吃看，不知道味道。

(B)敬稱：

(a)以「なさる」或「遊ばす」代替「爲る」：(遊ばす在重禮貌的日本婦女界，雖還通行，而在男人方面，則非特別表示隆重的敬意時，不大常用)

林さんは來週御上京{なさる／遊ばす}さうでございます。——林君聽說是下禮拜要上京。

(b)以「仰しやる」代替「云ふ」：(仰しやる接連於ます時，也是訛音爲仰しやいます)

貴君は私の云ふ事を嘘だと仰しやるのか。——你說我所說的是瞎話嗎？

お名前は何と仰しやいますか。——貴姓是什麼？

(c)以「いらつしやる」或「御出でになる」代替「居る」：(いらつしやる連用形り接ます時，也訛音爲い)

今晚貴君はお宅に{いらつしやい／御出でになり}ますか。——今晚你在家嗎？

(d)以「いらつしやる」「御出でになる」「お見えになる」「お越しになる」或「お出駈けになる」代替「行く」或「來る」：

今日は何處へ
- いらつしやい
- 御出でになり
- お見えになり
- お出駈けになり
- お越しになり

ますか。

今天到那裏去？

學校へ行く序に、又私の家に
- いらつしやい
- 御出でになり
- お見スになり
- お出駈けになり
- お越しになり

ますか。

到學校去的時候，順便還到我家來嗎？

(e)以『御覧じる』代替『見る』；唯『御覧じる』用爲敬語時，常去掉語尾，而加『なさる』或『になる』。例如：

日本の芝居を御覧{なさい／になり}ましたか。
你看過日本戲沒有？

(f)以『召す』代替『呼ぶ』『着る』『適ふ』『乘る』『入浴する』『買ふ』『(年を)取る』等：

花子、奥様が御召しです。
花子，太太叫你。

外套を御召しになりますか。
你穿外套嗎？

これは御氣に召しましたか。
這個合你的意嗎？

毎日自動車に召して役所へいらつしやいます。
每天坐汽車上衙門。

御湯を御召しなさい。
請入浴罷。

この花を召しませうか。
你買這花嗎？

貴君も御年を召しましたね。
您年紀也大了啊！

(g)以『思召す』代替『思ふ』和『考へる』：

貴君は日本をどう思召しますか。
你以為日本怎麼樣？

貴君の思召は如何ですか。
你想是怎麼樣。

（h）以『上がる』或『召上がる』代替『食ふ』或『飲む』：（召上がる比上がる敬意更多）

お菓子を{上がり／召上がり}ましたか。——吃過點心了嗎？

サイダーも{お上がり／召上がり}なさい。——汽水也請喝。

（i）以『下さる』代替『呉れる』：（『下さる』連用形接ます時，也成い音便）

この寫眞は私に下さるのですか。——這張像是給我的嗎？

林さんがお土産を下さいました。——林君送我土儀。

（C）謙稱：

（a）以『致す』或『仕る』代替『爲る』：（但『仕る』除寫信以外，通常不用）

そんな事は私は{致し／仕り}ません。——這樣的事我不做。

（b）以『申す』或『申上げる』代替『言ふ』：（『申上げる』比『申す』敬意更多）

私は洪と申します。——我叫作洪。

後で又詳しく申上げます。

將來再詳細奉告。

（c）以『上がる』『伺ふ』『出る』『參る』或『參上する』等語，代替『行く』或『來る』：

私は直ぐお宅へ｛上がり／伺ひ／出／參り／參上し｝ます。

我馬上到府去。

何れ又｛上がり／伺ひ／出／參り／參上し｝まして緩くりお話し申上げます。

幾時再來慢慢和你說。

（d）以『拜見する』代替『見る』：

貴君のお手紙只今拜見しました。

(e)以『載く』代替『食ふ』或『飲む』：

御飯は載きますが、お酒は載きません。

飯雖然吃，酒是不喝的。

(f)以『伺ふ』或『承る』代替『聞く』『問ふ』『尋ねる』等語：

今一つ{伺ひ／承り}度い事があります。

現在有一件要請教的事。

{承り／伺ひ}ますれば程なく御洋行なさるさうですが事實ですか。

聽說不久你就要放洋，是事實嗎？

先方では貴君から{伺つ／承つ}た様に申して居ります。

對方說是由你聽來的。

(g)以『上げる』『差上げる』或『進上する』代替『遣る』：(『差上げる』和『進上する』比『上げる』較有敬意)

この果物は輕少ながら{上げ／差上げ／進上し}ます。

這些水果很少，送給您。

(h)以『戴く』或『頂戴する』代替『貰ふ』：

お珍しいお土產を{戴き／頂戴し}まして有難う存じます。

承送希奇的土儀，極其感謝

(i)以『存ずる』代替『思ふ』或『考へる』：

私は左様に存じます。

我是那樣想。

(j)以『存ずる』或『承知する』代替『知る』：

私は一寸も{存じ／承知し}ません。

我一點也不知道。

(k)以『拜借する』代替『借りる』：

一寸この御本を拜借します。——這本書請暫借一下。

一一）以『御用立てる』或『御用立する』代替『貸す』：

この前{御用立て/御用立し}て置きました筆記を一寸お返し下さいませんか。——前日借給你的筆記，請暫還我一下吧。

以上所擧諸敬語動詞，玆特再爲分別把牠列成表格，和其平常語動詞對照，以便記憶，而資應用。各語底下有（四）者係表明該語係『四段活用』，有（サ變）者，係『佐行變格活用』，其他以此類推。

平常語	鄭重稱	敬稱	謙稱
ある（四）	ござる（四）※		
居る（上一）		入らつしやる（四）※ 御出で（上一）になる※	
云ふ（四）	申す（四）※	仰しやる（四）	申す（四）※ 申上げる（下一）※

爲る(サ變)	致す(四)※ 仕る(四)※	なさる(四)※ 遊ばす(四)※	致す(四)※ 仕る(四)※
見る(上一)		御覽じる(上一)※	拜見する(サ變)
行く(四) 來る(カ變)	參る(四)	入らつしやる(四)※ お越し(四)になる お出駈け(下一)になる 御出で(下一)になる※ お見え(下一)になる	參る(四) 上がる(四) 伺ふ(四) 出る(下一) 參上する(サ變)
買ふ(四)　呼ぶ(四) 適ふ(四)　乘る(四) 入洛する(サ變) (年を)取る(四) 着る(上一)		召す(四)	

思ふ(四) 考へる(下一)	存ずる(サ變)	思召す(四)	
食べる(下一) 飲む(四)		上る(四) 召上る(四)	戴く(四)
呉れる(下一)		下さる(四)	
聞く(四) 問ふ(四) 尋ねる(下一)			承る(四) 伺ふ(四)
遣る(四)			上げる(下一) 差上げる(下一) 進上する(サ變)
貰ふ(四)			戴く(四) 頂戴する(サ變)
知る(四)			存ずる(サ變)

			承知する（サ變）
借りる（上一）			拜借する（サ變）
貸す（四）			御用立てる（下一） 御用立する（サ變）

以上各敬語中，凡是接連『になる』而造成的熟語，也可以換接『なさる』以造成敬語的熟語動詞。

右表中的敬語動詞，凡是字下附有『※』者，都可以當作敬語的補助動詞用。

（2）用接頭語・助動詞・敬語的補助動詞等，附加於平常語動詞之上下以構成者：

（A）鄭重稱：

（a）用『動詞的連用形』接連於助動詞『ます』之上以構成者：

學校へ行きます。	到學校去。
御飯を食べます。	吃飯。
家に來ます。	到家來。

上列的構成法，可用公式表列如下：

動詞連用形＋マス

『ます』原係表示鄭重的敬語助動詞，如果用敬語動詞接連於其上，則其所表示的敬意，比用平常語動詞接連於其上所表示的，程度更深。例如：

あの人は經驗が中々ございます。（鄭重稱）
那個人很有經驗。

楊君は毎朝水泳の稽古を致します。（鄭重稱）
楊君每天早上練習游泳。

一緒に先生の處へいらつしやいませんか。（敬稱）
一塊到先生那裏去吧？

御茶を召上がりましたか。（敬稱）
已經喝過茶了嗎？

もう澤山戴きました。（謙稱）
已經用過很多。

只今參りました。（謙稱）
纔剛來到。

（B）敬稱：

（a）用『接頭語「御」+「動詞的連用形」』或『接頭語「御」+「漢音動詞的語根」』接連於敬語的補助動詞『なさる』『遊ばす』或『に+なる』之上，以構成者：

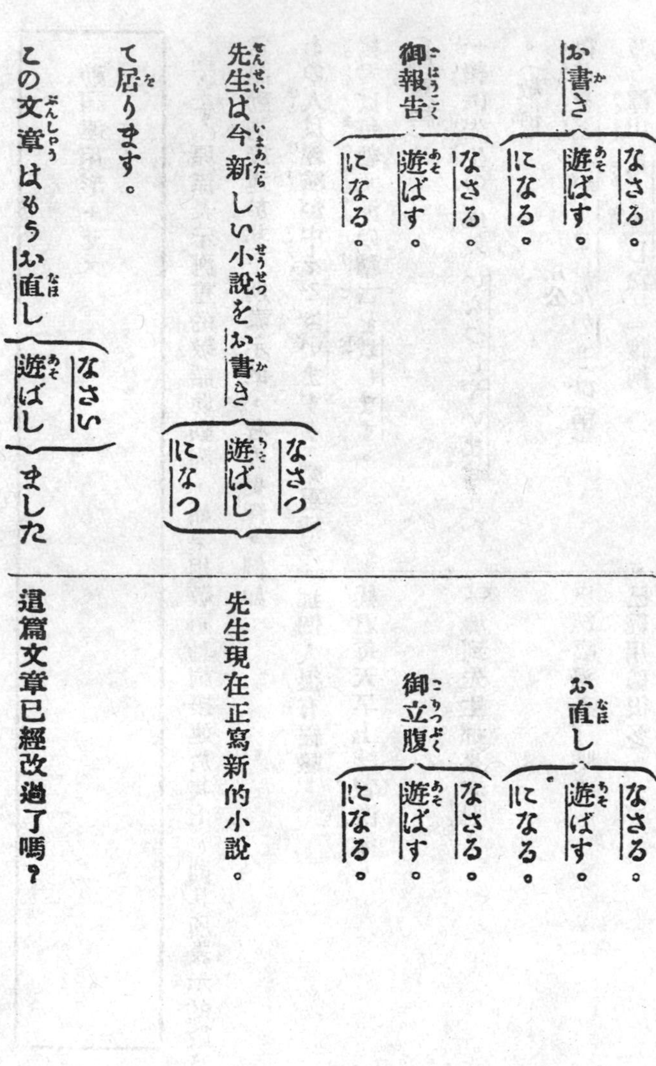

お書き｛なさる。／遊ばす。／になる。｝

御報告｛なさる。／遊ばす。／になる。｝

お直し｛なさる。／遊ばす。／になる。｝

御立腹｛なさる。／遊ばす。／になる。｝

先生は今新しい小説をお書き｛なさつ／遊ばし／になつ｝て居ります。

先生現在正寫新的小說。

この文章はもうお直し｛なさい／遊ばし｝ました

這篇文章已經改過了嗎？

（になり）か。

毎日ニュースを御報告｛なさい／遊ばし／になり｝ますか。

每天報告消息嗎？

この方はどんな事があつても御立腹｛なさつ／遊ばし／になつ｝た事がございません。

這位不管有什麼事，也不生氣。

上列的構成法，可用公式表示如下：

御＋動詞的連用形 御＋漢音動詞的語根	＋	なさる。 遊ばす。 になる

（b）用『接頭語「御」＋「動詞的連用形」』或『接頭語「御」＋「漢音動詞的語根」』接連於敬語的補助動詞『下さる』之上，以構成表示他人爲自己做某種動作的敬語：

六時（ろくじ）前（まへ）にお歸（かへ）り下（くだ）さい。　　　　　　　　請在六點以前回來。

もう一遍（いっぺん）お讀（よ）み下（くだ）さい。　　　　　　　　請再給讀一遍。

一生懸命（いっしゃうけんめい）に御研究（ごけんきう）下（くだ）さい。　　　　請努力研究。

この自動車（じどうしゃ）を御運轉（ごうんてん）下（くだ）さい。　　　請爲開一開這輛汽車。

上列的構成法，可用公式表示如下：

御＋動詞的連用形　　　　　　 ⎫
　　　　　　　　　　　　　　 ⎬ ＋下さる
御＋漢音動詞的語根　　　　　 ⎭

『下さる』的命令形原應爲『下され』，但是標準語的東京語，却訛爲『下さい』，現都以訛音通用。

（c）用『動詞的連用形』接連助詞『て』，再接連敬語的補助動詞『下さる』。以構成表示他人爲自己做某種動作的敬語：

毎朝（まいあさ）早（はや）く起（お）きて下（くだ）さい。　　　　　每天早上請早點起來。

私の話を聞いて下さい。——請聽聽我的話。

上田先生は私共に文學史を講義して下さった。——上田先生爲我們講文學史。

病人を看護して下さいませんか。——請爲看護病人吧。

上列的構成法，可用公式表示如下：

動詞的連用形＋て＋下さる

(C)謙稱：

(a)用『接頭語「御」＋「動詞的連用形」』或『接頭語「御」＋「漢音動詞的語根」』接連於敬語的補助動詞『申す』『申上げる』『致す』或『仕る』之上，以構成者：

萬事手落のない様にお頼み{申し/申上げ/致し}ます。——請你事事不要有所掛漏。

仕り

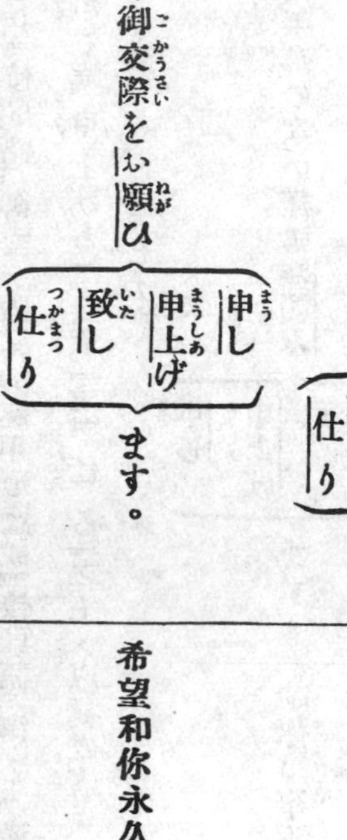

例	譯
永く御交際を願ひ（申し／申上げ／致し／仕り）ます。	希望和你永久交際。
二階へ御案內（申し／申上げ／致し／仕り）て上げませうか。	領你到二樓去吧。

上例中的『申す』『申上げる』，用爲敬語的補助動詞時，意義大都是和『致す』相同，乃是用以代替『する』，而非代替『云ふ』。

上列的構成法，可用公式表示如下：

御（ご）＋動詞的連用形
御（ご）＋漢音動詞的語根
　　　　　　　　＋
申す
申上げる
致す
仕る

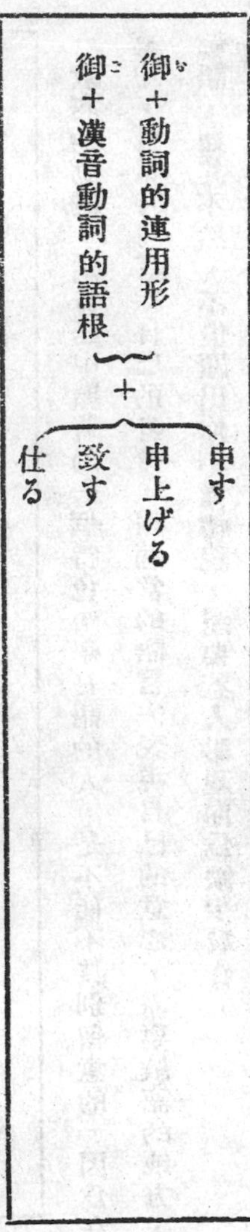

（b）用『動詞的連用形』接連助詞『て』，再接連敬語的補助動詞『上げる（あ）』，以構成表示自己爲他人

做某種動作的敬語：

私（わたくし）は貴君（あなた）に字引（じびき）を買（か）つて上（あ）げます。　我買字典給你。

この新聞（しんぶん）を讀（よ）んで上（あ）げませう。　把這新聞念給你聽吧。

北平（ペイピン）にお出（い）でになさるなら私（わたくし）は案内（あんない）して上（あ）げませう。　如果到北平來，我可以給你引導。

當方（たうほう）でも盡力（じんりよく）して上（あ）げます。　我這方面也爲你盡力。

上列的構成法，可用公式表示如下：

動詞的連用形＋て＋上（あ）げる

（c）用『動詞的連用形』接連助詞『て』，再接連敬語的補助動詞『貰ふ』，以構成表示承受他人的好意，爲自已做某種動作的敬語。

この本を一寸借して戴きます。——請把這本書暫借我一下。

早く來て戴き度うございます。——請早點來。

お差支がなければ案內して戴きます。——如果沒有妨礙，請爲引導一下。

お暇があればこの文章を添削して戴きます。——如果有工夫，請把這篇文章給改改。

上列的構成法，可用公式表示如下：

動詞的連用形＋て＋戴く

敬語的動詞，爲日語中顯著的一個特色，學日語的人，是不能不特別留意的。因爲在日語的說寫中，應當時時反顧自已的身分，用適當的語言去表現自已的意志，需要敬語的地方，就應該用敬語，如其不然，不但顯出你不懂禮貌，還要惹人渺視你爲缺少教育。

在英文中，並沒有什麼平常語動詞和敬語動詞的差別，如要強求，只可以在他們叙述到皇家有關的事

情時，看出一點分別來。例如：

The King has been graciously pleased to (平常語爲 good enough to 或 kind enough to) appoint John Masefield to be Peot Laureate.（皇帝陛下(くわうていへいか)にはヂョン・メースフィールド氏(し)を桂冠詩人(けいくわんしじん)

として畏(かし)くも御任命遊(ごにんめいあそ)ばされた＝皇帝任命約翰・美士翡爾德爲桂冠詩人）。

From the Imperial Court has gone forth the announcement that (平常語爲 It has been announced by the Imperial Court that) His Majesty the Imperial will visit Kyushu at the begining of November.（天皇陛下(てんわうへいか)には來(きた)る十一月初旬(じういちぐわつしよじゆん)九州(きうしう)へ行幸(かうかう)あらせられる旨宮廷(むねきゆうてい)から發表(はつぺう)された＝

據宮廷所發表，天皇將於十一月初行幸於九州）。

在上述兩例中，雖也有些以表示特別敬意的語句，但牠不像日語那麼有固定的寫法，牠只用些稱爲

莊嚴的字眼或句法法表示而已，可見敬語動詞，仍可算是日語特有的東西。

十、熟語的動詞：

這一項目之下，我們可以把熟語的動詞，接上接頭語的動詞，和接上接尾語的動詞三項，包括在內。

茲分別舉例如下：

(1)熟語的動詞之例：

(A)名詞加動詞構成者：

目指す(注目)　名づける(命名)　こころざす(立志)　口ごもる(口吃)

(B)動詞加動詞構成者：

のみこむ(嚥下或理解)　なりたつ(成立)　かみつく(噛着)　燃えあがる(燒着)

(C)形容詞加動詞構成者：

近よる(靠近)　長びく(拖延)　多過ぎる(過多)　高鳴く(高叫)

(D)漢語加動詞構成者：

勉强する　運動する　旅行する　樂觀する　命ずる

(E)英語加動詞構成者：

アウトする(out)　ノックする(knock)　ストップする(stop)　アダプトする(adapt)

右舉例中可以看出，凡是形容詞加動詞所構成的熟語動詞，所用的形容詞，一定是用語幹。又用漢語・英語・擬漢語・或『和製英語』(即日人摹擬英語而造的語，性質和擬漢語同)加動詞所構成的熟語動詞，大都是如上所舉各例，採用『サ行變格活用』；但也有些用『ラ行四段活用』者，

例如『野次る』（起哄）『ダブる』(double)『ハイカる』(high-collar《和製英語》時髦之意)『ザボる』(Sabotage 怠工之意）等例就是。

日語的熟語動詞的構成，大都脫不了前述五種格式，這些格式的特點，在於最後一語一定是用動詞。這點特色是英語所沒有的，在英語中，熟語動詞的成分的配置，是沒有一定的。例如在下列所舉各例中，即可以看出：Out-distance（越過）的構成成分是『副＋名』，Double-cross（以詭計賣友）的構成成分是『形＋名』。Back bite（背後誹謗）的構成成分是『名＋動』，Hand-cuff(上手銬)的構成成分是『名＋名』諸如此類。

(2)附上接頭語的動詞之例：

取扱ふ（辦理）　押通す（貫徹主張）　差支へる（阻礙）　引受ける（接受）　打解ける（開誠佈公）

(3)附上接尾語的動詞之例：

春めく（饒有春意）　紳士めかす（裝紳士腔）　伴なふ（作伴）　丸める（弄丸）　嬉しがる（喜歡）

十一、動詞的假名遣法：

所謂『假名遣』者，係根據一般的習慣約束，使用正當的假名之謂。譬如『導師』兩字，音讀雖爲『どふし』但正式的『假名遣』是『導師』，這種地方，在外國人的我們，最應該注意。

動詞的語尾變化的部分，原是用假名寫的，其中有好些發音雖同，而所用的假名則異的，在這種地方發生『假名遣』錯誤的人很多。例如：

強ひて　說いて　悔いて　率ゐて

等例中加『、』的字，全是讀『イ』音，但是所用的假名則不相同。又如：

笑ふ　笑うて　思ふ　思うて

等例中加『、』的字，全是讀『ウ』音，但是所用的假名則不相同。再如：

堪へる　絕える　植ゑる

等例中加『、』的字，全是讀『エ』音，但是所用的假名則不相同。對於這種地方，雖也有人主張不必留意，隨便書寫，但是在一般有教養的人士間，總以寫出正當的『假名遣』爲是，不然，就要惹人指摘。茲將幾條可助記憶的原則列後，以供參考：

（1）應該弄明白『イ音便』和『ウ音便』的概念。如果這樣，就不致把『イ音便』的『い』寫成『ひ』或『ゐ』；或把『ウ音便』的『う』寫成『ふ』。

（2）應該把『上一段活用』的『ハ行』『ヤ行』和『ワ行』的動詞，全部諳記。這類的字不過下列幾個：

ハ行上一段：生ひる　強ひる　用ひる　干る　簸る　放る

ヤ行上一段：老いる　悔いる　報いる

ワ行上一段：率ゐる　居る　〔用ゐる〕

右列各字之中，『ワ行上一段』的『用ゐる』可以不用；『干る』『簸る』『放る』『居る』等字，則絕不致誤，所以結局須用記憶的字，不過劃有傍線的七字而已。

(3)下一段活用中容易混誤的『假名遣』，爲『ハ行』『ヤ行』『ワ行』三行，但這三行的動詞之中，ワ行只有三語而已，可以全部把牠記住；ヤ行的字，可由文言活用來助記憶，因爲凡在文言中有『越ゆる』『聞ゆる』這種活用的字，在口語一定是『越える』『聞える』；在這兩類以外的字，自然全屬於ハ行。

茲分別舉示如下：

(A)ワ行下一段：

植ゑる　飢ゑる　据ゑる

(B)ヤ行下一段：

甘える　癒える　おびえる　覺える　消える　聞える　越える　肥える　冴える　榮える　聳える　絕える　潰える　萎える　生える　映える　冷える　殖える　吠える　見える　燃える　萌える　悶える

(C)ハ行下一段：

與へる　誂へる　訴へる　憂へる　抑へる　衰へる　換へる　數へる　叶へる　構へる　考へる　加へる　拵へる　答へる　支へる　添へる　揃へる　堪へる　違へる　貯へる　湛へる　携へる　譬へる　違へる　仕へる　傳へる　調へる　唱へる　捕へる　ながらへる　なぞらへる　控へる　經る　まじへる　迎へる　わきまへる　終へる　教へる

口語動詞的語尾的『假名遣』，如果把上列各原則記住，大畧可以應付了。此外還有『ハ行四段活用』連用形的『思ひます』和條件形的『思へば』，雖也有錯誤爲『思います』和『思えば』之虞，但這種錯誤較不易發生，稍一留意便可以了。

十二、動詞的送假名法：

『假名遣』和『送假名』這兩者常常有人把牠混同爲一，其實很有分別，因爲『假名遣』所研究的，是怎樣去寫假名；而『送假名』所研究的，則是對於漢字要怎樣去送上假名，兩者之間，大有不同。

動詞是個有語尾變化的語，所以牠的『送假名』的問題，頗有研究的必要，茲分條說明如下：

(1)一般對於語尾的活用的部分，要用『送假名』。例如：

書かない　書きます　書く人　書けばよい

起きない　起きます　起きる人　起きればよい
流れない　流れます　流れる川　流れればよい
見ない　見る人　見ればよい
寢ない　寢る人　寢ればよい
來ない　來る人　來ればよい

佐行變格活用，可用假名書寫，如『せぬ、しない、します、する、すれば、せよ、しろ』等。

（2）發生音便之字，用假名寫其音便。例如：

燒いて　泣いて　思うて　買うて　積んで　遊んで　立つて　行つて

（5）動詞中有一種所謂『延音』，係由某一種活用形延長爲另一種活用形之謂，例如由『願ふ』延長爲『願はく』之類。這種延音，均用『送假名』。例如：

願はくは　恐らくは　踏まへる

但是『曰く』雖也是『曰ふ』的延音，可是一般的習慣都寫『曰く』，而不寫『曰はく』。例如『孔子曰く、仁者は山を樂しむと。』（孔子曰：仁者樂山。）』

（4）在一個動詞之中，包含有別的動詞的活用形，如『驚かす』之中，包含有『驚く』的活用形『驚か』

者，則在『送假名』中，應將其表出。例如：

驚（おどろ）かす　明（あ）かす　動（うご）かす　盡（つ）くす　惑（まよ）はす　塞（ふさ）がる　生（う）まれる　向（む）かふ　浮（う）かぶ　合（あ）はせる

添（そ）はる

（5）在一個動詞之中，包含有形容詞的活用形者，則在『送假名』中，應將其表出。例如：

怪（あや）しむ　悲（かな）しむ　樂（たの）しむ　惜（を）しむ　苦（くる）しむ

全（まった）うする　辱（かたじけな）うする　悲（かな）しがる　嬉（うれ）しがる

（6）用兩個以上的訓讀漢字動詞構成的複合熟語動詞，則每一個字應各加『送假名』。例如：

流（なが）し出（だ）す　流（なが）れ出（で）る　折（を）り込（こ）む　折（を）れ込（こ）む　鳴（な）り出（だ）す　鳴（な）き出（だ）す　寄（よ）り來（く）る　寄（よ）せ來（く）る

但是頭一個動詞如果是兩音而不至發生誤讀的時候，則可以不帶『送假名』例如：

繰返（くりかへ）す　當嵌（あては）める　書出（かきだ）す　逃迴（にげまわ）る　言換（いひか）へる　飛上（とびあが）る　吸着（すひつ）ける　聞傳（きつた）へる

（7）接連於名詞和形容詞語幹的接尾語，則須用『送假名』表出。例如：

伴（とも）なふ　占（うらな）なふ　春（はる）めく　紳士（しんし）めく　利口（りこう）ぶる　黃（き）ばむ　高（たか）まる

（8）以漢字充當而成的單語，如果認爲漢字只能充其一部分的時候，則剩下的部分，須用『送假名』表

出。例如：

指さす　畫がく　鞭うつ　赤らむ　薄らぐ　定まる　連なる　横たはる　味はふ　櫛けづる　名づける　基づく

但是其中之字，如『畫がく』『櫛けづる』等字，如改漢寫爲『描く』『梳る』，則可免去上項的問題了。

十三、英文法動詞中講到而日文法動詞中沒有講到的幾點：

動詞無論在英文法中或日文法中，都是一個用法最爲複雜的品詞，因此個性特別發達，兩者的性質，相差很大，講述研究，自然不能用同一的形式，所以有些地方日文法講得很詳細，而英文法一點也沒有說到，反之，有些地方英文法中很注重，而日文法中則輕輕地把牠放過去。茲舉出幾點，加以比較：

（1）關於 Tense『時制』者：

（A）動詞中的時制，英語和日語雖然一樣地有說明的必要，但是英語因爲動詞和助動詞不分章，所以在動詞中詳講，而日語則讓之於助動詞章中。

（B）英語的動詞，單獨可以表示現在時（Present Tense）和過去時（Past Tense），而日語的動詞本身只能表示現在時，要表示過去時的時候，就須借重助動詞了。例如：

I learn［動］ English very hard.（私は一生懸命に英語を學ぶ［動］＝我努力學英語）。

I learned [動] English while in the country.（私は國に居た時に英語を學つ[動]た[助動]＝我在國內時學過英語）。

The blossoms fall. [動]（花が散る[動]＝花落）。
The blossoms fell. [動]（花が散つ[動]た[助動]＝花落了）。

I write [動] home every week.（僕は每週家へ手紙を書く[動]＝我每禮拜寫家信）。
I wrote [動] home yesterday.（僕は昨日家へ手紙を書い[動]た[助動]＝我昨日寫了家信）。

（C）英語的現在時的動詞的用法，可以表示現在的事實，普遍的眞理，動作的反復——習慣．職業．性質等，有時還可以代表過去時或未來時，對於這些用法，日語動詞也大體可以適用。例如：

（a）表示現在的事實：

I hear a noise.（物音が聞える＝我聽到聲音）、

I see a ship in the distance.（遠くに船が見える＝遠遠地看到一個船。）

（b）表示普遍的眞理：

The sun rises in the east and sets in the west.（太陽は東から升りて西に沈む＝日出於東而沒於西）。

(c)表示動作的反復：

I get up at five every morning.（私は毎朝五時に起きる＝我每日早五點起來）[習慣]。

He teaches English.（彼は英語を教へる＝他教英語）[職業]。

He keeps his words.（彼は約束を守る＝他守約束）[性質]。

(d)代表過去時：此種用法，在英文法上叫作史的現在，或戲曲的現在或寫實的現在（Historic or Dramatic or Graphic Present），爲的是要使過去的事實，活現於眼前，這種用法，日語雖沒有英語那麼流行，却也相當有人採用。例如：

Napoleon's army now advances（＝then advanced）and the great battle begins（＝began）.（ナポレオンの軍隊はそれから前進し、大戰爭が始まる［＝始まつた］＝拿破的軍隊由是前進，大戰即行開始）。

Caesar leaves（＝leaved）Gaul, crosses（＝crossed）Rubicon, and enters（＝entered）Italy with 5,000 men.（シーザーはゴールを出發し、ルビコン河を渡り、五千の兵を率ゐてイタリーに侵入する（＝侵入した）＝凱撒自乜爾出發，渡魯比康河，率五千衆侵入義大利）。

(e)代表未來時：

My brother returns from Japan next Month.（兄さんは來月日本から歸る＝哥哥下月由日本回來）。

I shall stay here till he comes.（私は彼が來るまで此處で待ちませう＝我在這裏等到他來）。

（2）關於 Voice『態』者：

（A）日語和英語一樣，可因主語是被動或主動之分，而把動詞分爲能動態（Active Voice）和被動態(Passive Voice)兩種：英語的被動態是用 to be 再加他動詞的過去分詞（Past Participle）構造而成，而日語則是用動詞的否定形附上助動詞『れる』（用於四段活用動詞）或『られる』（用於四段以外的各種活用動詞）構造而成。例如：

The people love the king.（人民が國王を愛する＝人民愛國王）。
The king is loved by the people.（國王が人民に愛せられる＝國王爲人民所愛）。

A dog bite the boy.（狗が子供を咬む＝狗咬小孩）。
The boy is bitten by a dog.（子供が犬に咬まれる＝小孩被狗所咬）。

（B）日語的自動詞中，有些字可以用牠的否定形加上『れる』或『られる』，構成被動態；而英語的自動詞，則絕對不能有被動態。（參照本章第六項（6）節）

（3）關於 Mood『法』者：

（A）用動詞敘述動作或狀態的時候，可有幾種不同的樣式，這種敘述的樣式，英文法中叫作『法』(Mood)；英文法中對於『法』的分類的說法，雖有各種不同的見解，但可用三種來包括牠：

（a）Indicative Mood（直接法）：此法係對於事實加以平舖直敘的敘述；英語用 Verb 的常形表示，日語則通常是用普通的終止形做述語去表示。例如：

Is there much water in the pond? Yes, there is much.（池には澤山水がある か。はい，澤山ある＝池裏水很多嗎？很多）。

Japan exports a great deal of silk every year.（日本は毎年多量の絹を輸出する＝日本每年輸出很多的絲綢）。

（b）Subjunctive Mood（假定法）：此法係用以表示所敘述的事實，係屬於 Uncertainty（不確實）或 Supposition（想像）者；英文用動詞的種種的特異的形態——其中尤以 Verb "To be" 變化最多——去表示，日語則通常用動詞的『條件形＋助詞ば』，或『連用形＋助詞たら』去表示。例如：

If he were with us, we should be delighted.（彼が我々と一緒に居れば嬉いのだが＝如果他跟我們在一塊就好了）。

If I should fail, I would try again.（私は萬一失敗したら又遣つて見る積りだ＝萬一我要失敗呢，我是還要捲土重來的）。

（c）Imperative Mood（命令法）：此法係用以對於某種動作，表示 Command（命令）或 Request（要求）；英語用 Verb 的 Root form 表示，而將 Subject 略去，日語則用動詞的命令形表示，也是略去主語。例如：

Lend me some money.（金を少し貸して呉れ＝借我一點錢吧）。

Be diligent.（勉强せよ＝用功吧）。

（B）英語的 Verb 表示 Mood 的時候，Auxiliary Verb 不過是處於補助的地位，自身不能有所作爲，日語則不然，助動詞也可以表示出『法』來，這是英語所沒有的。例如：

弟を東京へ行かせる（使弟弟去東京）。〔直接法〕

弟を東京へ行かせればよいのだが（要是使弟弟去東京就好了）。〔假定法〕

弟を東京へ行かせよ（讓弟弟去東京去吧）〔命令法〕

（C）英語的形容詞，自身沒有叙述的能力，因此也不能有 Mood 的作用，日語則形容詞單獨可用以叙述，因此也能有『法』，唯少了『命令法』一種。例如：

值段は廉い（價錢便宜）。［直接法］

值段は廉ければ買はう（價錢要是便宜，就要買）。［假定法］

（4）關於 Infinitive『不定形動詞』者：

英語動詞中，有 Infinitive 一種，係用 "To Root" 構成的；牠雖是動詞的一種，但可以作爲名詞・形容詞・副詞用，這一種詞，日語動詞沒有和牠相當的活用形，只可以用連體形，或再補充別的品詞，如『爲に』這一類的字句，來表示牠。例如：

（A）作爲名詞用者：

To err is human; to forgive is divine.（誤る［連體形當作準體言用，底下略去『こと』］は人間で、許す［與『誤る』同］は神である＝錯誤屬於人，而容許則屬於神）。

To waste time is wrong.（時間を浪費する［連體形當作準體言用，底下略去『の』］は惡い＝浪費時間是不好的）。

（B）作爲形容詞用者：

He has no food to eat.（彼は食ふ食物を持たない＝他沒有吃的食物）。

The only way to master a language is practice.（言葉に熟達する唯一の方法は練習である＝精通

一種語言的唯一的方法，在於練習)。

(C)作為副詞用者：

I went to the station to see Mr. Smith off. (私はスミス氏を見送る為に停車場へ行きました＝我到車站去送斯密士先生)。

He came to call on you. (彼は貴君を訪問する為に來た)。

(5)關於 Participle『分詞』者：

Participle 是動詞的一種形式，牠雖是動詞，卻兼有形容詞的性質。Participle 計有兩種：一為 Present Participle『現在分詞』，一為 Past Participle『過去分詞』；前者是用動詞的 Root＋ing 後者如為規則的動詞，則和動詞的 Past Tense 同形。日語動詞中，也沒有一個恰當的活用形可以和英語動詞的 Participle 相比，但大體上可分為左列三項比較：

(A) Present Participle 用以直接修飾名詞者，相當於日語動詞的連體形。例如：

Barking dog do not bite. (吠える犬は嚙まない＝叫的狗不咬)。

Man living in town do not know rural pleasures. (町に住む人は田舍の樂しみを知らない＝住在城市的人，不懂得鄉下的樂處)。

(B) Past Participle 用以直接修飾名詞者，相當於日語的『動詞＋助動詞的連體形』。例如：

Stolen fruit tastes sweet.（盗んだ果實は旨い＝偸來的果實都是甜的）。

The book most read in the world is the Bible.（世界中で一番多く讀まれる本はバイブルです＝世界中最爲人所讀的書是聖經）。

(C) Participle 用作補語(as Complement)或分詞的構造(Participial Construction)時，日語動詞均沒有相當的活用形可以代表牠 例如

(a)用作補語者：

He sat reading a newspaper by the fire.（彼は火の傍に新聞を讀んで坐つて居た＝牠坐在火邊看新聞）。

We found a boy concealed under the bed.（私共は少年が寢台の下に隱れてゐるのを見つけた＝我們看見小孩躱在床下）。

(b)用作分詞的構造者：

Walking along the street, he met an old friend.（彼が町を歩いて居た時に舊友に出會うた＝牠在街上走的時候，碰見了舊友）。

Living so remote from town, I rarely have visitors. (町から遠くに住んで居るので、滅多に客がない＝因爲住得離街太遠，所以沒有什麼來客)。

(6)關於 Gerund『動詞狀名詞』者：

Gerund 和 Participle 的構造相同，也是用 Verb 的 Root + ing 做成的；他一面帶有動詞本來的功用，可以有客語，可以帶補語或副詞，又有『時制』和『態』的區別；一面又可當做名詞，充作主語，客語，補語用。這種『動詞狀名詞』，日語動詞中的『準體言』和牠可以相比，唯沒有牠那樣地有變化耳。日語動詞中的所謂『準體言』，計有三種：第一種係由終止形轉來的，這一種只有『相撲』和『向ふ』兩語，姑不提及；其餘兩種，一係由連用形轉來的，一係由連體形轉來的，茲分別拿牠和 Gerund 比較如下：

(A)凡是表示名詞性質的 Gerund，相當於日語動詞由連用形轉成的準體言。例如：

Sleeping is necessary to life (眠りは生活に必要である＝睡眠是生活所必需的)。

I am fond of angling. (私は釣りが好きです＝我喜歡釣魚)。

(B)凡是表示動詞性質的 Gerund，相當於日語動詞由連體形略去底下的體言轉成的準體言。例如：

Lending him money is useless.（彼に金を貸すは無益だ＝借給他錢是沒有用的）。

Writing well is more difficult than writing readily.（上手に書くは早く書くよりもむづかしい＝寫得好比寫得快困難）。

第六章　助動詞

一、助動詞的意義：

助動詞大都是用以添附於動詞的語尾，帮助動詞的意義的語，所以有此名稱；唯在這個用法之外，牠還可以添附於名詞・數詞・代名詞・形容詞・助詞以及別的助動詞之後，添助這些語的意義。例如：

字を書きます＝寫字。［添附於動詞］

これは本です＝這是書。［添附於名詞］

これで五つです＝這一來是五個。［添附於數詞］

昨日行つたのは僕だ＝昨天去的是我。［添附於代名詞］

あの山は高いらしい＝那個山似乎很高。［添附於形容詞］

この山はさう高くはない＝這個山不那麼高。［添附於助詞］

もう出かけられますか＝已經可以出發了嗎？［添附於別的助動詞］

由上列各例中可以看出，『ます』『です』『だ』『らしい』『ない』『られ』這些助動詞，是不能單獨表示完全的意義的，牠不能用漢字去充填，純是一種形式語。例如助動詞的『ない』（意爲『不』）絕不能和形容詞的

『ない』（意爲『無』）一樣地寫成『無い』，蓋前者沒有內容，不能單獨表示意義，而後者則有內容，可以單獨表示意義。

助動詞是用言之一種，所以也有活用。譬如拿『られる』來做個例，可以看出其有下面的活用：

出かけられない（不出發）。〔否定形〕

出かけられます（出發）。〔連用形〕

出かけられる（出發）。〔終止形〕

出かけられる時（出發的時候）。〔連體形〕

出かけられれば（如果出發）。〔條件形〕

出かけられ（よ）（出發吧）。〔命令形〕

由上列各例可以看出，『られる』是有活用的，其活用完全和下一段活用的動詞一樣，這一種的助動詞，可稱爲『動詞型活用的助動詞』。再拿『たい』這個助動詞來觀察，牠的活用如下：

行きたくない（不愛去）。〔否定形〕

行きたく思ふ（想愛去）。〔連用形〕

行きたい（愛去）。〔終止形〕

行きたい時（愛去的時候）。〔連體形〕

行きたけれ（ば）（如果愛去）。〔條件形〕

由上列各例可以看出，『たい』這個助動詞的活用，完全和形容詞一樣，這一類的助動詞，可稱爲『形容詞型活用的助動詞』。

此外還有一種助動詞，牠的活用，完全和上述兩種不同，而彼此又不一致，這一類的助動詞，我們可以稱牠爲『特殊型活用的助動詞』。

上述三類之外，還有『よう』等語，僅有一種活用形，簡直可以說是『沒有活用的助動詞』。

茲將助動詞的意義和性質，歸納條書如下：

(1)助動詞添附於動詞・名詞・數詞・代名詞・形容詞・助詞以及其他的助動詞，添助其意味。

(2)助動詞是一種不能獨立表示意味的形式語。

(3)助動詞的大部分有語尾的變化；其活用有屬於『動詞型』的，有屬於『形容詞型』的，有『特殊型』的，還有『沒有活用』的。

日語所謂『助動詞』，係譯自英語的 Auxiliary Verb 的，唯兩者不盡一致；因爲日語助動詞只是大都用以添助『動詞』，另外還可以添助他種品詞；英語助動詞則純爲添助『動詞』的語，不作他用。觀下列幾個主要助動詞的用法。就可以知道牠的用法了：

Do you know him? I do not know him.（君は彼を知つて居るか。僕は彼を知らぬ＝你認識他嗎？我不認識他）。

I hope I shall see you soon.（じきにお目にかかれるでせう＝大概不久可見到你吧）。

He will return in a few days.（數日すると歸つて參ります＝他幾天就回來）。

Man can speak（人間は物が言へる＝人能說話）。

You may go.（行つても宜しい＝你可以走）。

You must go to school.（お前は學校へ行かねばならない＝你須到學校去）。

I have spoken to him.（彼にもう話しました＝已經告訴他了）。

He is speaking.（彼は物を言うて居る＝他正在講話）。

英語的助動詞，在意味上，雖也和日語的助動詞一樣，須附麗於動詞，纔能發生意義；但其中如『Do』『Be』等語，却可轉而成為 Principal Verb『主動詞』，單獨表示完全的意義，這一類的助動詞的性質，可以說相當於日語的『補助動詞』。例如：

Do as they do at Rome.（鄉に入つて鄉に從へ＝入鄉隨俗）。

The book does him great credit. （この著述は大いに彼の名譽となる＝這本著作使他成大名）。

There is a god. （神と云ふものはある＝有神）。

What are those apples? They are two a penny. （そこにある林檎はいくらだ。一片に二つです＝那些蘋果怎麼賣？一辨士賣兩個）。

日語的助動詞，一定要直接位置於動詞之下，而且要和動詞的一定的活用形密接粘着，不能游離，綜觀前例，可以看出；英語的助動詞則不然，牠通常雖緊處於動詞之前，但有時却可在兩者之間，介入其他的品詞。例如：

May I go? Yes, you may [go] （行つても宜しいか。宜しい＝我可以去嗎？可以去）。

You may as well give it up. （君はそれを止めてもよい＝你把那個放棄也未嘗不可）。

二、助動詞的種類。活用。形：

助動詞由其職能來分，可以分成下列九類：

時的助動詞　打消的助動詞　推量的助動詞　受身的助動詞　可能的助動詞　使役的助動詞

敬讓的助動詞　指定的助動詞　希望的助動詞

以上各類的助動詞，茲特分別連同牠的活用和形，說明如下。

三、時的助動詞：

『時的助動詞』，係表示『過去』『完了』『未來』的助動詞；至於『現在』，則用動詞的終止形便可表示，沒有牽涉到助動詞的問題來。茲分述如下：

(1)過去的助動詞：過去的助動詞，係用以表示動作是屬於過去的，這種助動詞有『た』『だ』兩語，均為『特殊型活用』，都是接連於動詞的連用形。例如：

私は十年前に東京へ出た。——我在十年前去東京。

今朝はやつと八時に起きた。——今早好容易在八點起來。

昨日は荒川でボートを漕いだ。——昨日在荒川划船。

祖父は七年前に死んだ。——祖父在七年前死去。

上列的『た』和『だ』原是一個字，只是『た』用於一般動詞的連用形之下，而『だ』則用於『が行』四段活用動詞連用形的『イ音便』之下，或用於『ナ行』『バ行』『マ行』四段活用動詞連用形的『撥音便』之下，可參看第五章第八項『動詞的音便』。『た』和『だ』有下列的活用：

本形	推量	連用	終止	連體	條件	命令
た	たら	て	た	た	たら	—

だ	だら	で	だ	だ	だら	一

もう起きたらう(已經起來了吧)。[推量形]

もう起きて居ます(已經起來)。[連用形]

もうとうに起きた(早已起來了)。[終止形]

早く起きた人は感心だ(早起的人很可欽佩)。[連體形]

早く起きたらよかつたのに(早起來就好了)。[假定形]

『だ』的活用，準此類推，不必舉例。

(2)完了的助動詞：完了的助動詞，是用以表示動作在那時已經終了的意思；這種助動詞，和『過去的助動詞』完全一致，是用『た』『だ』兩語，也是接連於動詞的連用形。例如：

やつと今書きあげたところだ。	正在這個時候寫完。
やうやく風も收まつたらしい。	風似乎漸漸收了。
丁度今雨が降止んだばかりだ。	雨恰好這個時候停止。
今讀んだ本を一寸持つておいで。	剛念過的書請拿來一下。

這裏的『た』『だ』的活用，和過去的助動詞『た』『だ』的活用，完全相同，可不再贅。

文法上的所謂『完了』，不一定是事件的實際上的終結，因爲如果拿『我』置在事件的完了後來設想，則雖屬未來的動作，也可用『完了』的形式表示。例如：

明日<ruby>伺<rt>うかが</rt></ruby>つ<u>たら</u>ばお目に<ruby>掛<rt>かか</rt></ruby>れませぬか。——明天如果去拜訪，大概可以見着吧。

<ruby>來月<rt>らいげつ</rt></ruby><ruby>吉野<rt>よしの</rt></ruby>へ<ruby>行<rt>い</rt></ruby>つ<u>たら</u>花は<ruby>丁度<rt>ちやうど</rt></ruby><ruby>見頃<rt>みごろ</rt></ruby>でせう。——如果下月到吉野去，大約花是正有看頭的。

上例中都是把『我』置在『伺ふ』和『行く』之後設想的，所以上述兩種動作，都可以用『完了』去表示。

（3）未來的助動詞：未來的助動詞，係用以表示動作是屬於未來的，這種助動詞，有『う』『よう』兩語。『う』是用以接連於四段活用的動詞的否定形，『よう』則接連於其他各種活用的動詞的未然形。例如：

明日になつたら<ruby>書<rt>か</rt></ruby>かう（明天寫吧）。［四段］

もう<ruby>少<rt>すこ</rt></ruby>したつたら<ruby>起<rt>お</rt></ruby>きよう（稍等一會就起來）。［上一段］

やがて夜も<ruby>明<rt>あ</rt></ruby>けよう（一會天也快亮了）。［下一段］

<ruby>夕方<rt>ゆふがた</rt></ruby>になれば<ruby>彼<rt>かれ</rt></ruby>も<ruby>來<rt>こ</rt></ruby>よう（到了黃昏他也可以來了）。［加變］

<ruby>晩<rt>ばん</rt></ruby>になつたら<ruby>勉強<rt>べんきやう</rt></ruby>しよう（晚上就用功）。［左變］

右列的『う』『よう』都沒有活用。用『う』『よう』以表示未來，則除却含有『未來』的意義以外，如動作的主體屬於自己的時候，還含有表示自己的決意的意思；要是動作屬於外界，則含有推測像想之意。至於純粹地表示確定的未來的時候，可和表示現在時一樣，用動詞的終止形便可。例如

僕は明日箱根へ避暑に行く（我明日到箱根去避暑）。

あの學生は將來屹度立派な學者に成る（那個學生將來必定成爲了不得的學者）。

來週の月曜日は國慶紀念日で學校は休業する（來週星期一是國慶記念日，學校放假）。

日本民族也和我們差不多，對於時間觀念，極不發達，所以對於時制（Tense）的表示，甚爲糢糊；其用以表示時的助動詞，不過上列幾個字，而且常用現在時以表示過去時或未來時，這一點大大不及英語之精密。還有一層，英語的助動詞，也和動詞一樣，是具有時制（Tense）的變化（Present, Past, Past Participle），例如 Can 一語，是用以表示可能的現在，牠還具有過去形Could，可用以表示可能的過去。但是日語的助動詞，則概沒有時制的變化，只有『時的助動詞』這種東西，以作補助；日語表示可能的現在時，雖只用助動詞『れる』或『られる』便可，但表示可能的過去時，就須在『れる』或『られる』活用中加以變化，再附以『過去的助動詞』『た』，而造成爲『れた』或『られた』。

日語和英語的動詞・助動詞，既如此的有差別，而兩國民族對於『時制』的觀念，又處於『糢糊』與『精

密』的兩極端，所以要拿兩者表現時制的方法來互相比較，原屬不甚可能之事，茲特勉强對照如左：

（1）Present（現在）：英語用『動詞的原形 Root』，日語用『動詞的終止形』。例如：

I write a letter.（私は手紙を書く＝我寫信）。

（2）Past（過去）：英語用『動詞的過去形』，日語用『動詞＋過去的助動詞「た」』。例如：

I wrote a letter.（私は手紙を書いた＝我寫了信）。

（3）Future（未來）：英語用『助動詞 Will 或 Shall ＋動詞的原形 Root』，日語用『動詞＋未來的助動詞「う」或「よう」』。例如：

I shall take some.『私は少し貰はう＝我要一點吧』。

It will be fine to-morrow.『明日は晴れよう＝明天可晴』。

（4）Present Perfect（現在完了）：英語用『Have 或 Has ＋動詞的過去分詞』，日語用『動詞＋完了的助動詞「た」』。例如：

You have mistaken my cap for yours.（君は僕の帽子を君のと間違つた＝你拿我的帽子當作你的）。

He has learned French.（彼はフランス語を學んだ＝他學過法文）。

（5）Past Perfect（過去完了）：係表示在過去的一定時，動作業已完了。英語用『Had ＋動詞的過去

分詞』：日語用『動詞＋て了つた』或用『動詞＋て居た』甚至於用『動詞＋た』均可表示，須因時制宜譯之。例如：

I had written a letter, when he called on me『彼が僕を訪問した時に、僕は手紙を書いて居た＝他訪問我的時候，我寫完了信）。

He had married for a year.（彼が妻を迎へてから一年立つて了つた＝他結婚已經一年了），

Up to that time all had gone well.（その時までは萬事好都合に行つた＝一直到那個時候止，甚麼事都順當）。

（6）Future Perfect（未來完了）：係表示在未來的一定時，可以把動作完了。英語用『Shall have 或 Will have＋動詞的過去分詞』，日語可用『動詞＋て了はう』或『動詞＋て居るでせう』去表示。例如：

I shall have finished my letter by the time you come back.（君が歸るまでには僕は手紙を書いて了はう＝你回來時，我可寫完信）。

The new school-house will have been completed by the end of this month.（新校舍は今月末までには竣工して居るでせう＝新校舍在此月底可以竣工）。

（7）Progressive Present（現在進行）：係表示某種動作，現正進行。英語用『Be的變化＋現在分詞』，日語用『動詞＋て居る』去表示。例如：

What are the boys doing? They are playing tennis.（子供は何をして居るか。彼等はテニスを遣って居る＝小孩們做甚麼呢？他們玩網球）。

He is always reading.（彼はいつも本を讀んで居る＝他常常看書）。

（8）Progressive Past（過去進行）：係表示在過去的某個時候，動作正在進行。英語用『Be 的過去＋現在分詞』，日語用『動詞＋て居た』。例如：

When he called on yesterday, I was writing a letter.（昨日彼が訪ねて來た時には私は手紙を書いて居た＝昨天他來訪問的時候，我正寫信）。

They were always grumbling at scanty pay.（彼等はいつも給料が少ないと言つて不平を言つて居た＝他們常以薪水太少發牢騷）。

（9）Progressive Future（未來進行）：係表示在未來的某個時期，動作正在進行。英語用『Will或Shall＋be＋現在分詞』，日語用『動詞居よう』。例如：

He will be teaching English if you go now.（今行けば彼は英語を敎へて居よう＝現在去，他想是正在敎英語）。

I shall be travelling next week.（私は來週旅行して居よう＝我來週正在旅行）。

（10）Progressive Present Perfect（進行現在完了）：係用以表示動作的進行，在此刻以前，是繼續着的。英語用『Have或Has＋been＋現在分詞』；日語沒有恰好的形式，可用『動詞＋て居た』再加以相當的副詞去表示。例如：

I have been reading a book.（私は今まで本を讀んで居た＝我剛纔正在讀書）。

He has just been telling me about it.（彼は今し方その話をして居たところです＝他剛和我講那樁事）。

（11）Progressive Past Perfect（進行過去完了）：係用以表示動作的進行，在過去的某一時候以前，是繼續着的。英語用『Had＋been＋現在分詞』；日語也是沒有恰好的形式，仍只好用『動詞＋て居た』再加以相當的副詞去表示。例如：

I had been waiting about an hour when he came.（彼が來た時に私は一時間程待つて居た＝他來的時候，我正等了差不多一點鐘）。

（12）Progressive Future Perfect（進行未來完了）：係用以表示動作的進行，在未來的某個時候以前，是繼續着的。英語用『Will或Shall＋have been＋現在分詞』，日語雖沒有適當的形式，大體可用『動詞＋ことになる』去表示。例如：

It will have been raining for a week by to-morrow.（明日で一週間雨が降り續くことになる＝到了明天，雨是繼續下了一週間的）。

I shall have been reading this book for three hours by seven o'clock（七時までに三時間これを讀むことになる＝到了七點鐘，正是讀這書讀了三時間）。

由上列的十二種時制的表示格式來看，我們可以曉得英語的時制，井井有條，各時制都各有嚴格精確的用法，而日語則並不精密；其劃分的程度，雖比我國語稍為複雜，然而比到英語，則望塵莫及，運用時細心體貼可也。

四、打消的助動詞：

打消的助動詞，係用以表示對於動作加以打消或否定，計有『ぬ』『ない』『まい』三語。

『ぬ』『ない』兩語，係用以表示『確定的打消』，都接於各種動詞的否定形，『ぬ』或寫為『ん』，屬於『變格型活用』，『ない』則屬於『形容詞型活用』；『まい』一語，係用以表示『推測的打消』，接連四段活用動詞時係接續於終止形，接連其他活用動詞時則接續於否定形；牠是個『沒有活用』的助動詞。例如：

雨は降ら｛ぬ。／ない。　　不下雨。

まだ老い｛ぬ。／ない。　　還沒有老。

少しも教へ｛ぬ。／ない。　　一點也不教。

彼は近頃來｛ぬ。／ない。　　他近來不來。

そんなことは｛せぬ。／しない。　　不做那樣的事。

もう雨も降るまい。　　雨大約不至再下。

まだ彼も老いまい。　　他大約還沒有老。

そんなことは咎めまい。　　大約不至於非難那樣的事。

彼はもう二度と來まい。　　他大約不至於來個第二次。

まさか、そんなことはしまい。——恐怕不至於做那樣的事。

佐行變格的否定形有『せ』『し』兩個，『せ』只能接連於『ぬ』，而不能接連於『ない』『まい』；反之，『し』只能接連於『ない』『まい』，而不能接連於『ぬ』。

『まい』是沒有活用的，『ぬ』『ない』的活用和活用例列示如左：

本形	否定	連用	終止	連體	條件	命令
ぬ	—	ず	ぬ(ん)	ぬ(ん)	ね	—
ない	—	なく	ない	ない	なけれ	—

(1)『ぬ』的活用例：

(A)連用形：

彼は見ず知らずの他人だ＝他是個沒有見過並不認識的外人。〔用作名詞〕

雨が絶えず降る＝雨不斷地下。〔用作副詞〕

近頃は雨も降らず風も吹かぬ＝近日不下雨，不颳風。〔用以中止〕

(B)終止形：

雨が降らぬ＝不下雨。

(C)連體形：

この頃は雨の降らぬ日は少ない＝這個時候不下雨的日子很少。

(D)條件形：

雨が降らねば風が止まぬ＝要不下雨，風就不停。

(2)『ない』的活用例：

(A)連用形：

私はこの夏避暑にも行かなくて東京に居た＝這個夏天也沒有去避暑，而住在東京。

(B)終止形：

今日は學校へ行かない＝今天不到學校去。

(C)連體形：

旅行に行かない人はない＝沒有不去旅行的人。

(D)條件形：

君が行かなければ僕も行かない＝要是你不去，我也不去了。

『ぬ』和『ない』雖是兩個完全同意的否定助動詞，但也有些彼此不能通用的地方。譬如『ない』除接連於動詞的否定形外，還可以接連於形容詞的否定形，『ぬ』則不能。例如：

この山は高くない＝這山不高。（不能用……高くぬ）

そんなことは珍しくない＝那樣的事不希奇。（不能用……珍しくぬ）

『ぬ』可接連於敬語助動詞『ます』的否定形，而『ない』則不能。（在此情形之下，常寫『ん』而不寫『ぬ』）

例如：

この山は高くありません。（不能用……ませない）

そんなことは珍しくありません。（不能用……ませない）

『ぬ』和『ない』雖可接連於一切動詞的否定形，但有一個例外，即牠們不能接連於四段動詞『有る』的否定形，而須用否定形容詞『ない』，或用其連用形接連於『ません』去代替。例如：

（誤）家が澤山有らぬ＝房子不多。
　　　金が澤山有らない＝錢不多。

（正）家が澤山ない。　家が澤山有りません。
　　　金が澤山ない。　金が澤山有りません。

『ない』既然是屬於『形容詞型活用』的助動詞，牠自然也和形容詞一樣，接連於『あらう』『あつた』『あり』的時候，其連用形的『く』和下面的『あ』常結合而約成『か』音。例如：

今日友達は來なからう。——今天朋友大約不來吧。

僕は昨日行かなかつた。——我昨日沒有去。

今朝は天氣が良くなかりさうだ。——今朝天氣似乎不大好。

『ない』的連用形加『て』時——即『なくて』——常訛爲『ないで』。例如：

少しも知ら{なくて／ないで}居た。——一點也不知道。

文法を知ら{なくても／ないでも}作文が出來ませうか。——就是不懂得文法，也能够作文嗎？

『まい』這個助動詞，除却表示否定的推量以外，還可以表示兩種意思：一爲否定的決心，一爲否定的誘導。例如：

(1)表示否定的決心者：

この先はまあ話しますまい。——以下的事，不再說了。

今後断然煙草も酒も飲むまい。　今後斷然不喝酒不抽煙。

私はもうあんな處へ行きますまい。　我不再到那種地方去了。

(2)表示否定的誘導者：

これからお互に酒を飲むまいか。　以後大家不喝酒吧。

我々は今後缺席しまい。　我們以後不要缺席。

お互にあんな馬鹿げた事は二度としますまい。　大家不要再做那樣的傻事吧。

日語表示否定時，是用助動詞『ない』『ぬ』去表示，而英語則用副詞『Not』去打消。兩者意義雖同，而所屬的品詞則異。例如：

Not a soul is to be seen.（人つ子一人も見えない＝一個影子也看不見）。

A gocd man will not always prosper.（善い人は必ずしも榮えない＝善人未必有餘慶）。

I do not know all of them.（僕は彼等のすべては知らぬ＝我并不全認得他們）。

五、推量的助動詞：

推量的助動詞，係用以表示對於動作加以推測，計有『らしい』『う』『よう』三語。『らしい』意爲『似乎』

『好像』，屬於『形容詞型活用』，接連於各動詞的終止形和形容詞的終止形。例如：

明日は天氣になるらしい。	明天天氣似乎要晴。
あの子はもうお伽噺に聞き飽きるらしい。	那個孩子對於童話好像已經聽厭了。
いつもあすこへ持つて行つて捨てるらしい。	好像都是拿到那裏去撣掉的。
今度は微行の形式で來るらしい。	這一次似是以微行的形式來的。
何だか豫定を變更するらしい。	好像是把豫定改變了。
あすこには何にも無いらしい。	那邊似乎沒有什麽。

『う』『よう』和時的助動詞的『う』『よう』一樣，都沒有活用，也是用『う』以接連於四段活用動詞的否定形，而用『よう』以接連於以外各種動詞的未然形。『う』和『よう』意思相同，都是表示『想是』『怕要』一類的意。例如：

明日は多分天氣にならう。	明日想要好天。
今頃はきつと皆で驚いて居よう。	這時他們想是正在驚訝。

表示推量，按文法講，自以上列之式例爲是，但是在說話的時候，則不很有人這樣說，大都是用動詞的終止形接連於指定助動詞『だ』的推量形『だら』，再接上『う』，以作表示。譬如上列兩例。會話時大都

是用下式表示；

明日は多分天氣になるだらう。

今頃はきつと皆で驚いて居るだらう。

對於過去表示推量時，則用過去的助動詞『た』『だ』的推量形『たら』『だら』接連於『う』，以作表示。例如：

君は昨日あすこへ行つたらう。——你昨日到那裏去了吧。

君は前にこの本を讀んだらう。——你以前讀過這本書吧。

『う』和『よう』前已說過，是沒有活用的，『らしい』的活用，和形容詞相似，唯少了一個條件形：

本形	否定	連用	終止	連體	條件	命令
らしい	らし、	らしく	らしい	らしい	—	—

まだ雨になるらしくない＝還不像要下雨。〔否定形〕

いや、雨になるらしく思はれる＝不，想是要下雨。〔連用形〕

どうも雨になるらしい＝總是像要下雨的樣子。〔終止形〕

雨になるらしい空模樣だ＝好像是要下雨的天色。〔連體形〕

推量助動詞的『らしい』和形容詞接尾語的『らしい』，性質並不相同，須加以分別。前者是接連於用言，而後者則接連於體言。例如：

(1)推量的助動詞的『らしい』接連於用言之例：

あの人は毎日町に行くらしい。　那個人似乎是每日上城裏去。

あの人は毎日六時頃家に歸るらしい。　那個人似乎是每天六時左右回家。

(2)形容詞接語尾的『らしい』接連於體言之例：

あの青年は學生らしい。　那個青年有學生派頭。

あの人は男らしい。　那個人有丈夫氣概。

不過推量助動詞的『らしい』，有時把上面應有的用言略去，而直接接連於體言，這種地方，須由前後的口氣去推測，下列兩語，即是其例：

あの人は男(である)らしい。　那個人似乎是個男人。

明日は雨(が降る)らしい。　明天像是要下雨。

日語表示推量，是用助動詞，英語表示推量，則只好用動詞和副詞表示，而沒有助動詞可用，這也是兩者不同的一點。例如：

He seems to be quite a great man.（彼は豪傑であるらしい＝他似乎是個豪傑）。〔用動詞表示〕

Mr. Tanaka will probably come to-morrow.（田中さんは明日は來よう＝田中先生明日想是要來）。

〔用副詞表示〕

六、受身的助動詞：

受身的助動詞，係用以表示動作是受別人所支配的，計有『れる』『られる』兩語。『れる』接連於四段活用動詞的否定形，『られる』則接連於其他各種活用動詞的否定形。例如：

先生に文章をなほされる。　承先生爲改文章。

兄さんに先に起きられる。　爲哥哥所先起來。

花子が母に褒められる。　花子爲母親所褒。

借りた金を取りに來られる。　爲取所借的錢而來。

すつかり馬鹿にせられる。　完全被當傻子看待。

『佐變』的『せられる』，常常縮約而成『される』，所以上例通常應寫爲『馬鹿にされる』，唯這個『される』和『サ行四段活用』——如『起される』『なほされる』等例的『される』不同，須注意辨別。

『れる』『られる』是屬於『動詞型的活用』，其活用形完全和動詞的下一段活用相同，茲表列如下：

本形	否定	連用	終止	連體	條件	命令
れる	れ	れ	れる	れる	れれ	れ(よ)
られる	られ	られ	られる	られる	られれ	られ(よ)

少しも打たれない＝一點也沒有被打。〔否定形〕
少し打たれました＝被打了一點。〔連用形〕
少し打たれる＝有一點被打着。〔終止形〕
打たれる時の用意＝被打時的準備。
打たれれば默つて居ない＝如果被打，就不沉默。〔條件形〕
打つ人には打たれ(よ)＝打人的也被人打吧。〔命令形〕

『られる』的用法，可以準此推知，茲不重舉。

『れる』『られる』還有一種用法，係用以表示自然發出的情感，通常把牠另列一種，叫作『自發的助動詞』。例如：

昔の事がしみじみと偲ばれる。	深切地想起早先的事情。
夏休の來るのが待たれる。	焦待暑假之來。
北海道の寒さが思ひやられる。	北海道的寒冷可想而知。
子供の行く末が案じられる。	孩子們的前途可慮。

上列的用法，一般都把牠另列一類，也有人以爲是下節所講的可能的助動詞『れる』『られる』的一種恣態，但據松下大三郎氏的意見，則以爲可以把牠看成『受身』的一種，叫作『自然的被動』。他以爲『偲ばれる』『待たれる』是有人在那裏發生作用，所以上文都可以把牠看成受身態，補上『私に』『私供に』一類的字，改成『昔の事がしみじみと「私に」偲ばれる』（早先的事不禁被我所想慕）『夏休の來くのが「私供に」待たれる』（暑假之來被我們所等待）等等，唯這裏面的原動的主體——即被動的客體——的『私に』『私供に』，係沒有意志的，所以不被人所注意，因而不用牠，其實却可如此解釋，所以可以把牠看成『受身』的一種，不必另立名目，本書因之。

日語造成受身態—又名被動態—係用『動詞的否定形＋れる或られる』去表示，英語則用『To be＋Past Participle』以構成；日語的自動詞可以構成受身態，英語則絕對不能；此外還有種種可比較的地方，可參閱第五章第六項（5）（6）（7）節及全章第十三項（2）節。

七、可能的助動詞：

可能的助動詞，係用以表示能够做某種動作之意，有『れる』『られる』兩語。這兩語完全和受身的助動詞一樣，是用『れる』以接連於四段活用動詞，而用『られる』以接連於其他各種活用動詞，至於活用以及活用形等，也完全相同，唯少了一個『命令形』而已。例如：

一日に五十頁ぐらゐは讀まれる。　　一天能够讀五十頁左右。

その氣でゐれば四時には起きられる。　　要是有這一股勁，四點鐘是能够起來的。

その仕事は一人でも引受けられる。　　這樣的事，一個人也能承辦。

君、あさつてなら來られるかね。　　先生，要是後天，就可以來吧！

そんなことがせられるだらうか。　　這樣的事能够做嗎？

『せられる』也和受身的助動詞一樣，通常是約縮爲『される』的。例如『忍耐せられる』『辛棒せられる』都約縮成『忍耐される』『辛棒される』

五十頁は讀まれない＝五十頁不能讀。〔否定形〕

五十頁は讀まれます＝能讀五十頁。〔連用形〕

五十頁は讀まれる＝能讀五十頁。〔終止形〕

讀まれる人に讀ませる＝使能讀的人讀。＝〔連體形〕

讀まれれば讀みなさい＝要是能讀就請讀。〔條件形〕

可能的助動詞的『れる』接連於四段活用動詞的否定形的時候，則動詞的語尾和『れる』的『れ』相合約縮，而成爲動詞所屬的行的『エ段』的音。例如：

讀まれる＝讀める。

行かれる＝行ける。

食はれる＝食へる。

押される＝押せる。

在日常的談話之中，表示可能時，現時用『れる』『られる』的漸少，大都改用『動詞的連體形＋ことが出來る』去表示。這是因爲『れる』『られる』這兩字，除却可能以外，還可以表示『受身』『敬語』等等，容易混淆，不如用『動詞連體形＋ことが出來る』的直截明瞭。例如：

行くことが出來る＝行かれる。

食べることが出來る＝食べられる。

起きることが出來る＝起きられる。

英語表示可能的時候，也和日語一樣，是用助動詞 Can（過去形爲 could）去表示；但是未來或完了的時候，則須用成語 Be able to（否定時用 Be not able to 或 Be unable to）去代替。例如：

I can（亦可用 am able to）run fast.（僕は早く走られる＝我能跑得很快）。

I could not（亦可用 was not able to 或 was unable to）run so fast as he.（僕は彼ほど早く走られなかつた＝我不能像他跑得那麼快）。

You can lead a horse to the water, but you cannot（＝can't）make him drink.（馬を水のある處に連れて行かれるが、水を飲ませられない＝你可以牽馬到水邊，而不能强牠喝水）。

Shall you be able to finish it by to-morrow?）君はそれを明日までに仕上げられるでせうか＝你在明日以前，可以把那個做完嗎？）。［未來］

He has been unable to go out for a week.（彼は一週間外出せられなかつた＝他有一個禮拜不能外出了）。［完了］

八、使役的助動詞：

使役的助動詞，是用以表示使役他人做某種動作時所用的，有『せる』『させる』『しめる』三語。『せる』是用以接連於四段活用動詞的否定形，『させる』則用以接連其他活用動詞的否定形。例如：

子供に本を讀ませる。　使小孩讀書。

朝は早く起きさせる。　使他早上早起來。

大工に家を建てさせる。　使木匠蓋房子。

學生を應援に來させる。　使學生來應援。

皆に目的を達しさせる。　使大家達目的。

『しめる』係文語的『しむ』變來的，談話中已沒有什麼人用，大都是用於文字上的。『加變』通常不用，其餘各活用都接連於否定形。例如：

子供に字を書かしめる。　使小孩寫字。

鉛筆を用ひしめる。　使用鉛筆。

大工に家を建てしめる。　使木匠蓋房。

大いに努力せしめる。　使大大地努力。

佐行變格的『せ』和『させる』連在一起的時候，現在幾乎沒有人用『せさせる』，而都是把牠縮約而成『させる』例如『かはい子には旅をさせる』(使可愛的孩子旅行)『うんと辛棒させる』(好好讓他忍耐)『あの人に紹介させる』(使那個人介紹)。但是一字的音讀的漢字動詞，則不能如此；例如我們不能說『目的を達させる』『あの人に談ざせる』，而須說『目的を達しさせる』『あの人に談じさせる』。

這『せる』『させる』『しめる』三語的活用，都是屬於『動詞形的活用』，其活用形完全和動詞的下一段活用相同。茲表列如下：

本形	否定	連用	終止	連體	條件	命令
せる	せ	せ	せる	せる	せれ	せ(よ)
させる	させ	させ	させる	させる	させれ	させ(よ)
しめる	しめ	しめ	しめる	しめる	しめれ	しめ(よ)

決して表面に立たせない＝絕不使他站在表面。［否定形］

とう〳〵表面に立たせました＝終於使他站在表面。［連用形］

彼を表面に立たせる＝使他站在表面。［終止形］

表面に立たせる時には……＝使他站在表面的時候……。［連體形］

あれを表面に立たせれば大丈夫だ＝如果使他站在表面，是很靠得住的。［條件形］

あれを表面に立たせよ＝使他站在表面吧。［命令形］

『させる』『しめる』的用例，可以準此類推，不另舉例。

『せる』接連於助動詞『て』『た』的時候，原須用其連用形『せ』，但這『せ』字，近來東京方言，都把牠訛成了『し』了。例如：

書かせ { て / た } ↓ 書かし { て（繪を書かして下さい） / た（生徒に字を書かした） }

讀ませ { て / た } ↓ 讀まし { て（本を讀まして下さい） / た（生徒に本を讀ました） }

休ませ { て / た } ↓ 休まし { て（暫く休まして下さい） / た（生徒を休ました） }

在使役態中，原應有個主動者，有個被動者，這兩者無論寫出不寫出，總是文中應有的要素。主動者係文章的主語，其底下用助詞『が』或『は』一類的字，沒有甚麼問題；但是被動者底下的助詞，則因動詞是自動或他動，而有一定的區別，我們分述如下：

(1)在使役態中，動詞如係屬於自動詞，則被動者之下，應承以助詞『を』。例如：

乳母が子供を歩かせる。　乳母使小孩走。

子供が犬を走らせる。　　小孩使狗跑。

父が子供を學校に入らせる。　　父親使兒子入學校。

(2)在使役態中，動詞如係屬於他動詞，則被動者之下，應承以助詞『に』或連語助詞『をして』。例如：

主人が大工に家を建てさせる。　　主人使木匠蓋房。

政府が國民に租稅を負擔させる。　　政府使國民負擔租稅。

父か兄をして弟に財產を讓らせる。　　父親使哥哥讓財產於弟弟。

使役的助動詞，在英語中是沒有的。英語中的 Causative Verb，雖然也有幾分使役的意思在裏頭，例如："They raise the price."（彼等は値段を上らせる）"The sun rouses me."（太陽は私を起させる），但牠不能像日語的使役的助動詞一樣，可以幫助他語去構成使役態，所以性質並不相同。此外還有動詞 Make，cause，let，get，have 等語，都含有使役的意思在裏面，但也找不到一個可以和日語的使役的助動詞相彷彿的字，只好以意領會罷了。

九、敬讓的助動詞：

敬讓的助動詞，係用以對人表示客氣，計有『れる』『られる』『ます』三語。『れる』『られる』係表示『敬稱』

的敬語，而『ます』則係表示『鄭重稱』的敬語。『れる』『られる』和受身・可能的『れる』『られる』完全相同

，是用『れる』以接連於四段活用動詞的否定形，而用『られる』以接其他活用動詞的否定形，至於活用的

方法，也完全相同。例如：

父(ちち)は和歌(わか)を讀(よ)まれる。 — 父親讀和歌。

祖父(おほぢ)は朝早(あさはや)く起(お)きられる。 — 祖父早上很早起來。

先生(せんせい)は親切(しんせつ)に教(をし)へられる。 — 先生親切地教。

もうすぐお醫者(いしゃ)さまが來(こ)られる。 — 大夫馬上就來。

あなたはよく勉強(べんきゃう)（せ／し）られる。 — 您很用功。

佐行變格的『せ(或し)られる』常縮約而成『される』。但是這個『勉強される』的『される』，和サ行四段活用的『父は事業(じげふ)を興(おこ)される』的『される』，完全不同，應該注意。

『ます』接連於一切的動詞的連用形，並可接連於助動詞的連用形。例如：

私(わたくし)は毎日(まいにち)少しづつ勉強(べんきゃう)します＝我每天用一點功。[接連於動詞]

君(きみ)は山(やま)へ行かれますか＝你能到山裏去嗎？[接連於助動詞]

『れる』『られる』的活用，和前擧受身・可能兩種用法相同，所以略去：『ます』的活用如左：

本形	否定	連用	終止	連體	條件	命令
ます	ませ	まし	ます（まする）	ます（まする）	ますれ	ませ／まし

そんなことは出來(でき)ませぬ＝不能這樣辦。〔否定形〕

つい、さういたしました＝終於這樣辦。〔連用形〕

ては、さういたします＝那麼就這樣做。〔終止形〕

かういふことになつて居(を)りまする＝成了這樣的局面。〔終止形〕

さうします時(とき)には……＝這樣做的時候……。〔連體形〕

さういたしまする際(きは)には……＝這樣做的時候……。〔連體形〕

さういたしますれば……＝如果這樣做……。〔條件形〕

かやうになさいませ＝請這樣辦。〔命令形〕

かやうになさいまし……＝請這樣辦。〔命令形〕

『ます』的終止形和連體形，也可以用『まする』，唯通常都使用『ます』，只有極表鄭重時纔用『まする』。

『ます』的命令形，原爲『ませ』，但在東京語中，接連於由『いらつしやり』『おつしやり』『なさり』『くださり』所音便而成的『いらつしやい』『おつしやい』『なさい』『ください』的時候，則變而爲『まし』。

例如：

いらつしやりませ＝いらつしやいまし。

おつしやりませ＝おつしやいまし。

なさりませ＝なさいまし。

くださりませ＝くださいまし。

『ます』的否定形，只能接連於否定助動詞『ぬ』（或『ん』），而絕對不能接連於『ない』。譬如我們只可以說：『そんなことは出來(でき)ませぬ』『先生(せんせい)はもう來(き)ません』，而不能說：『そんなことは出來ませない』『先生はもう來(き)ませない』，初學的人，對此點須注意。

敬讓的助動詞以外，還有許多的『補助動詞』（參看第五章第七項），用處完全和敬讓的助動詞一樣，茲舉出幾個例如左：

申す……お尋ね申します＝請問一下。
致す……お招き致します＝招待你來。
遊ばす……お起き遊ばせ＝請你起來。
なさる……お歸りなさい＝請你回來。
下さる……お許し下さい＝請你原諒。
仕る……お受け仕ります＝領受起來。
給ふ……歸り給へ＝請回去吧。

右舉的補助動詞，完全失掉了動詞的本來面目，只可以拿牠當作敬讓的助動詞看待。其中的『遊ばす』係上流階級專用的方言，而『歸り給へ』的『給へ』，則通行於學生間的方言，可是現在可以說已成了標準語了。

敬語是英語所沒有的，敬讓的助動詞不用說是英語中找不到比較的了。

十、指定的助動詞：

指定的助動詞可以接連於名詞・數詞・代名詞・助詞之下，以為敘述之用，計有『だ』『です』『である』三語。『だ』用於普通的談話，『です』用以表示敬讓，而『である』則用以記錄。例如：

これは僕の本だ。　這是我的書。

それで五十疋だ。　這一來是五十隻。

さういつたのは僕だ。　那樣說的是我。

彼は僕を信じて居るのだ。　他是很信我的。

あれは有名な富士山です。　那是有名的富士山。

彼はこの組で一番です。　他在這班中是第一。

この間申し上げた本はこれです。　前此所說的書就是這本。

さうは言へないのです。　是不能那樣說的。

彼は語學の天才である。　他是語學的天才。

このクラスの生徒は三十名である。　這一級的學生是三十名。

鐵道大臣は彼である。　鐵道大臣是他。

それは至極宜しいのである。　那樣至極相宜。

上述的『だ』『です』『である』的活用如左：

本形	推量	連用	終止	連體	條件	命令

だ	だら	だつ で(中止)	だ	―	―	―
です	でせ	でし で(中止)	です	―	―	―
である	であら	であり であつ	である	である	であれ	―

きつとさうだらうと思(おも)ひます＝我想一定是這樣。〔推量形〕

たしかにさうだつた＝的確是這樣。〔連用形〕

たしかにさうだ＝的確是這樣。〔終止形〕

これは梅(うめ)の木(き)で、あれは櫻(さくら)の木(き)だ＝這是梅樹，那是櫻樹。〔連用形表示中止〕

『です』可以準此推知，不另舉例；『である』的用例如左：

さうであらう＝是這樣吧。〔推量形〕

さうであります＝是這樣。〔連用形〕

さうであつた＝是這樣。〔連用形〕

さうである＝是這樣。〔終止形〕

さうである事もある＝也有這樣的事情。〔連體形〕

さうであればよい＝如果是這樣就好了。〔條件形〕

指定的助動詞接連於用言的時候，須用助詞『の』以作媒介，不能直接互相接連。例如下列各例的『の』字，是不能略去的，雖在文字上常可發見有略去之例，那是錯誤，不足爲訓，須避免爲是：

私は東京に行くのだ＝我是去東京的。〔接連動詞〕

あなたの方は惡いのです＝是你不好。〔接連形容詞〕

彼は何も知らないのである＝他是什麼也不知道的。〔接連助動詞〕

上述的『の』字，在東京方言中，常喜歡用『ん』去代替。例如：

僕も行くん(の)だつた＝我也是去了的。

彼は研究に來るん(の)です＝他是來研究的。

私は日本に旅行したいん(の)である＝我是希望去日本旅行的。

『である』的鄭重語爲『であります』『でございます』，這種話在平常的談話中，雖不常用，但在演說．宣講的時候，則使用頗盛。

『である』的否定語，通常在『で』之下加入『は』字，而成爲『ではない』『ではありません』，這種話在平常的談話中，則屬常用。例如：

さうではない＝不是這樣。

僕は醫者ではありません＝我不是醫生。

『ではない』『ではありません』，在俗語中常常把牠訛成爲『ぢやない』『ぢやありません』。

『だ』在關西地方，常用『ぢや』去代替。例如：

これは何ぢや＝これは何だ＝這是什麼？

あれは何ぢやらう＝あれは何だらう＝那是什麼呢？

指定的助動詞在英語中也是沒有的，不過英語動詞中的所謂"Copula"(To be)，却有點和牠相彷彿。因爲指定的助動詞，雖可用以敍述，却須在其上邊接連他語，纔可以達到敍述的目的，譬如在下列的文中，『私は學生だ』『某氏の性質は正しいのです』，『だ』須連『學生』，『です』須連『正しい』，纔能完成牠的敍述功能，不然則否；Copula 亦然，牠雖可用以敍述，但牠本身是不能達到敍述的目的的，在 Copula 本身之外，還須接連 Complement，纔能完成敍述的功能，所以好些在英語用 Copula 的地方，可用日語的指定的助動詞去翻譯。例如：

It is I.＝それは僕です＝那是我。

This man is an Englishman. この人はイギリス人だ＝這個人是英國人。

My friends are here. ＝僕の友達はここに居るのです＝我的朋友們在這裏。

The weather was cold. ＝天氣は寒いんでした＝天氣是很冷的。

十一、希望的助動詞：

希望的助動詞，係用以表示希望做某種動作之意，有『たい』一語。這語係接連於一切的動詞的連用形。例如：

分り易い文法の本を讀みたい。　希望讀容易了解的文法。

分り易い文法の本を用ひたい。　願意用容易了解的文法。

文法を分り易く述べたい。　希望把文法容易了解地敍述。

この温泉へはもう一度來たい。　希望再到這温泉來一次。

のんびりと二三日旅行したい。　希望悠閑地旅行兩三天。

這個『たい』的活用，屬於『形容詞型』，其活用完全和形容詞一樣。玆表列例示如下：

本形	否定	連用	終止	連體	條件	命令
たい	たく	たく	たい	たい	たけれ	

あんた處へ行きたくない＝不願意到那種地方去。［否定形］

是非行きたく思ひます＝一定想要去。［連用形］

どうしても、もう一遍行きたい＝怎麼樣也願意再去一趟。［終止形］

行きたい人は行き給へ＝願意去的人請去吧。［連體形］

行きたければ行け＝如果願意去就去吧。［條件形］

『たい』的連用形，常接連『ある』，再加『う』『た』，構成『たか（くあ約縮而成か）らう』『たかつた』，以表示推量和過去。例如：

早く家へ歸りたからう＝想是希望早回去吧。

昨日は見たかつたが、今日は見たくない＝昨日是很想看的，可是今日不想看。

君も來たかつたらう、僕も會ひたかつた＝你想也希望來的吧，我也願意會會。

希望的助動詞，在英語中是找不到可以比較的語，所以只好單獨玩味其用法吧了。

助動詞計有上列九種，這九種的助動詞之間，還可彼此互相結合，構成很複雜的思想；唯他的單獨的用法，如果能够弄清楚，則其互相結合後所表示的觀念，自可推測而知，所以不多贅了。茲將上述各種助動詞的活用形的表，一括於下，俾便記憶：

種類			本形	否定推量	連用	終止	連體	條件	命令
時制	過去		た	たら	て	た	た	たら	
			だ	だら	で	だ	だ	だら	
	完了		た	たら	て	た	た	たら	
			だ	だら	で	だ	だ	だら	
	未來		う			う	う		
			よう			よう	よう		
打消			ぬ		ず	ぬ(ん)	ぬ(ん)	ね	
			ない		なく	ない	ない	なけれ	
			まい			まい	まい		
推量			らしい	らしく	らしく	らしい	らしい		
			う			う	う		
			よう			よう	よう		

受身	れる	れ	れ	れる	れる	れれ	れ(よ)
	られる	られ	られ	られる	られる	られれ	られ(よ)
可能	れる	れ	れ	れる	れる	れれ	れ(よ)
	られる	られ	られ	られる	られる	られれ	られ(よ)
使役	せる	せ	せ	せる	せる	せ	せ(よ)
	させる	させ	させ	させる	させる	させ	させ(よ)
	しめる	しめ	しめ	しめる	しめる	しめ	しめ(よ)
敬譲	れる	れ	れ	れる	れる	れれ	れ(よ)
	られる	られ	られ	られる	られる	られれ	られ(よ)
	ます	ませ	まし	ます	ます	ますれ	ま{せ/し}
指定	だ	だら	だつ	だ			
	です	でせ	でし	です			
	である	であら	であ{つ/り}	である	である	であれ	

希望	たい	たく	たく	たい	たい	たけれ

十二、助動詞的送假名：

助動詞是有語尾變化的語，如果用漢字表示，當然要發生送假名的問題，但是現在一般的人，用漢字以表示助動詞的人，可以說是極少。雖然還有人將『たい』寫爲『度(た)い』。如『かうし度(た)い』這一類的例，其實大可不取。因爲助動詞只是一種形式語，並不表示任何觀念，自然不該用漢字這一類的標意文字去塡充。所以我們可以立下一條原則：

『**助動詞須用假名書寫**』

如果這樣，則送假名的麻煩問題，就可以完全免去了。

不過執行助動詞職務的許多表示敬讓的『補助動詞』，則可使用漢字。例如：

申(まう)す　致(いた)す　遊(あそ)ばす　下(くだ)さる　仕(つかまつ)る　給(たま)ふ

這一類的字，自可以使用漢字，至於送假名法，可依照動詞章中所述的原則，照樣適用就可以了。

第七章　副詞

一、副詞的意義：

副詞通常是用以修飾動詞・形容詞・或別的副詞的語，沒有語尾的化變。例如：

(1)修飾動詞者：

暫くお待ちなさい。	請稍等一下。
二時までに必ず參ります。	二時以前一定去。
さつぱり分りません。	完全不懂。

(2)修飾形容詞者：

この本は大層面白い。	這本書極其有趣。
今年はなかなかお暑うございます。	今年很熱。
もつと良い品がほしい。	希望要再好一點的東西。

(3)修飾別的副詞：

大層早く走る。	跑得很快。

たいへんきれいに見えます。　看來很漂亮。

よほど良くなりました。　好得多了。

副詞這一個品詞，完全是由牠的職能和意味成立起來的，並不像形容詞和動詞那樣，在形式方面可以找到多少的共通點，參照上例，可以明瞭。

副詞在大體上說來，是個修飾動詞·形容詞·和別的副詞的語，但牠有時也能够修飾名詞或數詞。例如：

ずつと西の方にある＝在很西邊。〔修飾名詞〕

やや右は學校です＝稍爲往右是學校。〔修飾名詞〕

たつた一點の差で負けた＝只因一點的差而敗了。〔修飾數詞〕

僅か三里の道である＝僅僅是三里路。〔修飾數詞〕

右列的『ずつと』『やや』『たつた』『僅か』等語，無疑地是修飾下面的『西』『右』『一點』『三里』諸名詞和數詞。由牠的職能和意味來說，是和『遠い』『少い』這一類的形容詞同其性質的，可是由外形上來說，牠絕對不是形容詞，只好承認牠是副詞。但是我們絕不要以爲附在體言前面的副詞，便是修飾體言，因爲副詞常常可以跳過好些語去形容遠隔的用言。例如：

一向私はそんなことを存じません＝私はそんなことを一向存じません＝我一向不知道這樣的

事情。

やうやく仕事が終つた＝仕事がやうやく終つた＝好容易把工作做完。

還有一層，副詞不但能夠修飾單語，牠還可以修飾由兩語以上所構成的句或文。例如：

君は決して悲觀するな＝你決不要悲觀。〔修飾構成述語的句〕

今はまだ春の季節だ＝現在還是春的季節。〔修飾『春の』這個形容句〕

僕はたつた一日の違ひで彼に逢へなかつた＝我只因一天的差錯，不能會着他。〔修飾『一日の違ひで』這個副詞句〕

君一體これはどうしたのだ＝先生，這個到底是怎麼一回事。〔修飾『これはどうしたのだ』全文〕

我們可以把副詞的意義和職能，分別條書如下：

(1)副詞在大體上說來，是修飾動詞・形容詞・和別的副詞的語。

(2)副詞有時也可以修飾名詞・數詞・句・文等等。

(3)副詞是沒有語尾變化的語。

(4)副詞是獨立表示某種意味的觀念語。

日語的副詞，係譯自英語的 Adverb ，兩者相同的地方很多。譬如日語的副詞主要是用以修飾動詞・

形容詞，和別的副詞，在這一點，完全和英語一樣。例如：

It rained heavily.（雨がひどく降つた＝雨下得很大）。〔修飾動詞〕

It is too short.（それは餘り短い＝那個太短）。〔修飾形容詞〕

He rises very early.（彼は大層早く起きる＝他起得很早）。〔修飾別的副詞〕

日語的副詞，有時可以修飾名詞，英語亦然。例如：

He looks quite a gentleman.（彼は全く紳士に見える＝他看來完全像個紳士）。

She is almcst a woman.（あの娘はもうそろそろ大人だ＝那個姑娘已差不多是個大人了）。

日語的副詞，不但可以修飾單語，還可以修飾由兩語以上所構成的句或文，在這一點，也完全和英語相同。例如：

The bird flew exactly over him.（鳥が丁度彼の上に飛んで居た＝鳥正飛在他頭上）。〔修飾 Adverbial Phrase "over him"〕

He left soon after I arrived.（彼は僕が着いてから間もなく出發した＝我一到了，他就出發）。〔修飾 Adberbial Aause "after I arrived"〕

Fortunately the pistol missed fire.（幸にもピストルは發射しなかつた＝幸而手鎗沒有射出）。

[修飾全文]

日英兩語副詞的共同之點，已如上述，茲再把牠們相異的地方說說。第一，日語的副詞，是個沒有語尾變化的語，但英語的副詞，則可因比較 (Comparison) 而發生變化，其變化和形容詞的比較的變化一樣。例如：

Positive	Comparative	Superlative
fast	faster	fastest
much	more	most
well	better	best

Give me the book that I like <u>well</u>（<ruby>僕<rt>ぼく</rt></ruby>の<ruby>非常<rt>ひじやう</rt></ruby>に<ruby>好<rt>す</rt></ruby>きな<ruby>本<rt>ほん</rt></ruby>を<ruby>下<rt>くだ</rt></ruby>さい＝把我很喜歡的書給我）。

Take any book that you like <u>best</u>.（<ruby>何<rt>どれ</rt></ruby>でも<ruby>一番<rt>いちばん</rt></ruby><ruby>好<rt>す</rt></ruby>きな<ruby>本<rt>ほん</rt></ruby>をお<ruby>持<rt>も</rt></ruby>ちなさい＝把你所最喜歡的書隨便拿去吧。）

英語的副詞，通常是根據牠的用法，把牠分成『單純副詞』(Simple Adverb)『疑問副詞』(Interrogative Adverb) 和『關係副詞』(Relative Adverb) 三種，其用法如下：

(1)『單純副詞』：如以前所舉各例，只是用以修飾動詞、形容詞、副詞等語。例如：

walk quickly.（早く歩け＝快走）。

He is quite young.（彼は大層若い＝他很年青）。

Don't walk so fast.（そんなに早く歩けな＝不要走這麼快）。

(2)『疑問副詞』：對於時・地・方法・程度・原因等，發生疑問時所用者。例如：

When did you see it?（いつそれを見たか＝什麼時候看到牠？）。

Where did you get it?（何處でそれを得たか＝在什麼地方得到牠？）。

How did you make it?（どうしてそれを作つたか＝你怎麼樣做成功牠？）。

Why did he cry?（何故彼は泣いたか＝他爲什麼哭？）。

(3)『關係副詞』：可以兼有副詞和接續詞兩種功用者。例如：

This is [the place] where the accident happened.（此處がこの椿事の起つた場所である＝這裏是這椿意外事所發生的地方）。

That happened [on the day] when I saw you.（それは僕が君に會つた日に起つたのである＝這是我見到你的那個時候所發生的）。

That is [the reason] why he is angry. (それが彼の怒つて居る理由だ＝這是他所以生氣的)。

That is how he always treats his servants. (それがいつも彼が召使を遇する方法である＝這是他平常用以對付下人的法子)。

在英文法中，這三種副詞，用法各異，所以有分別的必要。例如『疑問副詞』和『單純副詞』不同，牠有個特殊的用法，就是牠一定要安在文的最前頭；『關係副詞』又和前兩者不同，牠的性質近乎關係代名詞，可以爲前後文接續之用；有了這些各自的特色，自然以分類研究爲方便。但日語的副詞，則沒有分出種類的必要，因爲在日語中，根本就沒有『關係副詞』這一種語，至於『疑問副詞』雖可找出，但是牠並沒有什麼特徵，完全和一般的副詞一樣，既可置在文的前頭，也可擱在文的中間。例如：

彼は何處へ行つたか＝何處へ彼は行つたか＝他到那裏去？

何故彼は行つたか＝彼は何故行つたか＝他爲什麼去？

由上述各點看來，可以曉得英語爲什麼要分出種類，而日語並沒有分別之必要的緣故了。

英語副詞在文中所處的位置，非常複雜，常因其所修飾之語所屬的品詞之不同，而異其位置。茲摘舉幾點最顯著的例則如下：

(1)修飾形容詞・副詞・句・節的時候，須置在其前面：

He is uncommonly strong.（彼は並外れて强い＝他非常之强。［在形容詞前］

Can you swim very well?（君は大層よく泳げるか＝你很能游泳嗎？）。［在副詞前］

I did it much against my will.（大層嫌であつたが遣つた＝我很不願意地做了）。［在句前］

He arrived long after I was in bed.（僕が寢て餘程過ぎてから彼が到着した＝我睡了很久他纔來到）。［在節前］

(2)修飾動詞時，可以在其前，可以在其後；唯 Adverb of manner 遇有 Object 時，則以置在其後爲原則。例如：

He readily consented.（彼はおいそれ承諾した＝他痛快承諾）。［在動詞前］

He consented reluctantly.（彼はいやいや承諾した＝他不甘心地承諾了）。［在動詞後］

Pronounce each word distinctly.（一語一語明瞭に發音なさい＝請一字一字發音出來）。［在客語後］

(3)用以表示强勢．用以指述前文．或用以修飾全文的副詞，須置在文的最前面：

Little did I expect to meet you again.（君に再會しようとは夢にも思はなかつた＝我一點也沒有盼望再會見你）。［强勢］

This ended a struggle of seven years' duration.（斯くの如くにして七年も續いた爭ひが終つた……

這樣地結束了繼續七年的鬥爭)。〔指述前文〕

Perhaps he will not come.（多分彼は來ないだらう＝大約他是不來的）。〔修飾全文〕

（4）有助動詞的時候，則置在助動詞和主動詞的中間：

He will shortly go to England.（彼は近い中にイギリスへ行くだらう＝他不久就要到英國去）。

No man has ever done it.（曾てそれを遣つた人はない＝沒有人曾經做過那樁事）。

在英語中，關於副詞的位置的慣例，還有不少，茲不再贅。我們的目的在于使讀者知道英語副詞的位置的問題，很是囉嗦，可是日語副詞的位置問題，則極簡單，因爲在日語中，副詞總是在其所修飾的語的前面，雖然有時還有別的語插入於兩者之間，但這條原則總是適用的。例如：

昨日は甚だ暑かつたが今日は稍や涼しくなつた＝（昨天很熱，今天稍涼）。

度度催促の使が來た＝（催促的人常常來）。

漸く目的地に到着した＝（好容易到了目的地）。

由以上諸例，可以看出副詞和其所修飾的語的位置，不管有無別的語介乎其間，總是副詞在前，被修飾語在後。可是有時爲要加强副詞所表示的觀念起見，特意把兩者互相倒置，唯這只能算作故意造成的例外，並非通則。例如我們要說：『這裏有乞食』，原應該說：『ここに乞食がゐます』，但爲要對『這裏』

這一點加强印象，可以倒置爲：『乞食がゐます、ここに』。

二、本來的副詞和轉來的副詞：

副詞可以由其成立上來分成『本來的副詞』和『轉來的副詞』兩種。本來的副詞在數目上比較地少；大多數的副詞，或直接由別的品詞轉來，或在別的品詞加上接尾語構成的。

(1)本來的副詞：茲舉出幾個例如下：

もう少し勉强しなさい。

この仕事に最も適當な人物がないか。

未だ見付けなかつた。

この手續は甚だ面倒臭い。

有丈はすつかり掏摸に盜まれた。

海は恰も鏡の樣だ。

來年屹度日本へ留一する。

私は未だ學寸用事がある。

請稍稍多用點功。

對於這樁工作有沒有最適當的人？

還沒有發見。

這個手續很麻煩。

所有的錢都被扒手偸去了。

海像個鏡。

明年一定到日本留學去。

我還有點事。

本來的副詞，除却上列那一類以外，還有專用以寫聲和擬貌的一種。例如：

(A) 寫聲的副詞：

大勢の人がどつと笑つた。	很多的人，哄然大笑。
風がさつと吹いて來た。	風颯颯吹來。
鐘がごんと響く。	鐘鏜鏜響出。
雨がざあと降つて來た。	雨嘩啦地下來。

(B) 擬貌的副詞：

何かぴかりと光つた。	什麼東西閃爍地發亮。
きちんと坐つた。	端正地坐下。
彼の日本語はさつぱり分らない。	他的日本話，簡直不懂。
彼はかつと怒る。	他赫然震怒。

寫聲・擬貌的副詞，常常使用疊語。例如：

犬がわんわんと吠える。	狗汪汪地叫。
蚊がぶんぶん鳴いて居る。	蚊子嗡嗡地叫。

風がぴゆうぴゆう吹きます。　風颼颼地颳。

水をがぶがぶ飲む。　咕噔咕噔地喝水。

彼はにこにこ笑つて居る。　他莞爾而笑。

劍がぴかぴか光る。　劍閃閃發亮。

(2)轉來的副詞：茲分別說明如下：

(A)由名詞轉來者：由名詞轉來的副詞，爲數最多，差不多占副詞的過半。例如：

今申した事は事實です。　纔剛說的是事實。

それは、昔流行した。　那是早先流行的。

昨日買つた本はこれだ。　昨天買的書是這本。

昨年色色御世話様になりました。　去年受你種種的招呼。

(B)由代名詞轉來者：

どうしたのか。　怎麽一回事？

いづれお伺ひ參ります　幾時拜候你去。

(C)由數詞轉來者：

僕は一晩考へました。　我想了一晚上。

別れてから五年經つた。　別來已五年了。

天津で一日遊んだ。　在天津玩了一天。

(D)由動詞的連用形轉來者：

あまり深く掘るな。　不要掘得太深。

つまり思ひ違ひだ。　總而言之，是想錯了。

そんな所へたとひ行くことがあつても極稀です。　那種地方就是去過，也極其少。

(E)由形容詞的連用形轉來者：形容詞的連用形，差不多沒有一個不可以當副詞用的，所以這個形有人把牠叫作『副詞形』，實在名稱其實。例如：

久しく來ない。　好久不來。

彼をうまく瞞した。　把他騙得好。

よく御覧なさい。　好好地看吧。

美しく書かせませう。　想好好地寫。

（F）形容動詞的副詞形全可作爲副詞用：

花は綺麗に咲く。　花開得很漂亮。

太陽は黄色に光る。　太陽顯出黃色地發亮。

そんなに高いのか。　那様地貴嗎？

アメリカ式にやれ。　照美國式做去吧。

形容動詞轉來的副詞，雖然大都是附上助詞『に』，但我們不要以爲附上『に』的都是副詞。例如：『水が湯になる』（水變開水）『明日は天氣になるらしい』（明日似乎要晴）『これを君に送る』（把這個送你）『一に二を足せば三になる』等例中附有『に』字的語，一點也沒有修飾下面的用言的意思，所以絕對不是副詞。但是『實に苦しい』（實在很苦）『誠に困る』（實在沒有辦法）等語，則因其修飾下面的用言，所以是副詞。

在英語的副詞中，除却一部分是『本來的副詞』不算外，大多數是由別的品詞加上接頭語或接尾語構成的，例如：Skilfully, Happily, Nobly, Dully 等是由形容詞 Skilful, Happy, Noble, Dull 等加上接尾語構成的，Yearly, Monthly, Weekly 等是由名詞 Year, Month, Week 等加上接尾語構成的，Away, Apart, Ashore 等是由名詞 Way, Part, Shore 等加上前置詞的接頭語（Prepositional Prefix）構成的，諸如此類。此外還有很多和日語的『轉來的副詞』一樣，是直接由別的品詞轉來充用的。例如：

（1）由形容詞轉來者：

Do not Speak ill of others.（他人を惡く言ふな＝不要說別人的壞話）。

We are separated far from each other.（吾々は遠く別れ々々になつて居る＝我們離得很遠）。

（2）由前置詞轉來者：

Come along with me.（一緒にお出で＝一塊來吧）。

The train runs through.（列車は直通する＝這火車是直達的）。

（3）由名詞轉來者：

I met him last night.（私は昨夜彼に會つた＝我昨夜會到他）。

He goes to church every Sunday.（彼は日曜毎に教會へ行く＝他每禮拜日到教會去）。

（4）由代名詞轉來者：

This is something larger than that.（これはあれよりも少し大きい＝這個比那個稍大一點）。

What does it benefit him?（それがどれほど彼に與へたか＝這個對於他有多少好處呢？）。

三、熟語的副詞：

這裏的所謂熟語的副詞，是把疊語的副詞，以及附加接頭語或接尾語的副詞，包括在裏面。玆分別例示如下：

（1）熟語的副詞的例：

（A）由名詞加上助詞所構成的：

もとより返す氣がなかつたのだ。　本來就沒有返還的意思。

實に失敬しました。　實在對不起。

誠に有難うございました。　很謝謝你。

（B）由動詞加上助詞或助動詞所構成者：

すべてこの調子で遣つて欲しい。　希望都按這個樣子做下去。

それはみだりに動いてはならない。　那是不可以隨便動的。

例へば大隈侯もその一例だ。　譬如大隈侯是其一例。

思はず涙をこぼした。　不覺流下涙來。

（2）疊語的副詞的例：

(A)名詞的疊語所構成的：

僕は時時腹が痛みます。　我時時腹痛。

この本は誤字が處處あります。　這本書處處有誤字。

(B)數詞的疊語所構成者：

一一私に告げるには及ばぬ。　不必一一告訴我。

一人一人お入りなさい。　一個一個進來。

(C)代名詞的疊語所構成者：

各人それぞれの理想があります。　各人有各的理想。

(D)動詞的疊語所構成者：

泣く泣く別れました。　哭哭啼啼地離別。

雲が見る見る消え失せた。　轉瞬間雲稍散了。

見す見す千圓の損をした。　眼看損失了千圓。

彼は行く行く博士になりませう。　他將來要做博士吧。

(E)形容詞的疊語所構成者：

よくよく考へなさい。　　好好想想看吧。

長長御世話樣になりました。　　受你很久的照料。

御樣子は薄薄承つて居ました。　　你的事情我知道一點了。

(F)副詞的疊語：

唯唯金を儲けることと計り考へる。　　一心一意只想賺錢。

前途尚尚遼遠だ。　　前途還是遼遠。

ゆめゆめこの事を言ふな。　　絕不要說這樁事。

此外還有『いよいよ』(愈)『おのおの』(各)『しばしば』(屢)『つくづく』(熟)『しみじみ』(＝つくづく)等語，乃是生成的單語的副詞，並非疊語。

(3)附上接頭語的副詞的例：

いち早く駈けつける。　　很快地趕上。

た易く出來上る。　　很容易地做成。

(4)附上接尾語的副詞的例：

ぶらりと出かける。　　逍遙自在地出去。

何が來ようと悠然と構へて居た。　不管發生什麼事，都悠然不動。

一軒づつ廻つて訪問した。　一家挨一家去訪問。

用事がてら遊びに參りました。　有點事情順便來玩。

骨ごと食べた。　連骨吃下。

英語中有所謂『副詞句』(Adverbial Phrase)，可以說相當於日語的『熟語的副詞』，唯日語的熟語的副詞通常是用『助詞附加於他種品詞』以構成，而英語的副詞句則用『前置詞附加於他種品詞』以構成。例如：

(1) Preposition + Noun 構成的副詞句：

In fact (實在)，At war (戰爭中)。By degree (一步一步)。Of course (不用說)。

(2) Preposition + Adjective 構成的副詞句：

He explained it in full (=fully)(彼は充分にそれを說明した=他詳細把牠說明)。

He told me in private (=privately)(彼は內所で僕に聞かした=他偷偷告訴我)。

(3) Preposition + Adverb 構成的副詞句：

At once (馬上)。For ever (永久)。Until now(迄今)。From here(由此)。

疊語的副詞，雖在英語中也可以找到相當的形式，但其中畧有不同，因爲日語係兩語直接相疊，英語則係用『語＋前置詞＋語』的形式表現。例如：

(1)Noun + Preposition + Noun 構成的副詞句：

Arm in arm（腕挽着腕）。Word for word（一字一字地）。Face to face（臉對着臉）。

(2) Adverb + Preposition + Adverb 構成的副詞句：

Again and again（再三再四）。By and by（不久）。

附上接頭語或接尾語於別的品詞之上而構成的副詞，在英語中爲數也多，茲例示如下：

(1)附上接頭語的副詞的例：

Along（並行）。Ashore（於陸上）。Before（在前）。Below（在下）。Perhaps（恐怕），Perchance（大約）。

(2)附上接尾語的副詞的例：

Dark ing（暗中摸索），Headlong（先頭）。Piecemeal（一片一片），Downwards（向下）Likewise（同樣）。

四、敬讓的副詞；

在副詞之上可以加上接頭語『お』或『御』，以表示鄭重之意。大體上說來，『お』是用以接連於日語副詞，而『御』則係用以接連於漢語副詞。例如：

お静（しづか）にお入（はい）りなさい。　　　請靜靜進來。

おいくつお買（か）ひになりますか。　　　您要買多少呢？

お早（はや）くお歸（かへ）り下（くだ）さい。　　　請早回來。

だいぶお寒（さむ）くなりました。　　　很冷了。

御親切（ごしんせつ）に教（をし）へて下さいました。　　　承您親切教我。

御活溌（ごくわつぱつ）にお歩（ある）きなさいました。　　　走得很活溌。

御丁寧（ごていねい）におしやつて下（くだ）さいました。　　　承您懇切地告訴我。

御退屈（ごたいくつ）に感（かん）じますか。　　　感到無聊吧？

在原則上講，雖可以說『お』是接連於日語副詞，而『御』是接連於漢語副詞的接頭語，但也有些用『お』
接連於漢語副詞，而用『御』接連於日語副詞的例外。例如：

御ゆつくりお遊（あそ）びなさい。　　　請慢慢玩

お大事（だいじ）になさいまし。　　　請保重。

五、副詞的送假名法：

副詞原是屬於沒有活用的語，按理說來，原沒有加上送假名的必要，但是事實竟不然，有活用的助動詞不生送假名的問題，而沒有活用的副詞和接續詞，反生出很麻煩的送假名的問題。這是因爲漢字既然有了『音讀』和『訓讀』，則所有使用到漢字的品詞，自然都要發生送假名的問題的。唯話雖如此，只有二音的副詞，却可以不用送假名，譬如『今』不必寫爲『今ま』，『唯』不必寫爲『唯だ』，因爲二音的副詞，大都有固定的讀法，絕不至於讀錯的，所以不成問題。至於三音以上的副詞，則頗易發生疑問，自以送上假名爲是。由了這個關係，我們可以定下一條原則如下：

『用漢字表示的三音以上的副詞，須以最後一音作爲送假名添在漢字之下。但是二音的副詞在原則上雖不用送假名，唯『モシ』『ヨシ』『ヨク』『カク』這四語，則應以最後一音作爲送假名添上』。

例如在兩音的副詞之中，左列各語，須以最後一音爲送假名：

若し　縱し　能く　克く　斯く(斯う)

三音以上的副詞，如左列各語，必須以最後一音爲送假名：

專ら　未だ　殆ど　必ず　甚だ　聊か　凡そ　盛に　誠に　速に　僅に　早く　遲く

但是雖屬三音以上的副詞，如『時時』『唯唯』『日日』『年年』之類，自然沒有加上送假名的必要。又左列各語，大都是用下面所示的形式表示：

各々　愈々　偶々　益々　交々　屢々　稍々　畧々

上開各字，原是一個字念成『オノオノ』『イヨイヨ』的，和『時々』『日日』這一類的疊語不同，唯因爲怕把『各』之類誤讀爲『カク』等，所以習慣上用『各々』這一種形式去表示分別。

還有一層，在三音以上的副詞中，有些是再加上助詞或接尾語的，碰到這種情形時，則於應加的送假名之外，再加上這些語便可。例如：

必ずしも　聊かも　例へば

以上所講的，只是個原則而已，此外有些三音以上的副詞，需要送上兩字以上的送假名的。譬如我們是寫『靜に』『遙に』好呢？還是寫『靜かに』『遙かに』好呢？這個問題就須考量一下。我們先看看『靜』『遙』兩個漢字，是否在副詞中只有一個讀法，就可以決定牠。我們知道：副詞中還有『靜々』『遙々』這種讀法，所以還是寫爲『靜かに』『遙かに』好。玆把這一類的重要的副詞，列擧如下：

明らかに　敢へて　餘りに　恐らくは　穩かに　追つて　大いに　大きく　必ずしも　却つて

極めて　細かに　細かく　定めて　頻りに　靜かに　强ひて　總べて　巧みに　立どころに

忽ちに　例へば　平かに　近ごろ　次いで　手づから　長らく　願はくは　初めて　果して

遙かに　飜つて　二つながら　奮つて　猥りに　素より　安らかに　動もすれば

此外如形容詞『志久』活用的副詞形『正しく』『親しく』『勇ましく』『甚だしく』之類的全部，也可屬於這一類。

下列的副詞，須用假名書寫：『ただちに』『すぐに』『ぢきに』（通常把這三者都寫爲『直に』）『みづから』『おのづから』（通常把這兩者都寫爲『自ら』）『しみじみ』『つくづく』『じつと』『ちくりと』『しつとりと』『ぶらぶらと』『ズドンと』『パツと』以及其他寫聲擬貌的副詞，均須用假名表示。

第八章　接續詞

一、接續詞的意義和種類：

接續詞係用以接續語・連語・節・或文的語。例如：

ペンまたは鉛筆を持參せよ。——把鋼筆或鉛筆帶來。

東京、京都及び大阪を日本の三大都市と言ふ。——東京，京都及大阪，叫作日本的三大都市。

上例的『または』是接續『ペン』和『鉛筆』兩語的語，『及び』是接續『東京』『京都』和『大阪』三語的語，所以是接續語的接續詞。

日本の文學或ひは日本の歴史を習はう。——打算學習日本的文學或日本的歷史

山を越え、また川を渡つてたどりつきました。——越山又過河，都給走遍了。

上例的『或ひは』是接續『日本の文學』和『日本の歴史』兩連語的語，『また』是接續『山を越え』和『川を渡つて』兩連語的語，所以是接續連語的接續詞。

建物もよいし、それに交通も便利です。——房又好，而且交通又方便。

私が行くのか、それとも彼が來るのか。　我去呢？還是他來呢？

上例的『それに』是接續『建物もよいし』和『交通も便利です』兩節的語，『それとも』是接續『私が行くのか』和『彼が來るのか』兩節的語，所以是接續節的接續詞。

學校は每日午前八時から始ります。尤も冬丈は八時半から始ります。　學校是每日午前八時開始。可是冬季則由八時半開始

只今電報が參ります。それですぐ歸らうと思ひます。　剛纔電報來了。所以想要馬上回去。

上例的『尤も』是接續『學校は每日午前八時から始ります』和『冬丈は八時半から始ります』兩文的語，『それで』是接續『只今電報が參ります』和『すぐ歸らうと思ひます』兩文的語，所以是接續文的接續詞。

接續詞由其意味看來，可以分成四類：一、累加的接續詞，二、選擇的接續詞，三、反意的接續詞、四、理由的接續詞，茲分述如下：

(一)累加的接續詞：累加的接續詞是用以表示事物的並列或累加所用的接續詞。例如：

新年を祝し、並びに貴君の萬福を祈ります。　慶祝新年，並祈您的萬福。

山また山を越えて、やうやく或山里に出まし　過了一山又一山，纔到了某山莊。

た。

北平即ち北京は我が國の舊都である。

英・米・佛・意・獨及び日本を世界の六大强國と言ひます。

彼は頭がよくて、その上非常な勉强家です。

今日も會つて話して來ましたが、なほ明日もう一度話してやりませう。

昨日は折角尋ねたのに君は留守さ。おまけに歸りには雨に降られた。

あの人は大體頭がよくない。それにちつとも勉强しない。

お父さんによろしく　それから伯父さんにもよろしく。

あの人は一體横着だ。さうして極めて冷淡

北平即北京是我國的舊都。

英、美、法、義、德和日本，叫作世界的六大强國。

他腦筋很好，而且是個非常用功的人。

今天也已會着告訴他了，明日再會一次給說說吧

昨天特地找你你不在家。加以回來又被雨澆了。

那個人頭腦不大很好。又加以一點不用功。

請給令尊道好。也給令伯道好。

那個人是很横暴的。並且是個極冷淡的人。

な人間だ。

人が大勢集つた。そして演説が始つた。　人集得很多。於是演說就開始了。

立派な政治家の出現を望む。まして今日の我が國に於いては、一層この感を深める。　希望有大政治家出現。尤其是在今日的我國，竟加深切感到。

『それからずつと病氣で寢てしまひました』(後來就病趟下去了)等類的『それから』是『その後』(後來)的意味，並不是累加的接續詞。『さうして』縮約而成『そして』。

(2)選擇的接續詞：選擇的接續詞係用以表示在兩椿或兩椿以上的事物之中，選擇一椿的接續詞。例如：

轉地するか、それとも入院するかなさい。　請轉地或者入院吧。

僕はビールまたはサイダーが飲みたいんです。　我想喝啤酒或是汽水。

父兄或ひは保証人の附添を望みます。　希望有父兄或保証人跟來。

日曜若しくは休暇なら必ず家に居ります。　要是禮拜日或休假，一定在家。

あの人は男ですか、將女ですか。
那個人是男的呢，還是女的？

(3)反意的接續詞：反意的接續詞係用以表示後者所述的事情，和前者所述的事情，是互相反對的接續詞。例如：

急いで停車場へ行つた。しかし乘り遲れてしまつた。
趕緊去車站。可是趕不上車了。

あの人は常識家です、但し學者ではありません。
那個人是常識家，但不是學者。

明日は必ず參上致します、併しながら意外の用事が起きれば參上致しかねます。
明日一定去，可是如果起了意外的事情，就難以去成了。

この川は大きい。尤も船は通はない。
這個河很大。只是不通船。

先日彼に手紙をやつた。ところがまだ返事がない。
前些日給他信了。可是還沒有回信。

明日は行きたいと思ふ、けれどもどうも行けさうもない。
明天是想去的。但是又像去不成。

だけどさうばかりも言はれますまい。
但是恐怕也不能完全這樣說。

だが一體誰が鼠の頸へ鈴をつけに行くのか。
可是誰去在老鼠的頸子繫鈴呢？

なるほど勇氣も必要であらう。が、勇氣ばかりでも事は成らぬ。
固然勇氣也是必要。但只有勇氣也無濟於事。

『それだけれども』『それですけれども』『それだが』『それですが』『それでも』等，常簡畧而成『だけれども』『けれども』『だけど』『だが』『ですが』『が』『でも』等。

(も)理由的接續詞：理由的接續詞係用以表示前頭所述的事情是原因或理由，因而發生了後頭所述的事情時所用的接續詞。例如：

始業の鐘が鳴つた。そこで教室へ入つた。
始業的鐘響了。因此就進教室了。

風が吹いて來たそれで花はすつかり散つてしまつた。
風吹來了。因此花全落了。

王先生の講演がまづかつた。それだから餘り聽講者に歡迎されなかつた。
王先生的講演不高明。所以不很爲聽講者所歡迎。

君も行くのか、それなら僕も行かう。
你也去嗎？那麼我也去吧。

近來印刷術の進歩は驚くべきものだ。隨つて新聞紙の發展は實にすばらしい。

近來印刷術的進步極爲可驚。隨而新聞紙的發展，實在可觀。

今回店員某を解雇しました。因つて爾後某と本店とは何等の關係もありません。

今回把店員某某解雇。因此自此以後，某和本店，沒有什麼關係。

昨夕家の犬が鳴き出しました。そうすると近所の犬が皆鳴き出しました。

昨夜我家的狗叫了。這一來附近的狗都叫了。

君はどうしても承知しないといふのか、それでは改めて君に言ふことがある。

你怎麼也不答應嗎？那麼我還有話告訴你。

『それで』『それだから』『それですから』『それでは』等例的『それ』，常常把牠畧去，而爲『で』『だから』『ですから』『では』等。

『そうすると』常常把『そう』畧去，而爲『すると』。

『それなら』常訛音爲『そんなら』。

口語的『接續詞』是譯自英語的 Conjunction 來的，兩者性質雖然很相似，唯英語的接續詞只能接續語(Word)・連語(Phrase)和節(Clause)而已，却不能接連文 (Sentence)，這是兩者最不同的一點。因爲英語的兩文之間，如果用接續詞加以接連，則牠們已都成了節，而不成其爲文了。所以英語中好些接續節的接續詞，在日語中可以用接續文的接續詞去代替。例如：

I learn English and Mathematics.（僕は英語及び數學を學ふ＝我學英語和數學）。［接續語的接續詞］

I go by train or by car.（私は汽車か又は電車で行く＝我坐火車或電車去）。［接續連語的接續詞］

This is strange; and yet the strangest is behind.（これも不思議だが、併し最も不思議な事が後に殘つて居る＝這個很奇怪，但是最奇怪的還在後面）。［接續節的接續詞］

I should be happy to take a hand; only I don't know the games.（一勝負やつて見たい。だが僕はその遊戲は知らないのだ＝我很高興加入一手，只是我不懂得玩法）。［英語爲接續節的接續詞，日語則爲接續文的接續詞］

He has faults; nevertheless we love him.（彼には缺點がある。それでも我々はやはり彼が好きだ＝他是有缺點的，可是我們還是喜歡他）。［英語爲接續節的接續詞，日語則爲接續文的接續詞］

英語的接續詞有兩大類：一爲『等位接續詞』(Co-ordinate Conjunction)，一爲『從屬接續詞』(Subordinate Conjunction）。等位接續詞，係用以接連文法上對等的語・連語和節的接續詞；從屬接續詞則係用以接連從屬節（Subordinate Clause）於主要節（Principal Clause）的接續詞。日語的接續詞，是相當於英語的等位接續詞的；至於日語中，並沒有從屬接續詞這一種接續詞，因為英語中從屬接續詞所擔任的功能，日語中是用『助詞』去擔任的。茲分別例示如下：

（1）等位接續詞：在英語中，等位接續詞，也是分為四種，恰恰相當於日語的四種接續詞：一，Cop-ulative Conjunction，相當於累加的接續詞；二，Alternative Conjunction，相當於選擇的接續詞；三，Adversative Conjunction，相當於反意的接續詞；四，Illative Conjunction，相當於理由的接續詞。茲舉例如下：

（A）Copulative Conjunction：用以表示結連。例如：

He is a poet and a novelist.（彼_{かれ}は詩人_{しじん}で且つ_か小說家_{せうせつか}だ＝他是詩人，而且是小說家）。

He has experience as well as knowledge.（彼_{かれ}は知識_{ちしき}があつてその上_{うへ}經驗_{けいけん}もある＝他既有知識，又有經驗）。

This book is both interesting and instructive.（この本_{ほん}は面白く_{おもしろ}もあり、又為に_{またため}もなる＝這書既饒興趣，又富敎訓）。

(B) Alternative Conjunction：用以表示選擇。例如：

You or he is mistaken.（君或ひは彼が誤つてゐる＝你或他是錯誤了）。

Can he speak English or French?（彼の話せるのは英語か將佛語か＝他能說的是英語還是法語呢?）。

Either he or his servants were to blame.（彼か若しくは彼の召使かが惡かつたのだ＝是他或者他的僕人可惡）。

(C) Adversative Conjunction：用以表示相反。例如：

The reasoning is just; but the premises are false.（推理が正しいが、併し前提が誤つてゐる＝推理雖然對，可是前提是錯了）。

This is a fault on the right side; still it is a fault.（これは善い方に失した缺點だ。それでも缺點に變りはない＝這個雖然是好方面的缺點，可是仍然是缺點）。

He does make promises, only he never keeps them.（彼は約束はする、但し履行はしない＝他承諾雖是承諾，只是不履行）。

(D) Illative Conjunction：用以表示推論。例如：

He speaks Japanese, so that he has no need of an interpreter. (彼は日本語を話します、それだから通譯の必要がありません＝他說日本話，所以沒有用通譯之必要)。

Man is mortal; Socrates is a man; therefor Socrates is mortal. (人間は死ぬ。ソクラテスは人間である。隨つてソクラテスも死ぬ＝人是要死的，蘇格拉底是人，所以蘇格拉底要死)。

It is time to go; let us start then. (行く時だ、それでは出發しよう＝是走的時候了，我們走吧)。

(2)從屬接續詞：英語中結連從屬節於主要節時，所用的是從屬接續詞，日語中則大都是用助詞。從屬節計有三種：一為『名詞節』(Noun Clause)，二為『形容詞節』(Adjective Clause)，三為『副詞節』(Adverbial Clause)。三種之中，結連形容詞節於主要節時，英語所用的是『關係代名詞』(Relative Pronoun)和『關係副詞』(Relative Adverb)，而不用接續詞，茲不說牠；剩下的兩種，雖都是用接續詞去連結，可是名詞節所用的很少，最多的是副詞節。茲分別例示如下：

(A)結連名詞節的接續詞：

I suppose that he will not come. (彼は來ないだらうと僕は思ふ＝我想他是不來的)。

Let us inquire whether he will consent. (彼が承諾するのか尋ねて見よう＝問問看他承諾不承

諸）。

I asked if his father was at home.（僕は彼に父が在宅かと尋ねた＝我問他，他的父親在家不在家）。

（B）結連副詞節的接續詞：

I must wait till he arrives.（僕は彼の着くまで待たなくてはならぬ＝我須等到他來）。［Time（時）的副詞節］

Since you say so, I must believe it.（君はさう云ふから僕はそれを信じなくてはならぬ＝因爲你那樣說，所以我不得不信）。［Cause（原因）的副詞節］

He iocked the door that no man might enter.（彼は誰も入らぬやうに戸に錠をおろした＝他鎖上門，爲的不讓人進去）。［Purpose（目的）的副詞節］

Suppose I see him, what shall I tell him?（彼に會つたとしたら何う話しませう＝如果見着他，教我怎麼說呢？）。［Condition（條件）的副詞節］

Though it may be so, I will not agree to it.（假令さうでも僕は承知しない＝就是那樣我也不答應）。［Concession（讓步）的副詞節］

The child talks as if he were a man.(この子供の物の言ひ振りは大人のやうだ＝這個小孩說話好像大人一樣)。[Manner(方法)的比較的副詞節]

I will try to ascertain the truth as far as I can.(出來るだけ眞相を確かめて見よう＝我想盡其可能探探眞相)。[Degree(程度)的比較的副詞節]

He ate so much that he made himself sick.(彼は食ひ過ぎて病氣になつた＝他吃太多了，自己找出病來)。[Effect(結果)的副詞節]

在日本語中，用接續詞的地方，並不怎樣多，這是因爲日語中好用助詞點綴於語句之間，有些英語中非用接續詞去接連不可的地方，日語却喜歡用助詞去應付，而不喜歡用接續詞。例如『猫和狗』這一句話，英語是說『A cat and a dog』，一定要用接續詞去接連，但在日語中，則與其用接續詞『猫及び犬』『猫並びに犬』去表示，毋寧用助詞『猫と犬』『猫に犬』去接連，較爲常用而自然。所以在日本語中，不但是用助詞去代表英語的從屬接續詞，還可以用助詞去代表英語的等位接續詞；這一點在我們初學的人，應該特別留意。玆舉出幾個可以擔任接續詞的功用的助詞如下：

(1)代替接續詞表示累加的助詞：

太郎と次郎は兄弟です。——太郎和次郎是弟兄。

松に竹に梅は冬の三友と云ひます。
松竹梅叫作歲寒三友。

ペンやインキを持つて來なさい。
請拿鋼筆和墨水來。

日本には火事だの地震だのと云ふ危險が多くあります。
在日本很有火災地震之類的危險。

(2)代替接續詞表示選擇的助詞：

ペンか筆かどちらかお使ひなさい。
鋼筆或毛筆都可以用。

紅茶なり珈琲なりを下さいませんか。
請給我紅茶或珈琲吧。

讀賣新聞でも朝日新聞でもどちらでも見せて下さい。
讀賣新聞也罷，朝日新聞也罷，那個都好，給我看看。

(3)代替接續詞表示反意的助詞：

急いで歸つたが間に合はなかつた。
趕快回去，可是趕不上。

非常に骨を折つたのに成就しなかつた。
非常費力，竟不能成就。

あれほど力めたものを人に誹られる。
那樣賣力氣，而竟挨罵。

(4)代替接續詞表示理由的助詞：

上野へ行つて博覽會を見ました。
到上野去看博覽會。

雨が降れば道が惡くなる。
一下雨路就壞。

親があるので遠方に行けない。
因爲有父母，不能到遠處去。

道が惡いから足駄で行かう。
因爲路不好，穿高齒屐去吧。

山へ登ると遠くが見えます。
一上山去，就可以看遠。

二、轉來的接續詞和熟語的接續詞：

本來的接續詞，爲數很少。大部分的接續詞是由別的品詞轉來或由熟語構成的，其中以由熟語構成的最爲多數。玆分述如下：

(1)轉來的接續詞：

(A)由副詞轉來者：

且　又　尙　即ち　但し

(B)由動詞轉來者：

及び

(2)熟語的接續詞：

(A)動詞+助詞構成的：

並びに　從って　因って　就いては

(B)名詞+助詞構成的：

故に　爲に　ところが

(C)副詞+助詞構成的：

かくて　若しくは　又は　併しながら

(D)其他種種的語構成的：

さうして　その上　さうすると　そこで(諸如此類)

轉來的接續詞和熟語的接續詞，在英語中也極普遍。例如：However, Now, Yet 等，是由副詞轉來的接續詞；After, Before, Till, Since 等，是由前置詞轉來的接續詞。至於熟語的接續詞，英文法叫作 Phrase Conjunction 也極常見。例如：As soon as, Even if, In case, In order that 等都是。

三、接續詞的送假名法：

接續詞雖也是沒有語尾變化之語，但因爲牠有時是用漢字寫的，所以在音讀和訓讀等關係上，仍然有加上送假名的必要。但最好還是盡量用假名去標寫，如用漢字書寫時、可以遵循下列原則。

（1）三音以上的接續詞，可用最後一音作為送假名添上。例如：

但し　併し　尤も　即ち　及び　又は　或は　故に

兩音的接續詞可以不用送假名。例如我們只寫『且』『又』『尚』便可，如寫為『且つ』『又た』『尚は』倒反累贅而不雅觀了。

（2）左邊各字，可照下開樣子標寫：

併しながら　若しくは　隨って　因つて　然らば　況んや

（3）左邊各字一類的接續詞，須用假名標寫：

さて　さうして　そして　それに　それから　けれども　ところが　それゆゑ　それで　それなら　そこで　さうすると（諸如此類）

第九章 助詞

一、助詞的意義：

助詞係附屬於別的單語──體言・用言・以及別的助詞等──之下，以表明上面的語句和下面的語句的關係的語。有少數的助詞則附接於語句或文的終端，添加某種意味於其上。例如：

鳥が鳴く（鳥啼）。　これは美しい（這個漂亮）。

的『が』『は』之類，各附屬於體言『鳥』『これ』，表明牠和下面的『鳴く』『美しい』這些語的關係。

歩きながら話す（一面走，一面說話。）　高ければ登れまい（如果高就爬不上）。

的『ながら』『ば』之類，各附屬於用言『歩き』『高けれ』，表明其和下面的語的關係。

子供にさへ出來る（連小孩也會）。　親類へだけ話す（只告訴親戚）。

的『さへ』『だけ』之類，各附屬於助詞『に』『へ』，表明上面的語句和下面的語句的關係。

君も行くか（你也去嗎？）。　行くとも（自然是去）。　行くもんか（那有去的道理？）。

的『か』『とも』『もんか』之類，係附屬於語句和文的末端，添加某種意味於其上。

助詞也是沒有語形變化的語，大都是屬於一音；雖也有兩音・三音・或三音以上的，却是少數。牠可以附添於名詞・代名詞・數詞，可以附添於動詞・形容詞・助動詞，也可以附添於別的助詞，表示上下的關係；又可以附在語文之下，添加某些意味。換言之，牠是無孔不入的，少了牠就說不了話，寫不了文章。牠雖然不能獨立表示意味，雖然只是個形式語，非添附於他語，不能發生作用；可是他在日本語中，有最大的功用，只有一個助詞之差，便可以使你說的日本語或寫的日本文，變成通或不通，變成好或不好；所以日本固有文法的研究，別的品詞都不發達，唯助詞這一部分，很早就有人致力，著作很多，可見日本人也極重視這一種品詞。至於外國人的我們研究日本語的時候，最感覺困難的，也是關於助詞的用法，如果把助詞弄通了，則其餘就可迎刃而解了；所以本書對於這一部分，特別置重，所費的頁數特別地多。助詞是日本語特有的品詞，如果只列了別的單語而不用牠去表明各語的關係，則意義不明；如果誤用了牠，有時不但意義不明，而且可以將原意顛倒。譬如我們只把『猫』『鼠』『つかまへる』三語列出：

猫鼠つかまへる

則牠的文意，是不明白的。但是如果我們加上『が』『を』兩個助詞進去，成爲：

猫が鼠をつかまへる(猫捕鼠)。

鼠を猫がつかまへる(猫捕鼠)。

則這些單語彼此間的關係便很明白，而文意也就清楚了。又如我們只把『甲』『乙』『打つ』三語列出：

甲乙打つ

則牠的文意也是不明白的。如果我們把助詞『が』『を』加進去，成爲：

甲が乙を打つ(甲打乙)。

則文意就明白了。但是如果我們把這兩個助詞的位置互相對換一下，成爲：

甲を乙が打つ(乙打甲)。

則文意便和前文完全相反了。由此可見助詞在日本語中功用之大，我們不可不特別研究。

爲求說明上的方便起見，通常是根據助詞的性質和用法，把牠分類研究。這種分類，各人有各人的見解，莫衷一是，大體說來，可歸納爲兩個系統：一是根據大槻文彥氏的說法，係由其所附屬的品詞的性質之不同而分的；一是根據山田孝雄氏的說法，係由其本身的職能和牠所表示的關係而分的。玆將兩者的分類列左：

(1)大槻文彥氏的分類法：

第一類：接連於體言的助詞。

第二類：接連於用言的助詞。

第三類：接連於各種語的助詞。

(2)山田孝雄氏的分類法：

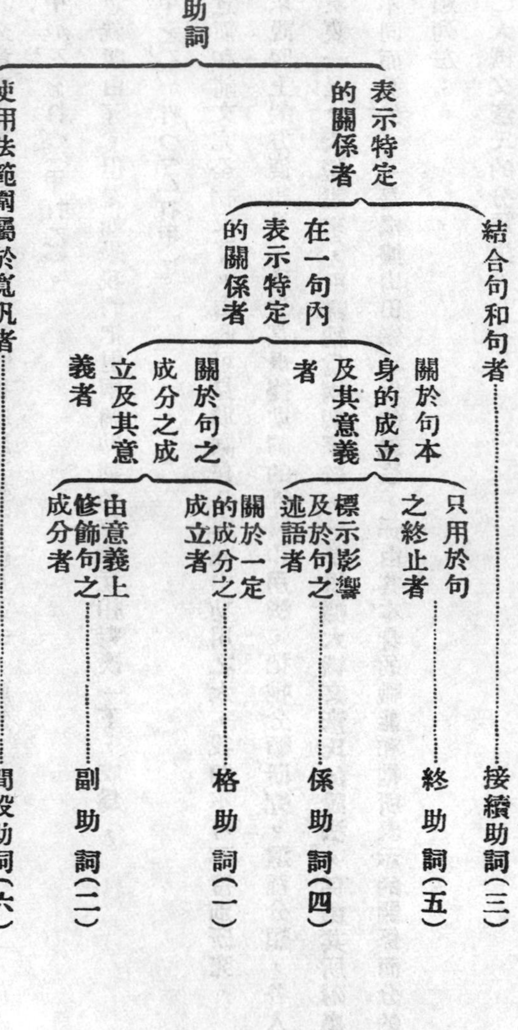

上述的兩種分類法，都很有人採用，作者認爲山田氏的分類法，在文法上最爲合理，所以本書仍之。

助詞的性質，雖有點像英語的『前置詞』(Prepositon)，唯不同的點也很多，例如關於牠們的位置．接續・職能諸點，都有很大的相異；而且日語的助詞，比英語的前置詞，範圍更廣，而用途也更大。至於要拿各個日語的助詞來和各個英語的前置詞比較研究，更是不可能之事，因爲日語中有些助詞，驟然看來，和英語的某些前置詞的意義，極其相似，可是實際運用起來，不吻合的地方很多。隨便舉一個例來說吧，譬如日語助詞中的『の』和英語前置詞中的『of』，意義上都相當於國語的『的』，原是表示『所有』的意思，照理說來，用法應該很相彷彿纔是，但是實際上却不然；好些英語用『of』的地方，日語不能用『の』去譯牠，而好些日語用『の』的地方，也不能用英語的『of』去翻譯。我們隨便各舉幾條例如下：

（1）英語用『of』而日語不能用『の』去翻譯的例：

I stood within ten paces of the gate.（僕は門から十歩ぐらゐの處に立つてゐた＝我站在離門十步的地方）。

Plants grow out of the earth.（植物は地から生える＝植物生自地中）。

He died of cholera.（彼はコレラで死んだ＝他因霍亂而死）

Pens are made of steel.（ペンは鋼鐵で作つた＝鋼筆是用鋼鐵作的）。

He may well be proud of his scholarship.（彼が學問を誇るのも尤もだ＝他誇他的學問是應該的）

I never heard of such a man.（そんな人のあることを聽いたことがない＝沒有聽見過有這樣的人）。

He was relieved of his office at his own request.（彼は願に依り職を免ぜられた＝他依願免職）。

I want to ask a favour of you.（あなたにお願ひしたい事がある＝我有點事求你）。

He was born of rich parents.（彼は富める家に生れた＝他生於富家）。

He is beloved of everybody.（彼はみんなに愛せられた＝他被誰都愛）。

（2）日語用『の』而英語不能用『of』去翻譯的例：

僕は英語の論文を書いてゐる（I am writing an essey in English.＝我正寫英文的論文）。

これは數學の本です（This is a book on mathematics.＝這個是數學的書）。

一番よい中學校の英文法の教科書はどれですか（What is the best text-book of English grammar for middle school?＝那一本是最好的中學的英文法教科書？）。

家の入口は此處です（The entrance to the house is here.＝屋子的入口是在這裏）。

先妻の子が二人ある（He has two children by his former wife.＝他有先妻的兩兒）。

彼は伯父のお氣に入つた（He is a favorite with his uncle.＝他爲他伯父所寵愛）。

師弟の關係は今は昔の様でない (The relations between master and pupil are now different from what they used to be. ＝師弟的關係，今非昔比了)。

由上舉的『の』和『of』的比較的一例看來，可以知道：要拿每一個日語的助詞來和英語的某一個前置詞比較研究，實在是繁瑣不堪，勞而無功的事；所以本書不做這一個工作，而注重於闡明各個日語助詞本身的種種用法；至於可以拿英語的前置詞來互相發明的地方，留在通達了日語助詞的用法之後，纔再說明。

二、格助詞：

格助詞係附屬於體言或其他之語，表明該語在文的成分上，占有怎樣的資格的助詞。這裏的所謂『格』，雖是英文法的『Case』的譯語，但意義却比牠來的廣。因爲英語的 Case 是以名詞爲基礎來表明牠對於別的語的一定的關係，而這裏所謂格，則除此意義之外，還表明牠在句的成分的成立上的一定的資格。例如表明這個體言是另外的體言的限定語，表明這個體言是用言的主語・補語・或修飾語；又用以附屬於副詞，以完成其意義。至於格助詞實際上職能，茲舉一個例表示如左：

水〇増す

右例句中的〇如果加上格助詞『が』，則這句成爲『水が増す』(水增加起來)，『水』這語對於『増す』，是處在『主語』的位置；但是換用另一個格助詞『を』加進去，則這句就成爲『水を増す』（加増起水來），而『水』這語對於『増す』，就變成處在『客語』的位置了。由此可見沒有助詞的『水〇増す』中的『水』的格，是不明瞭的，可是一加上『が』或『を』這些助詞，則馬上可以決定是屬於『主格』或『客格』。換言之，『が』和『を』這一類的助詞，有決定格的職能，這一類的助詞，就叫作『格助詞』。格助詞計有『が』『の』『に』『を』『と』『へ』『より』『から』『で』九個，玆分述如下：

（1）『が』的用法：

（A）附屬於體言，表明這個體言對於其下面表示叙述的語，立在主格。例如：

花が咲く。　花開。

頭が痛い。　頭痛。

雨が降つて居る。　雨正在下。

あの人が花を見て居ります。　那個人正在看花。

上面的『が』都是表明『文』中的『主語』；此外還有文章論上所謂『節』的『主語』，也同樣可以用『が』去表示。例如：

君が讀んでゐる本は何の本ですかね。　你念的書是什麼書呢？

風が吹けば頭が痛くなる。　風一吹，頭就痛。

(B)『が』所附屬的雖非體言，而可作爲準體言看的時候，則牠也和體言一樣，對於其下面的叙述語，是立在主格。例如：

早く行くがよい。　早去就好。

それはさうするがよい。　那樁事這樣辦就好。

子供の走つてゐるのがよく見える。　常常看見小孩跑。

(C)表示希望或其打消時，以及表示可能或其打消時，在慣用上，常可用『が』去代去替表示客語的助詞『を』，以表明其所附屬的體言，是立在客格。例如：

水が飲みたい。　想喝水。

本が讀みたくない。　不想讀書。

芝居が見られる。　戲可以看見。

川が渡られない。　河不能過去。

右例中的主語是畧去的，而『が』所附屬的體言，不可誤認爲主語，他們都是屬於客格，原該用『を』去承接，唯近來的標準語，已承認這種用『が』去承接的訛用，所以這種用法也在語法中取得地位了。

(D)附屬於體言，用以表示這個體言對於別的體言，是立在形容詞性的修飾格。這個用法的『が』猶如表示立在形容詞性的修飾格的『の』的用法，是用以表示所有或所屬。例如：

君が代(我皇的聖代)　我が國(我國)　鬼が島(鬼的島)　月が瀨(月瀨，係奈良縣下的古來的一個名勝，現時當地的人却把牠叫作『月の瀨』)

右例的用『が』表示修飾格的用法，係文言助詞『が』的一種用法，現代的口語已棄而不用了，唯古代遺留下來的幾個成語還把牠保留住。

(E)『が』還有一個用法，是用以表示接續，這應歸入下面的『接續助詞』項下再說，唯為提醒注意起見，先舉兩例如下：

昨日あの人の處へ行ったが不在だつた。　昨日到他的地方去，但是不在家。

何と云はれようが自分は構はぬ。　要被人家怎麼說，我是不管的。

(2)『の』的用法：

『の』在大體上說來，牠所具備的意義和職能，和『が』很相似。茲分別例示如下：

(A)附屬於體言，表示這個體言係立在主格。唯這個主格只適用於『節』中的主格，而這個節，又只限定於形容詞性的修飾節。例如：

雨の降る日は鬱陶しい。——下雨的日很鬱悶。

風の吹く夜は恐ろしい。——颳風的晚上很可怕。

あの二人のゐた頃は面白かった。——他兩人在的時候很有趣。

上例的『雨の降る』『風の吹く』『あの二人のゐた』等節，都是修飾體言『日』『夜』『頃』的形容詞性的修飾節；而『雨』『風』『二人』等，都是『降る』『吹く』『ゐた』的主語。但主語之下，不用格助詞『が』去承接者，是因這個主語所附屬的文的全體，乃是立在連體格的節；表示立在連體格的節的主語，大都是用『の』去代『が』的，但也可以用『が』而不用『の』。換言之，凡是用『の』去表示主語，則下面的述語，必定要用連體形。但是這個連體形之下的體言，有時可把牠畧去，有時可用另外一個『の』字去代替。例如：

(a)省畧體言之例：

色の黒い(畧去體言)は彼女の特色です。——色黑是她的特色。

あの人の難しい(畧去體言)には困る。——那個人的麻煩很難對付。

(b)用『の』去代替體言之例：

姉の立つの（此の係代替體言）を送りに參ります。
　來送姊姊出發。

時間の經つの（此の係代替體言）は早いものです。
　時間的經過是很快的。

（B）附屬於動詞・形容詞・助動詞的連體形，爲體言的代用。在這上面的語・連語・文等，對於這個『の』，都是立在連體格。例如：

多いのは唯鳥の聲である。
　多的只是鳥聲。

疑はれるのが困る。
　被疑就很討厭。

櫻の咲くのは春の末です。
　櫻花開是在暮春。

（C）附屬於體言，表明牠對於別的體言是立在形容詞性的修飾格。例如：

花の色　箱の中　誰の物　私の友達（我的朋友）　梅の花　海の歌　上の石　机の上

右例中『の』的下面的體言，常常把牠畧去。例如：

これは私の（　）ではない。
　這個不是我的。

赤いの（　）と白いの（　）とを混ぜて下さい。
　把紅的和白的混在一塊。

上の(　)は君の(　)で、下の(　)は僕の(　)だ。——上面的是你的，下面的是我的。

又有用另一個『の』字接續於這『の』字之下，以代替畧去的體言的。例如：

これは私ののです。——這個是我的。

早いのに乘りませう。——騎那個快的吧。

用『の』去表示牠的上面的體言是立在連體格的這一種用法，遇到上面的語不屬於體言而可以拿牠當體言看待的時候，也可以類推應用。例如：

遠くの家(遠地的家)。

父からの傳言(由父親傳來的囑咐)。

歸るまでの費用(到了回家止的費用)。

承知したとの事(所答應的事情)。

宜しいとの返事(答應好的回信)。

上例包括助詞『から』『まで』『と』諸連語，都是準體言。

(D)附屬於種種的品詞，表示同性質的事情的並列。例如：

活動の芝居のと毎晩出歩く。　電影啦，戲啦，每夜出去。

これのあれのと實にうるさい。　這個那個，實在囉嗦。

行くの行かぬのと惑つてゐる。　去呢？不去呢？疑而不決。

飲むの食べるのつてまるで餓鬼だ。　吃咯，喝咯，簡直是餓鬼。

高いの安いのと言つて少しも買はない。　說貴說賤，一點也不買。

良いの惡いのと不平ばかり云ふ。　好咧，壞咧，直說不平。

(3)『に』的用法：

『に』附屬於體言，表示其爲靜止的目標；又附屬於副詞一類的語，表明其立在用言的修飾格。

(A)附屬於體言的例：

(a)對動詞表示目標：

(い)表示動作·作用的自出或歸着的目標：

子が親に似る。　兒子像父母。

馬は牛に勝る。　馬勝過牛。

父が財産を子に讓る。　父讓財產於子。

私はこの事をあの二人に話してやる。　我把這事告訴他們二人。

机に本をのせる。　把書放在机上。

(ろ)表示承受受身作用的目標：

母が子に泣かれる。　母爲子哭。

病に惱まされる。　爲病所惱。

馬に蹴られた。　爲馬所踢。

犯人が警察に捕へられた。　犯人被警察抓去。

(は)表示使役作用所歸着的目標：

敎師が生徒に課業を受けさせる。　敎師使學生受課。

主人は女中に着物を洗はせた。　主人使女僕洗衣裳。

どうか彼に成功させたいものだ。　總希望使他成功。

(に)表示動作作用的原因：

不景氣に弱つてゐる。　因市面不振而感困難。

生活問題に困つてゐる。　困於生活問題。

腹の痛いのに苦しむ。　苦於腹痛。

聞かれるに惱む。　因被聽見而煩惱。

(ほ)表示動作作用的結果：

病氣になる。　得病。

湯が水になる。　開水成了冷水。

櫻も青葉になつた。　櫻也長了青葉。

あの人は息子を官吏にします。　那個人使他兒子做官。

(へ)表示動作的目的。這種用法，大抵是附屬於由動詞的連用形所構成的準體言。例如：

花見に出かける。　出去看花。

知らせに來た。　來通知。

公園へ遊びに行つた。　到公園去玩。

圖書館へ參考書を搜しに行きます。　到圖書館去找參考書。

(と)表示動作作用所存在或所施行的時間：

午後六時に神戸を立つた。　在午後六時離神戸。

今朝九時に卒業式があつた。　　今朝九時有畢業典禮。

いつも秋になると持病が起る。　　一到了秋天，舊病就起。

夕方までに出來ませうか。　　到了晚半天能做成嗎？

(ち)表示動作作用所存在或所着落的場所：

東京に住む。　　住在東京。

父は今大阪に居ります。　　父親在大阪。

三ケ所に幕を張つてあります。　　張幕於三個地方。

軍隊は敵前に進む。　　軍隊進到前敵。

(り)對主語表示尊敬之意：這是一種特別的用法，大都有『は』或『も』附添於其下。例如：

皇太子殿下には今日美術展覽會に行啓遊ばされます。　　皇太子殿下今天行啓於美術展覽會。

主席には開幕式に臨席された。　　主席臨席於開幕典禮。

奥様にもおいで下さい。　　也請太太來。

先生にも御出席なさいまし。　　希望先生也出席。

(b)對形容詞表示目標：

(い)表示場所：

學校は山に遠い。　學校離山遠。

熱海は海に近い。　熱海近海。

圖書館に近い處に住みたい。　願意住離圖書館的近邊。

(ろ)表示對比或類同的目標：

それの顔は狐に近い。　那個人的臉像狐。

AはBに等しい。　A等於B。

(c)對於體言表示在某事物之上再添加別的事物，再轉而用以表示並列：

(い)表示添加：

月に叢雲、花に風。　月遇叢雲花遇風(好事多魔)。

弱り目に祟り目。　倒霉加上災難(禍不單行)。

(ろ)表示並列：

子供に女に年寄だけだ。　只有小孩和女子和老人而已。

貴君に私にこの方にすべて三人です。——你和我和這位，通共三人。

(B)附屬於副詞或對於別的用言立在修飾地位的語的例：

(a)附屬於副詞以確定其修飾地位：

ありのままに言ひなさい。——請依事實說來。

美事に出來ます。——做得很好。

丁寧に字を書く。——仔細寫字。

(b)附屬於動詞的連用形，表示其爲動詞的修飾格。在這種用法中，大概是用同一的動詞疊置於其上，以加强其意味。例如：

ひた走りに走つて來た。——一直跑來。

待ちに待つてゐました。——等了又等。

揃ひに揃つて立派な人々である。——整整齊齊盡是很好的人物。

此外還可以附屬於互相重疊的兩個連用形，也是用作動詞的修飾格。例如：

思ひ思ひにでかける。——左思右思地出去。

別れ別れになつて見物に行つた。——分成三三五五，去看光景。

(c)附屬於用言的連體形，表示其爲用言的修飾格。在這種用法中，大都是用同一的用言疊置於其上，而且在『に』之下，常常加上『は』，以加强其意味。例如：

言ふに言はれぬ程綺麗だ。　　形容也形容不出地漂亮。

泣くに泣かれず、實に困つた。　　連哭都無從哭起，實在糟糕。

買ふには買ふがもつと負けないか。　　買雖要買，不能再賤一點嗎？

安いには安いが、何しろ品が惡い。　　便宜雖便宜，總是品質不好。

書かせるには書かせたが、さつぱりなつてゐない。　　讓寫雖已讓寫，可是簡直不成東西。

(4)『を』的用法：

『を』接續於體言，表示其爲動詞的動的目標。其用例大畧可以分成下列三類：

(A)表示他動詞的客語：

太郎が本を讀んでゐます。　　太郎讀書。

私は彼等三人を呼びました。　　我叫他們三人。

君は何を研究してゐるのか。　　你研究什麼？

『を』不但可以承接體言，還可以承接代替體言的『の』。在這種情形之下，『の』仍然保持着他的格助詞的職能，例如：

あなたのを貸して下さい。　把你的借我。

父の歸るのを待つてゐます。　等着父親回來。

箱の中にあるのを持つて來なさい。　請把箱裏的拿來。

寒いのを辛棒して聞いて居た。　忍着寒聽。

(B)表示自動詞的動作的起點，或其所施行的場所：

明日東京を去ります。　明天離去東京。

早く山を下りませう。　快點下山吧。

門を入るとすぐ應接間です。　一進門就是客廳。

鳥が空を飛んでゐます。　鳥在空中飛。

子供が庭をかけまはつてゐます。　小孩在院裏轉圈跑。

(C)表示自動詞的使役作用的目標（彼使役者）：

母が子を眠らせる。　母使子睡。

子供が犬を走らせる。——小孩讓狗走。

教師が生徒を退場させる。——教師使學生退場。

表示他動詞的客格的『を』，常可以在其底下再加上助詞『ば』，以表示强意。例如：

父母の恩をば忘れるな。——不要忘記父母的恩。

人の惡口をば言ふな。——不要說人的壞話。

表示他動詞的客格的『を』，如遇到下面的他動詞是接連着表示存在時的補助動詞『てある』的時候，則在慣用上，常許容其用『が』去代『を』。例如：

壁に繪が掛けてある。——壁上掛有畫。

（比較：壁に繪を掛ける）——（掛畫於壁）

屋根の上に旗が立ててある。——屋頂上立着旗。

（比較：屋根に旗を立てる）——（立旗於屋頂）

（5）『と』的用法：

『と』附屬於體言或準體言，通常是用以表示其對於下面的用言，立在副詞性的修飾格。

（A）將兩個以上的事物，放在並列的位置，用以表示列舉。例如：

京都と奈良とへ旅行した。　　到京都和奈良去旅行。

每月中央公論と改造とを讀んでゐます。　　每月讀中央公論和改造。

安いと高いとで賣行が違ふ。　　賤的和貴的銷路不同。

聞くと見るとは大變違ひます。　　聽到的和看到的大不相同。

右列的用法，『と』對於下面的語言，並沒有賦予副詞性的修飾格的功用，牠只執行把所連結的語弄成一團的任務。至於『と』所附屬的體言立在什麼格，還須看『と』以外的助詞之如何而定。若單指到用『と』去連結的各單語間的關係，則可稱牠為並列格。

表示並列格時，本來在每個體言之下，都應附上格助詞『と』，唯現時的慣例，如果不至於使人發生誤解，則最後的一個『と』，可以畧去。例如：

宗教と道德の關係を研究する。　　研究宗教和道德的關係。

京都と大阪と神戶に用事があるのです。　　在京都大阪和神戶都是有事。

在上兩例中的『道德』和『神戶』之下，原應有個『と』去表示，但因為畧去並不礙事，所以習慣上是容許其畧去的。可是下列的例，因為畧去了『と』，便可以有兩岐的解釋，則以不畧去為是。例如：

史記と漢書の列傳を讀みなさい。

這個畧去『と』的例子，可以發生下列兩種解釋：

(a)史記と漢書との列傳を讀みなさい(請讀史記的和漢書的列傳＝兩書的列傳)。

(b)史記と漢書の列傳とを讀みなさい(請讀史記和漢書的列傳＝整部史記和漢書的列傳)。

這兩種解釋，意思相差很遠，所謂失之毫厘，謬以千里，在這種情形，就以不畧去最後的『と』爲是。

(B)表示和他語共同一塊，而對於下面的用言，則立在副詞性的修飾語。例如：

子供が母と寢てゐます。	小孩跟母親睡覺。
私は妹と一緒に出かけます。	我跟妹妹一塊出去。
後でゆつくり君と相談したい。	希望將來慢慢和你談。
あれはこれと同じである。	那個是和這個一樣。
甲は乙と等しい。	甲等於乙。

(B)所表示的共同和(A)所表示的並列，兩者意義不同，不可混同爲一。因爲(A)所表示的是對等關係，而(B)所表示的則爲主從關係。茲對比如下：

子供と母とが寢てゐます(小孩和母親兩人都睡覺。『子供』和『母』是立在對等關係，是表示並列)。

子供が母と寢てゐます(子供同着母親睡覺。『子供』和『母』是立在主從關係，是表示共同)。

(C)指定事物，對於下面的用言，立在副詞性的修飾格。這個用法，依據山田孝雄氏的意見，可以分成下面五種：

(a)表示變化生成的目標：

雀が蛤となる。——雀化爲蛤。

黃が赤と變る。——黃變爲紅。

(b)表示比喻的目標：

あれは私の手足と恃んでゐる人間だ。——他是我恃以爲手足的人。

借金は山と積み上げた。——債務山積。

(c)表示思想上的對象：

さうだらうと思ふ。——想是這樣。

私はあの人が豪傑と見える。——我看他是豪傑。

(d)表示事物的名目：

鈴木と云ふ人が來た。——叫作鈴木的人來了。

子供の名を太郎と付けた。　　把小孩的名叫作太郎。

(e)表示引用的語句：

そこかここかとむやみに探します。　　「那邊吧，這邊吧」亂找一下。

なるほど日本一の景色であると感心しました。　　「眞是日本第一的風景」，讚嘆地佩服。

以上五種區別，是因着下面的用言的語彙意義之不同而分的，其實五種例中的「と」，都是表示上面的語句，立在副詞性的修飾語，性質完全相同，雖不細分，並無不可。

(D)附屬於表示事物的情態的語句之下，確示其立在副詞性的修飾語的地位，並在觀念上加强其修飾的程度。例如：

僕は斷然とやれる。　　我斷然辦得到。

こまごまと話をする。　　細細地說。

つくづくと眺める。　　仔細地注視。

輕輕と差し上げる。　　輕輕給與。

此外還可以附屬於重疊的連用形，對於下面的用言，立在副詞性的修飾格。例如：

散り散りとなつた。——成了散散漫漫。

ありありと見える。——清楚地看到。

(E)茲把前述的『に』和『と』的異同關係，比較一下，也是很有益的一個研究問題。

(a) ありと有らゆるもの＝所有的東西。(表示外面的範圍)。
雨が降りに降る＝雨下了又下。(表示內面的範圍)。

(b) 水が湯となる＝水成爲開水。兄とあがめる＝尊之如兄。(是相對的，有故意的樣子的地方)。
水が湯になる＝水成爲開水。兄になる＝做了哥哥。(是絕對的，有自然的樣子的地方)。

(c) 人生を夢と見る＝把人生看成夢。(把非夢的人生，比作夢看待)。
友達を夢に見る＝在夢中看到朋友。(以朋友爲夢中的材料，朋友和夢互相調和)。

(d) 人と語る＝和人說話。(說話的人和『人』是對等的)。
人に語る＝告訴人話。(說話的人是主，他對『人』發動行動)。

(e) 月と花＝月和花。三と二を加へる＝加上三和二。(對等關係)。
月に叢雲＝月加了整片雲。三に二を加へる＝三加上二。(主從關係)。

(f) 十時と五分。（十時五分。十時和五分兩者對等相加）。
　　十時に五分。（十時差五分。十時是主，五分是從，表示不足）。

(g) 花が雲と散つた＝花如雪地落。（把非雪的花當作雪看）。
　　花が風に散つた＝花爲風所吹落。（表示花被風所吹，以致落下）。

(6)『へ』的用法：

『へ』附屬於體言或準體言，對於下面的用言，立在副詞性的修飾格。『へ』讀成『ェ』音，通常用以表示動作所進行的方向，有時用以表示其歸着的地位。茲分述如下：

(A)指示動作進行的方向：

父は關西の方へ出かけて留守です。　父親到關西方面去，沒有在家。

どちらへ行けばいいのでせうか。　到那裏去好呢？

君の近くへ引越したい。　想搬到你的附近去。

(B)用以代替『に』，表示動作的歸宿：

箱へ詰める。　裝到箱裏去。

財産を子へ讓る。　把財產讓給兒子。

これは僕へ下さつたのです。——這是給我的。

あの二人へよく話してやつて下さい。——好好替我告訴他們兩個。

『に』字和『へ』字，在文言中分別得很淸楚：『に』是表示一定的『時』和『場所』的助詞，『へ』則只是表示『方向』的助詞；但在口語中，兩者常常混用，不加分別。其實仔細研究起來，兩者也有分別。例如左列各對，雖似同意，其實各有所偏重：

席に着く。　机に載せる。　父に頼む。
席へ着く。　机へ載せる。　父へ頼む。

用『に』的例，是以歸着的場所爲主，而不是以進行作用爲主；反之，用『へ』的例，則是以由他方進行運動而來的作用爲主，而不以場所爲主。由此看來，凡是對進行的意義加以强調的時候，則須用『へ』，而不用『に』；反之，不把進行的意義加入於思想中的時候，則不能以『へ』去代替『に』。

(7)『より』的用法：

『より』係用以表示動作或比較的基準，牠可以把其所附屬的語，有時作爲副詞性的修飾語用，有時作爲形容詞性的修飾語用。玆分述如下：

(A)表示動作的基準：

音樂會は午後一時より始まります。　音樂會由午後一時開始。
この品は大阪方面より參りました。　這個東西是由大阪方面來的。
病は口より入り、禍は口より出る。　病從口入，禍從口出。

右例的用法，係由文言的『より』，轉用於口語中者；『より』所附屬的語，對於下面的語，是個副詞性的修飾語。

（B）表示比較的基準：這種用法，常在『より』之下，加上『も』『は』『か』。例如：

乙より（も）甲の方がよい。　甲比乙好。
花より（は）團子がいい。　與其看花，不如吃湯團好。
細いより（か）太い方がよい。　粗的比細的好。
君は僕より遙かに背が低いよ。　你比我矮得多。
富士山より新高山の方が高い。　新高山比富士山高。
本を讀むより考へる方が好きだ　好思想甚於好讀書。

右例的用法，『より』所附屬的語，對於下面的用語，也是執行副詞性的修飾語的任務。這種用例的述語，大都是用形容詞或形容動詞，但也有用動詞的。例如：

父より母の方がよく眠ります。　　母親比父親睡得好。

大阪より東京の方が騷いだ。　　東京比大阪鬧。

(C)表示爲體言的基準：

三十圓より以上は受取りません。　　三十元以上是不收的。

八時より後にお越し下さい。　　請在八時以後來吧。

門より外に集つて貰ひたい。　　希望在門外集合。

右例中的『三十圓より』『八時より』『門より』等語，對於『以上』『後』『外』等體言，都是屬於形容詞性的修飾語。在這種用法中，如果被修飾的體言是『外』這一個語，則『外』這一個語，往往被省略掉。用『外』接於『より』時，則下面一定要用否定的助動詞承接，表示『除○○以外，沒有了』，換言之，則爲表示『僅僅』『只有』等意。例如：

新聞は朝日新聞より(外)取つて居ません。　　新聞只訂朝日新聞而已。

友人は一人より(外)ありません。　　只有一個朋友。

ほん物とより(外)思はれない。　　只能想牠是眞貨。

參考書が一冊より(外)ない。　　參考書只有一本。

（8）『から』的用法：

『から』係用以表示動作作用的起點，使牠所附屬的語立在副詞性的修飾語，或形容詞性的修飾語的地位。例如：

（A）表示動作作用的起點：

昨日田舍（いなか）から出て參（まゐ）りました。　　昨天從鄉下來的。

自動車（じどうしや）から轉（ころ）げ落ちた。　　由汽車掉下來。

仕事（しごと）が濟（す）んでから出（で）かけませう。　　事情完了再出發吧。

これから何處（どこ）へ行くのか。　　以後要到那裏去呢？

何歲（なんさい）ぐらゐから一人（ひとり）で出來（でき）ますか。　　由幾歲起，可以一個人做呢？

酒（さけ）は米（こめ）から造（つく）る。　　酒是用米造出來的。

香水（かうすゐ）を花（はな）から取（と）る。　　由花中取出香水。

競技會（きやうぎくわい）は明日（あす）から始（はじ）まります。　　競技會自明日開始。

右例所用的『から』，雖然所表示的有的是『空間』，有的是『時間』，有的是『出自』，各有所不同，但都可以說是表示動作的起點；而且對於表示動作作用之語，也全是立在副詞性的修飾語的地位。

(B)對於體言表示起點：

角から三軒目が私の家です。　　拐角第三家是我的家。

事件の起りは四月から以後のことです。　　事件的開始是自四月以後的事情。

此處から東は大阪市です。　　自此以東是大阪市。

五十頁から後を省略する。　　自五十頁以後省略掉。

三階から下に賣店を設ける。　　自三樓以下開設賣店。

あの山から向かふは縣が違ふ。　　自那山對過，縣就不同。

右例中的『から』，雖和(A)項一樣，也是表示起點，但牠的底下有體言，而『から』所附屬的語，對於這個體言，是立在形容詞性的修飾語的地位。

此外『から』還有一種用法，是用以表示構成原因的條件，唯這種用法，通常把牠歸入接續助詞，幷非格助詞，不要混而爲一。例如：

仕事が濟んだから歸ります。　　事情已完，所以回去。

私は讀むから聞いて入らつしやい。　　因爲我要念了，請聽一聽。

(9)『で』的用法：

『で』係用以表示動作作用所施行的場所・時限・所由・工具・材料・原因等等；使牠所附屬的語

立在副詞性的修飾語的地位。例如：

（Ａ）表示動作所施行的場所：

毎日工場（まいにちこうぢやう）で働（はたら）いてゐます。　　毎天在工場工作。

ここで一（ひ）と休（やす）みしませう。　　在這裏憩一憩吧。

どこかで見（み）たやうな顔（かほ）だ。　　好像在那裏見過的臉。

彼（かれ）は大阪（おほさか）で生（う）れて東京（とうきやう）で育（そだ）つた。　　他出生於大阪而養育於東京。

（Ｂ）表示動作所施行的時限：

この本（ほん）は三日間（みっかかん）で讀（よ）めます。　　這本書三天可以讀完。

この仕事（しごと）は一月（ひとつき）で完成（くわんせい）する。　　這椿事一月完成。

戰爭（せんさう）は三年（さんねん）で止（や）めた。　　戰爭三年停止。

後（あと）でお話（はな）し致（いた）しませう。　　將來告訴你吧。

（Ｃ）表示動作所用的工具或材料：

ペン一本（いっぽん）で暮（く）してゐます。　　靠着一枝筆過日子。

鄭重な手紙は毛筆で認めるがよい。
急ぐから飛行機で行かう。
バタは牛乳で拵へる。
石ばかりで造つた家がある。

鄭重的信用毛筆寫纔好。
因爲很忙，坐飛機去吧。
黃油是由牛乳做的。
有只用石造的房屋。

(D)表示動作的原因和緣由：

他人の事で心配する。
只今選擧で大騷ぎなんです。
俄雨でひどく濡れた。
何やかやですつかり弱りました。

爲別人的事發愁。
現時因選擧而大熱鬧。
因驟雨淋得很厲害。
因這個那個弄得沒有辨法。

此外還有同是一個『で』，而不是格助詞的『で』，非特別注意不可。例如：

(A)形容動詞的語尾的『で』：

天氣も穩かで、氣候ものどかだ。
北平は靜かで、天津は賑かだ。

天氣平穩，氣候溫和。
北平淸靜而天津熱鬧。

右例中的『で』，係形容動詞『穩かだ』『靜かだ』的中止形的語尾，和格助詞的『で』完全不同。

(B)指定助動詞的『で』：

これはペンで、われは筆だ。　這是鋼筆，那是毛筆。

こちらのが山で、あちらのが川です　這邊是山，那邊是河。

右例中的『で』，係指定助動詞『だ』『です』的連用形表示中止時的活用形，自然不是格助詞。

(C)接續助詞的『て』因受動詞的音便的影響，而變成濁音的『で』：

呼んで來い。　叫他來吧。

漕いで行つた。　划去了。

本を讀んでゐる。　正在讀書。

死んでしまつた。　死了。

右例中的『で』，原是接續助詞『て』，因受了上面的動詞的連用形的音便的影響，所以變成濁音『で』，自然也不是格助詞。

三、副助詞：

副助詞是一種帶有相像於副詞的意義和職能的助詞。牠附屬於和用言的意義有關係的語詞之下，和上面的語詞連成一體，以修飾限定用言的意義・屬性爲主要的任務。

副助詞能够用他本來個有的意義去帮助一切的格助詞。用副助詞去帮助格助詞的時候，副助詞有時在格助詞之上，有時在格助詞之下。例如：

(一)副助詞在格助詞之下的例：

他人に(格)まで(副)迷惑をかける。	連別人也添了麻煩。
彼を(格)ばかり(副)責める。	責備他一個人。
何處へ(格)やら(副)なくした。	在什麼地方丟了。
火で(格)など(副)温める。	用火之類熱一熱。

上列各例，是先用格助詞去規定了體言的資格，然後再用副助詞去修飾體言所立的資格上的意義。

(二)副助詞在格助詞之上的例：

他人まで(副)に(格)迷惑をかける。	麻煩到別人去。
彼ばかり(副)を(格)責める。	老是責備他。
何處やら(副)へ(格)なくした。	丟到什麼地方去了。
火など(副)で(格)温める。	用火之類熱一熱。

上列各例，因爲副助詞比格助詞較近於體言，所以牠的功用側重於帮同體言，修飾下面用言的意

義。這種用法，和(一)的用法，差別極爲微妙，只可在其語感上加以體會。

副助詞本來的意義的表現方法，還可因其所連續的格助詞之不同，而發生差異，由下各例，可以看出。

(一)接續在格助詞『の』之上的副助詞：

こればかりの事。　老是這些的事情。
東京までの旅行。　到東京的旅行。
洋行などの計畫。　出洋等等的計畫。
何やらの用件。　某樁事情。
ここだけの話。　只有這些的話。
三圓ぐらゐの品。　三圓左右的東西。

右例中的副助詞，連同牠上面的語詞，構成下面的體言的形容詞性的修飾語。這是因爲這些副助詞，都是連同了牠所附屬的體言，共同承受格助詞『の』的支配的緣故。

(二)接續在格助詞『が』之上的副助詞：

議論ばかりが盛んであつた。　老是議論充盛。
老人までが怒り出した。　連老人也生起氣。

君なぞが來る所ではない。

誰やらが來るやうです。

試驗だけが苦痛です。

試驗ぐらゐが何です。

右例中格助詞『が』，是支配着上面的體言連同牠所接續的副助詞的。底下所舉的各種格助詞，也沒有不是把體言和副助詞一樣支配的。

(三)接續在格助詞『を』之上的副助詞：

自分の事ばかりを考へてゐる。

他人までを仲間に入れた。

果物なぞを持つて來ました。

彼は何やらを賴りと探してゐる。

專門の事だけを研究しなさい。

この仕事には一年ぐらゐを要する。

(四)接續在格助詞『に』之上的副助詞：

不是你們來的地方。

好像是誰來了。

只有試驗痛苦。

試驗這種事有什麼？

只是考慮着自己的事情。

把他人也拉進黨裏來。

把水果等等拿來。

他老是找什麼東西。

請只研究專門的事情。

這椿事需要一年左右。

麻雀ばかりに耽つてゐる。　老是熱中於麻雀。

學者などになつても仕方がない。　就是成了學者也沒有辦法。

誰やらに貸したと思ふ。　想是借給誰了。

姉だけに話しておきました　只告訴了姉姉。

負けても三等ぐらゐになれよう。　就是輸了，也還可以成個三等

接續在其他的格助詞之上的副助詞，都可以由右邊諸例，加以類推。

副助詞可以用牠本來固有的意義去帮助一切的格助詞，已如上述；牠還可以更進一步，用其本來固有的意義，去做格助詞的代理，下列各例，都是其例：

彼は毎日本ばかり（『を』的代理）讀んでゐる。　他每天老是念書。

雨の上に風まで（『が』的代理）吹いて來た。　雨的上面，再颳上風。

君など（『を』的代理）卒業させない。　不讓你們畢業。

誰やら（『が』的代理）來たやうです。　好像是誰來了。

蜜柑は止めて林檎だけ（『を』的代理）買はう。　蜜柑不買，買蘋果吧。

又副助詞已如前述，是含有副詞的意義的，牠除却可以附屬於副詞之下帮助其意義以外，還可以附屬

於體言或用言，構成副詞性的修飾語。例如：

(一)副助詞附屬在副詞之下，兩者連成一體，構成副詞性的修飾語之例：

お金を少しばかり下さい。　請給一點錢。

どうかもう暫らくだけお待ち願ひます。　請你再爲稍等一下吧。

暫らくぐらゐお待ち致しますとも。　稍等一下自然可以等。

(二)副助詞附屬在體言之下，兩者連成一體，構成副詞性的修飾語之例：

三日ばかり猶豫して貰ひたい。　請讓猶豫三天。

來月の初めまで延ばさう。　延長到來月的初旬吧。

誰やら見當がつかぬ。　到底是誰總猜不透。

五人だけ人間が殖えた。　多出了五個人。

休暇ぐらゐ樂しい時はない。　沒有像放假那麼快樂的時候。

(三)副助詞附屬在用言之下，兩者連成一體，構成副詞性的修飾語之例：

明日完成するばかりになつた。　明日纔可完成。

雀は死ぬまで囀つてゐる。　雀到死還是叫喚。

泣くやら叫ぶやらまるで地獄です。　哭咧，叫咧，簡直是地獄。

彼は儲けるだけ使ってしまふ。　他儘他賺的都用了。

死ぬぐらゐ毆られた。　被毆幾死。

副助詞還可以附屬於構成文的述語的體言或用言之下，作爲述語的一部分。例如：

弱つてゐるのは私ばかりです。　沒有辦法的只我一人。

採用されるのは何歳までですか。　被採用的是限到幾歲呢？。

持つて來たのは辨當などだ。　拿來的是飯包之類。

詳しく事情を知つてゐるのは巡査ぐらゐだ。　知道詳細事情的，只是巡警之流。

由了上面各節的敍述，副助詞的特質，大體可以明白了。茲再將屬於副助詞的各個助詞的意義和用法，分別闡述如左：

(1)『ばかり』的意義和用法：

『ばかり』係對於事物的狀態・數量等，表示限制範圍所用的。牠可以用牠的意義去修飾下面的用言的意義，又可以構成敍述語的一部分。例如：

休暇中私は晝寢ばかりしてゐた。	放假中我總是晝寢。
毎日雨ばかり降つてゐる。	每天老是下雨。
讀むばかりで考へなくちや駄目だ。	只讀書而不思索，是沒有用的。
普請はもう出來上るばかりになつて居ます。	建築剛剛完成。
魚が五匹ばかり釣れた。	釣了五條魚。
金が三百圓ばかり入用です。	需要三百左右圓。
人數は凡そ百人ばかりだ。	人數約百人。
丈が高くて頭が屋根へ屆くばかりだ	身體很高，頭幾乎碰到屋頂。
病氣はだん〱惡くなるばかりです。	病老是越來越不好。

（2）『まで』的意義和用法：

『まで』通常有兩種用法，一爲表示動作作用的達到點——卽動作所及的範圍；一爲表示在原來旣存之事物上，有所增加。這一個助詞，由第一種用法看來，牠和『から』性質差不多，因爲『から』是表示動作的起點，而『まで』則和牠相應，係表示動作的達到點，所以似乎也可以歸入格助詞；但由第二種用法看來，牠是用以修飾下面的用言的意義的，故以歸入副助詞爲適當。例如：

(A)表示動作作用的達到點之例：

今日まで待つて居るのにまだ來ない。　等到了今天，還是不來。

生徒は五十人まで入學させます。　學生可以使他們人學到五十人。

外でも聞えるまで喚鳴つてゐた。　嚷到外邊聽得到。

人に笑はれるまで馬鹿な眞似はするな　不要傻到讓人家笑話。

會は九時までに濟みます。　會到九點就完。

東京までの旅費を貰つた。　領受了到東京的旅費。

又『まで』這個字，常常和格助詞『から』相對而用。例如：

朝から晩まで働いた。　自早工作到晚。

起きるから寢るまで勉強してゐる。　自起床用功到睡覺。

十八歳から二十歳まで應募出來る。　自十八歲到二十歲可以應募。

上海から南京まで歩いて行つた。　自上海步行到南京。

ぴんからきりまで西洋の話だ。　自始至終盡講的西洋事情。

(B)表示在原來既存之事物上，有所增加之例：

年寄まで騒ぎ出す。　　連老人也鬧起來。

花も美事なのに、實まで結構だ。　　花既好，實也佳。

風が出たばかりか空合まで怪しくなつて來た。　　豈但颳風，連天氣也靠不住起來。

愈々駄目なら絶交しようとまで思つてゐました。　　如果沒有辦法，甚至於想和他絶交。

公式までを忘れるそうでは數學の進步は覺束ない。　　如果連公式也忘掉，要想數學進步是不成的。

(3)『など』的意義和用法：

『など』常用漢字『等』字去充用，通常以為用以表示複數，但據山田孝雄氏的研究，則以為牠並不是表示複數，而是用以表示例示，舉一例以示還有其他類似者之存在，有國語『之類』『之流』的意思，和表示複數的『ども』並不相同。我們比較下列兩例的意義，就可以明白了：

私などはそんなことございません。　　我這種人沒有那樣的事。

私どもはそんなことございません。　　我們沒有那樣的事。

前例以自己為代表，用以例示，有些傲慢不遜之感；後例則將自己包括於眾人之中，謙讓得多，在這比較之下，可以體出表示例示的『など』和表示複數的『ども』不同的地方了。『など』的用例，分

舉如下：

（Ａ）用以代理表示主格的格助詞：

もう雪<rt>ゆき</rt>などありませんよ。　　雪已經沒有了。

道<rt>みち</rt>など惡<rt>わる</rt>いものか。　　路是不好嗎？

（Ｂ）附在格助詞之下：

東京<rt>とうきやう</rt>へなど決<rt>けつ</rt>して參<rt>まゐ</rt>りません。　東京那種地方絕不去。

馬車<rt>ばしや</rt>になど乘<rt>の</rt>つて行<rt>ゆ</rt>きます。　坐馬車之類去的。

風呂敷<rt>ふろしき</rt>でなど包<rt>つつ</rt>まないで下<rt>くだ</rt>さい。　不要用包袱等類去包，

（Ｃ）附在格助詞之上：

役所<rt>やくしよ</rt>などの勤人<rt>つとめにん</rt>でせう。　是衙門之類的職員吧。

刃物<rt>はもの</rt>などを振<rt>ふ</rt>り廻<rt>まは</rt>してはいけない。　不要要玩利器等物。

友達<rt>ともだち</rt>などに話<rt>はな</rt>してはいけない。　不要告訴朋友等人。

(D)用以表示語句之引用，用法和『と』相似，而且常和『と』連用：

恐しいなどと言つて行かない。　　說是很可怕，就不去。

私は決して知りませんなどと言つてゐました。　　我說絕不知道。

行くの行かないのなどと迷つてゐる。　　去呢？不去呢？想不出主意來。

(E)附屬於用言的活用形：

本を讀みなどしてだん〳〵分つて來た。　　把書讀讀就漸懂得了。

遲くなどなると主人にすまない。　　太慢了就對不起主人。

うつかりして人に取られなどしないやうに。　　請不要心不在焉地被人拿去。

(4)『やら』的意義和用法：

『やら』係用以表示不定，推量，以及疑問之意；轉而用以表示並列。用例如下：

(A)用以代理表示主格的格助詞：

誰やら分らぬ。　　不知道是誰。

何やら見える。　　什麽現出來。

(B)用以代理表示客格的格助詞『を』：

何やら見てゐる。——在看什麼。

(C)附在格助詞之下：

誰にやら遣つてしまつた。——已經給了誰了。

誰をやら連れて來た。——帶了誰來了。

あの人の名前は何とやら言つたね。——那個人的名叫作什麼呢？

南京へやら行つて來た。——上了南京來的。

汽車でやら行くと云つて居た。——說是要坐火車去的。

どこからやら手紙が來た。——從什麼地方來了信。

(D)附在格助詞之上：

誰やらがさう云つた。——誰這樣說過。

何やらを貰つた。——受到什麼東西。

誰やらに遣つてしまつた。——給了誰了。

誰やらと約束した。——和誰約束了。

東京やらへ行つたと云ふ話だ。　聽說是去了東京。

何處やらで見た記憶がある。　記得是在那裏見過。

誰やらから聞いたのだ。　是由誰聽來的。

これは誰やらの本ですね。　這是誰的書。

(E)附在副詞或形容詞的語幹：

今日はどうやら來さうもない。　今天總像不會來的。

慥かやら慥かでないやらはつきりしない。　眞的呢，還是假的呢，不大明白。

少しやら澤山やら調べなければ分らぬ。　多呢，少呢，非查查看不可。

(F)用以列擧種種事物：

本やら雜誌やら色々詰込む。　書咯，雜誌咯，裝得滿滿。

あれやらこれやらと色々氣を揉む。　這個那個，種種操心。

お前のやら私のやら色々混つてゐる。　你的我的，混得很亂。

泣くやら叫ぶやら大騷ぎだつた。　哭哭啼啼，大鬧一場。

嬉しいやら悲しいやら判斷がつかぬ。　是樂是悲，猜不出來。

食はせるやら着せるやら隨分世話な事だ。	給吃給穿，很是照料。

（5）『か』的意義和用法：

『か』這個助詞，普通以爲係表示疑問的助詞，牠可用以表示疑問，表示反詰，例如：

誰も知りませんか。	誰也不知道嗎？
それだから言はないことか。	難道就因此不說嗎？

唯山田孝雄氏則以爲除却上列這一種用法（他把這種用法歸之於格助詞）以外，還有一種只是表示不定的用法，這一種表示不定的『か』，須歸入副助詞，不得和上述用法混而爲一。這種用例如下：

（A）代理表示主格的格助詞：

何かあるだらう。	有什麼吧。
誰かゐるでせう。	誰在吧。

（B）代理格助詞『を』：

幾つか買はう。	買幾個吧。
どれか差上げませう。	那一個給你吧。

（C）附在格助詞之上的例：

誰かが來るでせう。　　是誰來了。

どちらかをあなたに差上げます。　　給你那一個。

何かに役立つでせう。　　是有什麼用處吧。

何處かへ行つてしまへ。　　到什麼地方去吧。

何處かから來た。　　由什麼地方來了。

(D)附在格助詞之下的例：

誰にか遣らう。　　給誰吧。

何處へか行つてしまつた。　　到那裏去了。

何とか工夫を考へよう。　　想個什麼法子吧。

何處でか逢つたことがある。　　曾經在那裏見過。

(E)用以並列兩種以上的事物(此種例子也是含有表示不定之意，須加注意)：

太郎か次郎かどつちかよく分らない。　　是太郎還是次郎不大知道。

來るか來ないか少しもあてにならない。　　來呢還是不來，一點也猜不到。

庭には梅か桃かを植ゑませう。　　院子可以栽梅或桃。

深いか淺いか入って見なくちゃ分らない。
是深還是淺，非跑進去看看不知道。

急ぐ時には走るか車に乘るかしなさい。
忙的時候請跑跑或是坐車。

右例中下面的『か』，如果接續於格助詞，或接續於副詞性的修飾語之下時，可以畧去。例如：

水か湯(か)が欲しい。
想喝水或開水。

水か湯(か)を吳れ。
給我水或開水。

人が一人か二人(か)來る。
人來了一兩個。

(6)『だけ』的意義和用法

『だけ』係用以表示限制或程度的副助詞，以修飾下面的用言的意義爲本義。其用法如下：

(A)表示限制之例：

私だけ後に殘ります。
只有我留在後面。

友達にだけ話します。
只告訴朋友。

本當の友達は君だけなんだ。
眞正的朋友只有你。

色が白いだけで別に美人でもないね。
只是顏色白，並不是什麼美人。

(B)表示程度之例：

家の高さだけ積み上げる。
積到跟房子一般高。

これだけ出來れば上出來だ。
能够做到這個程度就算做得很好。

賃金は君の云ふだけ上げよう。
工錢照你說的給。

褒められるだけの値打がある。
有被誇稱的價值。

私は書けるだけ書いて遣つた。
我儘我所能寫給寫了。

表示程度的『だけ』，還可用以表示國語『越……越……』之意。例如：

早ければ早いだけ宜しい。
越快越好。

咲けば咲くだけ小く成つて行く。
越開越小下去。

水が深いなら深いだけ泳ぎ易い。
水越深越好游泳。

金があるならあるだけ心配が多い。
錢越多越要操心。

(C)代理表示主語的格助詞：

親だけ來ました。
只有父母來了。

頂上だけ見える。
只看見頂上。

(D)代理表示客格的『を』：

子供だけ連れて行きます。
只帶小孩去。

ここだけ直して呉れ。
只把這個地方給修理。

(E)構成述語的一部分：

この薬は少しにがいだけです。
這藥只是有一點苦。

私はたゞ行くだけだよ。
我不過去一去罷了。

(F)附在格助詞之上：

これだけが殘つた。
只剩了這些。

それだけの話だ。
只是那些話罷了。

あれだけを上げます。
把那些給你。

仲間だけに見せる。
只給同黨的人看。

あの人だけと行きませう。
只跟那個人走。

廣東だけへ行くのだ。
只到廣東去。

木だけで拵へてもよい。
只用木頭做也好。

(G)附在格助詞之下：

子供をだけ連れて行つて呉れ。	只把小孩給帶去吧。
友達にだけ話します。	只告訴朋友。
親類へだけ送る。	只送給親戚。
私は君とだけ遊ぶのだ。	我只跟你玩。
女學校でだけ使ふ本です。	是個只在女學校使用的書。

(II)附在副詞之下：

ちよつとだけ休ませて下さい。	讓我稍爲休息一下吧。
少しだけ差上げます。	送給你一點。

(I)附在用言之下：

言ふだけ腹が立つ。	只說到也令人生氣。
野が廣いだけ眺めがよい。	原野寬暢，因而眺望也佳。
習つただけしつかり出來る。	所學到的都很懂得。

上述的『だけ』和(1)所述的『ばかり』，有好些文法書都以爲是同樣地用以表示分量或程度的助詞，意義相同，但據松下大三郎的意見，則以爲這兩者是有分別的，因爲『だけ』是用以表示限定範圍

只處置其一部分，事物所關係的，不出這一部分之外；『ばかり』雖也表示同樣的意義，但牠在此意義之外，還表示事物老是跟這一部份有關係之意。這一點我們應該特別注意。茲將其用例比較如下：

私にだけ話す＝只跟我說話，不跟別人說話。
私にばかり話す＝老是（頻頻・專）跟我說話。

ビールだけ飲む＝只喝啤酒，不喝別的酒。
ビールばかり飲む＝老是喝啤酒。

男だけ引き取る＝只接受男子，不接受女子。
男ばかり引き取る＝接受了幾個人，儘是男子。

（7）『きり』的意義和用法：

『きり』也和『だけ』『ばかり』一樣，是表示分量或程度的副助詞。『きり』又作『ぎり』。用例如下：

（A）代理表示主格的格助詞：

本きり無い。——只有書沒有別的。

（B）附在格助詞之上：

これきりであとは無い。——只有這個，以外沒有了。

あの山は高いぎりで趣がない。
這山只是高，沒有風趣。

三つぎりになつてしまつた。
只剩了三個了。

これきりより無い。
除此以外沒有。

これぎりの話です。
只是這些話。

(C)附在格助詞之下：

私と弟ときりだつた。
只有我和舍弟。

ここからぎりでほかからは見えない。
由這裏看得見，由別的地方看不見。

附在格助詞之下的用例，差不多沒有人用牠。

(D)附在用言之下：

口で言ふぎり何もしない。
只用嘴說，什麼也不做。

利子を拂ふきりで元金を返さない。
只給利錢，不還母金。

美しいぎりで何の役にも立たぬ。
只是漂亮而已，沒有什麼用處。

脊が高いきりでまだホンの子供ですよ。
只是身體高，還不過是小孩。

出發したきり何の便りもない。
出發以來，沒有什麼消息。

去年の夏逢つたきりですね。 —只在去年夏天見過啊。

『きり』『ぎり』這兩字，通常不常用，大都是用『だけ』去代替。

(8)『ぐらゐ』的意義和用法：

『ぐらゐ』又作『くらゐ』，係表示分量和程度的副助詞。用例如下：

(A)代替表示主格的格助詞：

酒ぐらゐ有るよ。 —酒那類東西是有的。

三つくらゐ殘れば好い。 —留了三個左右也就好了。

(B)代理表示客格的『を』：

三等ぐらゐ呉れてもよからう。 —給個三等也是好的。

私でも畫ぐらゐ書く —畫這類東西我也畫。

(C)附於格助詞之上：

百圓ぐらゐが相當である。 —百圓左右是相當可觀。

人間ぐらゐの狡い動物はないね。 —沒有像人類那麼狡猾的動物。

大佐ぐらゐになるつもりだ。 —希望做到上校這種地步。

三等ぐらゐを望む。　希望個三等。

今夜行くのは彼くらゐと思ふ。　今夜去的，想是他這種人。

上等の品はこれぐらゐよりない。　上等的東西，除此以外沒有了。

千圓ぐらゐで十分です。　有千圓左右就很够。

(D)附於格助詞之下：

この本をぐらゐ讀めぬことはない。　像這本書沒有讀不來的道理。

少佐にぐらゐなられるだらう。　少校這個地步，大約可以做到、

あの人とぐらゐ取組まれよう。　和他那樣人，可以比賽一下。

朝鮮へぐらゐ老人でも行けます。　到朝鮮那麼遠的地方，連老人也能够去。

親戚からぐらゐ來て呉れるだらう。　親戚這流人那邊，總是會來的。

そんなものでぐらゐ叩かれて痛いものか。　用那樣的東西打，會痛嗎？

(E)附於副詞之例：

少しくらゐ辛抱しなさい。　請忍耐一點。

ちよつとぐらゐ休んでもよい。　稍爲休息一下也好。

（F）附於用言之例：

溢(あふ)れるくらゐ注(そゝ)いだ。　　灌到要滿出來的程度。

唯(たゞ)見(み)るくらゐなら行(い)つてもよい。　　如果只是看看而已，去也好。

頭(あたま)の痛(いた)いくらゐなら何(なん)でもない。　　只是到頭痛的程度，不算什麼。

憎(にく)らしいくらゐ上手(じやうや)だ。　　好到令人羨妬。

それを知(し)らないくらゐ愚(おろか)なことはない。　　沒有笨到不知道這個的。

讀(よ)まれぬくらゐ細(こま)かい活字(くわつじ)だ。　　細到幾乎不能讀的細字。

（9）「づつ」的意義和用法：

『づつ』這一個字，據『大日本國語辭典』的解釋爲：『（一）將同一的數目，分配於各個之義。（二）將同一的分量，反覆繼續下去之義。』通常是把牠歸入於『接尾語』的。但是據木枝增一氏的見解，則以爲普通的接尾語，不能接續於助詞之下，而『づつ』這一個字，則可以接續於副助詞之下，所以還是將牠歸入於副助詞之中，較爲合宜。例如：

これだけづつしかありません。　　各個只有這些。

一箱(ひとはこ)に五十(ごじふ)ばかりづつ入(はい)つて居(を)る。　　每箱各裝有五十個左右。

『づつ』的用例如下：

(A)代理表示主格的格助詞。

十人づつ出駈けよう。　十個十個出發吧。

二三人づつ來ました。　兩三個兩三個來的。

(B)代理表示客格的『を』：

三圓づつ上げよう。　各給三圓吧。

毎日少しづつ飲みなさい。　請每天喝一點。

(C)附在格助詞之上的例：

一人に五つづつの分量しかない。　每人只各有五個的分量。

一日に三圓づつになる。　每天各爲三圓。

小使は一ケ月二圓づつとしよう。　零用錢每月各定爲兩圓吧。

一人に三枚づつを遣ると四人で幾らになるか。　每人各給三張，四人共爲多少？

『づつ』雖可以附在格助詞之上，但不能附在格助詞之下，這是牠和別的副助詞不同之點。

(D)附在別的副助詞之下：(例已前出，茲不再贅)。

(10)『どころ』『どこ』的意義和用法：

『どころ』和『どこ』都是用以舉出某件事物・事情，表示此外還有一些事物・事情，更甚於此。原係由名詞『所』變來的。雖不是個純粹的副助詞，但性質近之。用例如下：

(A)附在格助詞之上的例：

泣くどころの話ぢやない。　不是哭可完事的。

忙しくて旅行どころでありません。　忙得很，不是可以旅行的。

(B)附在格助詞之下的例：

内でどころか外でも同じだ。　豈但裏面那樣，外頭也是相同。

(C)附在副助詞之下的例：

夕方までどこかとうとう夜中までかかつた。　豈但到晚間，終於弄到半夜。

たつたこれだけどころではあるまい。　恐怕不只是這個而已。

(D)常用於助詞『か』之上：

十圓どころか十錢だつてありやしない。　豈但十塊，一毛錢也沒有。

君《きみ》どころか僕《ぼく》はもつと困《こま》つてゐる。

豈但是你，我更困難。

醜《みにく》いどころかまるでお化《ば》けだね。

不用說難看，簡直是妖怪。

叱《しか》られるどころか大《おほ》いに褒《ほ》められた。

那能被叱，反受大大地誇獎。

（11）『なり』的意義和用法：

『なり』在副助詞中的本義，原是表示放任的意義；轉而用以並列類似之事物，表示任其選擇之意。表示後者這一種意義的時候，也可以用『なりと』，再省去『り』字，變成『など』。用例如下：

（A）代理表示主格的格助詞：

何《なに》なりあるでせう。

總有些什麼吧。

誰《だれ》なり來《く》るでせう。

總有誰來吧。

（B）代理表示客格的格助詞：

どんな藥《くすり》なり飲《の》むがよい。

不管什麼藥都可喝。

日本酒《にほんしゆ》なり麥酒《ビール》なり持《も》つて來《こ》い。

酒或啤酒都拿來。

（C）附在格助詞之上：

寢《ね》たなりがよい。

睡了也好。

出來たなりを見せて下さい。　就做就的原樣給看看吧。

それなりで結構です。　就那樣就好。

先方から屆いたなりにして置きなさい。　照着那邊送到的原樣放下吧。

何なりと拵へて下さい。　給做個什麼吧。

(D)附在格助詞之下：

西へなり東へなり行くがよい。　往西往東都好。

東京になり大阪になり支店を設けよ。　請在東京或大阪設支店吧。

誰となり相談するがよい。　儘管和誰商量商量。

母のなり姉のなり借りていらつしやい。　不管是母親的是姊姊的，借來一下。

兄をなり弟をなり連れて行け。　把哥哥或弟弟帶去吧。

(E)附於用言之下：

食べるなり吐き出した。　照着吃的吐出來。

歸るなり泊るなり早く決定して呉れ。　回去還是住下，快快定吧。

長くなり短くなりどつちにでもなるよ。　長的短的都成。

寝[ね]たなりしやべってゐる。

睡中說話。

（F）用以列舉類似的事物，唯不是副助詞：

前[まへ]は海[うみ]なり後[うしろ]は山[やま]なり形勝[けいしよう]の地[ち]である。

前海後山，形勢之地。

時間[じかん]は少[すくな]いなり問題[もんだい]はむつかしいなり困[こま]つてしまった。

時間既少，問題又難，沒有辦法。

腹[はら]は減[へ]るなり日[ひ]は暮[く]れるなりどうしようかと思[おも]つた。

肚子餓了，天又晚了，想不出辦法。

四、係助詞：

係助詞中的這一個『係』字，是由日本舊式文法中所稱的『係結[かりむすび]』的『係[かり]』得來的。『係』是助詞，『結』是句末或文末的動詞・形容詞・助動詞的語尾之謂。舊式文法的『係結』所研究的，是文中用了某一個這裏所說的係助詞，則和這個相關的述語中的用言，就應該用某一種活用形。換言之，牠所研究的，是係助詞和述語的用言兩者之間的一定的呼應的規則。對於係助詞最有組織的研究的文法家，應推山田孝雄氏為最，據他的意見，係助詞的特質，有左列各項：

（一）係助詞附屬於和用言有關係的語，其勢力可以影響及於陳述。

(二)係助詞的用處，雖也和副助詞差不多，但副助詞主要的作用，在於修飾下面用言的意義，而係助詞主要的作用，則在於支配陳述的勢力。在文言中，用某助詞爲『係』的時候，則下面作爲『結』的用言，就須用某種活用形去和牠呼應；口語中的係助詞對於『結』的活用形的支配作用，雖已消失，但對於陳述的勢力，還能發生很大的影響。

(三)係助詞作爲『係』用的時候，只能附在格助詞和副助詞之下，不能附於其上。這一點是副助詞和係助詞最不同的一點，因爲副助詞不但可以附在格助詞之下，還可以附於其上；兩副助詞互相疊用的時候，也可以顚倒迭用，但係助詞則沒有這種自由。茲各舉例如下：

(Ⅰ)係助詞附在格助詞之下的例：

議論をこそ(不說『議論こそを』)述べましたが攻撃はしません。

あの人の勢力には(不說『勢力はに』以下類推)及ばない。

親にこそ言ふが他人には言はない。

子供にさへ出來る。

議論倒是發了，並沒有攻擊。

總不及他的勢力。

雖是對父母說了，別人却不說。

連小孩也會。

船でしか行けぬ所だ。
除船以外不能去的地方。

(三)係助詞附在副助詞之下的例：

私だけは(不能說『私はだけ』)家に居ます。
我一個是在家的。

此處ばかりは(不能說『此處はばかり』以下類推)寒さ知らずです。
只有此地不知道寒冷。

何處までも追つかけて行きます。
到那裏去也是要追去的。

見るだけこそ見ておかなければならぬ。
看倒是不可不看的。

君などでも出來ることだ。
連你們也會的事情。

(四)係助詞和係助詞雖也可以互相疊用，但爲數極少。例如：

われこそは大丈夫だらう。
那個倒是靠得住吧。

水さへも飲めぬとは情ない。
連水也不能喝，未免難以爲情。

(五)係助詞有時可以代理格助詞。例如：

私は絶對にそんなことは知りません。
我絶對不知道那樣的事情。

本でも讀んで待つてゐたまへ。
看看書等一等吧。

目こそ見えないが何でも知つてゐる。
眼雖不見，可是什麼也知道。

片假名さへ書けない。
連片假名也寫不來。

(六)口語係助詞『こそ』，有時可以附在接續助詞『ば』之下，以使上句和下句的關係，能夠緊密結合。

例如：

長ければこそ切るのである。
因爲長了，所以剪掉。

手があればこそ始めて今日の人間になつたとも言へる。
也可以說是因爲有了手，纔成爲今日的人類。

冷水浴をやつてゐればこそ風も引かないのです。
因爲冷水浴，所以也就不感風。

さうなることが分つてゐたればこそ注意したのである。
因爲知道成了這樣，所以加以注意。

以上所述的，是係助詞的一般特質；茲再把每個係助詞的意義和用法，一一分別說明如下：

(1)『は』的意義和用法：

『は』這一個助詞，是用以對於其所附屬的事物，明確地加以指定，使牠不致和別的事物混淆。有的文法書說牠是用以表示差別，有的說牠含有排他的意義，都是一個意思。茲將其用例分說如左：

（Ａ）爲格助詞的代理：

夏(なつ)は暑(あつ)くて冬(ふゆ)は寒(さむ)い。
　　　　　　　　　　　　　　夏熱而冬冷。

大(だい)は小(せう)をかねる。
　　　　　　　　　　　　　　大兼小。

煙草(たばこ)は喫(の)むが酒(さけ)は飲(の)まない。
　　　　　　　　　　　　　　煙是抽的，酒却不喝。

これは殘(のこ)して置(お)きなさい。
　　　　　　　　　　　　　　把這個留下吧。

右的『夏』『大』係主語，而『煙草』『これ』則爲客語，原各需要表示格的格助詞附於其下，唯爲要對於這些語特別地加以明確指示起見，故用係助詞『は』去代替格助詞。不過這裏應該注意的是係助詞本身並沒有支配格的力量，牠只能用牠本來的意義，去代理格助詞而已。

（Ｂ）附於格助詞下面：

人(ひと)には劣(おと)らぬつもりだ。
　　　　　　　　　　　　　　想要不比人弱的。

言(い)ふのは易(やす)いが行(おこな)ふのはむつかしい。
　　　　　　　　　　　　　　言易而行難。

車夫(しゃふ)をば使(つか)ひにやりました。
　　　　　　　　　　　　　　使車夫去了。

作(つく)り物(もの)とは見(み)えないね。
　　　　　　　　　　　　　　看不出是贗物啊。

兄よりはました。　比哥哥强。

書齋からは一歩も出ない。　不出書齊一步。

ペンではうまく書けない。　用鋼筆寫不好。

右各例中有一點要注意的是附在格助詞『を』之下的『は』，要變濁音『ば』。以下兩例，均是一樣：

便をばよこさない。　沒有來過音訊。

金をば返さない。　沒有還錢。

(C)附於副助詞下面：

旅費に百圓ばかりはかかる。　旅費約需百元。

京都までは行きたい。　想到京都那裏去。

酒なぞは決して飲みません。　酒之類絕不喝。

誰やらは何處へ行つたのか。　誰到那裏去嗎？

誰かは來るでせう。　總有誰來吧。

これだけは見せられません。　這個不能給看。

短篇ぐらゐは私でも書ける。　短篇我也寫得來。

(D)附於副詞下面：

ちよつとは出來る。　會到會一點。

たゞはすまされぬ。　不能白白了結。

底下各例，則爲附於形容詞或形容動詞的副詞形之例：

よくは分らない。　不很知道。

早くはあるまいが遲くもない。　早或不早，慢也不慢。

たしかには覺えて居らない。　不很確實記得。

たまにはそんなこともある。　偶而也有那樣的事。

(E)夾在同一語詞之間，加以明確斷定：

(a)夾在兩體言之間：

本は本だがつまらぬ本だ。　書雖是書，是沒有價値的書。

花は花だが餘り美しくない花だ。　花雖是花，是不怎麼美的花。

船は船だが商船か軍艦か分らぬ。　船雖是船，是商船還是戰艦就不知道。

(b)夾在兩用言之間：

行きは行つたが留守だつた。　去是去了，可不在家。

遠いは遠いが交通の便がある。　遠雖遠，交通却便。

新しいは新しいが少しお粗末だ。　新雖是新，有點粗惡。

讀むには讀んだが忘れてしまつた。　讀是讀了，可是忘掉了。

逃げることは逃げたが又つかまつた。　逃是逃了，可是又抓住了。

(F)用以作『結』——即用於文末，附於終止形，以加强其主張：

これは重いは。　這很重啊。

これは大變美しいは。　這個很漂亮。

なるほど立派だは。　眞的，很好。

銀行は年年殖えるは。　銀行一年比一年增多。

又今日も雨が降るは。　今天又下雨。

みんな濟んだは。　都完了啊。

(2)『も』的意義和用法：

『も』這個助詞，恰和『は』相反，『は』是在好些事物之中，特別提出某個事物，加以明確指示；

『も』則係舉出某個事物，表示其和別的事物相同－是合說兩椿事物之類似。總之，『は』是表示兩個以上的事物之差別，而『も』則爲表示其一致或類似。茲舉列其用例如左：

(A)用作格助詞的代理：

私も參ります。　我也去。

雨も降り風も吹きます。　雨也下，風也颳。

これも差上げます。　這個也給你。

(B)附在格助詞之下：

私のも持つて來て下さい。　把我的也拿來。

知らないのもある。　不知道的也有。

探したが何處にもありません　找雖找了，那也沒有。

にせ物とも見えません。　也看不出是贋物。

大阪へも神戶へも行く。　也到大阪，也到神戶。

あそこからもここからも呼びに來る。　那邊也來叫，這邊也來叫。

ナイフでも切れる。　小刀子也可以切。

(C)附在副助詞之下：

三日ばかりもかかつた。　總需要三天左右。

弟などもその仲間です。　弟弟們也是他們的黨徒。

それだけも出來ない。　連這一點也不會。

誰やらも來てゐました。　誰也來了。

(D)附在別的係助詞之下：

英語さへも碌に讀めないんですよ。　連英語也是不大會讀的。

以上的『も』的用例，是由其職能上的特質來論的，茲再由其意味上的特質來說一說：

(A)表示綜合的意味：

花も咲き始めた。　花也開始開了。

どこも花ざかりだ。　那裏都是百花盛開。

何程も分つてゐない。　也不懂得多少。

あの狀態では死んだも同然だ。　那個狀態和死也一樣。

(B)表示並列的意味：

人も馬も一時に倒れた。
連人帶馬同時倒下。

百も二百も承知してゐる。
一百二百全都答應。

われもこれも滅茶苦茶だ。
這個那個全都亂七八糟。

聞くも涙、語るも涙。
聽也掉淚，說也掉淚。

行きも歸りも自動車に乘つた。
來同都坐汽車。

よいも惡いも結局一つだ。
無論好壞，結局一樣。

長くも短くもない、ちやうどいい。
不長不短，恰恰合宜。

叱られるも怒られるも皆身の爲だ。
被罵被怒，都於已有益。

西からも東からも集つて來る。
由東由西，都齊集來。

(C)表示感歎的意味：

道も知れない。
路也不知道。

千圓もかゝる。
總要一千圓。

影も形も見せない。
形影都不給看。

讀むどころか話も出來ない。
豈但不會讀，說話也不會。

別段珍しくもない。　　也沒有什麼希奇。

捨ててもおけまい。　　恐怕摔掉也不成。

文部省國語調査委員會編纂的『口語法』中，擧出下列各例，謂爲『表示假設的意味』，其實亦可視爲感歎的一種。例如：

名刀も捨てておけば銹びる。　　名刀不用，也要生銹。

平生我慢な私も弱りました。　　平常有忍耐的我也受不了。

一文も殘したことはない。　　沒有剩過一文錢。

遲くも夕方には歸れる。　　至遲晚半天也能回來。

行きたくもいけない。　　想去也不好。

車にも乘れない。　　車也不能坐。

それだけもむつかしい。　　這一點點也困難。

又該會所編纂的『口語法別記』中，又擧有下列各例，謂『も』可以表示『さへ』『まで』（即『連……』『甚至於……』之意）的意味；嚴格言之，實也是一種感歎的意味。例如：

聞くも厭だ。　　連聽都討厭。

草木も眠る眞夜中の頃、　　連草木也入睡的夜半的時候。

さすがの豪傑も破られない。　　連那樣的豪傑也破不了。

山中では海の魚は見ることも出來ぬ。　　在山中對於海魚連看到都不能。

手に取るをも待たない。　　甚至不等到用手去拿。

一言云つても怒られる。　　甚至於一句話也會生氣。

思ひ出しても涙の種だ。　　甚至於想到也引出涙來。

(3)『こそ』的意義和用法：

『こそ』係對於事物强調地加以指示時所用的助詞，牠在好多的事物中，特別挑出某椿事物，加以顯示，表示其和別的有所區別。『こ』和『そ』都是由指示代名詞的『こ』和『そ』轉來的，原是表示指示的意味。文言中凡用『こそ』爲『係』的時候，則牠的『結』必定要用用言的條件形，但口語則沒有這個規則。唯偶然也有人這樣用的，這是將文言雜入於口語，並非口語本來如此。例如：

議論こそすれ、喧嘩はしない。　　議論倒是有的，並沒有打架。

落しこそすれ、拾つたことはない。　　掉落倒是有的，並沒有拾到過。

茲將『こそ』的用例，舉示如下：

(A)用爲格助詞的代理：

私こそ御無沙汰致して居ります。　我纔沒有來問候。

今日こそ吉日だ。　今天纔是吉日。

雪こそ降らないが寒い日です。　雪倒是不下，可是冷的日子。

敎へるこそ一番早道である。　敎一敎倒是最捷徑。

仲のよいこそ幸だ。　彼此和好倒是幸福。

責められるこそ身の爲である。　被責備倒於自身有益。

何も言はないこそおくゆかしい。　什麼也不說倒是有含蓄。

(B)附於格助詞之下：

私のこそお役に立たなかつたでせう。　我的纔於你沒有用吧。

田舍にこそゐるがよく事情に通じてゐる。　住倒是住鄉下，可是很通達事情。

茶をこそ飲んだが酒は飲まない。　茶倒是喝，酒却不喝。

止めようとこそ思つた。　倒是想要停止。

東京へこそ行かう。　倒是想去東京。

それでこそ學者だ。
那樣纔是學者。

(C)附於副助詞之下：

仕舞までこそ見ぬが大抵は分つた。
倒是沒有看到末了，不過大抵可以知道。

君などこそ適任だ。
你們纔是適任。

誰やらこそ行けばよい。
倒是有誰去纔好。

これだけこそ本物らしい。
只有這些纔是眞貨。

(D)附於副詞性修飾語之下：

黒くこそならぬが鼠色にはなつた。
黑倒不黑，是個灰色。

はきとこそせぬが見えぬことはない。
清楚倒是不清楚，不過並非看不見。

ようこそ入らつしやいました。
來得很好。

今度こそ弟を連れて參ります。
這次倒是把弟弟帶來了。

(4)『さへ』的意義和用法：

『さへ』係舉出一例加以强烈表示，對於陳述與以强勢。『さへ』讀爲『サエ』，係由文言的副助詞『さへ』轉來的，因爲牠在口語中係在陳述之上占有勢力，所以帶有係助詞的性質，故歸入於此。玆

先舉列共在係詞中所發揮的職能上的特質，例示如下：

(A)附屬於主格：

旅行には金さへあればよい。

雨さへ降らなければ結構だ。

悲しくて挨拶さへ出來なかつた。

(B)爲格助詞的代理：

お茶さへ下さればよろしい。

見ることさへ許さない。

(C)附屬於格助詞之下：

これ位の事は子供にさへ出來る。

小學校をさへ卒業しない。

小さいのさへなくしてしまつた。

東京へさへ行つたことがない。

せうとさへ思へばいつでも出來る。

旅行只要有錢就好。

只要不下雨就好。

悲傷到連應接也不能。

只要給茶喝就好。

連看都不許。

這個程度的事情，連小孩都會。

連小學校都沒有畢業。

連小的都失掉了。

連東京都沒有去過。

只要想做，什麼時候都能夠做。

右舉的『さへ』決不能用於格助詞之下；這一點是牠和別的係助詞所共有的特質之一。

（D）附屬於副助詞之下：

近所（きんじょ）までさへ行（い）けなくなってしまった。
連近所也不能去了。

君（きみ）だけさへ承知（しょうち）すればそれでよいのだ。
只要你答應就好了。

誰（だれ）やらさへ來（こ）ないんだもの。
連誰也不來。

右舉的『さへ』決不能用於副助詞之上；這也和前項一樣，是係助詞的特質之一。

（E）和別的係助詞重疊而用：

花（はな）さへも咲（さ）かない。
連花也不開。

聞（き）いてさへもあきれる
連聽到也可使人啞然。

床（とこ）の上でねかへりするさへも苦（くる）しい。
連在床上轉身也難受。

係助詞重疊而用，也是係助詞的特質之一。

『さへ』這一個助詞，在意味上雖帶有副詞性的用法，但牠却具備着係助詞所具備的職能上的特質，所以把牠歸入於係助詞中。茲再將『さへ』的意味上的用法，列舉如下：

（A）舉出某樁事物之一，加以強烈指示，表示其推量及於其他的意味，因此在陳述之上，加上些強調：

水さへ喉に通らなくなつた。　連水也沒有入喉。

聞く私さへ腹が立つ。　連聽的我都生氣。

彼の様な學者でさへこの問題には困つた。　連像他那樣的學者也對於這問題沒有辦法。

たゞ見るさへいやなことだ。　連只看看都是討厭。

言つて聞かせるさへ骨が折れる。　連說給聽聽都費事。

剛力でさへ持たれない。　連用剛力都支持不住。

始は勿論終さへ立派に出來た。　開頭固不用說，連終了都做得很好。

友人さへ彼を見限つてしまつた。　甚至友人也捨棄了他。

小さいのさへなくした。　甚至於連小的也丢了。

親にさへ知らせないでゐる。　甚至父母也不給知道。

(B)表示在某一樁事物之上，再添加其他的事物，即由此在陳述上與以强調：

風が吹くのに雨さへ降つて來た。　風已颳了，竟連雨也下了。

兄が病氣である所へ弟さへ寢こんでしま　哥哥病了，竟連弟弟也躺下去。

つた。

英語が出來ないのに數學さへ分らぬ。　　英語已不行，竟連數學也不會。

(C)表示『だけ』(即『只』『只要』一類之意)的意味，在陳述上與以强調（這種用法，其底下常用表示假定的『なら』『ば』之類去承接)：

歴史さへ滿點なら一番だつたのに。　　只要歴史滿點，就可成爲第一，可是。

筆さへあればすぐ書いて上げませう。　　只要有筆，馬上可以寫給你。

あなたさへ御承知なら結構です。　　只要你答應就好了。

もう一つさへあれば皆揃ふ。　　只要再有一個就齊全了。

熱が低くさへなれば安心です。　　只要熱度降低就可放心。

來なくさへなれば誰も何とも言はない。　　只要不來，誰也沒有什麽說的。

『さへ』接屬於用言的時候，是接在連用形的。

(5)『でも』的意義和用法：

『でも』係對於事物就其輕易的方面，舉作例示，表示類推之意；因而在陳述之上加以强勢。『でも』通常有國語『之類』的意含於其中，唯翻譯時不能如此直截了當，須斟酌情形而體會譯之。玆先例示其在係助詞方面的特質如左：

(A)附於主格：

暇でも出來たらお伺ひしよう。

友人でも來たら尋ねて見よう。

(B)爲格助詞的代理：

茶でもほしいものだ。

何でもして見せる。

さあ、活動でも見て來よう。

お前でも代りに行つて貰はうか。

(C)附在格助詞之下：

君が要らないなら弟にでも遣らう。

これをでも買つておかう。

誰とでも遊んで來なさい。

川へでも釣りに行つて來よう。

如果有暇，想拜訪拜訪。

如果友人來了，可問問看。

想喝喝茶。

什麼都做給看。

喂，看看電影去吧。

你代替去一趟吧？

你如果不要，可以給弟弟。

把這個買下吧。

跟誰來玩玩吧。

到河邊去釣魚吧。

ナイフででも大丈夫切れる。

用小刀也很能夠切。

いつからでもお越し下さい。

由什麼時候起，都可請你來。

如上所列，『でも』只能附於格助詞之下，而不能附於其上，這是係助詞的特質。

(D)附在副助詞之下：

傍へ寄るばかりでも止められてゐる。

連光到傍邊去都被禁止。

生徒などでもそれ位の論文は書けます。

連學生們都能夠寫這個程度的論文。

これだけでも買つて置かう。

就是這些也買下吧。

それくらゐでも間に合はう。

那麼多也就夠用吧。

『さへ』只能附在副助詞之下，絕不能附在其上，這也是係助詞的特質。

(E)附在副詞之下：

ちよつとでもよいから見せてほしい。

給看一下便可以，請給看一看。

少しでもお手傳しませう。

雖是不多，也幫你一下忙。

たまにでも來て下さい。

也得請你偶然來一來。

始めるならすぐでもよろしい。

要是開始，馬上也可以。

據科保孝一氏的『日本口語法』所講，『でも』這一個助詞，由意味上的用法看來，可以分成下面的三種：

(A)漠然地表示某種條件：

いくら女でもそれでは承知すまい。
就是個女人，恐怕也不會那樣答應。

ナポレオンでもこれは出來まい。
就是拿破崙，這椿事怕也做不來。

京都の人でも皆綺麗ではない。
就是京都的人，也不盡是漂亮的。

こんなものでもお間に合ひますか。
就是這樣東西，也可湊合用吧？

たとひ小兒でも許して置かない。
就是小孩，也是不能容許的。

(B)漠然地表示某種標準：

せめて君でも來て吳れたらと思つた。
我想至少總得有你來纔好。

どうぞ湯でも一杯頂きたい。
就是開水也請給一杯喝。

人でも聞いてゐると惡い。
要是有人聽着就不好。

遲くでも構ひませんから來て下さい。
就是晚也不要緊，請來一下。

棚の上にでも置いて吳れ。
給擱在架上吧。

そのくらゐでもあれば助かります。　只要有那麼多就好辦了。

(C)用以重疊語句：

十錢でも二十錢でも御寄附を願ひます　一角也可，兩角也可，請捐一捐。

兄さんでも姉さんでも構ひません。　哥哥姊姊都不要緊。

水でも湯でも少し下さい。　無論冷水或開水請給一點。

飲まんでも食はんでも差支ない。　不喝不吃都不礙事。

以上所述的三種用法，都是把輕的事物大略舉出，以類推其他的事物，原意並沒有什麼不同。松下大三郎氏在其所著的『標準日本口語法』說：『「でも」是對於不能確定的事物，姑且假定拿牠以作例示之語。譬如說：「今日はこれと云ふ用事もないから小說でも讀まう」（今天也沒有什麼一定的事情，就看看小說吧），這是表示並非決意要看小說，不過是姑且假定拿小說作個適當的事情，如果有了別的適當的事情，也是可以的』，這個說法，和上面我們所述的原意，也沒有什麼不同。

上述的『でも』之外，還有同形而不是係助詞的『でも』之存在，我們對牠應當注意，不要混而為一。例如：

(A)接續助詞的『も』附屬於接續助詞的『て』，又因上面語詞的音便，變而為『でも』者。例如：

いくら大聲で呼んでも聞こえなかつた。　怎麼樣大聲叫，也聽不見。

あなたの御恩は死んでも忘れません。　您的恩到死也忘不了。

嚙んでも嚙んでも嚙み切れない。　咬咬，總咬不斷。

右例中的『呼んでも』『死んでも』『嚙んでも』各爲『呼びても』『死にても』『嚙みても』的音便，並不是原來即爲『でも』。

（B）形容動詞的中止形的語尾『で』接連於接續助詞『も』而成的『でも』。例如：

風は靜かでも雨は烈しい。　風雖靜而雨很大。

今日は穩かでも明日の事は分らない。　今天雖然平穩，明天的事就不得而知。

顏は綺麗でも心は醜い。　臉雖漂亮，心却難看。

右例中的『靜かでも』『穩かでも』『綺麗でも』諸語，『靜かで』『穩かで』『綺麗で』是形容動詞的中止形，底下的『も』則爲接續助詞；這幾個語並不是體言『靜か』『穩か』『綺麗』接連『でも』這一個助詞。因爲『靜か』『穩か』『綺麗』這一類的字，並非體言，須有『で』這一類的語尾纔可以，所以可以証明『も』和『で』不是一個助詞，有好些文法家對於這種例中的『でも』，作成一個助詞，實是錯誤，須特別注意。

(C)格助詞『で』之下接上係助詞『も』，還不能構成爲一個助詞『でも』者。例如：

答案はペンでも鉛筆でも書ける。——答案用鋼筆用鉛筆都可以寫。

この問題は算術でも代數でも解ける。——這個問題用算術用代數都解得了。

右的『で』是格助詞，而『も』是係助詞，各以各的意味互相疊成的兩個單語。但是寫成下式，意义不同了：

答案はペンでも鉛筆でも書ける。——答案無論是用鋼筆，無論是用鉛筆都可以寫。

この問題は算術でも代數でも解ける。——這個問題不管用算術或用代數都可以解出。

右例中上面的『で』是格助詞，下面的『でも』是一個係助詞，因此『でも』是在一個意味之下使用的，當然是一個單語。

(D)指定助動詞『だ』的中止形『で』之下，接連『も』者。例如：

この木は梅の木でも櫻の木でもない。桃の木だ。——這樹也不是梅樹也不是櫻樹。是桃樹。

彼は兄でも弟でもない。叔父である。——他既不是哥哥也不是弟弟。是叔父。

右的『で』是指定助動詞『だ』的中止形，其中含有『である』『です』的意味於其中。係助詞『も』是另外附上去的。所以『でも』分明地是兩個單語，而和係助詞的『でも』這一個單語不同，須加判別。

(6)『ほか』『しか』的意義和用法：

『ほか』和『しか』的意義和用法，都完全相同，是表示舉出某樁事物，而排斥其他的事物的意味、即以其意味去發生勢力以及於陳述。因爲牠們的作用在於表示除却某樁事物不算，其他事物都加以打消，所以承受牠們的述語，一定要用表示打消的語詞。茲將其用例列示如下：

(A)附於主格：

山ほか(しか)見えない，　只看見山。

この店には古いものほか(しか)無い。　這家舖子只有舊東西。

(B)爲格助詞的代理：

私はこれしか(ほか)持つてゐません　我只有這些。

僕の家には子供しか(ほか)ゐない。　我家裏只有小孩在家。

まだ流動物しか(ほか)飲めない。　還是只能喝流動物。

(C)用於格助詞之下：

三圓のしか無い。　只有三圓的。

この品は福建にしか賣つてゐません。　這個東西只有在福建出賣。

水をほか飲まない。　只喝水。

そんなことはうそとほか思はれない。　這樣的事，只能想作謊話。

散歩には公園へほか行つたことがない。　散步只到過公園。

寢るよりしか仕方がない。　除睡以外，沒有法子。

この品は米國からしか輸入されない。　這件東西只能由美國輸入。

この品は東京でしかととのへられない。　這件東西只能在東京做。

（D）用於副助詞之下：

京都までほか行かない。　只到京都。

五拾錢銀貨だけしかありません。　只有五角的銀幣。

私はこれぐらゐほか出來ません。　我只會這一點。

（E）附於副詞之下：

ちよつとしか顏を見せなかつた。　只稍露點面。

少ししか讀んでをりません。　只讀一點。

暫らくほか滯在出來ません。　只能稍爲逗留一下。

(F)附於副詞性修飾語之下：

來客は三人しか無かつた。　來客只有三人。

未だ一度ほか行つたことがない。　纔去了一次。

僅かしか殘つてゐない。　只剩一點。

稀にほかやつて來ない。　偶然一來。

右例中的數詞『三人』『一度』，係副詞性修飾語；形容動詞的語幹『僅か』和形容動詞的副詞形『稀に』，也都是副詞性修飾語。

(7)『して』的意義和用法：

『して』這一個係助詞，是由接續助詞『て』，接續於失掉了動詞的意味的サ行變格活用的動詞的連用形『し』，構造而成的。牠有時含有『共に』(共同)以及『經て』(經過)的意義，有時只是用以接續，並沒有什麼意義。例如：

五人してやつと運んで來た。　五個人纔搬運過來。

三日ほどしてまたやつて來た。　過了三天又來了。

この問題は彼にしても分るまい。　　這個問題就是他恐怕也不懂。

茲將『して』在係助詞職能上的特質列左：

(A)附在格助詞之下而和其他係助詞相重：

そんな仕事は大人にしてもむつかしいでせう。　　那樣的事就是大人也困難。

何としても大變なことです。　　無論怎樣是件大事。

(B)附在副助詞之下：

十日ばかりして參りました。　　過了十天左右來了。

三月ほどして來て下さい。　　請再過三月來吧。

(C)爲格助詞『で』的代理：

兄弟して手傳ひました。　　弟兄一塊帮忙

五人して出かけました。　　五人一同出發。

(8)『だつて』的意義和用法：

『だつて』這一個助詞・大約是由『だとても』縮約而成的，係用以表示讓步的意味；茲將其職能上的用例列左：

(A)為格助詞的代理：

名譽心だつてある。

雪だつて降るよ。

英語だつて話せるわけだ。

(B)附於格助詞之下：

おまへにだつて出來る筈だ。

琴をだつて彈きます。

何とだつて仰つしやい。

外國へだつて行つたことがある。

(C)附於副助詞之下：

どこからだつて行けます。

どこまでだつて行ける。

どれだけだつて構ひませんから下さい。

名譽心總是有的。

雪總是下的。

英語總該是會說的。

就是你也應該會的。

琴總是彈的。

無論什麼請說吧

就是外國也是去過。

不管由什麼地方都可以去。

不管到什麼地方都能夠去。

不管多少都不要緊，請給我。

それぐらゐだつて結構(けつかう)だ。——就是這麼多也好。

六、接續助詞：

接續助詞在大槻文彥氏的『廣日本文典』係把牠歸入於第三類的助詞，因為牠是接連於動詞・形容詞・助動詞，用以接續下面的包有動詞・形容詞的文或文的一部分的助詞。山田孝雄氏在所著的『日本口語法講義』論說：『接續助詞這一種助詞・除却「ながら」之外，是以結合用同等資格互相對立之句為一體的作用為本體的，相當於英德文典所謂對立的，或同列接續詞的文，所謂接續助詞的本體，即在於此。這類的助詞是把句和句結合為一體，大抵各句是用同等的資格，互相結合而成一大的文章。從來以此類的助詞為是助用言，實是皮相之見，牠絕不是助一個單語的用言，而是在用言用作述語時，乃附屬上去，所以是以思想和思想的結合為本性的』。

接續助詞的分類，可有兩種：一係以所含的意味為根據，一係以所結合的品詞的形態為根據的。茲分別表列如下：

(一)根據所含的意味的分類：

假定——順說……『ば』『と』
　　——逆說……『と』『とも』『も』『ても』

- (A)條件
  - 確定
    - 順說……『ば』『と』『から』『ので』
    - 逆說……『ても』『けれど』『けれども』
- (B)列叙
  - 異時……『し』『て』『ながら』『つつ』
  - 同時……『と』『が』『ところが』『に』『のに』『ものを』『し』『たり』『て』

(二)根據所結合的品詞的形態的分類：

(A)接續於用言的未然形：

『ば』『とも』

(B)接續於用言的連用形：

『も』『ても』『て』『たり』『ながら』『つつ』

(C)接續於用言的終止形：

『し』『と』『とも』『けれど』『けれども』『たり』

茲將屬於接續助詞的各助詞的意義和用法，分別說明如下：

(1)『ば』的用法：

『ば』通常接連於用言的條件形，也可以接連於用言的否定形。大都是用以對於未成立的條件，加以順說的假定。

（A）接連於用言的條件形，順說地表示未成立的條件的假定：

花が咲けば見に行かう。　　花要是開，就去看吧。

見たければ見せようか。　　要是喜歡看，就給你看吧。

お高ければもつとお引き致しませう。　　要是貴呢，可以再減減價。

私が參りますればお傳へ致しませう。　　我要是去，就給你傳達一下。

（B）接連於用言的條件形，用以假定條件的既已成立。

常に勉强してゐれば心配はない。　　常常用功，就不發愁。

運動すれば健康になります。　　運動就能健康。

右舉諸例，雖和（A）項各例同是接連於用言的條件形，但却不是假定未成立的條件，而是假定一般的事實，和說『常に勉强してゐると心配はない』『運動すると健康になります』一樣，並未含有未成立的條件，因此下面互相照應的語，也沒有『ませう』『だらう』這一類的假定的語。

（C）接連於用言的否定形：

早くば待つてゐよう。　　要是快呢，就等等吧。

短くばつぎ足さう。　要是短呢，就補接一下。

來なくば呼びにやれ。　要是沒有來，就去叫吧。

見たくば見ろ。　要是愛看，就請看吧。

行かずばなるまい。　恐怕不去是不成的。

『ば』接連於用言的否定形，原係文言所用的形式，並非純粹的口語，所以在口語中，動詞接『ば』時，大都不取此形式，只有形容詞・形容詞型活用的助動詞・和打消的助動詞『ぬ』，還時常有人用這個形式去接連。

(D)接連於用言的條件形，順說地表示既已成立的條件：

そんな風に言へば誰だつて怒るさ。　這樣地說，誰也要生氣。

あんなに困れば悲觀するのもあたりまへだ。　那樣沒有辦法，悲觀也是應該的。

このくらゐに書いたれば大したものだ。　寫到這個程度，是很可觀了。

ここまで送らせればもう安心だ。　讓送到此處，已可以安心了。

用條件形接『ば』以順說地表示既已成立的條件這一個用法，只可適用於動詞和助動詞，而不適用於形容詞。

(E)接連於用言的條件形，以表示事情的比例：

練習すればするほど手があがる。　越練習越長進。

水をやればやるほど長くなる。　越給水。越長大。

慾が少ければ少いほど人間は幸福です。　慾望愈少，人愈幸福。

數が多ければ多いほど形が小さくなる。　數愈多而形愈小。

苦勞をさせればさせるほど身の爲になる。　越是讓他勞苦越於身體有益。

見せなければないほど見たくなる。　越不給看越是愛看。

右列各例的特色，是在同一的用言之間，插入『ば』，而在後頭的用言，大都接連『ほど』。

(F)接連於用言的條件形，表示事情的前後相應：

親が叱れば子は反抗する。　父母一叱罵，兒子就反抗。

數が多ければ形は小さい。　數一多形就小。

人を困らせれば自分もよくはならぬ。　讓人困難，自己也沒有好處。

問はなければ答へもしない。　不加聞問，也就不答。

(G)接連於用言的條件形，表示事情的同時發生：

家に歸れば友達が待つてゐる。
一回到家，就有朋友等着。

用をいひつければ、きつといやな顔をする。
吩咐他事，總要顯出難看的臉孔。

頭が痛ければ目がくらむ。
頭一痛，眼就暈。

私は參りますればいつも玄關拂ひです。
我一去，總是吃閉門羹。

(H)接連用言的條件形，表示事情的並列：

雨も降れば風も吹く。
既下雨，又颳風。

金もあれば暇もある、美しい身の上だ。
既有金錢，又有餘暇，是個可欣羨的身分。

氣候も寒ければ便利も惡い。
氣候既冷，又不方便。

人にも働かせれば自分でも働く。
既使人勞動，自己也勞動。

(I)接連用言的條件形，表示因果的(理由的)意味：

轉地すればこそ癒りもしたのだ。
因爲轉地，所以也就好了。

怠けて居ればこそ成績もあがらないのだ。
因爲懶惰了，所以成績也就不好。

餘り水が淸ければこそ魚も住まない譯さ。
因爲水太淸了，所以魚也不能住。

行つて見たればこそ分りもしたのだ。
因爲去看了，所以也就知道了。

右列各例的『ば』係用以表示『から』『に因(よ)つて』一類的意味，即國語『因爲……所以』的意思，這個用法有一特點，是在『ば』之下要附上『こそ』。

(2)『と』的用法：

(A)接續用言的終止形，順說地假定未成立的條件：

餘(あま)りしやべると疲(つか)れるだらう。　太饒舌就要疲乏吧。

寒(さむ)いと風邪(かぜ)を引(ひ)くでせう。　冷了就要傷風吧。

早(はや)く買(か)はないとなくなるでせう。　要不早買，恐怕就沒有。

(B)接續用言的終止形，順說地假定既已成立的條件：

餘(あま)りしやべると疲(つか)れる。　一太多話就疲乏。

寒(さむ)いと風邪(かぜ)を引(ひ)く。　一冷就傷風。

早(はや)く買(か)はないとなくなります。　不早買就沒有。

右列(A)項和(B)項不同，在(A)項中，『と』以下的語句中，有『だらう』『でせう』一類的字眼，所以可見其含有假定的意味，而『しやべる』『寒い』『買はない』這些事件，當然是還沒有發生。但在(B)項中，『しやべる』『寒い』『買はない』這些事件，是被認爲既有的事實，在這種情形之下，下面的事實，是一定要發生的。

(C)接連用言的終止形，表示事實的同時並存，有『や否や』之意，和國語的『隨卽』『立刻就』，或英語的『As soon as』的意思差不多。例如：

旅行から歸ると病氣になつた。　旅行回來就病了。

顏を見ると催促する。　一見面就催促。

復習を始めさせるとすぐ居眠り出す。　一使他開始復習，馬上就打盹。

(D)接連助動詞『う』『よう』『まい』，和後面所講的『とも』的用法相同，表示逆說地假定未成立的條件，有國語『縱使』『無論』之意。例如：

何處へ行かうと心のまゝだ。　不管到那裏去，都隨心所欲。

死なうと生きようと捨てて置いて吳れ。　無論死無論活，請撂掉吧。

君は行くまいと僕は行くのですよ。　縱使你不去，我是去的。

行かうと行くまいとお前の勝手にするがいい。　無論去不去，隨你的便好了。

『とも』接連於動詞・助動詞的終止形和形容詞的否定形，用以逆說地假定未成立的條件，有國語『就令』『無論』這一類的意思。例如：

(A)接連動詞・助動詞的終止形：

何を買ふとも買ひ手の勝手だ。　　無論買什麼，是買主的自由。

たとひ、その爲に死ぬともこの事業をやり通す。　　縱令因之而死，也要把這事業做下去。

よからうとも惡からうとも實行するがよい。　　不管好壞，實行下去好了。

どう言はれようとも自分の思ひ通りにやる。　　不管被人怎樣說，按照自己所想的做去。

(B)接連形容詞的否定形：

遲くとも十日には來る筈だ。　　就是遲了，十日也應該來。

金がなくとも智慧さへあればよい。　　就令沒有錢，只要有智慧就好了。

顏は美しくとも心が醜ければ駄目です。　　不管臉孔漂亮，要是心不好就不可以。

同是一個『とも』，另有用以安置於文的終末，表示『言ふまでもない』(不待言)『勿論さうだ』(自然是這樣)等類的意思。這一種用法的『とも』，係屬於『終助詞』，和這裏的性質不同，不可混而爲一，茲爲便於記憶起見，特擧兩例如下：

今晩行きますか。行きますとも。　今晩去嗎？不用說是去的。

日本語が話せるか。話せるとも。　能說日本話嗎？當然能說。

(4)『も』『ても』『でも』的用法：

(A)『も』這一個字，單獨地用以表示反接的意味的用法，雖不常有，但下列的接連於形容詞的連用形兩個例，則可視爲用以逆說地表示假定的條件：

いくら遲くも來年の春には歸朝します。　無論怎樣遲，明年春天回國。

あの人の足がどんなに早くもまだ到着してゐますまい。　他的脚不管怎樣快，恐怕還沒有達到。

(B)『ても』係『も』附於接續助詞『て』構造成功的，接連用言的連用形，逆說地表示未成立的條件：

いくら努力しても成功は難しからう。　無論怎樣努力，成功很難吧。

少しぐらゐ高くても買ひませう。　就是稍爲貴一點也買吧。

誰にやらせてもこれぐらゐより出來ない。　不管叫誰做，也只能做到這個程度。

(C)『でも』接連用言的終止形，逆說地表示未成立的假定條件：

見ないでも見たと同樣によく分つてゐる。　　雖是沒有看到，却和看到一樣地清楚。

そんなことを言はないでも事は濟むだらうに　　就是不那樣說，事情總也要完的。

下列各例中的『でも』乃是『ても』受了上面用言的音便的影響，將『て』音轉濁而爲『で的』，所以牠是同於(B)項的用法，而不同於(C)項的用法：

あなたの御恩は死んでも忘れません。　　您的恩就是死了也不會忘的。

君がいくら讀んでもあの本は解るまい。　　你怎麼樣讀，那本書恐怕也是不懂。

いくら研いでも切れるやうにはなるまい。　　無論怎樣磨，恐怕也是不能切的。

下列各例中的『でも』乃是指定的助動詞『だ』或形容動詞的語尾『だ』的中止形『で』接連『も』構造而成的，所以牠的性質同於(A)，而不同於(C)。例如：

顏は人でも心は鬼だ。　　臉雖是人，而心却是鬼。

元は君のでも賣れば人のものだ。　　元來雖是你的，賣了却是別人的了。

今は穩かでも安心は出來ぬ。　　現在雖平穩，也不能安心。

上述(B)項的『ても』通常雖是用以逆說地表示未成立的條件，但也可用以逆說地表示確定條件，如下列各例便是：

これ程待つても出て來ない。　雖這樣等也不出來。

雨が降つても道はちつとも惡くならないね。　雖然下雨，路一點也不壞。

あの人は病氣が治つても臥つてゐるらしい。　他病雖然好了，好像還趟在床。

（5）『けれど』『けれども』的用法：

『けれど』和『けれども』意思相同，都是接連於用言的終止形，逆說地表示確定的條件。例如：

一生懸命に覺えるけれどすぐあとから忘れてしまふ。　拚命記住，馬上就忘。

ことわるけれども押して賴んだ。　雖加拒絕，還是無理相託。

忙しいけれど御世話はしませう。　雖然是忙，仍給照料吧。

しないけれどもしたと同じである。　雖然沒有做，却和做了一般。

毎日練習させるけれども一向上達しない。　雖是使他天天練習，總沒有進步。

雨天だけれどもでかける。　雖是雨天，也出去。

同是一個『けれど』或『けれども』，如果牠是獨立用在文的前頭的時候，則牠不屬於助詞，而成爲

接續詞了。助詞絕不能用在文的前頭。下列各例的都是接續詞：

春になつた。けれどもまだ暖くならない。	是春天了。可是還沒有暖。
時間が參りました。けれども誰も參つては居りません。	時間到了。但是誰也沒有來。

不過右列各例如果用下面的說法去說，則又屬於助詞了：

春になつたけれどもまだ暖くならない。	春雖然來了，但還不暖。
時間が參りましたけれども誰も參つて居りません。	時間雖已到了，可是誰也沒有來。

(6)『が』『ところが』的意義和用法：

『ところが』的『ところ』，元來是形式名詞，用處在於對其上面的語句，賦與體言的資格，後來乃和接於其下面的『が』結合而成一接續助詞，其意義和單獨的『が』一樣。『が』這個助詞的用法，從來都以為是表示文的前後意義的齟齬，但據山田孝雄氏的意見，則以為牠的用處，在于表示俱存的事實，雖然在外表上看來，有齟齬的用法，其實這乃是因為在俱發俱存的事實之間，偶然有此現象，並非用『が』的力量去表現齟齬之意。山田氏這個俱存的說法，比通行的齟齬的說法，較為適用，故本書仍之。

（A）接連於用言的終止形（『ところが』則可視為接連於連體形），表示同時的列敘，而前後文含有反意之例：

風は寒いが天氣はよい。　風雖冷，可是天氣好。

あたりは靜かだが便利が惡い。　週圍雖然靜，可是不方便。

色は黑いがちよつと愛嬌のある女だ。　顏色雖黑，是個有些丰韻的女人。

それも一理あるだらうがとにかく信じられない。　這雖是也有一理，可是總不能相信。

わざわざ行つたところがあいにく留守だつた。　特地去了，可是不在家。

（B）單純地表示同時的列敘：

そこも痛いがここも痛い。　那裏也痛，這裏也痛。

私も知つてゐるが親切な人だ。　我也知道，是親切的人。

ためしに歩いて見たが相當に疲れた。　試走看看，相當地遠。

人が來たところが一人だ。

人來了，是一個人。

(C)並列兩椿假定的事實，有國語『無論……無論……』或『不管……不管……』之意。例如：

人が見ようが見まいがそんな事は構はぬ。

不管人想看，不管人不想看，沒有關係。

淺からうが深からうが構はず飛込む。

不管深，不管淺，不以爲意地跳進去。

取らせるが取らせまいがこつちの自由です。

無論讓他拿不讓他拿，是這邊的自由。

新聞だらうが雜誌だらうが病床で讀んではいけません。

無論新聞，無論雜誌，不要在病床看。

並列兩椿假定的事實，只可以用『が』，而不能用『ところが』去表示。

(D)用『が』於語句之末，以表示加重語氣；唯這個用法，須歸入於終助詞。例如：

確にしまつて置いたのだが。

的確是收藏起來了啊。

そんなことは無い筈だと思ふんだが。

想是不應該有那樣的事啊。

そんなものならどこにでも賣つてゐませうが。

那樣的東西，無論什麼地方總有賣的吧。

先方ではそんなこと仰いますまいが。

對方恐怕不會說那樣的事吧。

右各例的『が』的下面，是饒有餘情的；牠含有多少懷疑的意味在裏頭。

(E)『ところが』用以表示同時的叙列時，有時含有『ので』(因爲……所以……)的意義於其中。例如：

さう言つたところが先生すつかり怒つてしまつた。
因爲這樣說，所以先生氣得很。

大いに叱つたところがやつと近頃よくなつた。
因爲大大叱責，所以近來纔好。

暖かい部屋に置いたところが二三日で花が咲いた。
因爲放在暖屋裏，所以兩三天就開了。

役場へ行つたところが彼に遇ひました。
因爲上衙門，所以遇見他。

(F)『が』和『ところが』一般都以爲牠們係用以表示前後的齟齬，因此就轉而變爲和『しかし』『しかしながら』(均是『可是』『但是』等意)同意的接續詞。例如：

私は懇切に彼に忠告した。が、聞き入れる様な人間ではない。
我懇切地忠告他。可是他不像個肯聽話的人。

彼は一生懸命努力した。ところが誰もその
他拼命努力。但是誰也沒有留意到他的努力。

努力を認めない。

(7)『に』『のに』的意義和用法：

『のに』的『の』原係用以對於其上面的用言賦予體言的資格的助詞，但聯用久了，竟和『に』合而爲一，成爲和『に』同一意義和用法的一個助詞了。『に』是接連於用言的終止形，而『のに』則接連於連體形，和『が』和『ところが』一樣，係用以表示事實的同時的列叙，唯因爲牠的前後文時常是含有反意的，所以很多人拿牠當作表示齟齬的助詞，也不妥當；這兩字和國語的『而』字有些彷彿，外表上似乎是表示齟齬，而實際上却是表示列叙。例如：

早く來ればよいにまだ來ない。早來就好了，而不來。

あれ程頼んで置いたに忘れたのか。那樣地拜託了他，而竟忘了嗎？

つら〱考へて見るに和洋折衷は不經濟だ。仔細地想，和洋折衷是不經濟的。

この寒いのに平氣でゐる。這樣的冷而竟不在乎。

あんなに攻撃されるのに何とも思つてゐない。那樣地被攻擊，而竟不以爲意。

こんなに海が荒れるのに君はよく食べられるね。

海這様地不平靜，而你竟這樣能吃啊。

(8)『ものを』的意義和用法：

『ものを』的意義・用法以及其構成的來源，和『のに』很相似。『もの』原是一個形式體言，係用以對於上面的用言賦予體言的資格的，因爲和『を』聯用久了，遂合而爲一，成一個助詞。『ものを』接連於用言的連體形，和『が』『ところが』『に』『のに』一樣，是表示事實的同時的列叙，唯因爲牠的前後文意常生齟齬，所以普通都以牠爲表示反意的助詞。例如：

あんなに願つてゐるものを聽かないのも可哀さうだ。

那樣懇求，還是不聽，實在可憐。

じつとして居てさへ暑いものを道中はどんなだらう。

閑着不動還是熱，道中不曉得怎麽樣。

醫者でさへなほせぬものをしやうがあるものか。

連醫生也治不好，有什麽辦法呢？

『ものを』這一個助詞，還可以用『ことを』去代替，這是因爲『こと』和『もの』都同屬於形式體言，因此可以互相代替。例如：

一人でも出來ることを五人もかゝつてゐる。——一個人也能做的，竟用到五人。

言はなくてもいいことを餘計なおしやべりをする。——不說也可以的，竟愛多說話。

覺えれば覺えられることを勉强しないからいけない。——記一記就可記得的，而不用功，所以不好。

此外還有『ものの』這一個接續助詞，可以代替『ものを』『のに』。例如：

さうは言ふもののやつぱり未練がある。——雖是這樣說，還是不甘心。

苦しいものの又樂しみなところもある。——苦雖苦，也有樂處。

折角來たもののこれではしやうがない。——特地地來，這也沒有什麼法子。

(9)『から』的意義和用法：

『から』是由格助詞轉變而來的接續助詞，接連於用言的終止形，用以表示某一樁事情爲另一樁事情的原因，有國語『因爲……所以……』的意義；『から』前面的語句，成爲其後面的語句的副詞性修飾語。例如：

怠けてばかりゐるから駄目なんだ。——因爲老是懶惰，所以不行。

安いからよく賣れるのだ。——因爲便宜，所以好賣。

海が穩だから今日は出帆しませう。——因爲海很平穩，今天出帆吧。

まだよく讀んでゐないから內容は分らない。——還沒有好好讀，所以內容不知道。

『から』之下，還可以接上係助詞『は』，並可以在『は』之上再加入格助詞『に』，構成『からは』和『からには』作爲表示『上は』『以上は』（卽國語的『既然』『既是』之意）之意的接續助詞。例如：

しやうと思ふからはすぐ手を付けなさい。——既然要做，就須馬上着手。

會を開くからは立派にやらなければならぬ。——既是開會，就非好好開不可。

返事が來ないからには不承知に違ひない。——既然沒有回信，一定是不答應的。

見付けたからには咎めないで置けない。——既是看到，就不能置而不問。

（10）『ので』的意義和用法：

『ので』原是格助詞的『の』和『で』結連而成的一個接續助詞，接連於用言的連體形，意義和『から』一樣，係用以表示某一樁事情爲另一樁事情的原因。例如：

どうしても行けといふのでやつて來ました。——因爲說是怎麼也得去，所以來了。

まだ早いのでこゝで待つてゐました。　因為還早，所以在這裏等。

何時も人に騙されるのでいやになつてしまふ。　因為老是被騙，所以討厭。

子供が丈夫なので何より安心です。　因為小孩壯健，所以比什麼都安心。

(11)『し』的意義和用法：

『し』係由佐行變格活用動詞『する』的連用形『し』轉來的接續助詞。接連於用言的終止形，用以接續其上下的語句，表示同時或異時的列叙。有下列三種用法：

(A)並列事情：

働きもするし遊びもする。　既勞動又遊玩。

海岸は夏は涼しいし冬は暖かい。　海岸夏涼而冬暖。

酒も飲まないし煙草も嫌ひだ。　酒既不喝，烟也不抽。

(B)如果有兩個連接『し』於其下的文互相重疊時，則牠就成為『するから』『ので』(國語『因為……所以……』之意)同樣的意義，表示順說的條件：

風も吹くし雨も降るし今日は行くのを止めま　因為既颳風又下雨，所以今天不去吧。

う。

朝は『早い』夜は『遲い』少しも暇がない。

因為早上要早，晚上要晚，所以一點工夫也沒有。

倒される『し』踏まれる『し』つらい目に遇つた。

因為既被推倒，又被踐踏，受了很大的罪。

(C)『し』接連於否定語・推量語之下時，則牠的用處和『ものを』『のに』相同：

始終來る譯ぢやあるま『い』し厭な顏を見せるものぢやない。

並非老是要來，不用拿出討厭的面孔給看。

三つ子ではなからう『し』これ位の理窟は分りさうなものだ。

並非三歲兒童，這點道理總是懂的。

專門の學者ぢやあるま『い』し難しい理由の分らう筈がない。

並非專門的學者，困難的理由自沒有了解之理。

(12)『たり』的意義和用法：

『たり』是由文言的完了助動詞『たり』的連用形『たり』轉來的接續助詞，唯牠和一般的接續助詞不同，因為一般的接續助詞的功用在於接續文和文或節和節，而『たり』則不過是接續用言和用言而已，只因牠是表示事情的同時的列敘，乃好拿牠看作接續助詞。牠是接連於用言的連用形。例如：

賣つたり買つたりするのが商賣です。　　賣咧，買咧，就是生意。

讀ませたり書かせたり頻りと敎へる。　　叫他讀，叫他寫，老是敎他。

長かつたり短かつたり全然不揃です。　　長的，短的，全然不齊。

上面各例的『たり』，是用以表示並列的，這種用法，總是兩個『たり』疊用；此外還有單獨用『たり』以表示『など』（國語『等』『之類』的意，係用以舉一例以類推其餘）之意，這種用法，也是接連於用言的連用形，其下總附有佐行變格動詞『する』，牠的性質較近於副助詞，和接續助詞的通性差得更遠了。例如：

そんな所に腰を掛けたりしてはいけない。　　不要在那種地方坐。

人に馬鹿にされたりするのは厭ですからね。　　因爲讓人家當傻子是很討厭的。

他人の話を立聞きしたりしてはいけない。　　不要偸聽人的話。

『たり』如果接連於ガ行・ナ行・バ行・マ行的連用形時，則變爲『だり』。玆例示一二，以供類推。

飲んだり食つたり十分腹をこしらへた。　　喝咧，吃咧，弄得肚子飽飽。

あちらへ漕いだりしてはならない。　　不要划到那種地方去。

(13)「て」的用法和意義：

「て」這個字，元是文言的完了助動詞「つ」的連用形「て」轉來的接續助詞，現雖失掉了完了的意義，可是還不免留點痕跡，因爲在許多用例中，「て」的上面的動詞所表示的動作總是在先，而「て」的下面的動詞所表示的動作總是在後。「て」是接連於用言的連用形，用下列的幾種意味，去接續上下文：

(A)表示同時列敘：

荷物を運んで來た。　運行李來。

風が激しく吹いて來た。　風激烈地吹來。

時の流に押流されて行く。　被時代的潮流所捲走。

(B)表示不同的事情，有國語「而」的意味：

夏か終つて秋が來た。　夏過而冬來。

山は高くて海は深い。　山高而海深。

人に賴んでおいて歸りなさい。　請託了人囘去吧。

(C)表示理由或原因：

川が氾濫して渉ることが出來ない。　因爲河川氾濫，渡不過去。

この品物は高くて買へない。　因爲這個東西貴，不能買。

注意されて始めて氣がついた。　因爲被警告纔留意。

(D)表示『ながら』『のに』之意，上下文意常相反：

隣は金が有つて内は貧乏だ。　隣家有錢，而自已窮困。

色は美しくて形は醜い。　色美而形醜。

あれほど叱られてまだ止めない。　那樣被叱責而還不停止。

上列的『て』如果接連於ガ行・ナ行・バ行・マ行的動詞的連用形時，則變爲『で』，上例中可以看出，不另舉例。唯這個『て』如果接連於否定助動詞『ない』之下時，如接連於連用形雖是用『て』，而接連於終止形則須用『で』，這『で』雖和『て』是個同意的接續助詞，但却不是受音便的影響而來的『で』，這是特別的現象。例如：

ちつとも地震を知らないで（＝知らなくて）よく眠て居ました。　一點也不知道地震，仍是好好地睡。

本をよく讀まないで（＝讀まなくて）いたづ　書不好好讀，老是淘氣。

らばかりして居る。

『て』接於另一否定助動詞『ぬ』(『ん』)之下時，也變而爲『で』，這大約是因『ぬ』(『ん』)和撥音便同屬於撥音，所以表現出同樣的現象。例如：

そんなに泣かんで歸りなさい。　　不要這樣哭，回去吧。

公式も知らんで數學が進歩されるものか。　　公式也不知道，數學能進步嗎？

(14)『ながら』的意義和用法：

『ながら』的性質，和『たり』相同，不是用以接續文和文，而是用以接續用言，使上面的語句成爲下面的語句的副詞性修飾語，其所以歸入於接續助詞者，不過是便宜上姑且歸入而已。其用法如下：

(A)接連於動詞・助動詞的連用形，表示兩個作用同時施行之意，可譯爲『且……且……』或『順便』等語：

歩きながら本を讀んでゐる。　　且走且讀書。

外の事を考へながら話を聞いてゐる。　　一面想別的事，一面聽講話。

叱られながら算術をやつてゐる。　　且被罵且算算術。

本を買ひながら神田へ行きます。　　到神田去，順便買書。

昨日友達を訪ねながら上野へ行きました。　昨天到上野去，順便看朋友。

和上面的『ながら』同一作用之語，還有『がてら』這一個字；此外還可以用『もて』『もつて』去代替這個用法的『ながら』。例如：

御飯を食べがてら宿舍へ歸りました。　回宿舍，順便吃飯。

泣きもて笑つてゐる。　且哭且笑。

遊びもつて仕事が出來るものか。　能够一面玩，一面做完事情嗎？

(B)接連於動詞的連用形・形容詞或形容詞形助動詞的終止形，表示兩事同時並作，而前後矛盾，有『けれども』『のに』等意，國語可譯爲『雖然……可是』等語。例如：

あの人は酒は嫌ひと云ひながらよく飲みました。　那個人雖說討厭酒，可是喝不少。

缺席してはいけないと知りながら時時缺席します。　雖然知道缺課不好，可是老缺課。

あの公園は小さいながら綺麗です。　那個公園小雖是小很美麗。

歳は若いながら中々しつかりしてゐる。　年歲雖小，倒是很有把握。

何も知らないながらやだらにしゃべつてゐる。　雖然什麼也不知道，却來胡說覇道。

（C）接連於體言・用言（連用形或終止形）・副詞等等的下面，構成副詞性的語句。在這一種用法中，『ながら』已脫掉接續助詞的性質，而帶上副助詞的色彩了。例如：

蜜柑を皮ながら食べる。　把蜜柑連皮吃下。

自分ながら恥づかしい氣がする。　連自已也有點羞恥的意思。

卵が二つながら腐つてゐる。　雞蛋兩個全壞。

寢ながら聞いてゐる。　睡着聽。

短いながら使ひませう。　短雖短，就使用吧。

及ばずながら盡力致しませう。　雖沒有什麼用，總得盡力。

いつもながらお粗末さまでした。　老是不週到。

（15）『つゝ』的意義和用法：

『つゝ』是文言的完了助動詞『つ』疊用轉來的，接連於動詞　助動詞的連用形（唯不能接連於形容詞），用處和『ながら』一樣，是表示兩事的同時列叙，也是由便宜上暫行歸入接續助詞的。例如：

涙を流しつつ仔細を話した。　流淚說詳情。

時計を見つつ試験の答案を書く。　且看鐘，且寫試驗的答案。

歌を歌はせつつ聞いてゐる。　一面使唱歌，一面聽。

悪いとは知りつつどうしても止められない。　雖知道不好，總不能停止。

叱られつつ笑つてゐる。　雖被叱，還是笑。

七、終助詞：

終助詞是和述語有關係的助詞，只用於文句的終端，用以表示希求・命令・感動・疑問等意義。茲將屬於終助詞的幾個助詞，分別說明如下：

(1)『か』的意義和用法：

『か』是表示『疑』或『問』的終助詞。『か』表示不定的時候，是屬於副助詞，前已說過；表示疑問的時候則屬於這裏所講的終助詞。牠接連於體言・助詞・或用言的終止形，處於文句的末端。牠有三種用法，分述如下：

(A)表示問：

これは何の本か。　這是什麼書？

今日は十月十日か。

新高山は富士山より何程高いか。

いつお伺ひ致しませうか。

明日は五時に來るか。

今晩の會は何時からか。

(C)表示疑：

あの怪しい光は何か。

さあ何だらうか。

黃山はそんなに高いか。

あれが見えないとは何といふ目の惡さか。

(C)表示反詰：

それだから云はないことか。

これが默つてゐられることか。

どうしてそんなことが出來ませうか。

今天是十月十日嗎？

新高山比富士山高多少呢？

何時去拜候呢？

明日五時來嗎？

晚上的會幾時起呢？

那個怪光是什麼？

啊，是怎麼回事？

黃山那麼高麼？

那個看不見，眼睛是怎樣的壞啊？

因此就不說了嗎？

這是可以沈默的嗎？

怎麼能夠這樣做？

そんな馬鹿なことがあるものですか。　　有這樣的傻事嗎？

此外還可以在『か』之上，加上『もの』『もん』（『もの』音便變來的），構成『ものか』『もんか』，以表示反語。上例的『ことか』，亦屬這種性質。例如：

そんなことがあるものか。　　有那樣的事嗎？

僅かの費用で何が出來るもんか。　　一點點費用能夠做出什麼呢？

なに悲しいもんか。　　那有什麼悲傷？

紹介無しに行つても見せるものか。　　沒有介紹去也給看嗎？

（2）『え』的意義和用法：

『え』是表示疑問的終助詞，接連於過去助動詞『た』和指定助動詞『だ』『です』的終止形，也可接連於終助詞『か』之下。例如：

昨日の日曜はあなたはどうしたえ。　　昨天禮拜日你幹嗎？

そこにゐるのは誰だえ。　　在那裏的是誰？

それは何ですえ。　　那是什麼？

そんなに面白かつたかえ。　　那麼有趣嗎？

(ろ)『なさい』的意義和用法：

『な』是表示命令或勸誘的終助詞，接連於動詞的連用形或漢語動詞的語素。這個『な』字大約是『なさい』略去『さい』而來的，非對於極熟的人不可用。例如：

遊びにお出でな。　請來玩吧。

この本を讀んで見な。　這書讀讀看吧。

早く歸つて來な。　請早回來吧。

御本を暫く貸して頂戴な。　這本書請暫借一看。

すぐ來て御覧な。　馬上來看吧。

這個『な』的意義，和下項表示禁制的『な』以及間投助詞的『な』，完全不同，不可混為一談。

(ト)『な』的意義和用法：

『な』是表示禁制的終助詞，接連於動詞的終止形，用例如下：

聞いたことを忘れるな。　不要把聽到的忘掉。

つまらない本は決して讀むな。　不要讀沒有價值的書。

馬鹿なことを二度とするな。　不要再做傻事。

もうこんな所へ來るな。　不要再到這種地方來。

(5)『ぜ』的意義和用法：

『ぜ』接連於用言的終止形，用以提醒注意，表示指定之意，用例如下：

花が咲くぜ。　花開了啊！

もうやがて來るぜ。　已經快來了！

日本の櫻花は實に美しいぜ。　日本的櫻花眞美啊。

奈良は非常に靜かだぜ。　奈良是非常的靜啊。

もう用來たぜ。　已經好了。

今度はうまくやらうぜ。　這次要好好幹啊。

(6)『さ』的意義和用法：

『さ』接連於體言・用言的終止形・用於文的終結的助詞・以及副詞等，用以輕輕地提醒注意，表示指定，用例如下：

(A)接連體言：

どうなるか、これは問題さ。　怎麼樣？這是問題啊。

そこが妙さ。 妙在這裏。

知れた事さ。 可想而知的。

來たのは彼さ。 來的是他。

僅かに三人さ。 僅僅三人而已。

(B)接連用言的終止形：

明日から朝早く起きるさ。 由明日起要早起啊。

そんな事はどうでもよいさ。 那樣的事，怎麼也可以。

私だつて行かれるさ。 我也可以去的。

出來ても出來なくてもやらせるさ。 不管會不會，要使他做啊。

(C)接連於文的終端的助詞：

何を勉強してゐたのさ。 是在用功什麼啊。

それを以前から知つてゐればこそさ。 那個要是以前知道就好了。

去年の春東京で別れたきりさ。 是從去年春天在東京分手的啊。

あなた何處へ行つたの。買物にさ。 你到那裏去？去買物。

なんでもよいわさ。　什麼也好啊。

右例中『さ』之上，是把某些應有的語省掉的。

(D)接連於副詞：

澤山あるか。ほんの少しさ。　有很多嗎？只有一點。

いや一寸さ。　不，只一點點。

(7)『とも』的意義和用法：

『とも』接連於用言的終止形，表示『言ふまでもない』(國語『不用說是那樣』『當然如此』等意)之意。例如：

讀まれるか。讀まれるとも。　能讀嗎？當然能讀。

三里くらゐ大丈夫歩けるとも。　三里左右當然包管能走。

それは面白いとも。　那當然有趣。

勿論丈夫ですとも。　不用說，當然是結實。

(8)『の』的意義和用法：

『の』接連於用言的終止形或別的助詞，用以提醒注意・添加餘情・表示疑問。茲分述如下：

(A)提醒注意：

大變によく讀めるの。

何處へ行つても暑いの。

何と美しい花ですの。

私は行くからの。

まちがひは無いかの。

どうしても承知しないのでの。

(B)添加餘情：

びつくりするほどよく走るの。

非常に美しいの。

實に丈夫ですの。

それは早く着いたの。

私も行きたいの。

(C)表示疑問：

很會讀啊。

到那去也是熱啊。

多麼好的花啊。

因爲我要去啊。

沒有錯誤啊。

因爲怎麼也不答應啊。

跑到令人可怕。

非常的美啊。

實在是結實啊。

那是早已到了。

我也願意去啊。

あなたはどこへ行くの。　你到那裏去？
どんなに美しいの。　有多麼好看？
どれほど綺麗ですの。　有多麼漂亮？
いつからお出駈けなさるの。　何時出發？
そんなに澤山要らないの。　不要那麼多嗎？

(9)『い』的意義和用法：

『い』接連於動詞的命令形，以確示命令之意。通常是附屬於變格活用的動詞，但也有時附屬於一段活用的動詞。例如：

それを早く持つて來い。　把那個快拿來吧。
しつかり勉強せい。　好好用功。
さうして吳れい。　給那樣辦吧。
この問題を解いて見い。　把這問題解解看。

(10)『ろ』的意義和用法：

『ろ』接連於一段活用動詞・佐行變格活用動詞（限於用『し』時）・以及受身、使役、敬讓諸助動詞的命令形，以確示命令之意。例如：

早く起きろ。　早起來吧。

そこへ腰を掛けろ。　坐在那邊吧。

もつと勉強しろ。　再用點功吧。

彼にやらせろ。　讓他做吧。

此外還有『よ』字完全可以代替上列的『ろ』，唯『よ』字在代替這裏的『ろ』字這一種用法以外，還有其他幾種用法，多帶有感嘆的意味，所以木枝增一氏不把牠歸入於終助詞，而置在間投助詞中，本書仍之。

八、間投助詞：

間投助詞，也可以名之爲『感動助詞』或『咏嘆助詞』。牠的性質和終助詞不同，因爲在含有終助詞的文句中，如果把終助詞去掉，常可以破壞陳述的完結；但在含有間投助詞的文句中，如果去掉間投助詞，則於情韻上雖免不了有多少損失，而於陳述上則不生什麼影響。例如把下列兩文比較看看：

言ひつけられた事を忘れるな＝不要把受人囑咐的事情忘掉啊。（終助詞）

頼んだ事を忘れるな＝把託付的事情忘掉了。（間投助詞）

前者的『な』是表示禁止之意的終助詞，把牠去掉時，則成爲『言ひつけられた事を忘れる』＝忘掉受人囑咐的事情』，意思和原文完全不同；但後者則係用以添助餘情，雖把牠去掉，意思仍然一樣，由此可見兩者之不同了。茲將屬於此類的助詞，分述如下：

(1)『よ』的意義和用法：

『よ』接連於體言・用言的終止形或命令形・終助詞『な』・或有所省略的敘述之下，以表示輕輕壓抑・確實指示・增添餘情等意。這個『よ』字山田孝雄氏是把牠歸在終助詞中，而本枝增一氏則以爲須歸入於間投助詞中纔對，因爲終助詞不能兩個疊用，但『よ』字則可疊用於別的終助詞之下。例如：

つまらぬ本を讀むなよ——不要讀無益的書。

馬鹿な眞似をしなさるなよ——請不要學那種儍事。

前例中的『よ』是接連於表示禁止的終助詞『な』之下，可見『よ』不是終助詞，還是歸入於間投助詞，較爲妥當。茲將『よ』的各種用法分述如左：

(A)接連於體言：

これは箱よ。——這是箱子啊。

手紙を出したのは私よ。
寄出信的是我啊。

知れた事よ。
可想而知的啊。

待ったのは僅かの間よ。
待的不大工夫。

(B)接連於用言的終止形：

今度は私が打つよ。
這次是我打的了。

さきの方はよっぽど深いよ。
前頭很深啊。

今日は波が穏かだよ。
今天波浪很平。

君の兄さんから詳しく聞いたよ。
是由令兄詳細聽到的。

何、つまらないことですよ。
什麽？是沒有價値的事

そんな事があるかも知れないよ。
那樣的事有也未可知。

(C)接連於用言的命令形：

歸りには寄れよ。
回來的時候，來一下吧。

珍しいお土産を買って來いよ。
買些稀奇的土儀來吧。

早く起きよ。
早起來吧。

ごめんなさいよ。　借借光吧。

(D)接連於終助詞『な』之下：

今度は怠けるなよ。　這次不要怠惰啊。

もう忘れなさるなよ。　不要再忘掉啊。

注意して怪我するなよ。　注意不要受傷啊。

(E)接連於有所省略的叙述之下：

そんな馬鹿なことは無いのよ。　沒有那樣的傻事。

でも、そんな事を言ふからよ。　就是因爲說到那樣的事啦。

ほんの少しばかりよ。　只是一點點而已啊。

それはさうよ。　那是那樣的。

どうな、うとままよ。　不管怎樣，由牠去吧。

(2)『や』的意義和用法：

『や』接連於用言的命令形・終助詞『な』・助動詞『う』『よう』『ない』的終止形，以添加餘情，調整語調；又接連於體言・表示呼喚；並可接連於體言・用言・助詞・副詞，表示事物的列舉。大體上是和『よ』的意義相似的間投助詞。

(A)接連於用言的命令形：

早く來いや。　　快來啊。

そんな事は止めろや。　　不要作那樣的事吧。

洋服を着ろや。　　穿洋服啊。

(B)接連於終助詞『な』之下：

あんな事をするなや。　　不要做那樣的事情啊。

そんな所で騒ぐなや。　　不要在那種地方吵鬧。

急いで忘れるなや。　　快辦不要忘啊。

(C)接連於助動詞『う』『よう』『ない』的終止形：

早く出掛けようや。　　早點出發啊。

皆一緒に遊ぼうや。　　大家一塊玩吧。

私はそんな事知らないや。　　我不知道這樣的事啊。

(D)接連於體言，表示呼喚之意：

花子や、一寸おいで。　花子，請來一下。

姉や、玄關に來客だよ。　姊姊，門口來客了啊。

婆や、赤ん坊を負つておくれ。　婆婆，給背背小孩吧。

(E)接連於體言・用言・助詞・副詞，以列舉事物：

梅や桃や梨やいろいろの果樹が植ゑてある。　種有梅，桃，梨種種的果樹。

われやこれやと忙がしく暮しました。　這個那個，很忙地把日子過去。

十日や二十日の事ではない。　不是十天二十天的事。

食ふや食はずの苦しい目に逢ひました。　碰到有時得吃有時不得吃的苦境。

遠いや近いの話ではない。　不是遠近的問題。

肩をたゝかせるや足を揉ませるやで大騷だ。　讓人叩叩肩，揉揉脚，大熱鬧一下。

昨日からや一昨日からの事ではありません。　不是昨天前天開始的事。

質のよいのや惡いのや種種並べてある。　品質好的壞的，各色各樣排列着。

(3)『ぞ』的意義和用法：

『ぞ』是表示指示之意的間投助詞，可以接連於主格，可以爲格助詞的代理，可以接連於格助詞之上，可以附屬於副詞，可以接連於用言的終止形。

(A)接連於主格：

抽出の中に何ぞ有るだらう。　　抽屜裏頭有什麽呢。

誰ぞ手傳に來て呉れないか。　　誰來幫幫忙啊？

(B)爲格助詞的代理：

休暇中に何ぞ讀まう。　　休假中讀讀什甚吧。

何ぞ探して來よう。　　來找什麽吧。

(C)接連於格助詞之上：

今日は誰ぞが來るでせう。　　今天有誰來吧。

こんなもの誰ぞにやつてしまへ。　　把這類東西給誰吧。

これだけで何ぞを買つておいで。　　用這些買點什麽吧，

これぞといふ程の事もない。　　也沒有什麽要緊事。

お前など何處ぞへ行つてしまへ。　　你們到那去吧。

見つかなければ何ぞで代りにしておかう。　　如果找不着，用什麽代替一下吧。

右列（A）（B）（C）的各例中有一點要注意，就是『ぞ』所接連的語，一定是代名詞。

（D）接連於副詞：

つひぞ逢つたことがない。　　未曾碰見過的事。

（E）接連於用言的終止形：

今日は仕事に取掛るぞ。　　今天要開始作事了。

この問題は中々むつかしいぞ。　　這問題很難啊。

さあ雨が降り出して來たぞ。　　雨下來了啊。

行くなら今日だぞ。　　要是去就是今天。

暴風雨が起るらしいぞ。　　暴風雨似乎要起來。

（4）『な』的意義和用法：

『な』接連於作爲文的終端的用言的終止形，也可接連於文的終端或中間的別的助詞之下，用以咏嘆地增添餘情。

（A）接連於用言的終止形：

實に立派な品が澤山あるな。　　好東西實在多。

これは中々面白いな。　這個實在有趣啊。

この櫻の花は隨分見事だな。　這個櫻花很好看啊。

今朝は大變寒いですな。　今朝很冷啊。

本當にたまりませんな。　實在受不了。

(B)接連於別的助詞：

誰も知らないからな。　因爲誰也不知道啊。

どちらにしてもな、困りますよ。　無論那方面都不好辦啊。

私はな、ちつとも構はないのだけれども。　我啊，雖然一點也沒有關係，可是。

これをな、早く始末して貰ひたいんでね。　希望給把這個趕快了結啊。

(5)『ね』的意義和用法：

『ね』係用以表示親密之意，並添增餘情，接連於呼格之語・主格之語・格助詞・副助詞・係助詞表示條件之語・在文的終端的用言的終止形。

(A)接連於呼格之語下：

君ね、たうとうあの事件が起つたんだよ。　你啊，那件事件已經發生了啊。

松村さんね、あなた學校へ行くのですか。
松村君，你是到學校去嗎？

(B)接連於主格的語下：

私ね、とても駄目だと思ひましたよ。
我啊，想是沒有什麼辦法了。

例の山田さんね、昨日歸つて來ました。
那位山田先生昨天已回來了。

(C)接連於格助詞之下：

また雨がね、降り出して來ました。
雨又下了。

案內人が暗い穴の中にね、私を連れて行つたのだ。
引導人在暗穴中把我領去。

古い本をね、賣つて作つた金なのだのさ。
是賣了舊書得到的錢啊。

それとね、これとは大分違ふんだよ。
那個和這個很不相同。

東京へね、行かうと思つて家を出かけたのです。
是打算到東京去而離開家的。

自動車でね、運べばすぐだ。
用汽車搬馬上就到。

私からね、始めませう。
由我開始吧。

(D)接連於副助詞之下：

これはほんの少しばかりね。　這不過僅僅一點點而已。

皮までね、食べてしまつたんだよ。　連皮都給吃完了。

どこやらね、具合の悪いところがあります。　什麼地方有點不合適。

藥の分量はこれぐらゐね。　藥的分量就是這些啊。

(E)接連於係助詞之下：

これはね、私の末子です。　這是我的最小的孩子。

旅もね、伴侶によつて感じが違ふ。　旅行也因着伴侶之不同而生差異的味道。

これこそね、大變ですよ。　這纔是大事情啊。

あんな人さへね、やられてしまつたんです。　連那樣的人也上了當。

(F)接連於表示條件之語下：

あの人に賴んだらね、すぐ解決したのです。　如果託了他，馬上可以解決的。

若し山田さんに逢つたらね、どうかよろしく。　如果見了山田先生，請爲道好。

萬一しくじればね、それこそ面目の丸つぶれ　萬一失敗了呢，這纔沒有面目啊。

當選（たうせん）すればね、いいんだが。

如果當選了就好了。

G）接連於用言：

よく雨（あめ）が降（ふ）るね。

老是下雨啊。

大層（たいそう）さびしいね。

真寂寞啊。

銀座通（ぎんざどほり）は賑（にぎ）かですね。

銀座大街是熱鬧啊。

全（まつた）く驚（おどろ）いてしまつたね。

令人一驚啊。

母（はは）はまだ歸（かへ）らないね。

母親還沒有回來啊。

（6）『がな』的意義和用法：

『がな』係用以表示希望的間投助詞，接連於希望的對象之語，其對象如附有格助詞，則可接連於其上面或下面。例如：

何（なに）がなあるだらう。

有什麼吧。

芝居（しばゐ）にがな行（い）かう。

去看戲吧。

何（なに）がなと一生懸命（いっしゃうけんめい）に奔走（ほんそう）してゐるのです。

為什麼事情拼命奔走。

九、日語助詞和英語前置詞的比較究研：

在本章開始的時候，業已說過，日語的助詞和英語的前置詞，(Preposition)，相似的地方很多，但不同之點也不少，譬如兩者的位置・接續・和職能等等，有很多的差異；由大體上說來，日語的助詞比英語的前置詞範圍廣的多。茲將兩者可比較的地方，分別列述如左：

(1)日語助詞和英語前置詞的位置和接續的比較：

(A)日語的助詞常附屬於其所支配的語後，而英語的前置詞則常附屬於其所支配的語前。例如：

We speak to a man =我々は人に話しかける(我們對人說話)。

She looked at him.=彼女は彼を見た(她看他)。

I have been ill since Sunday.(私は日曜日から病氣だ(我自禮拜日起就病了)。

日語助詞除却助詞可互相前後以外，一定要附屬於其所支配的語後；英語則除却下列幾種例外以外，一定要附屬於其所支配的語前。其例外之例如下：

(a)表示强意(Emphasis)之時。例如：

Him will I die for.=彼の爲には私は死ぬのも厭はぬ(爲他我死也情願)。

(b)目的語(Object)屬於疑問詞時。例如：

Where did he come from?＝彼は何處から來たのか（他由什麼地方來的？）。

（c）目的語屬於關係代名詞時。例如：

This is the house [that] he live in.＝こが彼の住まつてゐる家です（這裏是他所住的家）。

（d）在詩句中。例如：

The cock……stoutly struts his dames before.＝牡雞は揚々と牝雞の前を濶步する（牡雞揚揚濶步於牝雞之前）。〔Milton的句〕

（e）下列一類的成語：

All the year round（一年中）。All the night through（夜通し＝整夜）。All the world over（全世界中）。

（B）英語的前置詞，只能接連名詞（或其代用語，如：代名詞・動名詞《Gerund》；不定法《Infinitive》，時或場所的副詞・某些慣用句中的形容詞・句《Phrase》・名詞節《Noun Clause》等），加以支配，其受支配的語，屬於目的格；日語的助詞，則除却接連於名詞・代名詞・數詞・別的助詞之外，還可以接連於動詞・形容詞・助動詞，表示上下的關係，或添加某種意味，在接連動詞・形容詞・助動詞的時候，必須接連於其一定的活用形，——例如某些助詞接連於某一種用言時，一定要接連於其連用形或連體，另一些助詞一定要接連於其終止形或命令形，諸如此類，在講述各種助詞時，業已分別說明於其項下，不再贅述。茲將英語的前置詞的接連法，例示如下，以供參考：

(a)Noun或Pronoun：

Give it to my brother, not to me. ＝僕でなく弟にそれを呉れ(把那個給我弟弟，不是給我)。

(b) Gerund：

Abstain from speaking ill of others. ＝人を惡く言ふのは控へよ(不要說別人的壞話)。

(c)Infinitive：

He is about to start on a journey. ＝彼は旅に出ようとしてゐるところだ(他正要出發旅行)。

(d)時或場所的 Adverb：

Till then ＝其の時まで(共時止)。Before now＝今まで(前此)。 From here ＝此處から)由此處起)。 By far ＝遙かに(遙過於)。

(e)某些慣用句中的 Adjective：

In general＝概して(概言之)。 In particular＝殊に(特別地)。 In full＝全部。 Of old＝昔。

(f) Phrase (此類之例係兩個前置詞連續使用，構成重複前置詞)：

He came from beyond the sea.＝彼は海外から來た（他由海外來）。

（g）Noun Clause：

Everything depends on whether he will consent or not.＝萬事彼が承諾するかどうかに懸つてゐる（萬事決於他是否承諾）。

（2）日語助詞和英語前置詞的職能上的比較：

前面業已說過，日語的助詞和英語的前置詞，在表示其和別的語的關係這一點上，很相類似，但在職能上則大有差異，茲分別比較如下：

（A）英語的名詞和代名詞用牠的位置和語形的變化，去表示『格』（Case），日語的名詞和代名詞表示『格』時，則位置和語形不能有所作用，而須用助詞去發揮其職能。日語助詞的『が』『の』『は』所支配的語，常相當於英語的『主格』（Nominative Case）；『の』所支配的語，常相當於『所有格』（Possessive Case）；『を』『に』所支配的語，常相當於『目的格』（Objective Case）。例如：

（a）主格之例：

妻か私がその會に出席致します＝My wife or myself will attend the meeting.（我內人或我要出席那個會）。

田中は僕の級で一番よく出來る＝Tanaka is the best scholar in my class.（田中是我們班裏最好的學生）。

（b）所有格之例：

ミルトンの大作は『失樂園』であつた＝Milton's greatest work was 'Paradise lost'.（彌爾敦的傑作是『失樂園』）。

私はそれを今日の新聞で讀んだ＝I have read it in to-day's paper.（我在今天的報上讀到牠）。

（c）目的格的例：

彼は田中を褒める＝He praises Tanaka.（他褒獎田中）。

私は彼に話をします＝I told him a story.（我講故事給他聽）。

（B）英語前置詞主要的職能，在于造成 Adjective Phrase 和 Adverbial Phrase，日語的助詞也可以造成形容詞性的連語和副詞性的連語，茲分別比較如下：

（a）Adjective Phrase（形容詞性的連語）：

He is a man of note.＝彼は知名の士である（他是知名之士。）

Orange from Canton is very Sweet.＝廣東の橙は可成旨い（廣東的橙子很甜）。

(b)Adverbial Phrase 副詞性的連語：

He lives in Tokyo. ＝彼は東京に住んでゐる（他住在東京）。

The work was done in haste. ＝その仕事は急いでやつた（這樁事情很忙地做完）。

I give up drinking from this day forth. ＝僕は今日から以後禁酒する（我由今日起禁酒）

Until now it has not ceased raining. ＝今まで雨が止まつなかつた（到如今雨還沒有停）。

(C)日語的助詞，不但可以構造形容詞性的連語和副詞性的連語，還可以造成副詞節（即英語的Adverbial Clause），但英語的前置詞則沒有這種職能。英語要構造 Adverbial Glause 時，只能用接續詞 (Conjunction) 而不能用前置詞。茲舉例如下：

君がさう云ふから、僕はそれを信じなくてはならぬ＝Since You say so. I must believe.（因爲你這樣說，所以我不得不相信）。

私は夜通し起きて居たので疲れた＝I was fatigued because I had sad up all night.（我因爲一夜沒有睡，所以疲乏）。

彼は勇敢だけれども色を變へた＝Brave as he was, he changed colour.（他雖勇敢，也變了色）。

(D)日語的助詞，除却可以代替英語的接續詞去構造副詞節以外，還可以代替許多英語的接續詞，

發揮接續的功用。因爲日語的助詞，用處很大，不但和英語的前置詞有許多相似之點，而且有很多

英語用接續詞的地方，日語却不能用接續詞，而須用助詞去代替。茲舉出幾例如左：

He and' I are great friend. ＝ 彼（かれ）と私（わたくし）とは親友（しんいう）です（他和我是好朋友）。

Labour is at once a necessity and a pleasure. ＝ 勞動（らうどう）は必要（ひつえう）でもあつて快樂（くわいらく）でもある（勞動是必要

也是快樂）。

Not only the boys, but also the teacher wishes for a holiday. ＝ 生徒（せいと）ばかりか先生（せんせい）も休日（きうじつ）を望んで（のぞ）ゐ

る（豈但學生，連先生也希望假日）。

We waited and waited. ＝ 私（わたくし）共（ども）は待（ま）ちに待（ま）つた（我們等了又等）。

The house stands high and nice. ＝ この家（いへ）は高（たか）くて申分（まうしぶん）がない（這個房子高而好）。

You or he is mistaken. ＝ 君（きみ）か彼（かれ）が誤（あやま）つてゐる（你或他錯誤了）。

He is honest, but not clever. ＝ 彼（かれ）は正直（しやうじき）ではあるが利口（りこう）ではない（他雖正直，却不機伶）。

It is now late, so you had better go to bed. ＝ もう遲（おそ）いから寢（ね）たらよいだらう（天已晚了，還是睡

吧）。

I suppos' that he will not come. ＝ 彼（かれ）は來（こ）ないだらうと僕（ぼく）は思（おも）ふ（我想他是不來的）。

If you speak the truth, you need have no fear.＝眞實を云へば何も恐れるに及ばない（如果說實在，不用怕什麼）。

I will explain to you as we go along.＝一緒に歩きながら說明しよう（一面一塊走，一面告訴你）。

Wait here till I come back.＝私が歸るまで此處に待つてゐなさい（在這裏等到我回來）。

（E）日語的助詞，不但和英語的前置詞相同，可以構成副詞性的連語，還可以和英語的副詞發揮同樣的職能。例如下列各例中的英語的副詞，在日語中都可用助詞去充當：

He only lost his purse.＝彼は財布を落しただけのだ（他只丟掉了皮夾子）。

Even a boy can carry this small parcel.＝子供でさへこの小包は持てる（連小孩都能拿動這個小包裹）。

When the sun rose, we commenced the ascent of the mountain.＝日が昇ると我々は登山を開始した（太陽一出，我們即行登山）。

He did so, only when he could not help doing so＝彼はさうせざるを得なかつたばかりにさうしたのだ（他因不得不如此，所以如此）。

He almost fainted.＝彼は氣絕するくらゐだつた（他幾乎絕氣）。

（下）英語的前置詞一定要表示其和別的語發生某種關係；日語則有些助詞並不表示其和他語的關係

，而只添附於文中或文末，增加種種的意味，為英語的前置詞所沒有。例如下列文中的助詞，即是

其例：

花子（はなこ）や、早（はや）くおいで＝花子啊，快來吧。（「や」係表示呼喚）

これは中々（なかなか）綺麗（きれい）だね＝這個很漂亮啊。（「ね」係表示感嘆）

これに手（て）を觸るな＝不要用手觸動這個。（「な」表示禁制）

只今來（ただいまき）たのは誰（だれ）か＝剛幾來的誰啊？（「か」表示疑問）

（G）英語的前置詞的大多數，可儘着單語的原狀，轉變而為副詞或接續詞，但日語的助詞則沒有這

種作用。茲將英語的例例示如左：

（a）前置詞轉變為副詞的例：

A bout twelve scholars are making investigation about this problem. ＝

約二十人（やくにじふにん）の學者（がくしゃ）がこの問題（もんだい）

を研究（けんきゅう）して居る（約二十個學者對這問題正作研究）。（前者的 about 是形容 twelve 的副詞，後

者的 about 是以 this problem 為目的語的前置詞）。

If you look behind the door you will see him hiding behind.＝戶（と）の後（うしろ）を見（み）れば彼（かれ）が後（うしろ）に隱（かく）れて居ぬ

るのが見える(一看門後，你可似看見他躲在後面)。[前者的 behind 是以 the door 爲目的語的前置詞，後者的behind 是形容hiding 的副詞。]

(b)前置詞轉變爲接續詞的例：

Wait here till I come back; we cannot both go till sunset. =私の歸るまで此處に待つて居れ、日沒までは否々二人共行くことが出來ない(在這裏等到我回來吧；在日沒以前，我們兩個不能一塊回去)。[前者的 till 是結連兩文的接續詞，後者的 till 是以 sunset 爲目的語的前置詞。]

Since you have done no work since last year, you can not expect to make any progress. =去年から何もせず遊んで居るのだから、少しも進歩はしなからう(因爲自去年以來，什麼也沒有做，恐怕你不會有什麼進步)。[前者的 since 是接續 you have done ……和 you can not expect ……兩節的接續詞，後者的 since是以 last year 爲目的語的前置詞。]

十、附錄助詞和用言・體言的接連表：

助詞根本的性質，在於接連於他語之下，發揮共功用，所以對於那一個助詞是接連於那一種語的那一種活用形的研究，是個重要的問題，因爲弄明白了牠的接連關係，即容易窺知該助詞的性能。這種接連關係，雖已在各助詞之項下分別說明，唯分散各處，不易查記，茲特爲歸納列表如下：

助詞種類	格助詞	副助詞
否定形		
連用形	に	など
終止形	と	など
連體形	が の	ばかり まで
條件形		
命令形		
體言	が の に を と へ より から で	ばかり まで など

助詞	係助詞
	は　も　さへ　でも
やら　か	
か　だけ　きり　ぐらゐ　どころ　なり	は　も　こそ　さへ　でも　ほか
やら　か　だけ　さり　ぐらゐ　どころ　なり	は　も　こそ　さへ　でも　ほか

	接續助
	ば　とも
	も　ても　て　たり　ながら　つつ
	とも　たり　ながら　し　と　けれど　けれども
しか	
	ば
しか	

詞	終　助
	な（勧誘）
	か　え　な（禁制）　せ　さ
が　に　から	
ところが　のに　ものを　ので	
	か

詞	
とも	よ　や　ぞ　な　ね
の	
	よ　や
	や　がな

第十章　感動詞

一、感動詞的意義：

感動詞或稱『感嘆詞』，或稱『間投詞』。『間投詞』係譯自英語的 Interjection 而來的。感動詞係在感情激發之時或意志發動之時，不知不覺發出來的聲音，並非表示意識上一定的觀念。感動詞通常是因感動事物而發的聲音，例如：

ああ、驚（おどろ）いた＝啊！吃了一驚！

おや、あなたも來（き）たのですか＝啊！你也來啊！

さあ、大變（たいへん）な事（こと）が起（おこ）つた＝唉啊！糟糕的事來了。

但在感動事物所發的聲音以外，牠還可以表示其他種種的聲音。例如：

こら、そんなことをしてはいけない＝喂，不要做那樣的事情。（『こら』表示警戒）

さあ、參（まゐ）りませう＝喂！走吧。（『さあ』表示引誘）

おい、木村君（きむらくん）、ちよつと待（ま）つて吳（く）れ＝喂！木村君，請稍等一會。（『おい』表示呼喚）

はい、只今（たゞいま）參（まゐ）ります＝是，馬上就去。（『はい』表示返答）

日語的感動詞和英語的 Interjection 性質很相似，都是感情激發時所不意發出的聲音，而且兩者在文章（Sentence）中，和別的語都沒有文法上的關係，均屬於所謂『獨立要素』（Independent Element）。不過其中有一點不相同的地方。就是日語的感動詞在文中的位置，都是置在文首，而英語的 Interjection 則不但可以置在文首，還可以安放於文的中間，或文的末端。例如：

Oh! I had such a scare.＝あゝ、怖かつた（噫啊！怕殺人！）。［置於文首］

If I fail, why, I will try again.＝まあ、失敗したらまた遣つて見るさ（也罷！如果失敗了，我還想再試試看的）。［置於文中］

Young men ahoy!＝おい、若い人達（喂？年青的夥計們！）。［置於文末］

日語中有些感動詞，在外觀上好像是置在文章的中間或末端的，但仔細研究起來，還是屬於置在文章首端的。例如下列兩例便是：

兄さん、まあ何と云ふよい曲でせう＝哥哥，啊，眞是說不出的好曲啊。

よう、お母さん行つて見ようよう＝喂，媽媽去看看吧。

在上列兩例中，前一例的『まあ』好像是置在文中的，後一例的第二個『よう』好像是置在文末的，但是仔細研究起來，前一例中的『兄さん』乃是呼喚之語，屬於文法上的所謂『獨立要素』，在文中不占任何地

位，所以撇開牠不算，『まあ』仍然是置在文首；後一例的第二個『よう』並不是完結的語，牠是和文首的同一的『よう』相同，原是要將整個的文重述一遍而終於把牠省略去，只留下頭一個語的『よう』而已，所以這個第二個『よう』，仍須拿牠當作置在文首看。

二、感動詞的分類：

感動詞原是表示感動的聲音，爲警戒・引誘・呼喚・返答等等的總稱，是個沒有語尾變化的觀念語。這個品詞，本沒有分類的必要，唯便宜上仍可把牠分爲下列所舉的感動・呼喚・返答三類：

(1)表示感動的感動詞：

表示感動的感動詞，由形式上來說，有強弱・高低・緩急等等之差；由內容上來說，有驚愕・恐怖・喜怒・哀樂等等之別；這些差別，沒有細分的必要，所以一概包列於本類中。玆將各語的用例例列示如下：

あ、大變(たいへん)だ。	啊，糟了。
ああ、くたびれた。	啊，倦了。
あああ、よくよくいやになつた。	啊啊，眞是討厭。
ああら、珍(めづら)しい。	啊，眞罕有。

あら、まあ、ようこそおいで下さいました。
あれ、助けてくれ。
いや、どうも失敬。
え、まだ止めないのか。
ええ、捨ててしまへ。
お、君であつたのか。
おう、暑い。
おつと、さうはいかない。
おや、あれは何だ。
こら、ちよつと來い。
これ、しつかりして下さいよ。
さ、出かけませう。
さあ、よくは知りませんがね。
そら、またやつて來た。

好，來得眞好。
嗳啊，救我一下。
啊，很對不住。
喂，還不停止嗎？
喂，扔掉吧。
唔，是你啊？
唔，眞熱。
嗳啊，那樣不行。
咳啊，那是幹嗎？
喂，請來一下。
喂，加加緊吧。
喂，走吧。
嗳啊，不十分知道。
糟了，又來了。

それ、早く逃げろ。
どつこい、違ふぞ。
どら〳〵出かけよう。
どれ、見せて御覽。
な、さうだらう。
なあ、いいだらう。
なに、もう一遍言つて見ろ。
ね、いいでせう。
ねえ、行きませう。
はあ、誠にご尤もで。
ははあ、こんなこともありますかね。
はて、どうしませう。
はてな、雨になるかな。
はや、何とお氣の毒なことで。

那麼，快逃吧。
不，不對啊。
喂，出發吧。
哪，給看一看吧。
是啊，是這樣啊。
好啊，可以吧。
什麼！再說一遍看看。
噎！可以吧。
噎！走吧。
啊，眞是應該這樣。
啊，也有這樣的事啊。
糟了　怎麼辦呢？
唉啊，下了雨了。
唉啊，眞是糟心的事。

ほうら、こんなによく出來た。	啊，做得這樣好啊。
ほほう、不思議ですね。	啊，眞是不思議。
ほら、やつと出來上つた	好了，剛剛做好。
まあ、何をするのですね。	啊，是做什麼呢。
やあ、ご機嫌よう。	啊，好啊。
やい、貴様はよく人を騙したな。	咳啊，你眞會騙人。
やれ、これで安心だ。	噫，這可以放心了。
へん、何のことだ。	啊，什麼事啊。

此外還時常有兩個感動詞相重而用的，例如：

おや、まあ、可愛らしいお坊つちやんですこと。	噯啊，眞是個可愛的小孩。
ほうら、ねえ、やつぱりああ言つてるだらう。	噯噯啊，還是那樣說吧。

兩個感動詞相重而用之外，還有以同一個感動詞作成叠語而用的。例如：

あらあら、あんなことを言つてゐる。	吧吧！竟說那種話。

こらこら、そんな所へ上つてはいけない。　　喂喂，不要上那種地方去。

(2)表示呼喚的動詞：

おい、君どこへ行つた。　　喂，你是到那裏去的。

おうい、少し待つてくれよ。　　喂，稍等一會吧。

もし、これはあなたの帽子ではありませんか。　　喂，這不是你的帽子嗎？

もしもし、あなたは伊東さんぢやありませんか。　　借光借光，你不是伊東先生嗎？

(3)表示返答的感動詞：

表示返答的感動詞，可再分爲『肯定的返答』和『否定的返答』兩種，玆分別例示如下：

(A)肯定的返答：

はい、すぐ參ります。　　好，馬上就去。

は、承知致します。　　啊，遵辦就是。

はあ、全くさうです。　　是啊，完全是這樣。

ああ、いいとも。　　啊，當然是好。

ええ、出かけませう。　　啊，出發吧。

へい、只今すぐお届け致します。　　好，現在馬上送上。

(B)否定的返答：

いえ、ちつとも存じません。　　不，一點也不知道。

いいえ、あれは私ではありません。　　不，那不是我。

いや、まだ來ないよ。　　不，還沒有來。

いいや、そんなことはない。　　不，沒有那回事。

日語中表示返答的感動詞，相當於英語副詞中的"Yes"和"No"，兩者的用處和性質雖很相似，但所屬的品詞却不同，並且用起來也有不盡一致的地方。因爲在英語中，不管質問的是否定文或肯定文，只要返答的是肯定文，就須用"Yes"，返答的是否定文，就須用"No"；但日語的『はい』和『いえ』這一類的語，雖也可以跟英語用同樣的筆法去用，但通常却是以返答文和質問文是否一致爲準則：返答文和質問文一致則用『はい』，相反則用『いえ』。試看下列兩例就可以明白了：

(a)日語『はい』『いえ』和英語"Yes""No"互相一致之例：

Does he work hard? = あれはよく勉強しますか（他很用功嗎？）。

Yes, he does. = はい、勉強します（是，是用功）。

No, he does not. = いえ、勉強しません（不，不用功）、

（ト）日語『はい』『いえ』和英語 "Yes" "No" 不相一致之例：

Is he not idle? = 彼は怠けませんか（他不懶惰嗎？）、

Yes, he is [idle] = いえ、（但也可用『はい』）怠けます（不，很懶惰）。

No, he is not [idle]. = はい、（但也可用『いえ』）怠けません（是，不懶惰）。

三、轉來的感動詞：

在英語中，除却本來的間投詞之外，還有很多由別的品詞轉變而來的轉來的間投詞。這種轉來的間投詞的來源很雜，幾乎那一種品詞都有。茲舉幾個例如下：

Fire! = 火事だ（着火了！）。[名詞]

Not he! = 彼なもんか（那裏是他！）。[代名詞]

Capital! = 素的だ（妙！）。[形容詞]

Back! = 後へ（向後轉！）。[副詞]

Goodness! ＝大變だ（好！）［名詞］。

What! ＝何（怎麼！）。［代名詞］

Halt! ＝止れ（停下！）。［動詞］

But! ＝だが（可是！）。［接續詞］

在日語的感動詞中，也和這個一樣，除却很多本來的感動詞之外，還有許多是由別的品詞轉變而來的轉來的感動詞。茲分別例示如左：

（1）由名詞轉來的感動詞：

南無三、しまつた。	阿彌陀佛！糟了。
畜生、氣をつけろ。	畜生！留點神。
糞つ、負けてたまるものか。	狗屁！輸了他受得了嗎？

（2）由代名詞轉來的感動詞：

あれ、飛行機が飛んで來た。	那個！飛機飛來了。
それ、危いといふのに。	這個！告你說是危險！
どれ、出かけるとしやう。	哪！正想出發啊。

なに、構ふものか。——什麼！有什麼關係。

（ろ）由副詞轉來的感動詞：

いや、もう、大變なことでした。——呀！不得了啦。

さて、どうしようかなあ。——啊！怎麼辦呢？

（ｈ）由助詞轉來的感動詞：

でも、まあ、不思議なことだ。——啊！是個不可思議的事。

ね、行きませう。——喂！走吧。

ねえ、いゝでせう。——啊！可以吧！

四、感動詞和文字：

感動詞也和助詞一樣，當然是要用假名書寫的語。在弔辭中，通常雖用『嗚呼』去代替『ああ』，唯這不過是個特種情形之下的用例，不足為法，一般的文字中，還是以用假名去表示為合適。有些人喜歡用『喃』『諾』『否』去代替『のう』『はい』『いいえ』，實在不宜。因為『喃』字原是『喃喃喋喋』饒舌之意，和『のう』的用法不同，而且注假名時，須注為『なう』，也不符合，至於『諾』『否』等字，也是以不用為宜。總而言之，無論由書寫上的繁簡而言，或由外觀上的情感而言，感動詞總以用假名去表示為最好。

第十一章　接頭語

一、接頭語的意義：

接頭語是譯自英語的 Prefix 而來的，牠和接尾語 (Suffix) 是同樣的性質，雖可以作爲構成語的要素，但不能作爲構成文的直接的要素。因爲接頭語和接尾語單獨不能作一語用，只能附接於別的單語的上部或下部，融合而成功一個單語，對原有的單語，或則增加其意味，或則調整其語調，或則表現意義的强弱，或則賦與詞性的資格，爲其造語上的要素。

二、接頭語的種類：

接頭語可大別之爲兩種：一爲增添意義者，一爲不增添意義者，每種之下，還可再加以細別。在日語的口語中，增添意義的接頭語很多，而不增添意義的接頭語則很少。茲分別列示如左：

(1)增添思義者：

(A)增添『尊敬』之意義者：有『み』『お』『おん』『おみ』『ご』等語，其中『おん』和『み』在現代語已成廢語，雖有『おん身(み)』(貴體)『み世(よ)』(聖代)這一類的語，都是古語的遺跡。茲將餘下三者舉例如下：

お年(とし)(貴庚)　お顔(かお)(尊面)　お酒(さけ)(酒)

お二人(兩位)　おいくつ(多少)　お一つ(一個)

お珍しい(希奇)　お近い(近)　お久しい(久)

お出でになる(去)　お越し下さい(請來)　お取りなさい(請取)

おみ足(脚)　おみ帯(帯子)　おみ酒(祭神酒)

御先祖(貴祖先)　御飯(飯)　御郷里(貴郷)

御存じない(惣不知道)　御親切に(懇切)

御丁寧に(鄭重)　御さかん(隆盛)　御ゆるり(寬緩)

(B)增添『眞實』之意義者：原爲『ま』之一字，音便又生出『まん』『まつ』兩字出來：

ま心(眞心)　ま東(正東)　ま夜中(正是夜半)

まん中(正中)　まん丸い(極圓)

まつ赤(頂紅)　まつ晝間(正午)　まつさかさま(倒懸)

(C)增添『純粹』之意義者：有『き』一字。例如：

き絲(生絲)　き蕎麥(蕎麪條)　き娘(處女)　きビール(純啤酒)

(D)增添『未加修飾』之意義者：有『す』一字，音便而爲『すつ』。例如：

す足（跣足） す手（空手） す謡（清唱） すっ裸（赤裸）

（E）增添『小』或『少』之意義：有『こ』和『を』等字。例如：

こ松（小松） こ半里（小半里） こ舟（小船）

こ高い（有點高） こざかしい（小聰明） こ暗い（暗淡）

こざっぱり（瀟洒） こ綺麗だ（有點漂亮） こ躍りする（小躍）

を川（小河） を舟（小船） を笹（小叢竹）

（F）增添『初』之意義者：有『うひ』和『はつ』等字。例如：

うひ陣（第一次出陣） うひ兒（長兒） うひ產（頭胎）

はつ春（初春） はつ日（元日） はつ荷（新年貨）

（G）增添『似而非』之意義者：有『えせ』一字。例如：

えせ學者（似而非學者） えせ者（假惺惺） えせ紳士（假紳士）

（H）增添『打消』或『無』之意義者：有『ふ』『ぶ』『む』等字。『ふ』係『不』的字音，『ぶ』和『む』都是『無』的字音。例如：

ふ服（不服） ふ便（不便） ふ承知（不答應）

ぶ沙汰(無音訊)　ぶ作法(無禮節)　ぶ遠慮(不客氣)

む口(寡言)　む分別(無分別)　む鐵砲(賭鬧)

(I)增添『更加』之意義者：有『いや』一字。例如：

いやまし(更加)　いや榮(更盛)　いや遠に(更遠)

(J)增添『錯誤』或『不合理』之意義者：有『ひが』一字。例如：

ひが覺(錯記)　ひが者(怪僻者)　ひが事(不合理之事)

(K)增添『特出』之意義者：有『いち』一字。例如：

いち物(逸羣者)　いち早く(老早)

(L)增添『不好』之意義者：有『ふ』『ぶ』等字。例如：

ふ手際(不巧妙)　ふ機嫌(不高興)　ふ出來(做不好)

ぶ恰好(不好看)　ぶ器量(不漂亮)　ぶ細工(粗陋)

(M)增添『可怪』或『討厭』之意義者：有『いけ』一字。例如：

いけぞんざい(粗鄙)　いけ好かない(可厭)　いけづう〳〵しい(無耻)

(N)增添『粗陋』『可憎』之意義者：有『だ』一字。例如：

だ馬（駑馬）　だ菓子（粗點心）　だ法螺（空吹牛皮）

以上均係常用的增添意義的接頭語，其他還有一些，因較爲罕用，故未備列，以此類推，自可明瞭。此外如下列畫有黑線諸語，雖有人不以牠爲接頭語，其實也可視爲接頭語之一支。例如：

或日（某日）　故部長　各學校

第一　去る三日　當病院

該事件　本國　この子（這孩子）

その人（那個人）　どの方（那位）　例の問題（「已經彼此心照的」那個問題）

件の人（「已經彼此心照的」那個人）

（2）並未增添意義者：

這一類的接頭語，又可分爲兩種：一種係用以調整語調，另一種係用以增加意義之强度者。用以調整語調的接頭語，在文言中雖很多，而在口語中則極少；至於用以增加意義的强度的接頭語，則數目還多，而且都是由表示手的動作的動詞的運用形轉來的。茲將兩者之例，列示如下：

（A）調整語調者：

た易い（容易）　たなびく（披靡）　た謀る（協議）

か細い(弱細)　か弱い(纖弱)　か黒い(黒)

ひ弱い(脆弱)

(B)增加意義的强度者：

うち明ける(剖白)　うち捨てる(棄掉)　うち滅す(破滅)

ぶち殺す(殺死)　ぶち壞す(弄壞)　ぶつ倒す(打倒)

かき摘む(撮要)　かつ拂ふ(扒取)　かつ浚ふ(攫奪)

あひ濟む(完竣)　あひ變らず(未改變)　あひ願ふ(希望)

とり卷く(圍繞)　とり締る(管理)　とり扱ふ(辦理)

さし出す(提出)　さし支へる(障礙)　さし控へる(中止)

ひき越す(搬移)　ひき繼ぐ(承繼)　ひつ括める(總括)

もて惱む(難處置)　もて餘す(沒辦法)　もて囃す(誇獎)

ふり返る(回顧)　ふり向ける(挪用)　ふり捨てる(捨棄)

たち入る(進入)　たち退く(挪出)　たち寄る(挨近)

おし返す(推出)　おし通す(强硬貫澈)　かし詰める(追問)

三、接頭語和文字：

接頭語所用的文字，有一部分雖可以用漢字，有一部分則以用假名爲宜。例如『小山』『素足』『不出來』『無沙汰』『生絲』『初雪』『眞心』『相濟む』『取締る』『差出す』『引繼ぐ』『持餘す』『振返る』『立入る』『押返す』等，用漢字書寫也是可以；但如『お天氣』『おみ足』『こ憎らしい』『か弱い』『た易い』『ひつ括める』『かつ凌ふ』『ほの暗い』『まん丸い』這一類的字，則須用假名書寫。

四、日語接頭語和英語接頭語的比較：

日語的接頭語係英語 Prefix 的譯語，兩者雖相似而實多不同。譬如日語的接頭語，可大別爲兩種，一係用以增添意義，一係用以調整音調；英語的接頭語，雖也可分爲兩種，但性質却不一致，牠的第一種也是用以增添意義，第二種則除却增添意義之外，還在品詞上加以資格的改變。茲將兩者分條比較如下：

（1）英語的接頭語中，有一部分和日語的接頭語一樣，係用以增添意義的。例如：

Over（過ぎる）：Overwork＝働き過ぎる（過勞）。

Mis（誤る）：Misprint＝誤植する（誤排活字）。

Un（不・でない）：Unhappy＝不幸な（不幸的）。

Mono（一つの）：Monoplane＝單葉飛行機。

Co（一緒に）：Co-education＝男女共學。

Fore（前）：Foretell＝豫言する。Forenoon＝午前。

Trans（越えて。向ふへ）：Transplant＝移植する。Transport＝（運送する）。

（2）日語的接頭語中，有許多是用以調整語調或加强語氣的，而英語的接頭語中，發揮這一種職能的極少，例如加强語氣的語，差不多只可以找到"Be"這一個而已。例如：

Be-smear＝塗る（塗汚）。Be-stir＝奮ひ起たす（使奮起）。

Be-spread＝延ばす（延長）。Be-seech＝懇ふ（懇求）。

（3）日語的接尾語雖可以改變品詞的資格（詳見後章），而接頭語則沒有這個職能：接頭語加在名詞之上，構成出來的還是名詞；加在動詞之上，構成出來的還是動詞，絕不能使其品詞資格發生變化。但在英語中，則不但接尾語可以使品詞變更資格，接頭語也有這種職能，牠可以使原來之語變爲名詞・動詞・形容詞・副詞・前置詞等。例如：

（A）使變爲名詞者：

Out: Outlook＝概觀。Outcome＝結果。

(B)使變爲動詞者：

Be：Becalm＝靜になる(靜下)。Befriend＝友達になる(成爲朋友)。

(C)使變爲形容詞者：

Al：Alone＝淋しい(寂寞)。

(D)使變爲副詞者：

A：Around＝周りに(周圍)。Aside＝側に(在傍)。

(E)使變爲前置詞者：

Be：Beneath＝下に(在下)。Besides＝その上に(此外)。

(4)日語的接頭語中，有些增添意義之語，能夠發揮英語的形容詞所擔負的職能。例如：

ぶ男＝ugly man(醜男)。

ま白＝pure white(純白)。

す足＝bare feet(跣足)。

こ松＝little pine tree(小松)。

(5)日語的接頭語，不能單獨使用，一定要附麗於別的字，例如『む分別』的『む』和『いや榮え』的

『いや』，決沒有單獨使用的可能；又如『打捨てる』的『うち』以及『取締る』的『とり』，其性質也和動詞的『打つ』『取る』完全不同，所以接頭語『うち』『とり』等，如離開了牠所附麗的語，決不成意味。英語大多數的接頭語如：uncertain，refresh，co-education 等語中的un，re，co，等，也和日語的接頭語一樣，不能單獨使用；但其中却有些例外，爲日語所沒有的。例如。"Extraordinary" =『異常の』的 extra（特別の），雖屬於接頭語，但牠却可單獨當作副詞使用，例如："It is extra fine" =これは特別に立派だ（這個特別地好）。又如 "overwork" =『働き過ぎる』的"over"（過ぎる），也是屬於接頭語，但也可單獨作副詞使用，例如："He is over anxious" =彼は心配し過ぎる（他過於憂愁）。這都是日語所沒有的。

第十二章 接尾語

一、接尾語的意義：

接尾語係譯自英語的 Suffix 而來的，牠可以附接於體言・用言・副詞・或這些語的語幹之下，或則增添其意義，或則賦與其所添附之語以某種品詞的資格；其性質和接頭語一樣，是個不能單獨使用的形式語。例如：

神さま(神)　私ども(我們)　思ふままに(隨其所思)　少しづつ(一點一點)

的『さま』『ども』『ままに』『づつ』等，都是接尾語，附接於名詞・代名詞・動詞・副詞等語之下，以增添敬意・複數、以及其他種種意味。又如：

厚み(厚)　長さ(長度)　寒け(冷氣)　憎け(憎厭)　悲しがる(悲傷)　高まる(增高)

的『み』『さ』『け』『げ』『がる』『まる』等，均附接於形容詞的語幹，構成名詞或動詞。這一類的語都是接尾語。

又在本篇第二章所述的『數量數詞』和『順序數詞』，都是在『抽象數詞』之下，加上接尾語構成的。例如：

ふつか(二日)　よつたり(四人)　五本(五枚)　十枚(十張)

的『か』『たり』『本』『枚』，以及

一番(第一)　二號　三つめ(第三)　四等　五級

的『番』『號』『め』『等』『級』等，的的確確都是地道的接尾語，唯一般的人都把牠叫作『助數詞』，為特別的處置，所以本書仍之，不劃入此中。

二、接尾語的種類：

接尾語可以分成兩種：其一種係用以增添意義，另一種則用以賦與其所附接之語以品詞上的一定的資格。茲將兩者分別例示如左：

(1)增添意義者：

增添意義的接尾語係對於其所附接的語，增添意義，並不改變其品詞上的資格。這類的接尾語，還可細分為下列的幾種種類：

(A)增添尊敬之意義者：

神さま(神)　お醫者さま(醫生)　どなたさま(那位先生)

お生憎さま(不湊巧)　ご迷惑さま(很攪擾)

お父さん（爸爸）　姉さん（姊姊）　村田さん（村田先生）

大臣どの　中佐どの（中校）　太郎どの　お松どの（阿松）

竹どん　番頭どん（掌櫃先生）　お谷どん（阿谷）

山下くん（山下君）　三郎くん（老三）　武夫くん

姉ご（姊姊）　母ご（母親）　叔父ご（叔父）

叔母さ（叔母）　兄さ（哥哥）　姉さ（姊姊）

中川先生　武田先生　校長先生

右例的『さん』是由『さま』轉來的，前者平常而後者莊重；『どん』之於『どの』也是一樣，『どの』在明治維新前是個常用的莊重的敬語，現則只用於文書上；『どん』則只通用於店舖夥計階級而已。『くん』是『君』的字音，『ご』是『御』的字音，『さ』是『貴』的字音，這三種都只通用於親密者間。此外還有用官銜於名之下，以表示敬稱者。例如：

山本知事　上田校長　村川理事　水野會長

如自己是個知事或校長，要自己介紹的時候，則須用下列的方式：

私は知事の山本です＝我是知事山本。

私が校長の上用です＝我是校長上田。

（B）增添輕蔑之意義者：

馬鹿者め（傻東西）　畜生め（畜生）　弱虫め（懦夫）

（C）增添多數之意義者：

子供ら（小孩們）　學生ら（學生們）　これら（這些）

親たち（父母備）　君たち（君等）　あなたたち（你們）

親類ども（親戚們）　私ども（我們）　犬ども（狗們）

紳士がた（紳士們）　婦人がた（太太們）　皆様がた（諸位）

子供しゆ（空孩子）　若いしゆ（年青的人們）　女中しゆ（女僕們）

小僧れん（小夥計們）　女れん（女人們）

右列的表示多數的接尾語中，『がた』一語，表示多數之外，還含有敬稱之意於其中；『しゆ』『れん』兩語，則於表示多數之外，兼含輕視之意於其中。

（D）表示彼此是同黨之意義者：

仲間どし（同仁）　友達どし（朋友們）　女どし（娘們）

子供どうし（小孩們）　大人どうし（大人們）　生徒どうし（學生們）

『どし』是文言『どち』（黨羽）變來的，『どうし』又由『どし』轉來，這兩字都常用漢字『同士』去充塡，是表示彼此一類的意思。

（E）表示場所的意義者：

ありか（居處）　すみか（住所）　かくれが（隱身所）　山が（山居）

右列的『か』常用『家』字去充塡，其實並不恰當，因爲這字的意思乃是所在的『所』，並非住家的『家』。

みやこ（都城）　ここ（此處）　そこ（那處）　どこ（何處）

右列的『こ』，也是表示『所』的意思的接尾語。

（F）表示事物的數量：（即數詞章中所謂『助數詞』）

ひとり（一人）　ふたり（二人）　みたり（三人）　幾たり（幾人）

ふつか（二日）　みつか（三日）　よつか（四日）　いつか（五日）

ひとつ（一個）　ふたつ（兩個）　みつつ（三個）　よつつ（四個）

はたち（二十）　みそぢ（三十）　よそぢ（四十）　なゝそぢ（七十）

一羽（一隻）　二匹　三冊　四枚（四張）　五本（五枝）

（G）表示事物的順序：（這也是『助數詞』）

ひとつめ（第一個）　五回め（第五回）　六年め（第六年）

二番（第二）　三番（第三）　何番（第幾）　幾番め（第幾）

一號　第二號　三等　四級

（2）賦予品詞上的資格者：

這是說，因爲接續了這一個接尾語，則該被接續的語，使被賦予品詞上的一定的資格。這一種接尾語，可因其所賦予的品詞上的資格之不同，再分爲下列幾種：

（A）賦予名詞的資格者；

這一類的接尾語，係附接於非名詞的別的品詞之下，使之獲到名詞的資格。計有下列各語：

高み（高）　深み（深）　重み（重）　弱み（弱）　憎しみ（討厭）

『み』係用以附接於形容詞的語幹，使之成名詞，表示其狀態。

遠さ（遠）　青さ（青）　深さ（深）　善さ（好）

あはれさ（憐憫）　靜かさ（靜）　賑かさ（熱鬧）　大膽さ（大膽）

褒められたさ（愛被誇獎）　言はせたさ（想使說出）　會ひたさ（想會一面）

『さ』附接於形容詞或形容動詞的語幹．希望的助動詞『たい』的『た』，使之成爲名詞，表示其狀態或程度。

眠け（困）　寒け　怖ぢけ（畏怯）　吐きけ（嘔吐）

『け』附接於形容詞或動詞的語幹．以及動詞連用形，使之成爲名詞，表示其樣子或氣味。

雨け（有雨意）　雹げ（有雹意）　大人げ（大人氣概）

さびしげ（寂寥）　若げ（年青）　迷惑げ（沒有主意）

『げ』字可以附接於名詞，表示其在此狀態之中；又可以附接於形容詞或形容動詞的語幹，使之成爲名詞。

讀みて（讀者）　書きて（寫者）　やりて（手腕家）

『て』係『人』的意，附接於動詞的連用形，使之成爲名詞。

細め（細）　長め（長）

控えめ（躊躇）　利きめ（効驗）

縫ひめ（縫處）　割れめ（裂處）　分けめ（分點）

『め』附接於形容詞的語幹，或動詞的連用形，使成爲名詞，表示程度・狀態・所在的意味。

(B)賦予動詞的資格者：

時めく(時髦)　春めく(饒有春意)　唐めく(有中國氣)　役人めく(裝官樣)

今めかす(裝時髦樣)　學者めかす(裝學者樣)　官僚めかす(擺官僚架子)

『めく』表示顯出某種樣子之意，『めかす』表示故意顯出某種樣子給人看之意，均接連於名詞，使牠做成四段活用的動詞。

學者ぶる(裝學者樣)　大人ぶる(裝大人樣)　豪傑ぶる(裝豪傑樣)　利口ぶる(裝聰明樣)

『ぶる』也是用以表示故意裝出某種樣子之意，附接於名詞或形容動詞的語幹，使牠做成四段活用的動詞。

大人びる(帶有大人氣)　田舍びる(帶有鄉下氣)　舊びる(帶有陳腐的樣子)

『びる』大都附接於名詞，使牠變成上一段活用的動詞，表示帶有那種樣子之意。

氣色ばむ(顯出怒容)　汗ばむ(出汗)　枯ばむ(要枯了)

『ばむ』係表示顯出某種樣子來的意義，附接於名詞，使牠做成四段活用的動詞。

面白がる(覺着有趣)　悲しがる(覺着悲哀)　寒がる(覺着寒冷)

窮屈がる（覺着拘束）　殘念がる（覺着遺憾）　厭がる（覺着討厭）

見たがる（想愛看看）　聞きたがる（想愛聽聽）　讀みたがる（想愛讀讀）

『がる』係用以表示自己覺得怎樣的意義，附接於名詞・形容詞或形容動詞的語幹・或希望的助動詞『たい』的『た』，使牠做成四段活用的動詞。

年寄じみる（有老人樣子）　氣違じみる（有瘋瘋顚顚的樣子）　垢じみる（骯樣）

『じみる』示有某種樣子之意，附接於名詞，使做成上一段活用的動詞。

廣まる（擴大）　早まる（加早）　深まる（加深）

『まる』表示漸入於某種狀態之意，接連於形容詞的語幹，使牠成爲四段活用的動詞。

丸める（弄丸）　高める（弄高）　强める（弄强）

『める』係『まる』的他動詞，表示使之漸入於某種狀態之意，附接於形容詞的語幹，使牠成爲下一段活用的動詞。

（C）賦予形容詞資格者：

男らしい（男子派頭）　女らしい（女人樣子）　軍人らしい（軍人氣概）

ことさららしい（特意的樣子）　わざとらしい（特地的樣子）

ほんたうらしい（實在的樣子）

『らしい』表示有某種樣子・態度・或價値之意，附接於名詞或副詞，把牠做成形容詞。這個『らしい』和推量助動的『らしい』不同，可參考助動詞章中二四六頁，這點應仔細加以區別。又『珍らしい』（希奇）『すばらしい』（華偉）』『憎らしい』（可厭）這一類的字，則屬於地道的形容詞。

人がましい（似是相當的人物）　無禮がましい（似乎無禮）　烏滸がましい（似乎太愚笨）

議論がましい（似乎太愛議論）

隔てがましい（似乎有些疏遠）　奢りがましい（似乎有點奢華）　濫りがましい（似乎太濫）

『がましい』表示似乎有某種樣子之意，附接於名詞・或動詞的連用形，使牠做成形容詞。

水つぽい（含有濕氣）　艶つぽい（華麗）　白つぽい（含有白色）　安つぽい（有些便宜）　怒りつぽい（容易生氣）　忘れつぽい（容易忘記）

『ぽい』表示有某種性質・樣子，或容易有某種傾向之意，附接於名詞・形容詞的語幹・動詞的連用形，使牠做成形容詞。

（D）賦予形容動詞的資格者：

面白さうだ（好像有趣）　苦しさうだ（好像痛苦）　痛さうだ（好像疼痛）

よささうだ（好像很好）　なささうだ（好像沒有）

大切さうだ（好像很重要）　靜かさうだ（好像安靜）　賑やかさうだ（好像熱鬧）

『さうだ』附接於形容詞的語幹，或其他之語，使牠做成形容動詞，表示好像有那種樣子的意味。形容詞的語幹如果只有一個字，則在『さうだ』之上，挿入『さ』字。

心地よげだ（好像心情很好）　情なげだ（好像無情）　嬉しげだ（好像喜歡）　心ありげだ（好像有心）

『げだ』和『さうだ』意味相同，也是附接於形容詞的語幹，或其他之語，使牠做成形容動詞。

花やかだ（好像華麗的樣子）　まめやかだ（好像忠實的樣子）　しめやかだ（好像寂靜的樣子）

『やかだ』也是用以表示有某種樣子的意味，使其所附接之語變成形容動詞。

（E）賦予副詞的資格者：

賦予副詞資格的接尾語，議論紛紜、莫衷一是，其中很多和助詞分別不清的，玆只隨便舉出兩三個較受人家承認的語，例示如下：

一人づつ（一個一個）　一圓づつ（各一圓）　少しづつ（一點一點）

『づつ』大都是附接於數詞，使牠變作副詞，表示『各』『每』一類的意味。

思ふままに（隨其所思） 足の向くままに（隨脚所走） 聞いたままに（儘所聽到的）

『ままに』附接於動詞或助動詞的連體形，使牠做成副詞，表示就其原有狀態之意。

寒さう（好像寒冷） 偉さう（好像偉大） 嬉しさう（好像喜歡）

『さう』附接於形容詞的語幹，使牠變成副詞，表示好像有那種樣子的意味。

三、接尾語和文字：

接尾語和接頭語一樣，有的雖也可用漢字書寫，有的則非書寫假名不可。『例如』『君』『樣』『共』『讀み手』這一類的字，用漢字書寫也是可以；但如『奥さん』『竹どん』『寒け』『重げ』『高さ』『重み』『嬉しがる』『高まる』『時めく』『深める』『子供らしい』『少しづつ』『思ふままに』這一類的字，則須用假名書寫。唯其中如『寒氣』『思ふ儘に』這一類的寫法，則還可容許，其他則以用假名爲宜。

四、日語的接尾語和英語的接尾語的比較：

日語的接尾語前已述過，可分爲兩種：一係用以增添意義，一係用以賦與品詞上的資格；英語的接尾語的性質，和日語很相像，也可以分成這兩種，茲分別舉例如下：

（1）用以增添意義者：

Priestcraft ＝僧術。 Wichcraft ＝妖術。

Serfdom =奴隷制度。 Kingdom =王國。

Boyhood =少年時代。 Childhood =幼年時代。

Friendship =友情。 Worship =崇拜。

Duchess =伯爵夫人。 Actress =女優。

Wilderness =荒野。 Nothingness =皆無。

(2)用以賦予品詞上的資格者：

(A)賦予名詞的資格者：

Inventor =發明家。 Speaker =演說家。

Statement =陳述。 Movement =運動。

Kindness =親切。 Gre ness 偉大。

Reality =實在。 Vanity =虛榮。

(B)賦予形容詞的資格者：

Beautiful =美しい。 Hopeful =有望な。

Glorious =光榮ある。 Dangerous 危險な。

Tiresome ＝疲れた。 Quarrelsome ＝喧しい。

(C)賦予動詞的資格者：

Blacken ＝黑くする(弄黑)。 Shorten ＝短くする(弄短)。

Purify ＝清くする(弄清)。 Simplify ＝簡單にする(弄簡)。

Civilize＝文明にする。 Realize＝實現する。

(D)賦予副詞的資格者：

Foreward ＝前方に。 Upwards＝上に。

Otherwise ＝さうでなく(不然)。 Crosswise ＝横に。

Only ＝只。Really ＝實に。

第三篇 文章論

第一章 文的成分

一、文的意義和成分：

文是什麼？對於牠所下的定義，雖不免因着文法家見解之不同，而有所出入，但大體說來，可說頗相一致。茲舉出兩三個文法大家所下的定義，以作代表。

(1)芳賀矢一著『明治文典』說：

『單語の集まりて纏まりたる思想を言ひ表したるものを文と言ふ』(單語集合而表述整備的思想者，稱爲文)。

(2)三矢重松著『高等日本文法』說：

『一個の完結せる思想を表せる二個以上の語の結付を文と言ふ』(表示一個完結的思想的兩個以上的語的結合，稱爲文)。

(3)吉岡鄉甫著『文語口語對照語法』說：

『單語が結合して一つの完全な思想を表すものを文又は文章と云ひます』(單語結合而表示一個

完全的思想的，叫作文或文章）。

以上三氏所用以表示的說法，雖有所出入，而其觀念，可以說是完全一致。因為把上述三氏的說法歸納起來，可看出大家一致承認在文的成立上，有下列兩個必不可缺的條件：

（1）由文法的形式上來說，應有單語之結合。

（2）由內容的意義上來說，應能表示一個完備的思想。

這個條件是構成文章時，缺一不可的。因為沒有單語之結合，自然是不能表示一個完備的思想，但是只有單語之結合，而不能表示一個完備的思想，也不能算牠為文。這一個說法，日語和英語是完全一致的。我們試拿 Henry Sweet 所著的 New English Grammar. (Part I. P. 155) 中所下的定義來看一看，就可窺見一斑了。Henry Sweet 說：

"A sentence is a group of words capable of expressing a complete thought or meaning."（文章係指一羣能夠表示一個完全的思想或意義之語之謂）。

由此看來，可以知道上述兩個條件，英語和日語一樣，都是認為不可缺的。

由上述看來，我們知道，要構成一文，須有幾個單語集合起來纔可以，所以單語是文的要素。構成文的成分的各語，由其職能上來分，可以分成左列五種：

(1)主語　(2)述語　(3)客語　(4)補語　(5)修飾語

關於這些成分的研究，底下將要加以大略的闡述。唯這些成分，均是前篇所述的屬於各品詞的單語，並沒有別的東西；不過由各語單獨的性質上來說，可分成前述的十品詞；由各語在文中所發揮的職能上來說，則可分成現在所說的五種要素。

日語文中所有的五種要素，也和英語文中所具備的要素完全一致，因爲日語的這些要素，即等於英文法中的所謂(1) Subject (主語)，(2) Predicate (述語)，(3) Object (客語)，(4) Complement (補語)，(5) Modifier (修飾語)。玆將各語分述如下。

一、主語：

主語係作爲文的題目的語。詳言之，凡在文中，處在被說明，被叙述的語，卽爲主語。例如：

犬が走る(狗跑)。　雨が降る(下雨)。　僕が行く(我去)。

花は美しい(花美)。　雪は白い(雪白)。　彼は惡い

諸文中的『犬が』『雨が』『僕が』『花は』『雪は』『彼は』等語，都是主語，因爲牠們都爲下面的語所說明，所叙述。如上所示，日語的主語，大都不是一個單語，而是附有助詞的句。

構成主語的東西，通常是名詞·數詞·代名詞，換言之，是體言，而附以『が』『は』這一類的助詞的最

多；此外還可用準體言的長句，以作主語。玆將各種可以構成主語的要素，分述如下：

(1)以體言附接助詞『が』『は』爲主語者：

花が咲く(花開)。　氷は冷たい(氷冷)。

十本が多すぎる(十枝太多)。　五は三と二との和です(五是三和二的和)。

私が惡かった(我不好)。　彼は行くでせう(他要去吧？)。

(2)用助詞或接續詞去連結的體言所構成的一團的句，充作主語者：

父と兄とが歸る(父親和哥哥回來)。

牛や馬や犬は家畜だ(牛馬狗是家畜)。

電信及び電話は文明の利器である(電信和電話，是文明的利器)。

父又は母が承知しない(父親或母親不答應)。

(3)用動詞・形容詞・形容動詞的連體形，附上『の』，作爲準體言，充作主語者：

尋ねるのが嫌だ(問是討厭的)。

頂くのは結構です(受領是好的)。

赤いのが綺麗だ(紅的漂亮)。

寒いのがつらい（冷是討厭的）。

靜かなのが何よりです（安靜比什麼都好）。

柔かなのはよろしい（柔軟的好）。

（4）以引用句爲準體言，充作主語者：

『にやん』は猫の鳴聲です（咪咪是猫的叫聲）。

『だけ』は副助詞である（『だけ』是副助詞）。

『犬にも劣る』はちとひどい（『竟劣於猫』稍爲過甚）。

『仁者は山を樂しむ』は孔子の言だ（『仁者樂山』是孔子的話）。

（5）以文爲主語者：（具備文的形狀，而處於主語的位置，通常叫作『主語節』）

月日の立つのは早い（日月之過很快）。

色の美しいのはよろしい（色美的好）。

依右例看來，主語屬於體言或準體言的語句，大都是附以助詞『が』『は』，但有時却用別的助詞以代替『が』『は』，譬如下列各例即是：

彼も行くでせう（他也要去吧）。

それこそ大變だ（這纔糟糕）。

誰やら來ました（說不定是誰來了）。

何かあるよ（總有什麽啊）。

在日本口語中，構成主語的，無論是單語或成句，除卻本身之外，總以附上助詞以作表示爲原則，這一點爲英語的主語所沒有的特徵。不過牠却有和英語互相一致的地方，就是英語的主語，也是用名詞的相等語去構成。例如

（1）以名詞爲主語者：

My father is so fond of orange that I make it a rule to send him a box of them every year. ＝父は蜜柑が大好きですから毎年一箱づゝ送ることにして居ります（家父喜歡吃蜜柑，所以我每年定例送他一箱）。

（2）以代名詞爲主語者：

By your speech one may know that you are from Canton. ＝君の言葉で君は廣東だと言ふことが分る（由你的話可以知道你是廣東人）。

（3）以 Infinitive 爲主語者：（等於日語的準體言）

To master a language is not easy task. ＝一國語に精通することは容易な事ではない（精通一國的語言，不是件容易的事情）。

（４）以 Gerund 爲主語者：（等於日語的準體言）

Playing football is good for the health. ＝フートボールをすることは健康によい（足球於健康上很好）。

（５）The＋Adjective 爲主語者：（等於日語的準體言）

The rich are not always happier than the poor. ＝富者は必ずしも貧者より幸福ではない（富者不一定比貧者幸福）。

（６）以 Noun Clause 爲主語者：（等於日語的主語節）

Whit inpressed me most at Port Arther was the North Fort on the East Cockcomb Hill. ＝旅順で私が最も感動したのは東雞冠山の比堡壘であつた（在旅順最感動我的，是東雞冠山的北堡壘）。

由以上所比較的例子來看，可以知道構成主語的成分，日語和英語很相一致。唯日本語在普通的主語之外，還有一種所謂『總主語』者，爲英語所沒有，値得我們特別注意。例如：

兎は耳が長い＝兎子耳朵長。

我が軍は士卒が勇敢である＝我軍士卒勇敢。

落花は心がある、流水はどうして情がなからう＝落花自有意，流水豈無情？

上列三文中的『耳が』『士卒が』『心が』『情が』諸語雖然都是主語，可是『兎は』『我が軍は』『落花は』『流水は』諸語，則爲各全文的題目，爲『耳が長い』『士卒が勇敢である』『心がある』『どうして情がなからう』諸文所說明，所叙述。這一種爲主語和述語所說明，所叙述的語，就叫作『總主語』。構成『總主語』的要素，是和構成普通主語的要素完全同一的資格的語句。總主語通常是附有助詞『は』的，但牠也和普通主語一樣，可代以別的助詞。例如：

君も足が痛いのか＝你也脚痛嗎？

今度こそ君が負けるよ＝這一次可是你輸了啊！

各例中的『も』『こそ』，都是附接於總主語的助詞。這些助詞，都可換用『は』，作爲『君は』『今度は』之類。

日本語中，有些附有『は』的語句，外觀上很像總主語，而實際上並不是總主語。例如：

これは私が買ふ（這個我買）。

飯は女中が炊く（飯是女僕炊的）。

這種文中的『これは』『飯は』，外表上很像總主語，而實際上乃是他動詞『買ふ』『炊く』的客語，故意搬到前頭來的，並不是總主語。這一類的文，可以把牠改爲『私がこれを買ふ』（我買這個），『女中が飯を炊く』（女僕炊飯），所以也很容易鑒別。

三、述語：

所謂『述語』者，即英文法所謂 Predicate，係對於主語加以說明，加以叙說之語之謂。述語的叙述，可用三種形式去表示：

（1）何がどうする（某某做什麼）：

犬が走る（狗跑）。　鳥が飛ぶ（鳥飛）。

（2）何がどんなだ（某某怎麼樣）：

山が高い（山高）。　海が穩かだ（海平靜）。

（3）何が何だ（某某是什麼）：

文天祥は忠臣です（文天祥是忠臣）。　彼も人です（他也是人）。

由上列的形式來看，凡是相當於『何が』的，都是主語，而相當於『どうする』『どんなだ』『何だ』的，都屬於述語。

構成述語的語，通常是用動詞或形容詞，換言之，係用用言，或者在用言上再添上助動詞或助詞；此外還有用準用言的語句，作爲述語。茲分述如下：

(1)以用言爲述語者：

花が散る(花落)。　空が晴れる(天晴)。

風が寒い(風冷)。　この海は深い(這海深)。

星が綺麗だ(星美)。　今夜は靜かだ(今夜很靜)。

(2)以用言附添助動詞或助詞爲述語者：

私は知らない(我不知道)。

雨が降るでせう(是要下雨吧)。

こゝが深いらしい(這裏好像很深)。

この花は美しいね(這花很好看啊)。

作品は立派だつたよ(作品很好啊)。

(3)以體言接連指定助動詞爲述語者：

村川は學者だ（村川是學者）。

私は兄です（我是哥哥）。

これは本である（這是書）。

（4）以動詞附添補助動詞等語所構成的準體言句爲述語者。

飛行機が飛んでゐる（飛機正在飛）。

汽車が出てしまつた（火車開出了）。

人が起きだしました（人起來了）。

（5）以副詞附添助詞和助動詞爲述語者：

これは少しばかりです（這是一點點而已）。

矛盾する點はちよつとだけだ（矛盾之點只一點點）

（6）以文爲述語者：

光陰は水の流れるやうだ（光陰像水流一般）

彼は頭腦が明晰だ（他頭腦明晰）。

英語的述語的作用，完全和日語一樣，是用以對於主語加以說明或敘述的。唯兩者的構成的要素，却有些不同，例如日語因爲有所謂總主語，所以能用文以作述語，英語却沒有總主語這一類東西，所以也就不能用文去作述語；又如日語的述語，形容詞或助動詞，均可充用，不必借用動詞的力量，英語則凡是述語，至少須有一個動詞，不然就不能有敘述的力量，這是兩國語最不同之一點，譬如下列兩個並未含有動詞的日語的文，譯成英語時，就非加上動詞不可了。例如：

(1)只有形容詞而沒有動詞的譯例：

今時分は天氣の好い日が少い＝We have few fine days at this time of year.（這個時候天氣好的日子很少）。[have 是動詞]

(2)只有助動詞而沒有動詞的譯例：

馬は有用な動物です＝The horse is a useful animal.（馬是有用的動物）。[is 是動詞]

四、客語：

所謂客語者，即英文法所謂 Object，係用以表示構成述語的他動詞的動作的目的物。例如：

太郎が本を讀む（太郎讀書）。猫が鼠をとる（猫捕鼠）。

兩文中的『本を』『鼠を』，都是客語，因爲牠們各各表示其爲他動詞『讀む』『とる』的動作的目的物。構成客語的，大體上是和構成主語的同資格的語句，其底下通常附上助詞『を』。茲將各種客語的構成要素，

列叙如下

(1)以體言附接『を』爲客語者：

人が魚を釣つてゐる(人在釣魚)。

本田君はつひに一等をかち得た(本田君終於得到一等)。

君は何を見て居るのか(你看什麼呢？)。

(2)以助詞或接續詞將體言結成一團的句爲客語者：

あの家では馬と牛と豚を飼つてゐる(那家飼有馬牛豚)。

私は雜誌だの本だのを買つて來た(我買來雜誌和書等等)。

當日は姉または兄を呼んで下さい(那天請叫姉姉或哥哥來)。

(3)以動詞，形容詞的連體形附接『の』所構成的準體言爲客語者：

僕はもう行くのを止めよう(我打算不再去了。)

私は痛いのを我慢してゐた(我把疼痛忍住)。

(4)以體言附接助詞之類爲客語者：

弟は誰やらを呼んで來た(弟弟把誰叫來)。

とう／＼三人だけを殘して來た（終於剩下了三人）。

（5）以引用句作成準體言爲客語者：

彼は『奢る者は心常に貧し』を信じてゐる（他相信『奢者心常貧』）。

君は一つ『いろは』を讀んで吳れ給へ（你請把『いろは』讀一讀）。

客語底下，通常是附接有助詞『を』的，不過也往往有把『を』略去的。例如：

僕、今、この本讀んでゐるところだ（我現在正讀這本書）。

君、ゆふべ、あの話聞いたかね（你昨夜聽到那個話嗎？）。

這些例中的『本』『話』都是客語，其下面的『を』是略去的。又有人在附於客語的助詞『を』之下，再加上助詞『ば』的。例如：

僕はこれをば捨てよう（我打算把這個棄掉）。

君はあれをば見たか（你看到那個嗎了？）。

唯這一種用法，近乎方言，以不用爲宜。

英語他動詞的客語，也和日語一樣，所用的是和主語同其性質的，因爲在英語中，凡是名詞・代名詞以及其他準名詞的語句，都可充用。例如：

(1)以 Noun 爲客語者：

The cat catches a mouse. ＝猫は鼠を捕へる（猫捕鼠）。

(2)以 Pronoun 爲客語者：

They elected him president. ＝彼等は彼を大統領に選舉した（他們選他爲大總統）。

(3)以 Infinitive 爲客語者：（等於日語的準體言）

He likes to read novels. ＝彼は小說を讀むことを好む（他喜歡讀小說）。

(4)以 The＋Adjective 爲客語者：（等於日語的準體言）

If you pick up the red, please bring them to me. ＝若し赤いのを拾つたらそれらを僕に遣つて吳れ給へ（要是拾到紅的，請交給我）。

(5)以 Gerund 爲客語者：（等於日語的準體言）

The boy likes playing. ＝男の子は遊ぶことを好む（男孩子喜歡玩）。

五、補語：

補語係譯自英語的 Complement。有些文章，只有以上所述的主語・述語・客語，還不能完成文意，因此就需要補語以作補充。

自動詞大都是結連主語，即可以構成完全的文。例如：『風が吹く』(風吹)『水が增す』(水漲)等，都是。可是自動詞中有一種所謂『不完全自動詞』(即英文法所謂 Incomplete Intransitive Verb)，牠只和述語結合是不能完成文意的。例如：

水が湯になる(水成開水)。娘が母に似る(女兒像母親)。

等例中的『なる』『似る』，因爲是屬於不完全自動詞，所以只和主語『水が』『娘が』結合，文意並不明瞭，在此情形之下，就須補上『湯に』『母に』一類的句。『湯に』『母に』這一類的句，並非表示他動詞的目的物的客語，是很明顯的事情。像這一種用以補充意味的語，就叫作『補語』。

不但不完全自動詞需要補語，就是他動詞也有一部分需要補語的。因爲他動詞中有一部分，只和主語·客語結合，還不能完成文意。例如：

僕はこれを適當と考へる(我想這個爲適當)。臆病者は芒を幽靈と思ふ(怯漢以芒草當作鬼)。

等例中的『考へる』『思ふ』諸他動詞，只和主語·客語結合，文意並不明瞭，也須有補語『適當と』『幽靈と』以作補充。

又形容詞作爲述語的時候，也有需要補語的。例如：

三角形の內角の和は二直角に等しい(三角形的內角之和，等於二直角)。

詐欺は泥棒と同じだ（詐欺和盜賊相同）。

例中的『二直角に』『泥棒と』，是形容詞『等しい』・形容動詞『同じだ』的補語。

由上列各例看來，補語的構成，通常是用體言附以助詞『に』『と』，唯有時也附以『に』『と』以外的助詞。茲將各種代表的例列示如左：

（1）體言附以『に』『と』作成的補語：

父が子に財産を讓る（父讓財產於子）。

昔の人は鯨を魚と思つた（昔人以鯨爲魚）。

この子も三歲になりました（這孩子也三歲了）。

中國銀行株が百圓となつた（中國銀行股票值百圓了）。

僕は君を彼と間違へた（我把你誤作他）。

今度はあすこにしよう（這次在那邊辦吧）。

（2）準體言的一團的語句或引用句附以『と』所作成的補語：

昔の人は太陽を動くものと考へた（昔人以太陽爲動的）。

僕は比叡山を高い山と思つた（我以比叡山爲高山）。

風も收まるものと見える(風看來也靜了)。

あの子も『いやだ』と言つてゐる(那孩子也說討厭)。

右列各例中，用言之下所附接的語句，時常略掉，成爲『太陽を動くと考へた』『比叡山を高いと思つた』『風も收まると見える』，一見之下，好像用言附接於『と』，構成補語，其實不然，體言性質的語句，纔可以構成補語。

(ろ)體言附以『に』『と』以外的助詞作成的補語：

子供が先生から褒められる(小孩爲先生所誇稱)。

涙が頰を傳ふ(淚流於頰)。

君はこれをあすこへ屆けて呉れ(請你把這個送到那邊)。

君はあすこまで行け(你到那邊去吧)。

これはあれより大きい(這個比那個大)。

在文的構成中，客語和補語比主語和述語，性質較輕，因此有人稱主語和述語爲『文的主要成分』，而稱客語和補語爲『文的補足成分』。

英語的動詞也和日語一樣，凡屬於 Incomplete Intransitive Verb (不完全自動詞)或Incomplete Transitive Verb（不完全他動詞），都需要 Complement（補語）以作補充。不過英語的形容詞因為不能充作述語，所以沒有 Adjective 的 Complement，這是英日語關於補語的異點之一。又日語的補語，只有體言或準體言可以充用，形容詞則沒有這種職能；但英語的補語，則不但用到體言和準體言，連形容詞或準形容詞也要用到，這又是日英語關於補語的另一異點。茲將英語可充補語的語，列示於下，以資比較：

（1）以 Noun 為補語者：

They called him a hero. ＝彼等は彼を英雄と呼んだ（他們叫他為英雄）。

（2）以 Pronoun 為補語者：

Who do you think I am? ＝私は誰だと思ふか（你想我是誰？）。

（3）以 Infinitive 為補語者：（等於日語的準體言）

People believe him to be honest. ＝世人は彼を正直であると信じてゐる（世人信他是正直）。

（4）以 Gerund 為補語者：（等於日語的準體言）

In fact, it is not going too far to say that if we wish to be happy we must try to be good.（實際、『幸福にならうと欲すれば善良にならなければならん』と云ふも過言ではない（老實說，欲幸福不可不善良，實非過言）。

（5）以 Adjective 爲補語者：

This rule holds true in every case. ＝この規則はあらゆる場合に有効である（這條規則在一切情形之下，都屬有効）。

（6）以 Participle 爲補語者：（可謂『準形容詞』Adjective Equivalent）

He went to war and got wounded. ＝彼は出征して負傷した（他出征而受傷）。

（7）以 Prepositional Phrase 爲補語者：（可謂『準形容詞』）

Especially this bussiness is of moment. ＝特別にこの業務は重要である（這業務特別是重要）。

在英語的他動詞中，有一種所謂 Dative Verb（與格動詞），是有兩個客語的，其一叫作 Direct Object（直接客語），其一叫作 Indirect Object（間接客語）；日語雖也可以找出和這個同性質的動詞，但他却是把直接客語作爲客語，而把間接客語歸入補語的。下例之對譯，可以看出：

My father gave me a pen. ＝父は私にペンを下さつた（父親給我鋼筆）。

Who teaches them French? ＝誰が彼等にフランス語を教へるか（誰教他們法語呢？）。

I made John a present. ＝僕はジョンに贈物をした（我送約翰禮物）。

六、修飾語：

修飾語即英文法所謂 Modifier，係用以修飾或限定文中的體言或用言的意味之語。例如：

赤い花が咲く(紅的花開)。

太郎は地理の本を讀む(太郎讀地理的書)。

水が熱い湯になる(水變熱開水)。

『赤い』是修飾主語『花』，『地理の』是修飾客語『本』，『熱い』是修飾補語『湯』。『花』『本』『湯』都是體言，所以牠們的修飾語都和形容詞的職能完全相同，因此原故，這一類的修飾語就被稱爲『形容詞性的修飾語』。形容詞性的修飾語即相當於英文法的 Adjective Modifier。以上各語，是修飾體言的，此外還有修飾用言的修飾語。例如：

水が清く澄む(水清清地澄着)。

太郎が本を熱心に讀む(太郎熱心讀書)。

風が大そう寒い(風很冷)。

『清く』『熱心に』是修飾構成述語的動詞『澄む』『讀む』，『大そう』是修飾構成述語的形容詞『寒い』。像這一種修飾文中的用言之語，完全和副詞同其性質，所以就被稱爲『副詞性的修飾語』，副詞性的修飾語即相當於英文法的 Adverbial Modifier。茲將這兩種修飾語再爲詳細分述如左：

(1)形容詞性修飾語：

凡是修飾用為主語・客語・補語的體言或準體言，即為形容詞性的修飾語。其種類有左列幾種：

(A)以形容詞・動詞・形容動詞的連體形構成者：

温かい春が來た(温暖的春天來了)。

次郎はむづかしい本を讀んでゐる(次郎正讀難解的書)。

かくれる場所を探す(找躲避的地方)。

母が泣く子に乳をやる(母親給哭泣的小孩吃乳)。

穏かな大洋を渡る(渡過平穩的大洋)。

虫が柔かな若芽を喰つた(虫吃了幼芽)。

(B)以形容詞・動詞・形容動詞附接助動詞的連體形構成者：

寒くない部屋がある(有不冷的房子)。

彼は弱いらしい子供を連れて來た(他帶來似乎很弱的小孩)。

歩かれない人は車に乘れ(不能走的人坐車吧)。

彼は歸らぬ妻を待つてゐる(他等着沒有回來的妻)。

もとは丈夫（ちやうぶ）だつた人（ひと）です（本來是個結實的人）。

時局（じきよく）は穏（おだや）かならぬ階段（かいだん）に入（はい）つた（時局入了不穩靜的階段）。

（C）以體言或準體言的語句附接助詞『の』構成者：

山（やま）の上（うへ）に月（つき）が出（で）た（山上出了日）。

これは私（わたくし）の本（ほん）です（這是我的書）。

彼（かれ）は級中（きうちう）第一（だいいち）の秀才（しうさい）になつた（他成了班中第一的秀才）。

僕（ぼく）は僅（わづ）かばかりの金（かね）を持（も）つてゐる（我只有僅少的錢）。

遠（とほ）くの親類（しんるゐ）よりも近（ちか）くの他人（たにん）が有難（ありがた）い（遠親不如近隣）。

これは田舎（ゐなか）からの贈物（おくりもの）です（這是鄉下來的禮物）。

（D）以體言附接助詞『が』構成者：

我（わ）が國（くに）は共和國體（きようわこくたい）である（我國是共和國體）。

誰（だれ）が物（もの）か（誰的東西啊？）。

集（あつ）つたのは豫定（よてい）の十分（じふぶ）の一（いち）にも足（た）りない（集合到的不到豫定的十分之一）。

口語中以『が』去構成形容詞性的修飾語的用法，範圍極狹，純係文言所遺蛻的。

(E)以『この』『あの』之類的特殊代名詞構成者：

この男は感心です(這個人是可佩服)。

君はその人を知つてゐるか(你認識那個人嗎？)。

僕はあの舟に乘つて來た(我坐那個船來的)。

どの宿屋も滿員だつた(那一個客棧都住滿)。

ある人が僕を苦しめる(有人凌虐我)。

(F)以所謂『連體詞』構成者：

あらゆる人が困つてゐる(所有的人都沒有辦法)。

僕はいはゆる紳士を好かない(我不喜歡所謂紳士)。

さる十日が僕の誕生日であつた(前日十日是我的生日)。

祖父の命日はきたる十四日です(祖父的忌日是這十四日)。

それはとんだ事です(這是意外的事)。

いや、大した問題でもない(不，不是什麼大問題)。

(G)以用連體形的用言爲終結的句・節構成者：

昨日君のところへ使にやつた書生は少し馬鹿なんだ(昨日使到你那裏去的書僮有點儍)。

自分もこの事件の困難である事をよく知つてゐる(自己也知道這樁事件是困難的事)。

こゝはこの前あいつらが毆り合つた部屋です(這裏是日前那些東西們打架的地方)。

英語修飾主語・客語・補語等體言或準體言的 Adjective Modifier 和日語的性質一樣，其種類有下列幾種：

(A)以 Adjective 構成者：

A heavv rain fell to-day. ＝今日大雨が降つた(今日下了大雨)。

(B)以 Noun 或 Pronoun 的所有格構成者：

Napoleon's tomb is in Paris. ＝ナポレオンの墓はパリに在る(拿破崙的墓在巴黎)。

There is your carriage. ＝あなたの馬車はこゝにある(你的馬車在這裏)。

(C)以 Participle 構成者：

I recieved a letter written in English. ＝僕は英語で書かれた手紙を受け取つた(我收到用英語寫的信)，

(D)以Gerund 或 Noun 構成者：

He just likes a walking dictionary.＝彼は丁度生字引のやうだ（他好像是個活字典）。

The villege library was burnt down.＝村の圖書館が燒けた（村裏的圖書館燒掉了）。

(E)以Noun 作成的 Apposition（同格）構成者：

Harvey, the discoverer of the circulation of the blood, was an eminent English physician.＝血液循環の發見者であつたハーヴイは英國の名醫だつた（血液循環的發見者的哈薇，是英國出名的醫生）。

(F)以 Infinitive 構成者：

The wish to succeed prompted him to do his best.＝成功しようとの願望が彼を勵まして最善を盡さしめた（想要成功的願望鼓勵他盡其最善）。

(G)以 Adjective Phrase 構成者：

Men of ability can always find employment. 有能の士は常に職を見つけることが出來る（有能的人常能找到事情）。

(H)以Adjective Clause 構成者：

The morning when I arrived in Paris was cloudy.＝私がパリに着いた朝は曇つてゐた（我到巴黎

那一早上是陰天)。

由上列的比較看來，日英兩語的形容詞性的修飾語，性質雖很一致，但位置則不盡相符。因爲日語的形容詞性的修飾語，在常態的構文中，一定要在其所修飾的體言之前，英語則可在其前，可在其後。

(2)副詞性修飾語：

凡是修飾文中的述語——換言之，凡是修飾用言或準用言的語句之語，即爲副詞性的修飾語。

其種類有左列幾種：

(A)以副詞・形容詞或形容動詞的運用形構成者：

これが最もむづかしい點です(這是最難之點)。

花が美しく咲いた(花美麗地開了)。

庭が綺麗に掃かれてゐる(院子乾淨地掃着)。

(B)以副詞附接助詞構成者：

私の言ふことを少しも聞いて呉れない(我說的一點也不聽)。

さう澤山は上げられません(不能給那麽多)。

僅かしかございません（只有一點點）。

（C）以體言轉成者：

幸今日は休みです（幸而今天休息）。

翌朝お目にかゝるつもりです（明早打算拜會你）。

資金が二千圓入ります（資金需要二千圓）。

（D）以體言附接助詞構成者：

金貨を山ほど積み上げた（把金幣堆成山）。

これだけ書ければ結構です（能寫這麼多就眞好）。

姉さんと遊びに行きませう（和姊姊去玩吧）。

子供が運動場を駈け廻る（小孩繞着運動場跑）。

（E）以用言或由用言作成的連語接連助詞構成者：

我が軍士は死んでも退却しない（我軍士死也不退却）。

力は強いけれども役に立たぬ（力雖强，可是沒有用）。

彼の意見は妥當だから承認されよう（他的意見很妥當，大約要被承認）。

大阪は賑かですが不健康地です(大阪雖熱鬧，可不是健康地)。

(F)以含有假定或條件的助詞的節構成者：

頭はよいが身體が弱い(腦筋雖好，身體却弱)。

天氣が惡いから人出が少い(因爲天氣不好，所以到的人很少)。

來客があるといふので大騷をしてゐる(因爲說是有來客，所以大熱鬧起來)。

君は行きたいなら行きたまへ(你如願意去，就請去吧)。

天氣が惡くても遠足を行ひます(就是天氣不好，也要旅行)。

英語修飾述語所用的語句，也和日語性質相同，是用副詞或準副詞(Adverb Equivalent)、其種類有下列幾種：

(A)以 Adverb 構成者：

The old schoolhouse stands there.＝舊校舍はそこに立つてゐる(舊校舍建在那邊)。

(B)以 Infinitive 構成者：

He did his best to win the prize.＝彼は賞を得ようものと最善を盡した(他爲要得賞而盡其最善)。

(C)以 Adverbial Phrase 構成者：

We will find the office on the right.＝右側に事務所が見えるでせう（我們可以看見辦公廳在右邊）。

(D)以 Adverbial Clause 構成者：

He resigned because his health failed.＝彼は健康が衰へたので職を辭した（他因體弱而辭職）。

(E)以 Noun 轉成者：

I have waited ages.＝私は永年待つた（他等了好些年）。

The wind blew all night.＝終夜風が吹いた（終夜颳風）。

(F)以 Indirect Object

He gave me a watch.＝彼は私に時計を呉れた（他給我表）。

以上所述的主語・客語・補語・述語・修飾語五種，雖有輕重之差，都是文的成分。無論那一種文，都是由這幾種成分構成的。

主語・客語・補語・述語，各各加上其修飾語，就叫作『主部』『客部』『補部』『述部』。茲圖示如左：

此外還可以把客部．補部．述部三部，合稱爲『敘述部』，以與主部對稱。因爲客部．補部．述部這三部，對於主部，都是帶有敘述的性質的。茲特圖示如左：

客部＋補部＋述部 ＝ 敘述部

歸納上列格式，我們又得到一個文的一般的形式的圖解如左：

主部＋敘述部 ＝ 文章

上面所述的，固然全屬於形式，實際並不如是之簡單，因爲一個文章的成立，常由文的各種成分錯綜配合而成，成分既有繁簡，配列亦甚複雜，自不如是之單純。唯上述這種構造，乃是文的根本原則，如有違反上述之根本原則，必致文意陷於不明，故我們不可不遵此原則以作研究的出發點。

第二章　語的排列

文的成分構成文的時候，這些作爲成分之語的排列，各國語言都有一定的位置，所謂『語序』(Word order)即指這個排列的法則。日本語的排列法，由語法上來看，可以分成：(1)正序法，(2)倒置法，(3)省略法三種情形來講。玆大略分述於下：

一、正序法：

正序法係以尋常的排列順序爲標準，來排列語句的方法，大抵可歸納成爲左列各條的一定的原則

(1)主語在上，述語在下。例如：

風が吹く(風吹)。　私は悲しい(我傷悲)。

(2)客語置在主語和述語之中間。例如：

子供が本を讀む(小孩讀書)。　人が魚を釣つてゐる(人正在釣魚)。

(3)補語置在主語和述語之中間。例如：

軍人が馬に乘る(軍人騎馬)。　子が父に似る(子像父)。

(4)文中具有客語和補語之時，則兩者可以互相前後。例如：

父が財産を子に譲る(父讓財產於子)。[客語在補語之前]

父が子に財産を譲る(父讓財產於子)。[客語在補語之後]

(5)形容詞性的修飾語緊置於其所修飾之語上。例如：

美しい花が咲く(美麗的花開了)。

子供は無邪氣な遊戲を好む(小孩喜歡天眞的游戲)。

三郎は 私の 弟 です(三郎是我的弟弟)。

水が熱い湯になつた(水變成熱開水)。

(6)副詞性的修飾語可置在主語之下，或緊置於其所修飾之語上。例如：

太郎が熱心に本を讀んで居る(太郎正在熱心讀書)。

太郎が本を熱心に讀んで居る(太郎正在熱心讀書)。

一般說來，副詞性的修飾語如果和其所修飾之語隔離過遠，常要失掉修飾的効果。例如我們說：『聽說茅葺屋頂的工人，就是在鄉下也漸漸沒有了』這一個文，譯成日語時，表示『漸漸』的副詞『だんだん』的位置，有三種可能的置法，其修飾的効果，(A)不如(B)，(B)不如(C)，是馬上可以感覺到的。

(A)だんだんかやぶき屋根の職人が田舍にも無くなると聞いた。

(B)かやぶき屋根の職人がだんだん田舍にも無くなると聞いた。

(C)かやぶき屋根の職人が田舍にもだんだん無くなると聞いた。

二、倒置法

倒置法係由於對於某語要特別喚起人家注意，或由於修辭上的必要而施行的調整語調之故，故意不依照正序法，而將其語句加以倒置的方法。大約可歸納為左列幾種：

(1)將主語和述語互相倒置。例如：

何ですか、それは（那是什麼？）。　高いなあ、あの山は（那個山眞高啊）。

來て見ろ、お前も（你也來看看吧）。

(2)將客語倒置在文的最上端。例如：

この本を、君はもう讀んだのか（你已經讀完這本書了嗎？）。

注文品を、私が持つて行きませう（我把定購的東西拿走吧）。

(3)將補語倒置在文的最上端。例如：

誰に私はこの本をやらうか（我把這本書給誰呢？）。

あの男に、私はすつかり騙されてしまひました(我完全被那個傢伙所騙了)。

(4)將容語倒置於述語之下。例如：

持つて行け、これを(把這個拿走吧)。

捨ててしまへ、そんなものは(這種東西給扔掉吧)。

(5)形容詞性的修飾語要倒置位置，較為困難，但也可以倒置於離其所修飾之語的很遠的下面。例如：

ほうら、山が見えるだらう、あんな高い、大きな(喂，那麼高，那麼大的山看見了吧)。

彼も妻を娶りましたよ、立派な、しとやかな(他也娶了很好很温良的妻了)。

(6)副詞性的修飾語無論放置於什麼地方都可以，茲將其倒置於文末的舉作個例。

そんなことはございません、決して(絕沒有那樣的事)。

彼の思想は變るね、まるで猫の目のやうに(他的思想簡直像猫眼那樣地變化啊)。

三、省略法：

所謂省略法者，是在表現思想的時候，在不失明瞭和正確的限度內盡量將冗語省去，以使敘述簡潔，文意加強的方法。省略之多，為日語一個顯著的特徵。在英語中雖也有省略(Ellipsis)之法，但總不如日語之徹底。譬如我們要說：『我由衣袋中取出錢來』這一句話，英語一定要說："I take <u>my</u> money out of my pocket." 但在日語則不說：『私は私のポケットから私の錢を取出す』，而說：『私はポケットから錢を取出す』。因爲後者簡潔而明瞭，不流於冗長，故日語省略之處特多。語句的省略，約有下列幾種：

(1)省略主語：

主語的省畧最爲常有，尤其是關於人物的主語之省略爲最多。因爲這種主語常屬於不言而喻的，故略去並不礙事。左列各例文中括弧內的語句，都是被省略掉的主語：

(君は)いつお歸りでした＝你幾時回來的？

(私は)行つてまゐります＝我是去了就回來的。

(人々は)上海を東方のパリと云ふ＝人們叫上海爲東方的巴黎。

(誰も)此處へ塵埃を捨てるな＝誰也不可在此倒拉圾。

(空が)よく晴れてゐます＝天很晴。

(2)省略述語：

這也是很常有，大都是容易推測出來的。例如：

どうぞこちらへ(お出で下さい)＝請到這裏來。[主語也省畧]

一寸の蟲にも五分の魂（が）（ある）＝一寸的蟲也有五分的靈魂。

皆さんお靜かに（して下さい）＝請諸位安靜。

明けましておめでたう（ございます）＝新年恭喜。

これが私の息子で（あります）＝這是我的孩子。

（3）省略客語：

もう（それを）忘れたのか＝已經忘掉了嗎？［主語也略掉］

分らない人は（疑義を）尋ねて下さい＝不懂的人請問一問。

彼はどんなことがあつてもすぐそのことを僕に知らせる＝他無論有什麼事都馬上告訴我。

（4）省略補語：

さあ、之を（君に）上げよう＝喂，給你這個吧。

もう切符を（乘客に）賣つてゐます＝已經賣票了。

よい奉職口が見つかつたら（私に）知らせて下さい＝如發見了好的職務，請通知我一下。

修飾語原爲文的附屬成分，所以將牠省略掉，文也完全能夠構成出來，因此修飾語的省略與否，在文法上是不成問題的。但是有時略掉了修飾語，會使文乾燥無味，因此緣故，修飾語雖非文的主要成分，

也不能隨便省略。不過像洋文直譯式的：『私は私のポケットから私の金を取出す』這一類的冗濫的修飾語，則應該避免，而遵照日本語一般的習慣為是。

四、日英兩語的排列法和省略法之比較：

在英語中，語的排列法（Word Order 通常譯為『語序』）常因文的種類（Declarative Sentence＝敍述文，Interrogative Sentence＝疑問文，Exclamative Sentence＝感嘆文，Imperative Sentence＝命令文）之不同，而有所變化，日語則並不如此，因此緣故，日語的排列法，比之英語，簡單得多，從而要將兩者比較研究，也很困難。本節只挑出英語的敍述文來和日語的文之依正序法構成者，比較比較，其他則附帶略及之：

（1）英語和日語一樣，主語在前，述語在後。例如：

Birds sing.＝鳥が鳴く（鳥啼）。

Time and tide wait for no man.＝歳月が人を待たない（歳月不待人）。

英語的疑問文和命令文，常將主語和述語互相倒置，日語則並不如此。例如：

Have you any money?＝あなたは錢を持つてゐますか（你有錢嗎？）。

Come You here, my boy.＝坊や、こちらへおいで（小乖乖，到這裏來吧）。

(2)日語的客語置在主語和述語之間，英語的客語則置在主語和述語之後。例如：

He barely escaped death. = 彼は辛うじて死を免かれた(他僅免於死)。

英語以疑問詞爲客語時，則客語倒置於主語和述語之前，日語則仍如正序。例如：

What are you reading? = 君は何を讀んでゐるか(你正讀什麼呢?)。

(3)英語補語置在述語之後，日語補語則置在主語和述語之間。例如：

He became a great man. = 彼は偉人になつた(他成了偉人)。

(4)英語的間接客語(日語歸入補語)和直接客語按一定的次序(間前而直後)置於主語和述語之後，日語則補語和客語可以互相前後，而皆置於主語和述語之間。例如：

He gave me a book. = 彼は僕に本を一冊呉れた = 彼は本を一冊僕に呉れた(他給我一本書)。

(5)日語的形容詞性的修飾語一定要置在其所修飾的語前，英語的形容詞性的修飾語，除却形容詞常置於其所修飾的語前外，其餘如形容詞連語(Adjective Phrase)．形容詞節(Adjective Clause)等，則均置於其所修飾的語後。例如：

A smooth, green lawn pleases eye. = 滑かな緑の芝生は目を樂します(平滑而葱綠的草地，很爽眼)。

This is the matter of importance.＝これは重要な事柄である（這是重要的事情）。

Do you know the man who wrote this book?＝君はこの本を書いた人を知つてゐるか（你知道寫這本書的人嗎？）。

（6）日語的副詞性的修飾語，通常置在其所修飾的動詞前，英語則置於動詞後，或助動詞和動詞之間。例如：

He waited the result calmly.＝彼は靜かに結果を待つてゐた（他靜待結果）。

I have never seen a camel.＝私はまだ駱駝を見たことがない（我還沒有看見過駱駝）。

英語和日語關於語序的比較，大略如上面所述，茲將兩者關於省略法（Ellipsis）方面，再為簡單比較一下：

（1）省略主語：

英語的主語的省畧，沒有日語那麼頻繁，那麼通行，但遇到命令．應酬的文句，以及同一主語而前後反復時，則將其略去。茲將日語略去而英語不略去和日英兩語均略去的例，分別比較如下：

（A）日語略去而英語不略去者：

I set my watch by the noon-gun yesterday, but it is two minutes fast.＝（私が）昨日ドンに時計を

合したが、(あれは)もう二分進んでゐる(我昨日將表對了午砲，可是今天已快二分了)。

Take what you like, please.＝(あなたの)お好きなものを何でも上つて下さい(你愛吃的東西，不管什麼請你吃吧)。

(B)日英兩語均略去者：

(a)表示命令・應酬者：

(You) Come here, John.＝(あなたは)こちらへおいで(請到這裏來)。

(I) Pray (you) do not move.＝(僕は)(君の)動かないことを願ひます＝どうか動かないで下さい(願你不轉動)。

(b)避免反復者：

I meant to call but (I) had no time to (call).＝私は訪ねようと思つたが(私は)(訪ねる)暇がなかつた(我打算訪你去，可是沒有時間)。

He went to the river and (he) caught many fish.＝彼は河に行つて(彼は)魚を澤山捕つた(他到河邊去，捕了許多魚)。

(2)省略述語：

英語對於述語的省略，也很常有，尤以避免反復的省略，比日語還通行。茲將英語略去述語（動詞）的例，列示如左：

（A）為避免反復者：

God made the earth, man (made) the town. ＝神は地球を創つて人は町を創つた（神造地球而人造城市）。

You may go, if you want to (go). ＝行きたいのなら行つてもよい（願去的請去）。

（B）為求簡潔者：

Why (are) these tears ? ＝この涙はどうして（ですか）（這些眼淚為的是什麼？）。

(Approach) One step near, and you are a dead man. ＝もう一歩近よると命がないぞ（再進一步就沒有命了）。

（C）表示比較時者：

You are more diligent than he (is diligent). ＝君は彼よりも勉強する（你比他用功）。

He is not so tall as you (are tall). ＝彼は君程丈が高くない（他沒有你那麼高）。

（D）在助動詞之後者：

They ran as fast as they could (run). ＝彼らは出來るだけ走つた(他儘其所能地快跑)。

Will you not go with me?—Yes, I will (go). ＝一緒に行きませんか——はい、參りませう（不一塊走嗎？走，一塊走)。

(3)省略客語：

英語中省略客語的情形較少，唯以關係代名詞（Relative Pronoun）爲客語時，則通例把牠畧去。

例如：

Practice makes (a man) perfect. ＝練習は（人を）完全にする(練習使人完成)。

Have you a watch?—Yes, I have (one)＝あなたは時計を持つてゐますか—はい、（時計を）持つてゐます(你有表嗎？有表)。

He is the man (whom) we were looking for.＝彼は吾々の探してゐた人だ(他是我們所尋覓的人)。

Where is the book (which) I gave you? ＝君に遣つた本は何處にあるか(我給你的書在什麼地方？)。

This is all (that) he said.＝これが彼の云つた全部である(這就是他說的全部的話)

This is the thing (what) we need.＝これは吾々の要求するものである（這是我們所要的東西)。

4)省畧補語：

補語的省畧，英語也和日語一様，大都是爲要避免反復的。例如：

Are you a student ?— No. I am not (a student.) ＝君は學生ですか―いゝえ、(學生)ではありません(你是學生嗎？不，不是學生)。

Is he rich ?—Yes, he is (rich.)＝彼は金持ですか―はい、さうです(他是有錢嗎？是，是有錢)。

I am taller than you are (tall).＝僕は君より丈が高い(我比你高)。

第三章　節

一、節的意義：

所謂節者，即英語 Clause 之謂，牠雖可算是個完全的文，但並非獨立的，而是構成一個大的文的一部分。例如：

月日の立つのは矢のやうに早い（日月之經過，如矢地快）。

僕は今雞が喧嘩するところを見て來た（我剛纔看了雞打架）。

飛行機の飛ぶのは鳥の飛ぶのに似てゐる（飛機的飛好像鳥的飛）。

向ふに花の咲いた森が見える（對過看見到開花的森林）。

水が清いので魚が住まない（因爲水清，所以魚不住）。

象は鼻が長い（象鼻子長）。

兄は本を讀み、弟は繪を畫いてゐます（哥哥讀書，弟弟畫畫）。

右文中畫線的部分，都是具備有主語・述語・客語・補語的完全的文；唯都失了獨立性，而成爲大的文的一部分。像這一種失了獨立性，而構成大的文的一部分的文，就叫作節。節中表示主語的助詞，常用『の』去代替『が』。

在右列各例中，『月日の立つの』是充爲主語，『雞が喧嘩するところ』爲客語，『鳥の飛ぶの』爲補語，都是準名詞的用法。

『花の咲いた森』的『花の咲いた』係用以修飾體言『森』，爲準形容詞的用法。『水が清いので魚が住まない』的『水が清いので』係用以修飾用言『住まない』，爲準副詞的用法。以上兩者，都是當作修飾語用。

『象は鼻が長い』的『鼻が長い』是用以對於『象』加以說明，加以敘述，完全是當作述語的用法。

『兄は本を讀み、弟は繪を畫いてゐます』的上下兩節，都是具有同一的性質，同一的價値，而互相對立的。

根據上述，我們可以把節分爲『名詞節』『形容詞節』『副詞節』『敘述節』『對立節』五種。茲再就此五種節，分別稍爲加以詳述如下。

一、名詞節：

名詞節，即英文法的 Noun Clause ，係在文中當作名詞用的節。其中有充作主語，充作客語，充作補語用的三種，茲分別舉例如左：

(1)充作主語用者：

櫻が咲くのは四月だ(櫻花的開是在四月)。

質のよいのは價が高い(品質好的價錢高)。

彼が何處にゐるかはまだ分らない(他在什麼地方，還不知道)。

(2)充作客語用者：

父は子供の立身するのを樂しみにしてゐる(父親以兒子的發跡爲樂)。

太郎は近頃螢がなぜ光るかを研究してゐる(太郎近來研究螢爲什麼發光)。

あの人は自分が馬鹿であるのを知らない(那個人不知道自己是個傻子)。

(3)充作補語用者：

昔の人は雀が海に入つて蛤になると考へた(早先的人以爲雀入海化爲蛤)。

彼は田中が惡いのだと主張しゐる(他主張田中不好)。

花の散るのは雪の降るのに似てゐる(花落如雪下)。

英語的名詞節，也和日語一樣，可以充用爲主語・客語・補語。茲各舉一例以資比較：

That we should win was out of the question. ＝吾々が勝つなどいふことは思ひもよらぬことであ

る（我們得勝是沒有問題的）。［用爲主語］

He ask me if I like baseball. ＝彼は私に野球が好きかと尋ねた（他問我喜歡不喜歡棒球）。［用爲客語］

He is not what he was. ＝只今の彼は昔の彼ではない（今日之他不是往時之他了）。［用爲補語］

三、形容詞節：

形詞容節，即英語的Adjective Clause，係處在文中，用以修飾名詞的節，是個充爲形容詞性的修飾語的節。因此這種節是和名詞節相應的，也可分爲修飾主語的形容詞節・修飾客語的形容詞節・修飾補語的形容詞節三種。茲分別舉例如左：

(1)用以修飾主語者：

花が咲く頃は人の心ものどかになる（花開的時節，人的心情也爽朗）。

色の黒い男は丈夫さうに見える（色黑的人，看來好像康健）。

能のある鷹は爪を隱します（有能的鷹把爪藏起）。

(2)用以修飾客語者：

太郎は意味の分らない文章を名文と思つてゐる（太郎以不懂得的文章爲名文）。

僕は頭の悪い生徒を叱らない(我不責駡腦筋不好的學生)。

友人は蘇東坡の書いた字を持つてゐる(朋友持有蘇東坡所寫的字)。

(3)用以修飾補語者：

この畫は吳道子がかいた畫にそつくりだ(這畫簡直像個吳道子所畫的畫)。

友人は岡田氏の建てた會社に入つた(友人入了岡田氏所創辦的公司)。

この邊は鯉の取れる所と思つたが(這一帶我以爲是可以釣上鯉魚的地方，可是)。

英語的形容詞節，也和日語一樣，可用以修飾主語・客語・補語。茲各舉一例以資比較：

The questions which he ask were difficult to answer. = 彼の(尋ねた)質問はむつかしくて答へられなかつた(他所問的問題，太難了，解答不了)。[修飾主語]

I saw the place where the accident happened. = 私 はその椿事の起つた場所を見た(我看見了那椿意外事所發生的地點)。[修飾客語]

This is the reason why he was angry. = これが彼の怒つた理由です(這是他生氣的理由)。[修飾補語]

四、副詞節：

副詞節即英語的 Adverb Clause ，係處在文中，用以修飾用言的節，也就是修飾述語的節，是個充爲副詞性的修飾語的節。前已述過，述語不只是動詞和形容詞，還有用一團的句或節所構成的準用言，因此副詞節也就不只是用以修飾動詞和形容詞了。例如：

香のよいだけに値段も高い（跟着氣味的好，價錢也就高了）。

天氣がよいから僕もお供しよう（因爲天氣好，我也一塊去吧）。

雨が降らないので苗が枯れてしまつた（因爲雨不下，所以苗也枯了）。

あの男も頭はよいがどうも怠けて困る（那個人頭腦還好，就是懶惰得沒有辦法）。

冬が來たけれども綿入も買へない（冬雖到了，可是還不能買綿襖）。

若し雨が降らないなら明日は出掛ける（如果不下雨，明天就出發）。

餘り山が嶮しげれば僕は登らない（如果山太嶮，我就不上）。

由右列各例看來，日語的副詞節大都附有表示假定或條件的助詞，以表示假定或條件。英語的副飼節則大都附有從屬接續詞(Subordinate Conjunction) ，雖也多用以表示假定或條件，唯用途比日語較廣耳。茲舉出幾例，以資比較：

I like him because he is gentle. = 彼は大人しいから私は彼が好きだ（他很温和，所以我喜歡他）。

He ran so fast that he was out of breath. ＝彼は餘り速く走つたので息をきらした（他走得太快，以致接不上氣）。

If you succeed how glad your mother will be! ＝君が成功したら母上はどんなに喜ばれるだらう（你如果成功，令堂要怎樣喜歡啊）。

Although you fail, you will have gained experience. ＝假令君が失敗しても經驗が得られるでせう（你就是失敗，也能得到經驗啊）。

I have lived in Shanghai since my father died. ＝父が亡くなつてから私は上海に住んだ（自先父死後，我就住在上海）。

He is welcomed wherever he goes. ＝彼は到る處で歡迎される（他到處受人歡迎）。

五、敘述節：

敘述節係處在文中，用以充作述語的節。例如：

梅の花は香が高い（梅花香氣很高）。

日本は景色がよい（日本景緻很好）。

風のない日は波が立ちません（沒有風的日子，波浪不興）。

馬は走るのが早い（馬走得快）。

この書物は印刷が鮮明です（這書印刷鮮明）。

敍述節這一種節為英語所沒有，無從比較，只好單獨稍為加以說明。敍述節係用以對於其上面的語句，加以說明，加以敍述的。在這種構造中，被敍述的語，固然是屬於主語，而敍述節的本身既屬於一種文，自然也是有主語的，通常稱前者為『總主語』，而稱後者為『小主語』。例如前列各例中，『梅の花は』『日本は』『風のない日は』等，都屬於總主語，而『香が』『景色が』『波が』等，則屬於小主語。前已述過，總主語通常是附有助詞『は』的，但是有些附有助詞『は』的語句，外表上看來很像總主語，而實際上却是『客語』的。茲再添舉幾例，以資鑒別之助：

その事は僕は知らぬ（這樁事我不知道）。

酒は私も少し頂きます（酒我也來一點）。

それは私が持ちませう（那個我拿吧）。

上列各例中的『その事は』『酒は』『それは』等，並不是為下面的語句所說明，所敍述；而是下面動詞的客語，故意把牠搬到上面來，以引人注意的，所以這些文都可以改為下列的樣子：

僕はその事を知らない（我不知道那樁事）。

私も酒を少し頂きます（我也喝點酒吧）

私がそれを持ちませう（我拿那個吧）。

但是總主語則決不能像這樣地搬到客語的位置來，將『は』改爲『を』的。例如：『梅の花は香がよい』『風のない日は波が立ちません』決不能改爲『香が梅の花をよい』『波が風のない日を立ちません』，因爲這樣一改，就完全不成文理，沒有意味了。

六、對立節：

對立節卽英語的 Co-ordinate Clause，在英語中因其前後兩節可以各自獨立，所以大都是叫牠爲『獨立節』(Independent Clause) 的。對立節是在一個文中的好幾個節，彼此之間互相對立，各有完全同等的資格或價値的節。這種節無論多少個，都可以並列。例如：

兄は海を好み、弟は山を愛する（哥哥好海，弟弟愛山）。

大工は家を建て、左官は壁を塗る（木匠蓋房，泥匠抹牆）。

花が咲き、鳥が歌ひ、蝶が舞ふ（花開，鳥啼，蝶舞）。

雨が降り、水が出、川が氾濫する（雨落，水出，川氾濫）。

兄は怒り，弟は歎き、姉は悲しみ、妹は泣く（哥哥怒，弟弟嘆，姉姉悲，妹妹哭）。

太陽は赤く、空は青く、雪は白く、流は清い(日紅，天青，雪白，流清)。

在右列各例中我們可以看出，對立節大都是用用言的中止形(即連用形)以接續下節；最後之節，則用終止形去作結。

對立節的各節，因彼此之間具有同等的價值，所以前後各節，可以彼此互換位置，如將『鳥が歌ひ，蝶が舞ふ』改為『蝶が舞ひ、鳥が歌ふ』，全無不可。唯各節之間，表示有前後因果的關係時，則不在此限。例如『雨が降り、水が出、川が氾濫する』文中各節，含有自然的順序於其中，則不能隨便轉換。

日語對立節的彼此之間，大都不用助詞或接續詞去接續，但英語的對立節的聯繫，則常需要一個『對立接續詞』(Co-ordinate Conjunction)去作媒介。例如：

You must make haste, or you will be late. ＝急がなくてはいけない、さもないと遅れますよ(你快點吧，要不然要遲了)。

The vessel sank and the captain perished. ＝船は沈んだ、そして船長は死んだ(船沈了、船長死了)。

I listened but I could not hear. ＝私は耳を澄まして聽いた、けれども聞えなかつた(我傾聽了，可是聽不見)。

對立節在文中彼此之間，是各立在獨立的地位，不相軒輊；而名詞節、形容詞節、副詞節、敘述節還四種節，則對於文是立在從屬的地位的。因此緣故，一般的人都把前一種節叫作『獨立節』(Independent Clause)，而把後四種節(但英語則少了敘述節)叫作『從屬節』(Subordinate Clause)。但獨立節的意味，原係指各節彼此之間，各自獨立，不相隸屬之意，是個比較的語句，不過既然叫作節，自然是屬於文的一部分，而失去獨立性了，叫他『獨立節』，有點名不符實，所以還是叫爲『對立節』較比妥當。茲將節的種類表示如左：

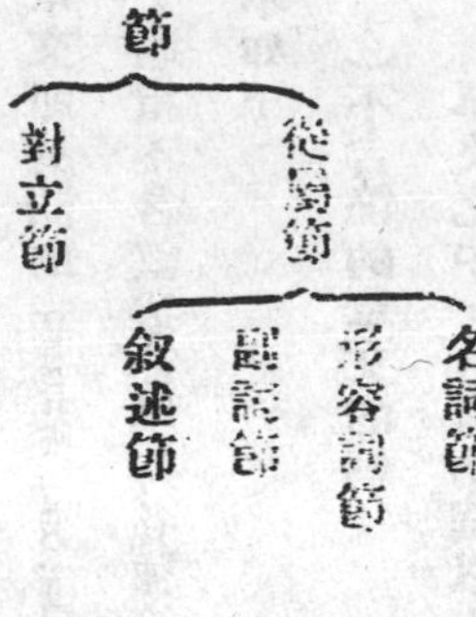

第四章　文的構造上的分類

文的種類，只由其構造上的形式來看，可以分爲：『單文』『複文』『重文』三種。茲分別簡述於後：

一、單文：

單文即英語的 Simple Sentence，唯英語的單文係指不含節的文，而日語的單文則除指不含節的文之外，還指不含敍述節以外各種節的文，換言之，日語的單文，是指不含節，或只含敍述節的文。茲分別例示如下：

(1)不含節的單文的例：

單文之中，含有兩個以上的主語・客語・補語・述語・修飾語，也無不可。茲各舉一兩個代表例如下：

花が咲く(花開)。

太郎が本を讀む(太郎讀書)。

水が湯になる(水變開水)。

配達夫が手紙を僕に渡した(郵差交信給我)。

東京と大阪と京都は日本の三大都會である（東京、大阪、和京都是日本的三大都市）。［主語三個］

弟は雜誌と紙と筆を買つて來た（弟弟買來雜誌、筆、和紙）。［客語三個］

彼は兩親にも親戚にも友人にも便りをしない（他並沒有給父母、親戚、朋友音信）。［補語三個］

私は泣いたり、歎いたり、悲しんだりした（我哭、歎、悲傷）。［述語三個］

大きな高い險しい山がある（有大而高險的山）。［主語的修飾語三個］

友人はモダンなすばらしい家を建てた（友人建了摩登的偉大的房子）。［客語的修飾語兩個］

彼の女はしとやかなやさしい母に似てゐない（她並不像她那賢淑溫和的母親）。［補語的修飾語兩個］

水は淸く滔々と流れてゐる（水淸淸又滔滔地流）。［述語的修飾語兩個］

（2）含有敍述節的單文的例：

含有敍述節的單文，是日語所特有而英語所沒有的一種構造法。這種文也和前一種一樣，無論所含的主語・客語・補語・修飾語有多少，都無不可；至於所包含的述語和敍述節的數目，也是沒有限制的。例如：

北平は景色がよい（北平景緻好）。

この書物は印刷が鮮明だ(這書印刷鮮明)。

父母の恩は山よりも高く、海よりも深い(父母的恩，比山還高，比海還深)。

あの老人は耳が遠くて、眼が近い(那個老人耳聾而近視)。

あの青年は頭もよいし、勉强もする(那個青年頭腦既好，又肯用功)。

あの令孃はピアノも彈けば、和歌も作れば、踊も上手だ(那位小姐，彈鋼琴，作和歌，跳舞又好)。

英語的單文，也和日語一樣，只要不包括節便可，若是主語・客語・補語・述語・修飾語，雖有兩個以上，也是可以的。例如下列各文，都屬單文：

He is proud of his being rich. = 彼は金持であることを威張つてゐる(他誇示他的富有)。

John and I are gread friends. = ジョンと僕とは仲好しです(約翰和我是老朋友)。[兩個主語]

I am learning English and Japanese. = 僕は英語と日本語を學んでゐる(我正學英語和日語)。[兩個客語]

His name is Thompson or Thomas. = 彼の名前はトムプソン或はトーマスです(他的名是湯博生或妥馬士)。[兩個補語]

My brother and I read and write English. = 兄と僕とは英語を讀みもするし書きもする(家兄和我

也讀英語，也寫英語）。［主語和述語各兩個］

Washington was a great and good man. ＝ワシントンは偉大な好い人である（華盛頓是個又偉大又好的人）。［兩個形容詞性的修飾語］

He studied long and diligently ＝彼は長く一生懸命に勉強してゐた（他很長久地拼命用過功）。

［兩個副詞性的修飾語］

二、複文：

複文即英語的 Complex Sentence，凡是含有敍述節以外的附屬節的文，換言之，凡是含有名詞節・形容詞節・副詞節的文，都叫作複文。茲分別例示如左：

（1）含有名詞節的複文的例：

月日の立つのは早いものです（日月的經過是很快的）。

太郎は近頃螢が何故光るかを研究してゐる（太郎近來正在研究螢爲什麼發光）。

彼はみんな友人が惡いのだと思ひ込んでゐる（他以爲都是朋友的不好）。

（2）含有形容詞節的複文的例：

花の咲く頃はのどかである（花開的時候是很幽閑的）。

太郎は意味の分らない文章を名文と思つてゐる（太郎以不懂意味的文章爲名文）。

彼は岡田氏の建てた會社へ入つた（他進入岡田氏所辦的公司）。

（3）含有副詞節的複文例：

天氣はよいけれども少し寒い（天氣雖好，有一點冷）。

雨が降らないので苗が枯れさうだ（因爲不下雨，苗好像要枯了）。

雪が消えると櫻や梅や桃が一時に咲く（雪一消，櫻花梅花桃花等等一時都開）。

英語的複文，和日語一樣，是含有名詞節・形容詞節・副詞節的。茲各舉一例以便舉隅：

I expect that he will succeed. ＝私は彼が成功するだらうと思つた（我想他是要成功的）。〔含有名詞節〕

This is the house that Jack built. ＝これがヂヤックの建てた家である（這是捷克所蓋的房子）。〔含有形容詞節〕

We won the game though we expected to lose. ＝吾々は負けると思つたのだが試合に勝つた（我們想是要輸的，而這個競技竟然贏了）。〔含有副詞節〕

三、重文：

重文即英語的Compound Sentence，凡是由兩個以上的對立節所構成的文，即謂之重文。例如：

山は高く、水は清い(山高，水清)。

病は口から入り、禍は口から出る(病由口入，禍由口出)。

政治家は計劃を立て、行政官は事務を遂行する(政治家立計劃，行政家執行事務)。

友の一人は文士になり、一人は軍人になり、一人は實業家になつた(友人一個爲文士，一個爲軍人，一個爲實業家)。

馬は荷物を運び、牛は乳を提供し、犬は泥棒に吠えつき、猫は鼠を捕る(馬運貨，牛供乳，狗吠盜，猫捕鼠)。

重文中對立節之間，還可以加入接續詞，以表示接續的。例如：

名物もあり、又名所もある(有名物，又有名所)。

志操は堅實で、且理想は高遠でありたい(希望志操堅實，而且理想高遠)。

頭もよいし、身體も健康だし、それに根氣もある(頭腦既好，身體也健，又加以耐力又有)。

日語重文中的對立節之間，雖也常用接續詞去聯接，但大都以不用爲原則；英語重文中的對立節之間，則原則上要用等位接續詞(Co-ordinate Conjunction)去聯接。例如：

He was ill, and so he could not work. ＝彼は病氣であつた、それで働くことが出來ない（他病了，所以不能工作）。

He went to Paris, and then (he went) to London. ＝彼はパリに行つてそれからロンドンに行つた（他去了巴黎，即去倫敦）。

He is poor, but (he is) honest. ＝彼は貧しいが正直である（他雖貧，可是正直）。

Either this man sinned or his parents (sinned). ＝この人が罪を犯したか或は彼の兩親が犯したのである（是這個人犯罪呢？或是他的父母犯罪）。

英文法在上述的單文・複文・重文之外，還設有『混文』(Mixed Sentence)一種，係指單文和複文・或複文和複文所構成的文而言。例如：

He is noted for his diligence, and so it is strange that he should have failed. ＝彼は勤勉で有名なのだが失敗したとは意外だ（他是以用功出名的，而竟失敗，實是奇怪）。

The train had just started when he reached the station, and he gazed after it till it was out of sight. ＝彼が停車場に着いた時には汽車は丁度出た所であつた、そして彼は汽車が見えなくなるまで見送つた（他到車站時車正開了，他一直瞧到車看不見）。

右擧的第一個文，爲單文和複文所構成的，第二個文爲複文和複文所構成的，所以都屬於「混文」。但日本的文法學家，多不另立這種名目，他們的理由是單文・複文・重文三種，已足以包括文的基本構成原則，至於混文，不過是這三種文所應用組合而成的，不必單立名目，本書仍之。

第五章　文的內容上的分類

文的種類，由其構造上的形式來看，可分為前章所述的『單文』『複文』『重文』三種；再由其內容·性質特徵來看，又可分為：『敘述文』『疑問文』『命令文』『感歎文』四種。茲也簡單分述如下：

一、敘述文：

敘述文即英語的 Assertive Sentence，又名 Declarative Sentence，係指表示疑問·命令·感歎等意味以外的文。約可分為下列幾種：

（1）表示肯定之意者：

人間(にんげん)は萬物(ばんぶつ)の靈長(れいちやう)である（人類為萬物的靈長）。

春(はる)が來(き)て花(はな)が咲(さ)いた（春來花開）。

（2）以反語的形式表示斷定之意者：

なあに，あの男(をとこ)にそんなこと(こと)が出來(でき)るものか（什麼，那個傢伙那能做那樣的事）。

（3）表示否定之意者：

三角形(さんかくけい)の內角(ないかく)の和(わ)は直角(ちよくかく)に等(ひと)しくない（三角形的內角的和，不等於直角）。

螢の光には熱が伴なはない（螢虫的光，幷不帶着熱）。

（4）表示推量之意者：

あの子はたぶん軍人になるだらう（那個孩子大約要做軍人吧）。

一雨降れば紅葉も見頃にならう（再下一場雨，紅葉也就是可玩賞的時候了吧）。

（5）表示否定的推量之意者：

明日は雨にはなるまい（明天大約不至於下雨）。

彼はたぶん家にはゐないだらう（他恐怕不在家吧）。

英語的叙述文，和日文差不多，沒有什麼特徵可舉。玆將表示肯定的和表示否定的各舉一例如左：

We all expect him to suceed in the long run.＝吾々は皆彼が結局は成功するものと思つてゐる（我們都想他是終於要成功的）。

Learned men are not always judicious.＝學者は常に思慮深いものとは限らぬ（學者不一定就是細心的）。

二、疑問文：

疑問文即英語的 Interrogative Sentence，用以表示自己的疑問，或對人的質問的。大都附有助詞『か』，但將『か』省畧掉的例也很多。近來對於疑問文省畧『　』時，多加上『？』，以淸文意（談話則將最後一語的音調，特別提高，以作表示）。茲分別舉例如下：

(1)表示疑問之意者：

どうしたら自分の心が静まるだらうか（怎麽樣自己的心纔能塌實呢？）。

あの子は果して軍人になれようか（那個孩子果能够當軍人嗎？）。

さあ、わたし、どうしませう？（啊，我怎麽辦？）。

(2)表示質問之意者：

君、明日もあすこへ行くのかね（先生，明天也到那個地方去嗎？）。

あなたはまだあのことを御存じないの？（你還不知道那樁事嗎？）。

あなた、それは何でございます？（先生，這是什麽？）。

日語疑問文的語的排列，和叙述文相同，通常只在其最後，加一助詞『か』，以作表示；英語則須將助動詞如『Do』『Can』『Have』『May』等等之語，以及疑問語如『What』『Who』『Which』『When』等等之語，置在文的最前端，並附『？』於文末。例如：Does the sun shine at night? = 日は夜間照るか(太陽晚上出嗎?)。

Have You met him? = 君は彼に會うたか(你見了他了嗎?)。

When does the sun shine? = 日は何時照るか(太陽何時出來呢?)。

What does the sun give us? = 日は何を我らに惠むか(太陽給我們什麼?)。

三、命令文：

命令文即英語的 Imperative Sentence，可分爲積極的命令，即表示『かくせよ』(這樣辦吧)之意，和消極的命令，即表示『かくするな』(不要這樣辦吧)之意，兩類。茲分別舉例如下：

(1)表示命令之意者：

表示命令之文，通常是使用動詞的命令形·含有使役之意的助動詞·添加命令之意的助詞。例如：

太郎、遲れるといけないから早く行け(おいで·いらつしやい)=太郎，遲了就不行，快去吧。

これは何か、早く答へよ(答へろ·お答へ)=這是什麼?快點答吧。

君はもつと運動せよ(しろ·なさい·し給へ)=你再加運動運動吧。

お前はもつと勉强しなければならぬぞ(いけないぞ·いかんぞ)=你不可不用功啊!

（2）表示禁止之意者：（大都用下列各語表示）

そんなことは早く止めよ（止めろ・止めなさい・止め給へ・お止め）＝那樣的事快停止吧。

そんなことは早くよせ（よしなさい・よし給へ・およし）＝那樣的事快停止吧。

さう怠けてばかりゐてはいけません（いけない・いかん）＝老是這樣懶惰是不成的

こゝに車を置いてはなりません（ならない・ならん）＝不可在此處擱車。

この處に馬を繫ぐな＝不可在這個地方拴馬。

英語的命令文的特色，是將主語省略掉，唯日語的命令文，也常畧去主語。玆舉一兩例如左：

Be quiet.＝靜かにしなさい（請安靜吧）。

Do not talk in class.＝授業中話をするな（授業中不要說話）。

Let him come here.＝彼がこゝへ來るやうに（讓他到這裏來吧）。

四、感歎文：

感歎文即英語的 Exclamatory Sentence，係用以表示感歎的文。日語的感歎文，大都用感動詞於文中，還有用別的語的，此外也有由形式上來看完全和別種的文沒有什麼不同的。近來在沒有感動詞的感歎文末，常常加入『!』，以清文意。例如：

ああ、つまらないなあ＝嚷啊，眞沒有意思啊。

おや、あれは何だ＝啊，那是什麼啊。

まあ、久しぶりでございますねえ＝啊，眞是久違、

馬鹿！何をしてゐるのだ＝混蛋！是做什麼呢。

わからずや！まだそんなことを言つてゐるのか！＝傻子！還是這樣說嗎。

感歎文中，固然常用感動詞，但用感動詞的未必卽是感歎文。例如下列各文，雖都有感動詞，但是有的屬於命令文，有的屬於叙述文：

さあ、早く支度しろ＝喂，快預備吧。

おうい、ちよつと待つてくれ＝喂，請稍等我一下吧。

はい、今行きます＝好，現在就去。

いいえ、さうぢやありません＝不，不是這樣。

日語的感歎文，雖通常添入感動詞或表示感歎的助詞於文中，但構造上並沒有什麼特徵；英語則一定要用『感歎疑問詞』(Exclamative Interrogative) 如『How』『What』或 Interjection 於文首，用『!』於文末。例如：

How foolish he is! =何たるおろか者だらう、彼は（那麼傻啊，他眞是）。

What a foolish man he is! =何たるおろか者だらう、彼は（他眞是個傻人啊！）。

Oh! how it blows! =どうもよく吹きますね（啊！好大的風！）。

由上列各例看來，我們可以知道英語在叙述文・疑問文・命令文・感歎文這四種文的語序，各有各的特徵，所以在文法上有分類研究的必要。但在日語中，這四種文彼此之間，並沒有什麼顯著的異點，按理說來，絕沒有分類的必要，唯一般的慣例，也都仿照英文法去分，所以本書也就照例講述一下。

第六章　文的解剖

一、文的解剖的意義：

文的解剖，係將一個文，由各種文法上的立場，來加以分析。其目的在於使我們對於文能夠正確地加以解釋。我們所碰到的文，不一定盡按正序法排列出來，其成分有時是倒置的，有時是省畧的，如不加以一番解剖，有時就很難得到正確的解釋。我們解剖文的時候，有兩種立場可站：

(1)將文分析成各成分。

(2)將文分析成各品詞。

如果由右述的兩種立場去解剖一個文，不但可以幫助我們對於文的解釋，格外明白，還可以使我們所夙具的文法知識，更加確實。玆將站在這兩種立場上的文的解剖的具體說明，分述如下：

二、將文分析成各成分：

將文分析成各成分者，即英文法所謂 Parsing，係將一個文分析出其主語・述語・客語・補語・修飾語等，以明瞭構成此文的各成分彼此相互間的關係。這可分為『單文的解剖』『複文的解剖』『重文的解剖』三種來研究。玆分述如下：

（1）單文的解剖：

解剖單文的時候，可以按照左列的順序去分析：

（A）分出主部和叙述部。

（B）把叙述部分出客部・補部・述部。

（C）把主部分出主語和其形容詞性的修飾語。

（D）把客部分出客語和其形容詞性的修飾語。

（E）把補部分出補語和其形容詞性的修飾語。

（F）把述部分出述語和其副詞性的修飾語。

（G）遇着含有叙述節的單文，則先把總主語分出主語和其形容詞性的修飾語，再把叙述節依照（A）（B）（C）（D）（E）（F）的順序去分析。

右列的分析法，是假定所分析的單文，是具備有全成分的，實際上具備全成分的單文並不常有。有的單文只具備主語和述語，有的有客語沒有補語，有的有補語沒有客語，有的有修飾語，有的沒有，不能一概而論，不過我們腦筋中要具備這個順序，以便因時制宜吧了。

表示解剖的結果，有種種的方法，在解剖單文時，以使用下開的方法，最爲簡單明瞭：

主語　述語

花が咲く。

主語　客語　述語

太郎が本を讀む。

主語　補語　述語

水が湯になる

主　客　補　述

配達夫が手紙を家人に渡す。

主　主　主　補修　補　述

東京と京都と大阪は日本の三大都市と云ふ。

主　客　客　述

弟は雜誌と紙と筆を買つて來た。

主　補　補　補　客　述

彼は兩親にも親戚にも友人にも便りをしない。

修主　修主　修主　主　述

大きな高い嶮しい山がある。

主　修　客　修　客　客　述

友人はモダンなすばらしい家を建てた。

主　修補　補　修　補　補　述

僕は嚴格な父にもやさしい母にも似てゐない。

主　修述　述　修述　述

水は淸く澄み、滔々と流れてゐる。

總主　主述
日本は景色がよい。

修總主　總主　主述　主述
あの青年は頭もよいし實力もある。

含有叙述節的單文，如用左記的圖解去表示，更爲明瞭易解了。

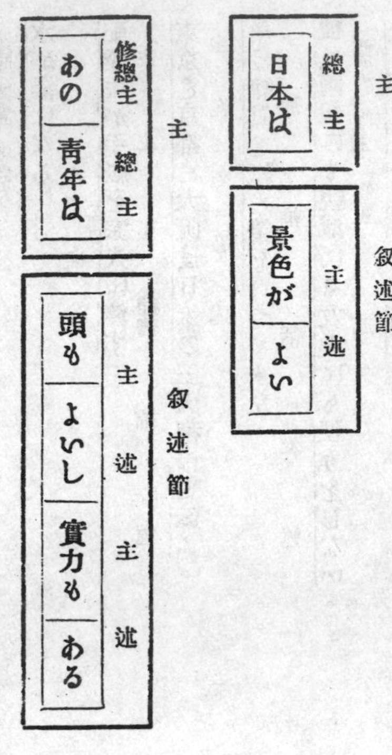

(2)複文的解剖：

複文的解剖，可把名詞節・形容詞節・副詞節，一一倣照單文的解剖，加以解剖。其表示方也是以圖解爲最易解。例如：

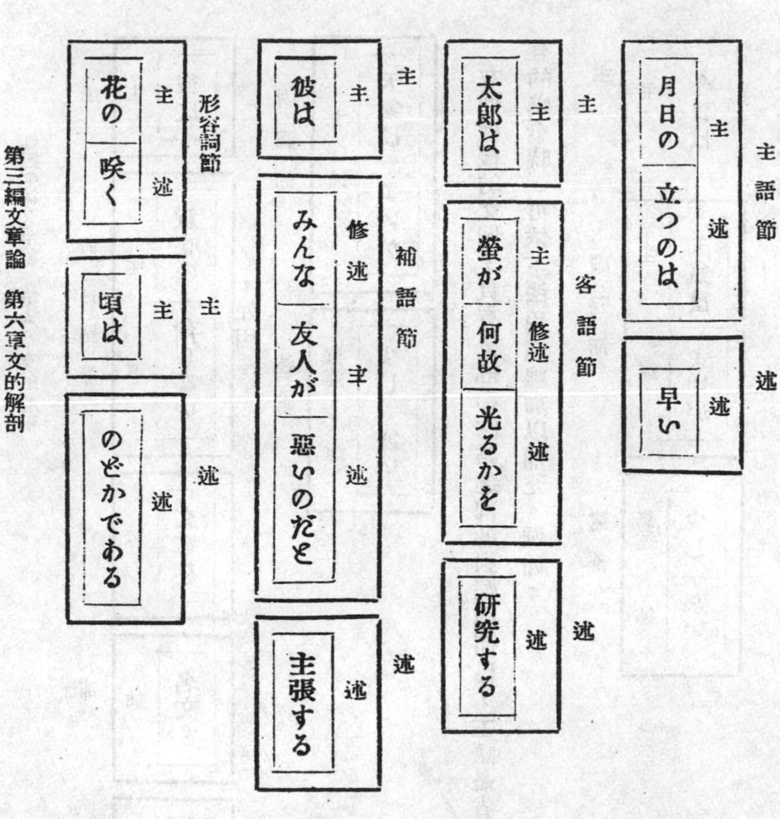
主語節
主
月日の
述
立つのは
述
早い
主
客語節
主
太郎は
主
螢が
修述
何故
述
光るかを
述
研究する
主
補語節
主
彼は
修
みんな
述
主
友人が
述
悪いのだと
述
主張する
形容詞節
主
主
花の
述
咲く
主
頃は
述
のどかである

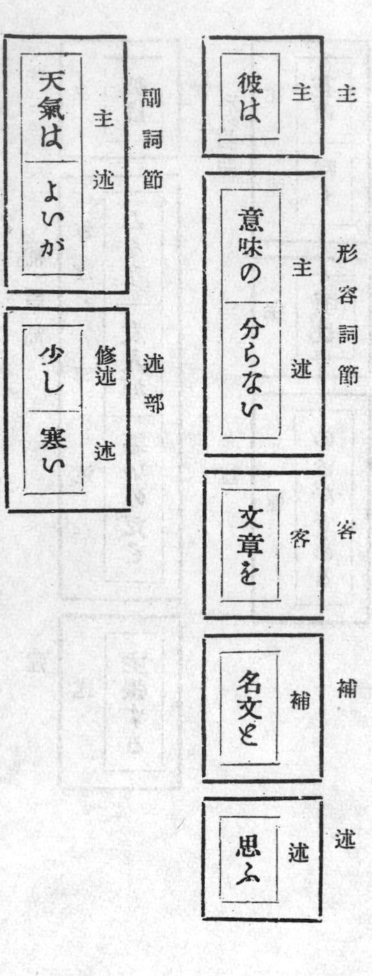

右列最後的文例，只有述部和修飾述部的副詞節而已，主語是省畧掉的。遇到這種省略了某種應有的成分時，可依下法用虛線加以補充。例如：

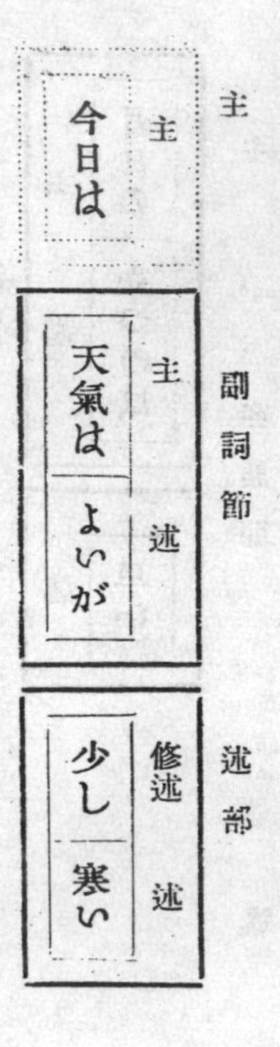

(3)重文的解剖：

重文的解剖，也是倣照單文的解剖方法，將各對立節，加以解剖。其表示方法，也以圖解爲最容易了解。茲例示如下：

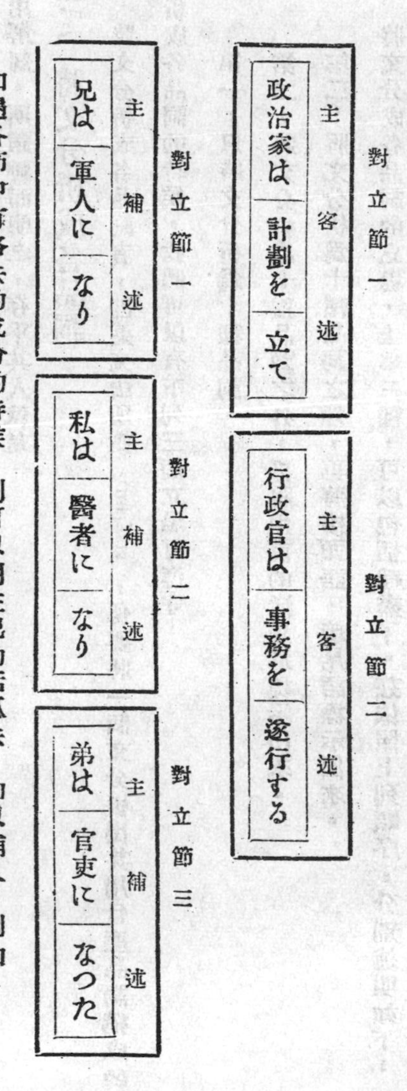

如遇各節中有略去的成分的時候，則可以用左記的括弧法，加以補入。例如：

對立節一

修	主	補	述
友達の	一人は	文士に	なり

對立節二

修	主	補	述
（友達の）	一人は	軍人に	なり

對主節三

修	主	主	述
（友達の）	一人は	實業家に	なった

單文・複文・重文的解剖，大畧已如上述。此外如遇有複雜混合的文，也可按照這個基本方法，去應用解剖。所謂神而明之，存乎其人就是。

三、將文分析成各品詞：

將文分析成各品詞者，即英文法所謂 Analysis，係要將一個文分析出其用什麼品詞構成的。將文分析成各品詞的時候，我們可以有下列三個立場可遵守：

第一：只將文分析爲十種品詞。

第二：將文分析爲十種品詞之外，再將用言的活用形標示出來。

第三：將文分析爲十種品詞之外，再將接頭語・接尾語標示出來。

將文分成各品詞的立場，上述三種，可以包括淨盡了。玆依照上列順序，分別述明如下：

(1)只將文分析爲十種品詞：

立在這個立場去分析的時候，附有接頭語・接尾語的單語，如「御主人」「重み」「男らしい」諸語，都當做一個單語看待。

副 代 名助 數 助名助名助動 助動 助動

昔、ある所に一本の楠の木がありました。

名 助名助名助名 助 動 助動助助形 名 助 副 名助動 助 助動 助動

水仙が世の中の人達に喜ばれるのは寒い時でも平氣で花を開くからでせう。

(2)分出各品詞，再標示用言的活用形：

動 助名助動、ハ四、連體 名 助 動、ハ下一、連體助助 形動、連體 名 助動、ラ、四、連用助動、終止

人間が心に思ふことを傳へるにはいろんな方法があります

代助 副 名 名 助 名 助 名 助動、カ四、連用 助動、連體 名 助形、終止、

副

誰もまだ自殺者自身の心理を正直に書いたものはない。

(3)分出各品詞，再標示接頭語・接尾語：

感 代接尾 助 接頭 動 助動 助動 助助 名 助名助數接尾 助 動 助動

へえ、私どもがさし上げましたのは英語の本が三冊でございます。

副 形、幹 接尾 助 形、幹 接尾 助 動 助 名 助 動 助動 助動

よく廣さと高さを量つて體積を出して呉れ給へ。

解剖一個文的候，最麻煩的問題，是關於接頭語和接尾語怎樣處置；有人要求把牠分開，有人則不這

樣主張。其實接頭語和接尾語都不是單語，還是把牠當作其所附接的單語的一部分，不要分開，視爲一語，較爲妥當。

第四編 補充篇

第一章 概說

自從第二次世界大戰結束後，日本的語文，在外國人看來，尤其是在咱們中國人看來，是發生過一次很大的變化的；其實它的根本，並沒有絲毫的動搖，不過只是朝着近代各國語文所走的方向，努力推行下去罷了。換句話說，戰後的日本人所要說的，是全體的日本人容易了解，而能夠正確體會出它的意味的話；所要寫的，是合乎這個新的語言標準而寫的文章。因爲這樣，現在的日本人的語言，是要依照由他們每日的生活所產生出來的語言，或者近乎這樣的語言來說的；他們的文章，是要依照這樣的語言寫的。在第二次世界大戰前，日本的「說的語言」(Spoken language)，不但和「寫的語言」(Written language)，有相當的不同，就是「說的語言」，也多喜歡使用一般的老百姓所不大懂得的漢語或古語，以至於文言的文法，所以有時會使讀者或聽者，感到莫名其妙。因此戰爭結束以後，日本的整個社會發生變動，政治民主化，文化大衆化，於是乎上下各界，也都感到語言、文字必須跟這個趨向，取得配合，大家從而努力設計，要使日本的國語，成爲一種容易了解，容易書寫的語言。

那麼，他們所努力設計的目標是什麼呢？簡單地說，是要使知識階級的人們，在文化工作上所用的語言，儘可能和一般大衆日常所說的語言，取得一致。換句話說，是要在日常語中，努力去造出文化語來。爲要達成這個目標，也就是說，爲要使大家能夠依照說話那樣去書寫文章，就必須從兩方面去着手：一方面儘量減少在文字中使用漢字，制定非用不可的漢字的數目；一方面儘量按照發音來使用「假名」，廢止歷史上所慣用的變音的標示；於是乎經過國語硏究會各專家的協力，制定出「當用漢字表」和「現代かなづかい」(現代假名使用法) 兩種東西，來讓大家遵循。此外還有一個以前不統一的「送りがな」(送假名) 的問題，現在也定出幾條原則，加以統一。譬如「麗(うるわ)しい」，也有人寫爲「麗(うる)わしい」，這種用漢字和假名合成一個詞的假名部分的寫法，現在也規定出某種品詞，應該在那一部分用漢字，那一部分用假名，都有一定的規則，可資遵循，不致再發生以前那種雜亂無章的狀態了。

第二章　當用漢字

為要減輕學習漢字的負擔，達到「漢字限制」的目的，在昭和二十一年（中華民國三十五年）十一月五日的國語審議會第十二回大會上，正式規定「當用漢字表」，計一千八百五十字，提經內閣閣議通過，公佈使用。

這一千八百五十字，使用於現在的法令、公文、新聞、雜誌等，有時難免感到不大夠用，但是在大體上，有假名或假借字可以補救，因此也沒有太大的不自由。譬如「俸、聯、輯、輿」這些不在表中的「封鎖文字」，日常使用的成語，像「俸給」「聯盟」「編輯」「輿論」等，當然可用假名代替，寫為「ほう給」「れん盟」「編しゅう」「よ論」；不過為要免去看來彆扭起見，可以造出同義的新熟語來代替，把「俸給」改為「給與」，「聯盟」改為「連盟」，「編輯」改為「編集」，「輿論」改為「世論」；慢慢約定俗成，除舊佈新，就可以習慣成自然了。

動、植物的名子，一切使用假名，植物只留下「松、桃、梅、櫻」等十二個字。這是因為有「白桃」「紅梅」這類的熟語，認為有存留的必要而來的；動物「犬」「羊」「馬」「豚」等十個字，也由於同樣的理由而存留下來。

外國的人名和地名，一律用假名，不用漢字。「アレキサンダー」不寫「亞歷山」，「シェークスピア」不寫「沙翁」，「パリ」不寫「巴里」，「ニューヨーク」不寫「紐約」。但是「米國」或「英國」等，却准許照用；中華民國的「南京」或「上海」，以至「蔣經國」或「嚴家淦」等，自然更是照用不改。外來語的「トーキー」「メーデー」「ペン」「インク」等，不用說是用假名標示的；以前「ランプ」寫爲「洋燈」，「シャツ」寫爲「襯衣」，「ガス」寫爲「瓦斯」，「マッチ」寫爲「燐寸」這種「あて字」（當字＝假借字），全部清除不用。

還有代名詞、副詞、接讀詞、感嘆詞、助詞等所使用的漢字，像「私」「殊に」「及び」「噫」「以て」之類，以後儘量改用假名。至於漢字，也大量採用略字（簡易字體），在一千八百五十個當用漢字中，有下列略字表所列的一百二十九個字。

一、略字表：

略字表

両 満 乱 辞 余 仮 万 励 双 号 属 嘱 円 壱 実 宝 岳 党 歯 齢 辺 医 鉄
関 体 台 旧 虫 蚕 証 豊 弁 発 廃 径 経 茎 軽 恋 湾 蛮 変 択 沢 訳 釈

駅担胆処拠断継帰塩対画当礼称総窃糸欠声点浅銭残
践独触献斎剤済滝勧権歓観区枢殴駆殴参惨賛潜並併
研栄営労学覚挙誉囲図数麦逓弐遅霊粛炉猟写会絵読
続予圧拡鉱届穏隠脳悩随髄浜犠

二、當用漢字表

一部	一丁七丈三上下不且世丘丙
丨部	中
丶部	丸丹主
丿部	久乏乗
乙部	乙九乳乾乱(亂)
亅部	了事
二部	二互五井亞
亠部	亡交享京
人部	人仁今介仕他付代令以仰仲件任企伏伐休伯伴

伸伺似但位低住佐何佛作佳使來例侍供依侮侯
侵便係促俊俗保信修俳俵併(倂)倉個倍倒候借倣
値倫仮(假)偉偏停健側偶傍傑備催傳債傷傾働像
僚僞僧價儀億儉儒償優

儿部
元兄充兆先光克免兒

入部
入內全兩(兩)

八部
八公六共兵具典兼

冂部
册再冒

冖部
冗冠

冫部
冬冷准凍凝

几部
凡

凵部
凶出

刀部
刀刃分切刈刊刑列初判別利到制刷券刺刻則削
前剖剛剩副割創劇剤(劑)劍

力部　力功加劣助努効劾勅勇勉動勘務勝労(勞)募勢勤
　　　勳励(勵)勧(勸)
勹部　勺匁包
匕部　化北
匚部　匠
匸部　匹匿区(區)
十部　十千升午半卑卒卓協南博
卜部　占
卩部　印危却卵巻卸即
厂部　厘厚原
厶部　去参(參)
又部　又及友反叔取受
口部　口古句叫召可史右司各合吉同名后吏吐向君吟
　　　否含呈呉吸吹告周味呼命和咲哀品員哲唆唐唯

唱商問啓善喚喜喪喫單嗣嘆器噴嚇嚴嘱(囑)

口部　囚四回因困固圏國囲(圍)園円(圓)図(圖)團

土部　土在地坂均坊坑坪垂型埋城域執培基堂堅堤堪
報場塊塑塔塗境墓墜増墨堕(墮)墳墾壁壇圧(壓)塁壊

士部　士壮壱(壹)壽

夂部　夏

夕部　夕外多夜夢

大部　大天太夫央失奇奉奏契奔奥奪奨奮

女部　女奴好如妃妊妙妥妨妹妻姉始姓委姫姻姿威娘
娯娠婆婚婦婿媒嫁嫡嬢

子部　子孔字存孝季孤孫学(學)

宀部　宅宇守安完宗官宙定宜客宣室宮宰害宴家容宿
寂寄密富寒察寡寝実(實)寧審写(寫)寛寮宝(寶)

寸部　寸寺封射將專尉尊尋対(對)導

小部	小少
尢部	就
尸部	尺尼尾尿局居届(屆)屈屋展層履属(屬)
山部	山岐岩岸峠峰島峡崇崩岳(嶽)
巛部	川州巡巣
工部	工左巧巨差
己部	己
巾部	市布帆希帝帥師席帳帯常帽幅幕幣
干部	干平年幸幹
幺部	幻幼幽幾
广部	床序底店府度座庫庭庶康庸廉廊廃(廢)廣廳
廴部	延廷建
廾部	弊
弋部	式

弓部　弓弔引弟弦弧弱張強彈

彡部　形彩彫彰影

彳部　役彼往征待律後徐径(徑)徒得從御復循微徵德徹

心部　心必忌忍志忘忙忠快念怒怖思怠急性怪恆恐恥
恨恩恭息悅悔悟患悲悼情惑惜惠惡惰悩(惱)想愁
愉意愚愛感愼慈態慌慕惨(慘)慢慣慨慮慰慶憂憎
憤憩憲憶憾懇應懲懷懸恋(戀)

戈部　成我戒戰戲

戶部　戶房所扇

手部　手才打扱扶批承技抄抑投抗折抱抵押抽拂拍拒
拓拔拘拙招拜括拷拾持指振捕捨掃授掌排掘掛
採探接控推措描提揚換握揭揮援損搖搜搬携搾
摘摩撤撮撲擁択(擇)擊操担(擔)拠(據)擦挙(舉)擬拡(擴)
攝

支部　支

攴部　收改攻放政故敍教敏救敗敢散敬敵敷数(數)整

文部　文

斗部　斗料斜

斤部　斤斥新断(斷)

方部　方施旅旋族旗

无部　既

日部　日旨早旬昇明易昔星映春昨昭是時晩晝普景晴
晶暇暑暖暗暫暮暴曆曇曉曜

曰部　曲更書替最会(會)

月部　月有服朕朗望朝期

木部　木未末本札朱机朽材村束杯東松板析林枚果枝
枯架柄某染柔査柱柳校株核根格栽桃案桑梅條
械棄棋棒森棺植業極栄(榮)構概樂楼(樓)標枢(樞)模

欠部　止部　歹部　殳部　母部　比部　毛部　氏部　气部　水部

樣樹橋機橫檢櫻欄権(權)
次欲欺款歌欧(歐)歓(歡)
止正步武歳歴帰(歸)
死殉殊殖残(殘)
段殺殿殴(毆)
母每毒
比
毛
氏民
氣
水氷永求汗汚江池決汽沈没沖河沸油治沼沿況
泉泊泌法波泣注泰泳洋洗津活派流浦浪浮浴海
浸消涉液涼淑涙淡淨深混清浅(淺)添減渡測港渇
湖湯源準温溶滅滋滑滞滴満(滿)漁漂漆漏演漢漫

漸潔潜(潛)潤潮溢澄沢(澤)激濁濃湿済(濟)濫浜(濱)滝

(瀧)瀬湾(灣)

火部　火灰災炊炎炭烈無焦然煮煙照煩熟熱燃燈焼営

(營)燥爆炉(爐)

爪部　争爲爵

父部　父

片部　片版

牛部　牛牧物牲特犠(犧)

犬部　犬犯状狂狩狭猛猶独(獨)獄獲猟(獵)獣献(獻)

玄部　玄率

玉部　玉王珍珠班現球理琴環璽

甘部　甘

生部　生産

用部　用

田部　田由甲申男町界畑畔留畜畝略番画(畫)異当(當)疊
疋部　疎疑
疒部　疫疲疾病症痘痛痢痴療癖
癶部　登発(發)
白部　白百的皆皇
皮部　皮
皿部　盆益盛盗盟盡監盤
目部　目盲直相盾省看眞眠眼睡督瞬
矛部　矛
矢部　矢知短
石部　石砂砲破研(硏)硝硫硬碁砕確磁礁礎
示部　示社祈祉祕祖祝神祥票祭禁禍福禪礼(禮)
禾部　秀私秋科秒租秩移税程稚種称(稱)稻稿穀積穗穏(穩)穫

穴部　穴究空突窒窓窮窯窃(竊)

立部　立並(竝)章童端競

竹部　竹笑笛符第筆等筋筒答策箇算管箱節範築篤簡簿籍

米部　米粉粒粗粘粧粋精糖糧

糸部　系糾紀約紅紋納純紙級紛素紡索紫累細紳紹紺終組結絶絞絡給統糸(絲)絹経(經)緑維綱網綿緊緒線締縁編緩緯練縛縣縫縮縦総(總)績繁織繕絵(繪)繭繰継(繼)続(續)繊

缶部　欠(缺)

网部　罪置罰署罷

羊部　羊美着群義

羽部　羽翁翌習翼

老部　老考者

部	字
而部	耐
耒部	耕耗
耳部	耳聖聞声(聲)職聽
聿部	粛(肅)
肉部	肉肖肝肥肩肪肯育肺胃背胎胞胴胸能脂脅脈脚
	脱脹腐腕脳(腦)腰腸腹膚膜膨胆(膽)臟
臣部	臣臨
自部	自臭
至部	至致台(臺)
臼部	與興旧(舊)
舌部	舌舍舖
舛部	舞
舟部	舟航般舶船艇艦
艮部	良

部	字
色部	色
艸部	芋芝花芳芽苗若苦英茂茶草荒荷荘茎(莖)菊菌菓 菜華万(萬)落葉著葬蒸蓄薄薦薪薫藏藝藥藩
虍部	虐処(處)虚虜虞号(號)
虫部	蚊融虫(蟲)蚕(蠶)蛮(蠻)
血部	血衆
行部	行術街衝衛衡
衣部	衣表衰衷袋被裁裂裏裕補装裸製複襲
襾部	西要覆
見部	見規視親覚(覺)覧観(觀)
角部	角解触(觸)
言部	言訂計討訓託記訟訪設許訴診詐詔評詞詠試詩 詰話該詳誇誌認誓誕誘語誠誤説課調談請論諭 諮諸諾謀謁謄謙講謝謡謹証(證)識譜警訳(譯)議護

誉(譽)読(讀)変(變)譲

部	字
谷部	谷
豆部	豆豊(豐)
豕部	豚象豪予(豫)
貝部	貝貞負財貢貧貨販貫責貯弐(貳)貴買貸費貿賀賃
	賄資賊賓賜賞賠賢賣賦質頼購贈賛(贊)
赤部	赤赦
走部	走赴起超越趣
足部	足距跡路跳踊踏践(踐)躍
身部	身
車部	車軌軍軒軟軸較載軽(輕)輝輩輪輸轄轉
辛部	辛弁(辨瓣辯)辞(辭)
辰部	辱農
辵部	込迅迎近返迫迭述迷追退送逃逆透逐途通速造

連逮週進逸遂遇遊運遍過道達違遁(遞)遠遣適遭
遅(遲)遵遷選遺避還辺(邊)

邑部　邦邪邸郊郎郡部郭郵都郷

酉部　配酒酢酬酪酵酷酸酔醜医(醫)醸

釆部　釈(釋)

里部　里重野量

金部　金針鈍鈴鉛銀銃銅銑銘鋭鋼録錘錠銭(錢)錯錬鍛
鎖鎮鏡鐘鉄(鐵)鋳鑑鉱(鑛)

長部　長

門部　門閉開閑間閣閥閲関(關)

阜部　防阻附降限陛院陣除陪陰陳陵陶陥陸陽隆隊階
隔際障隣随(隨)険隠(隱)

隶部　隷

隹部　隻雄雅集雇雌双(雙)雑離難

雨部	雨雪雲零雷電需震霜霧露霊（靈）
青部	青靜
非部	非
面部	面
革部	革
音部	音韻響
頁部	頂項順預頒領頭題額顏類顧顯
風部	風
飛部	飛飜
食部	食飢飲飯飼飽飾養餓余（餘）館
首部	首
香部	香
馬部	馬駐騎騰騷駆（驅）驗驚駅（驛）
骨部	骨髄（髓）体（體）

高部	高
髟部	髮
鬥部	鬪
鬼部	鬼 魂 魅 魔
魚部	魚 鮮 鯨
鳥部	鳥 鳴 鷄
鹵部	塩（鹽）
鹿部	麗
麥部	麦（麥）
麻部	麻
黃部	黃
黑部	黑 默 点（點） 党（黨）
鼓部	鼓
鼻部	鼻

齊部——斉（齋）

齒部——歯（齒）齢（齡）

在「當用漢字表」以外，還有一個「當用漢字資料」，爲「亭、俸、偵、僕、厄、堀、壤、宵、尚、戾、披、挑、据、朴、杉、棧、殼、汁、泥、洪、涯、渦、溪、矯、酌、釣、齊、龍」等二十八個字，決定將來如果要修正當用漢字時，要優先採用的方案。不過現在經過日本新聞協會的議決，日本全國的報紙，已經使用了。

此外有一個「教育漢字學年配當表」，係由當用漢字的一千八百五十字中，選出最常用的八百八十一個字，做爲教育漢字，爲小學六學年中的教科書中，可使用的漢字，其分配爲由淺入深，計第一學年四十六字，第二學年一百零五字，第三學年一百八十七字，第四學年二百零五字，第五學年一百九十四字，第六學年一百四十四字。昭和四十三年（民國五十七年）三月間，日本文部省認爲小學中有加强漢字學習的必要，擬在八百八十一個教育漢字之外，再追加一百十五字進去，計爲九百九十六字，預定由昭和四十六年（民國六十年）起，開始實施。另有一個「人名用漢字表」，收有九十二字，專供人名使用。這兩個表跟我們學習日語的外國人，沒有甚麼關係，所以把它略去，不過在常識上，知道有這一回事就好了。

第三章　現代「かなづかい」（現代假名表音法）

所謂「かなづかい（假名遣）」，是用かな來表示語音的方法；這個「現代かなづかい」，是用來表示使用かな來書寫現代語的準則。這個かなづかい，主要用於現代文的口語文體；不過在現代口語文中，如果引用他人依照舊かなづかい所寫的文章的一部分的時候，則使用原文所用的かなづかい，也無不可。現代かなづかい計分爲四類，現在把各類的原則，分別寫出，最後列表例示。

一、第一類：

1. 舊かなづかい的ゐ、ゑ、を，以後改用い、え、を。但是「本を讀む」之類的助詞「を」，則照舊不改。

2. 舊かなづかい的くわ、ぐわ，以後改用か、が。

3. 舊かなづかい的ぢ、づ，以後改用じ、ず。但是由於兩語的結合而生的ぢ、づ，例如はなぢ（鼻血），かなづかい（假名遣い）之類；或由連音而生的ぢ、づ，例如ちぢむ（縮む）、つづく（續く）之類，則仍然照舊不改。

4. 讀爲ワ、イ、ウ、エ、オ的は、ひ、ふ、へ、ほ，以後改用わ、い、う、え、を。

但是「わたくしは京都へ行く」之類的助詞「は」「へ」，則以照舊不改，爲原則。

5.發音爲ォ的ふ，以後改用ぉ。

注意：「クヮ・カ」「グヮ・ガ」和「ヂ・ジ」「ヅ・ズ」有分別的地方，不妨分別書寫。

二、第二類：

1.ュ的長音，寫爲ゆぅ。

2.ェ列的長音，在ェ列的假名下面，加一個え字來表示。

3.ォ列的長音，像「おう」「こう」「そう」「とう」那様，原則上，在ォ列的假名後面，加一個「ぅ」字來表示。

三、第三類：

ゥ列拗音的長音，像「きゅう」「しゅう」「ちゅう」「にゅう」那様，原則上，在ゥ列拗音的假名後面，加一個「ぅ」字來表示。

四、第四類：

ォ列拗音的長音，像「きょう」「しょう」「ちょう」「にょう」那様，原則上，在ォ列的假名後面，加一個「ぅ」來表示。

五、現代かなづかい表：

現代かなづかい表

〔第一類〕

旧かなづかい	発音	新かなづかい	語例	備考
ゐ	イ	い	いど(井戸[ヰド])あい(藍[アヰ]) いる(居[ヰ]る) いち(位置[ヰチ]) すいどう(水道[スヰダウ]) びょういん(病院[ビヤウヰン]) しんるい(親類[シンルヰ])	
ゑ	エ	え	こえ(声[コヱ])すえ(末[スヱ]) うえる(植[ウ]ゑる) こうえん(公園[コウヱン]) いちえん(一円[イチヱン]) えんきん(遠近[ヱンキン])	

旧かなづかい	発音	新かなづかい	語例	備考
を	オ	お	うお(魚〈ウヲ〉)とお(十〈トヲ〉) おしえる(教〈ヲシ〉へる) おしい(惜〈ヲ〉しい) あおい(青〈アヲ〉い) かおく(家屋〈カヲク〉) おんど(温度〈ヲンド〉)	
くわ	カ	か	かがく(科学〈クワガク〉) かし(菓子〈クワシ〉) かいぎ(会議〈クワイギ〉) ゆかい(愉快〈ユクワイ〉) かつどう(活動〈クワツドウ〉) いっかん(一貫〈イツクワン〉)	
ぐわ	ガ	が	がいこく(外国〈グワイコク〉) いちがつ(一月〈イチグワツ〉) がんり(元利〈グワンリ〉) こんがん(懇願〈コングワン〉)	

ぢ	ジ	じ	ふじ（藤《フヂ》）あじ（味《アヂ》） はじる（恥《ハ》ぢる） じぞく（持続《ヂゾク》） じょせい（女性《ヂヨセイ》）	①二語の連合によって生じた「ぢ」はもとのまゝ。 はなぢ（鼻血）ちかぢか（近々） ②同音の連呼によって生じた「ぢ」はもとのまゝ。 ちぢむ（縮む）
づ	ズ	ず	みず（水《ミヅ》） ゆずる（譲《ユヅ》る） めずらしい（珍《メヅラ》しい） しずかに（静《シヅ》かに） まず（先《マ》づ） だいず（大豆《ダイヅ》） ずが（図画《ヅグワ》）	①二語の連合によって生じた「づ」はもとのまゝ。 ならづけ（奈良漬） みかづき（三日月） ②同音の連呼によって生じた「づ」はもとのまゝ。 つづみ（鼓）つづく（続く）
は	ワ	わ	かわ（河《カハ》）にわ（庭《ニハ》） まわる（回《マハ》る） あらわない（洗《アラ》はない） くわしい（詳《クハ》しい） すなわち（則《スナハ》ち） びわ（琵琶《ビハ》）	助詞「は」はもとのまゝ書くことを本則とする。
ひ	イ	い	たい（鯛《タヒ》）はい（灰《ハヒ》） ちいさい（小《チヒ》さい） おもいます（思《オモ》ひます） ついに（遂《ツヒ》に）	

旧かなづかい	発音	新かなづかい	語例	備考
ふ	ウ	う	あう（合《ア》ふ）かう（買《カ》ふ） いう（言《イ》ふ） おもう（思《オモ》ふ） あやうい（危《アヤフ》い）	
ふ	オ	お	あおい（葵《アフヒ》） あおぐ（仰《アフ》ぐ） あおる（煽《アフ》る） たおす（倒《タフ》す）	
へ	エ	え	いえ（家《イヘ》）まえ（前《マヘ》） かえる（帰《カヘ》る） すくえ（救《スク》へ） さえ（助詞さへ）	助詞「へ」はもとのまゝ書くことを本則とする。
ほ	オ	お	かお（顔《カホ》）しお（塩《シホ》） こおり（氷《コホリ》） なおす（直《ナホ》す） とおる（通《トホ》る）	「多い」「大きい」は「おおい」「おおきい」と書き、「おうい」「おうきい」とは書かない。

おおい（多い〔オホ〕）
おおきい（大きい〔オホ〕）
とおい（遠い〔トホ〕）
なお（猶〔ナホ〕）

〔第二類〕

旧かなづかい	発音	新かなづかい	語例	備考
いう いふ ゆふ	ユウ	ゆう	ゆうじん(友人)〔イウジン〕 ゆうびん(郵便)〔イウビン〕 りゆう(理由)〔リイウ〕 とゆう(都邑)〔トイフ〕 ゆうがた(夕方)〔ユフガタ〕	「言ふ」は「いう」と書き、「ゆう」とは書かない。
ええ	エエ	ええ	ねえさん(姉さん) ええ(応答の語)	
あう わう あふ はう	オオ	おう	おうう(奥羽)〔アウウ〕 おうじ(皇子)〔ワウジ〕 おうぎ(扇)〔アフギ〕 おうみ(近江)〔アフミ〕 かおう(買はう)〔カ〕 こおう(強う)〔コハ〕	
かう くわう	コオ	こう	こうじ(麹)〔カウヂ〕 こうべ(神戸)〔カウベ〕 きこう(聞かう)〔キ〕	「氷る」「氷」は、「こおる」「こおり」と書き、「こうる」「こうり」とは書かない。

歴史的かなづかい	発音	現代かなづかい	例
かふ こふ			こう(斯《カ》う) こうつう(交通《カウツウ》) こうせん(光線《クワウセン》) こうおつ(甲乙《カフオツ》) こう(劫《コフ》)
がう ぐわう がふ ごふ	ゴオ	ごう	なごう(長《ナガ》う) ばんごう(番号《バンガウ》) ごうごう(轟々《グワウグワウ》) いちごう(一合《イチガフ》) えいごう(永劫《エイゴフ》)
さう さふ	ソオ	そう	はなそう(話《ハナ》さう) あそう(浅《アサ》う) そう(然《サ》う) そうい(相違《サウヰ》) そうろう(候《サフラ》ふ)

旧かなづかい	発音	新かなづかい	語例	備考
ざう ざふ	ゾオ	ぞう	せいぞう(製造《セイザウ》) ぞう(象《ザウ》) ぞうきん(雑巾《ザフキン》)	
たう たふ	トオ	とう	とうげ(峠《クブウ》) たとう(立《タ》たう) さとう(砂《サ》糖《タウ》) とう(塔《タフ》)	「通る」「遠い」は「とおる」「とおい」と書き、「とうる」「とうい」とは書かない。
だう	ドオ	どう	どうろ(道路《ダウロ》) ぶどう(葡萄《ブダウ》)	
なう なふ のふ	ノオ	のう	あぶのう(危《アブ》なう) のう(脳《ナウ》) のうにゅう(納入《ナフニフ》) きのう(昨日《キノフ》)	
はう(ほう) はふ	ホオ	ほう	ほうき(箒《ハウキ》) こくほう(国宝《コクハウ》) ほうび(褒美《ハウビ》)	

			ほうりつ（法律《ハフリツ》） ほうし（法師《ホフシ》）
ぱう ぱふ（ぱふ）	ポオ	ぱう	はっぽう（八方《ハッパウ》） りっぽう（立法《リッパフ》） せっぽう（説法《セッポフ》）
ばう ばふ（ぼふ）	ボオ	ぼう	あそぼう（遊《アソ》ばう） きぼう（希望《キバウ》） びんぼう（貧乏《ビンボフ》）
まう	モオ	もう	もうす（申《マウ》す） やすもう（休《ヤス》まう） もうまく（網膜《マウマク》）
やう えう えふ	ヨオ	よう	ようか（八日《ヤウカ》） ようやく（漸《ヤウヤ》く） たいよう（太陽《タイヤウ》） にちよう（日曜《ニチエウ》） こうよう（紅葉《コウエフ》）
らう	ロオ	ろう	かえろう（帰《カヘ》らう） ろうか（廊下《ラウカ》）

らふ			たろう(太郎[タラウ]) ろうそく(蠟燭[ラフソク])

〔第三類〕

旧かなづかい	発音	新かなづかい	語例	備考
きう きふ	キュウ	きゅう	おおきゅう(大(オホ)きう) えいきゅう(永久(エイキウ)) こきゅう(呼吸(コキフ)) きゅうよ(給与(キフヨ))	
ぎう	ギュウ	ぎゅう	ぎゅうにゅう(牛乳(ギウニユウ))	
しう しふ	シュウ	しゅう	あたらしゅう(新(アタラ)しう) きゅうしゅう(九州(キウシウ)) れんしゅう(練習(レンシフ))	
じう じふ ぢゆう	ジュウ	じゅう	じゅうるい(獣類(ジウルヰ)) じゅう(十(ジフ)) じゅうやく(重役(ヂユウヤク)) まんじゅう(饅頭(マンヂユウ))	
ちう	チュウ	ちゅう	ちゅうぞう(鋳造(チウザウ)) はくちゅう(白昼(ハクチウ)) うちゅう(宇宙(ウチウ))	

にう にふ	ニュウ	にゅう	にゅうわ(柔和[ニウワ]) にゅうがく(入学[ニフガク])	
ひう	ヒュウ	ひゅう	ひゅうが(日向[ヒウガ])	
びう	ビュウ	びゅう	ごびゅう(誤謬[ゴビウ])	
りう りふ	リュウ	りゅう	せんりゅう(川柳[センリウ]) りゅうこう(流行[リウカウ]) いちりゅう(一粒[イチリフ]) こんりゅう(建立[コンリフ])	

〔第四類〕

旧かなづかい	発音	新かなづかい	語例	備考
きやう けう けふ	キョオ	きょう	きょうだい（兄弟《キヤウダイ》） とうきょう（東京《トウキヤウ》） きょういく（教育《ケウイク》） てっきょう（鉄橋《テツケウ》） きょう（今日《ケフ》） きょうりょく（協力《ケフリヨク》）	
ぎやう げう げふ	ギョオ	ぎょう	にんぎょう（人形《ニンギヤウ》） こんぎょう（今暁《コンゲウ》） ぎょうむ（業務《ゲフム》）	
しやう せう せふ	ショオ	しょう	しょうじき（正直《シヤウヂキ》） しょうばい（商売《シヤウバイ》） まいりましょう（参《マヰ》りませう） よいでしょう（よいでせう） しょうねん（少年《セウネン》） こうしょう（交渉《カウセフ》）	

じやう ぢやう ぜう でう でふ	ジョオ	じょう	じょうず（上手《ジヤウズ》） じょうぶ（丈夫《ヂヤウフ》） じょう（錠《ヂヤウ》） じょうぜつ（饒舌《ゼウセツ》） さんじょう（三条《サンデウ》） ろくじょう（六畳《ロクデフ》） いちじょう（一帖《イチデフ》）
ちやう てう てふ	チョオ	ちょう	ちょうかい（町会《チヤウクワイ》） ちょう（腸《チヤウ》） ちょうし（調子《テウシ》） ちょうこく（彫刻《テウコク》） ちょう（蝶《テフ》）
ねう	ニョオ	にょう	にょう（尿《ネウ》）
ひやう へう	ヒョオ	ひょう	ひょうばん（評判《ヒヤウバン》） にひょう（二俵《ニヘウ》） ひょう（豹《ヘウ》）

旧かなづかい	発音	新かなづかい	語例	備考
びやう べう	ビヨオ	びょう	びょうぶ（屏風〔ビヤウフ〕） びょうき（病気〔ビヤウキ〕） びょう（鋲〔ビヤウ〕） びょうしゃ（描写〔ベウシヤ〕）	
みやう めう	ミヨオ	みょう	みょうにち（明日〔ミヤウニチ〕） みょうだい（名代〔ミヤウダイ〕） みょうじ（苗字〔メウジ〕）	
りやう れう れふ	リヨオ	りょう	りょうほう（両方〔リヤウハウ〕） ぶんりょう（分量〔ブンリヤウ〕） りょうり（料理〔レウリ〕） しゅうりょう（終了〔シユウレウ〕） りょう（猟〔レフ〕）	

備　考

1. 拗音〔ヨウ〕をあらわすには、ゃ、ゅ、ょを用い、なるべく右下に小さく書く。

2. 促音をあらわすには、っを用い、なるべく右下に小さく書く。

第四章　送りがなのつけ方（現代假名遣的寫法）

「送りがな」是一個詞中，前面用漢字，後面用假名來表示的意思。從詞中的那一個假名起，寫在漢字後面呢？過去沒有十分一定。例如「もとづく」這一個詞，有人寫「基づく」，有人寫「基く」；「おだやかに」，有人寫「穏やかに」，有人寫「穏かに」；「さかんに」，有人寫「盛んに」」，有人寫「盛に」；倒底怎麼樣寫，纔算對呢？換句話說，一個用漢字和假名合成的單語之中，倒底是那一部分該用漢字，那一部分該用假名，過去沒有統一的寫法，叫人迷惘，所以這個「送りがなのつけ方」，就是要定出一些通則，以做爲現代的口語文的基準，讓寫文章的人，有所遵循。

一、動詞的「送りがな」：

1.動詞送在活用語尾：書く　起きる　受ける　研究する　浮ぶ　押える　振う　基く　確める

2.只送活用語尾，恐會發生誤讀、難讀的動詞，則連前面的音節，一齊送出：

甲、動かす（動く）傳わる（傳える）肥やす（肥える）及ぼす（及ぶ）滅ぼす（滅びる）加わる（加える）（自動・他動相對的動詞）

乙、表わす　著わす（恐怕被當作「音讀」）

3.和別的品詞有關係的動詞，以那個品詞的「送りがな」爲基準：

甲、近づく　重んずる　薄らぐ　怪しむ　苦しがる（和形容詞有關係的）

乙、先たつ　横たわる（和名詞有關係的）

4.由兩個動詞複合而成的動詞，前後兩個動詞，都分別加上「送りがな」：

讓り渡す　屆け出る

二、形容詞的「送りがな」：

1.形容詞送在活用語尾：白い　强い　無い

2.語幹最後的音節如果是「し」的形容詞，則由「し」送起：美しい　苦しい　正しい

3.如果只送活用詞尾，恐怕會發生誤讀，難讀的形容詞，則由語尾前面的音節送起：大きい　わさい　暖かい　冷たい　細かい

4.和動詞有關係的形容詞，以動詞的「送りがな」爲基準：望ましい　願わしい　喜ばしい　恐ろしい　頼もしい

5.由動詞和形容詞複合而成的形容詞，則動詞和形容詞，都分別加「送りがな」：聞き苦しい

三、副詞、接續詞的「送りがな」：

1.副詞、接續詞，送出最後的那一個音節：殊に　必ず　既に　常に　更に　但し（例外：「又」則不加「送りがな」）

2.只送一個「に」，恐怕會發生誤讀的副詞，則由它的前面的那一個音節送起：直ちに

3.附有「かに」「やかに」「らかに」這類的副詞，則由這一部分送起：靜かに　穩やかに　詳らかに

4.副詞、接續詞的語尾，再加上助詞、接尾語而成爲另外一個副詞、接續詞的時候，則由原來那個副詞、接續詞的「送りがな」送起：必ずしも若しくは

5.和活用語有關係的副詞、接續詞，則送出那個活用語的語尾：始めて　絶えず　盛んに　從つて　並びに　及び

四、名詞的「送りがな」：

1.由活用語轉來的名詞（包括複合名詞），在原則上，加上活用語本來的「送りがな」；不過不至於發生誤讀、難讀的這類名詞，可將「送りがな」略去一部分或全部：

甲、動き　殘り　苦しみ　生き物　値上げ

乙、見合せ　買出し　打合せ　取けい

丙、伺　寫　調　話　雇　答　手續　勤先　申込

2.在形容詞的語幹下面，加上「さ」「み」「け」「げ」這類的字而做成的名詞，則送出這類的字。不過語幹的末一個音節，如果是「し」，則由「し」送起：重さ　正しさ　强み　寒け　惜しげ

3.數目的語尾如果是「つ」，則把「つ」送出一つ　二つ　三つ　五つ　幾つ

4.以上所揭載的以外的品詞，像代名詞、接續詞、感嘆詞、助詞，以及助動詞等，則以不用漢字爲原則，自然沒有「送りがな」的問題。